L'Étoile de Kazan

Eva Ibbotson

L'Étoile de Kazan

Traduit de l'anglais
par Alice Seelow

wiz
Albin Michel

DU MÊME AUTEUR

chez Albin Michel Wiz :

Reine du fleuve

Pour Rowan

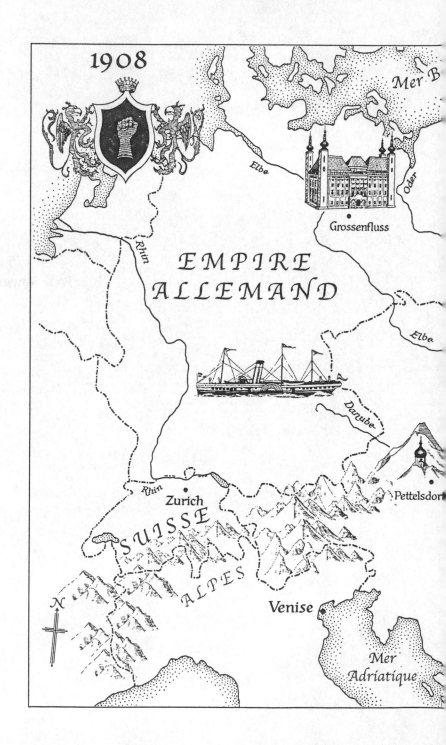

Spittal
d Haxenfeld

Vistule

RUSSIE

Oder

Zverno

ienne

Tisza

Budapest

TRICHE-HONGRIE

Danube

1

La découverte

Ellie était entrée dans l'église à cause de ses pieds. Ce n'est pas la meilleure raison pour entrer dans une église, mais Ellie était une femme d'âge mûr un peu gras-souillette, et ses pieds lui faisaient mal, très mal.

Cela se passait par une belle journée ensoleillée du mois de juin. Ellie et son amie Sigrid (aussi mince qu'Ellie était corpulente) avaient pris ce matin-là le petit train de Vienne qui les emmenait dans la montagne. Elles voulaient grimper au sommet d'un pic appelé le Dorfel-spitze.

Elles partaient ainsi en excursion le deuxième dimanche de chaque mois, qui était le jour où elles ne travaillaient pas ; elles changeaient alors leurs tabliers pour des jupes paysannes et remplissaient leurs sacs à dos de sandwiches au saucisson et de tranches de cake ; une fois arrivées au sommet, elles pouvaient ainsi admirer la vue sans avoir faim. C'était leur façon de rafraîchir leur âme après le dur labeur de la semaine, qui consistait à laver, frotter, faire les courses et la cuisine pour les trois professeurs qui les employaient. Ceux-ci étaient très exigeants sur la façon dont les choses devaient être faites. Ellie était la cuisinière, Sigrid la femme de chambre. Elles étaient amies depuis de nombreuses années.

Mais ce dimanche-là, qui allait s'avérer si particulier, Ellie portait de nouveaux souliers, ce qui n'est pas très malin quand on part pour une longue randonnée. Elles étaient à peu près à mi-chemin quand elles arrivèrent dans une prairie fleurie au fond de laquelle se dressait, tranquille et isolée, une petite église toute blanche au dôme à bulbes.

Ellie s'arrêta.

– Tu sais, Sigrid, j'aimerais dire une prière pour ma mère. J'ai rêvé d'elle cette nuit. Pourquoi ne continuerais-tu pas ? Je te rattraperai.

– Je t'avais dit de ne pas mettre tes chaussures neuves, grommela Sigrid.

Cependant elle se résigna et reprit lentement son chemin, tandis qu'Ellie traversait le pont de bois qui enjambait un petit ruisseau et conduisait à l'église.

C'était une jolie église, l'un de ces endroits qui donnent l'impression que Dieu va y donner une merveilleuse fête. Il y avait un plafond peint décoré d'anges et d'étoiles dorées et un portrait de sainte Ursule tendant les bras. Ellie se sentit aussitôt mieux dans ses souliers. La relique, loin d'être quelque chose d'inquiétant comme un os d'orteil ou une main cadavérique, était une mèche de cheveux de la sainte sous un globe en verre orné de perles. Bien que l'église fût isolée et éloignée du village, quelqu'un avait déposé, dans un vase aux pieds de la Vierge, un frais bouquet de roses des Alpes.

Ellie s'assit sur un banc et délaça ses chaussures. Elle récita une prière pour sa mère qui était morte il y a des années, et ferma les yeux.

Elle ne dormit que quelques minutes. Quand elle se réveilla, l'église était encore vide, mais elle pensa avoir été réveillée par un bruit. Elle regarda attentivement autour d'elle, mais ne vit rien. Puis, jetant les yeux par-dessus le bord du banc, elle aperçut, sur le tapis rouge recouvrant les marches de l'autel, quelque chose ressemblant à un paquet.

Il était environ de la taille d'une courge, une assez grosse courge. La première pensée d'Ellie fut que quelqu'un avait dû le laisser là en offrande pour célébrer la moisson. Mais les fêtes de la moisson avaient lieu en septembre et non en juin. Et maintenant, au grand étonnement d'Ellie, la courge faisait du bruit. Un petit bruit, un petit miaulement...

Un chaton ? Un chiot ?

Ellie relaça ses souliers et se leva pour aller regarder.

Mais c'était bien plus qu'un chaton ou qu'un chiot.

– Oh mon Dieu, mon Dieu, mon Dieu ! fit-elle.

Sigrid était arrivée au sommet de la montagne. Elle avait admiré la vue, mangé un sandwich au saucisson et respiré à fond plusieurs fois, mais toujours pas de signe d'Ellie.

Sigrid était contrariée. Quand on est au sommet d'une montagne en train d'admirer la vue, on a envie de partager

ce moment avec quelqu'un. Elle attendit encore un peu avant de ranger son sac à dos et de s'en retourner. Elle descendit le chemin rocailleux à travers la forêt de pins et arriva dans la prairie où s'élevait la petite église.

Ellie était encore à l'intérieur, assise sur le banc devant l'autel, mais elle tenait quelque chose dans les bras et semblait déconcertée ; elle avait un air étrange et les joues rouges.

– Quelqu'un a laissé cela, dit-elle.

Ellie souleva le bord du châle qui recouvrait le paquet et Sigrid se baissa pour regarder.

– Seigneur !

Le bébé était très, très petit. Il ne devait avoir que quelques jours, mais il était étonnamment vivant ; il dégageait de la chaleur comme un soleil de début d'été, et ses petites jambes s'agitaient sous le châle. Quand Sigrid avança un doigt osseux pour frôler sa joue, il ouvrit les yeux et fixa les deux femmes ; elles eurent alors la sensation d'avoir devant elles une vraie personne.

– Il y avait un mot épinglé sur le châle, dit Ellie.

Sur un morceau de papier brouillé par les larmes, on pouvait lire les mots suivants : « S'il vous plaît, soyez bons pour ma petite fille et emmenez-la à Vienne chez les sœurs. »

– Qu'allons-nous faire ? demanda Sigrid.

Elle était bouleversée. Ni elle ni Ellie n'était mariée ; elles ne savaient rien des bébés.

– « Emmenez-la à Vienne chez les sœurs », c'est ce qui est écrit sur le mot. Que pouvons-nous faire d'autre ?

Emmener le bébé jusqu'à Pettelsdorf leur prit une heure. Personne au village n'avait entendu parler d'un bébé, et personne n'avait vu quelqu'un entrer dans l'église.

– Elle a dû passer par le col et arriver de l'autre côté, se dirent-elles.

Une paysanne leur donna une bouteille de lait tiré du pis de sa vache dilué dans un peu d'eau. Elles marchèrent jusqu'à la petite gare au bord du lac pour reprendre le train de Vienne.

Il était tard quand elles arrivèrent en ville avec le bébé grognon, maintenant mouillé, et elles étaient très fatiguées. Le seul couvent de leur connaissance qui recueillait des enfants trouvés se trouvait loin de la maison des professeurs où elles vivaient et travaillaient, et elles n'avaient pas l'argent pour prendre un taxi.

Aussi prirent-elles le nouveau tramway électrique, qui, en dépit de sa modernité, ne roulait pas très vite, et c'est à la nuit tombée qu'elles remontèrent l'allée qui conduisait au couvent du Sacré-Cœur.

Les grilles en fer forgé étaient fermées. De la bâtisse blanche leur parvinrent les échos d'un chant.

– Elle sera très bien ici, dit Ellie en caressant la tête du bébé.

Sigrid tira sur la corde : elles entendirent la cloche sonner à l'intérieur, mais personne ne vint.

Sigrid tira encore, elles attendirent. Finalement une sœur âgée arriva, hâtant le pas en traversant la cour intérieure.

– Qu'est-ce que c'est ? demanda-t-elle, s'efforçant de voir leur visage dans l'obscurité.

– Nous vous amenons une enfant trouvée, ma sœur, dit Sigrid. Elle était abandonnée à l'intérieur d'une église, dans la montagne.

– Non, ce n'est pas possible ! s'écria la sœur en portant les mains à son visage. (Elle semblait horrifiée.) Emmenez-la, ne restez pas là une minute. Vous n'auriez jamais dû venir ! Nous sommes en quarantaine à cause du typhus ! Trois de nos sœurs l'ont attrapé, et la maladie s'étend maintenant aux enfants.

– Le typhus !

Ellie frissonna. C'était une maladie terrible, tout le monde le savait.

– Emmenez-la loin d'ici, vite, vite ! supplia la sœur en faisant des gestes avec les bras comme si elle chassait des oies.

– Mais où pouvons-nous l'emmener ? insista Sigrid. Il doit bien y avoir un autre endroit ?

– Personne à Vienne ne recueillera d'enfant tant que cette épidémie durera, dit la religieuse tout en refermant doucement la porte. On en a au moins pour six semaines.

Dehors, sur le seuil, les deux amies se regardèrent.

– Il faut la ramener avec nous et essayer de la placer demain.

– Que diront les professeurs ?

– Ils n'ont pas besoin de le savoir, déclara Ellie. Nous la mettrons sous l'escalier. Ils ne descendent jamais à la cuisine.

Mais sur ce sujet elle avait tort.

Les trois professeurs vivaient dans la même maison depuis leur naissance.

La maison était située au sud d'une petite place dans la vieille ville, non loin du palais de l'empereur et de l'école espagnole d'équitation. Des fenêtres du premier étage, en se penchant un peu, on pouvait voir les pigeons voler autour des flèches de la cathédrale Saint-Étienne, qui s'élevait en plein cœur de la cité, et donc (aux yeux des gens qui y vivaient) du monde.

De cette place pourtant calme et petite rayonnaient des avenues qui menaient aux endroits les plus importants de la capitale. Au milieu se dressait une statue du général Brenner sur un cheval de bataille en bronze, qui plaisait aux enfants des maisons alentour parce qu'avec la statue d'un cheval on peut faire beaucoup de choses : faire semblant de la chevaucher, taper dessus, s'abriter dessous quand il pleut. Le général avait été un héros et s'était battu contre Napoléon, c'est pourquoi la place portait son nom : Brenner.

À côté du général sur son cheval, il y avait une fontaine de pierre blanche en forme de vasque dans laquelle nageaient des poissons rouges : les enfants qui en gagnaient au Prater, grand parc d'attractions situé au nord-est de la ville, les y jetaient en retournant chez eux.

Le côté ouest de la place était occupé par une église qui s'appelait l'église de Saint-Florian, saint patron des pompiers. C'était une belle église, avec un cimetière où poussait l'herbe et où proliféraient les fleurs sauvages. De l'autre côté, un alignement de châtaigniers au tronc corseté de fer protégeait la place du bruit de la rue qui menait au centre-ville. Il y avait aussi une petite librairie dans un coin, et un café avec un store à rayures dans un autre. Rien ne manquait.

La maison des professeurs se trouvait au milieu d'une rangée de maisons. C'était la plus grande de toutes, la plus charmante. Un balcon en fer forgé et des bacs à fleurs décoraient le premier étage. Quant au heurtoir de la porte, il était en forme de tête de hibou.

Le professeur Julius était le plus âgé des trois. Grand, sérieux, il portait une barbe grise et pointue. De nombreuses années auparavant, il avait failli se marier, mais sa fiancée était morte une semaine avant le jour du mariage, et depuis lors le professeur Julius était devenu un homme grave et austère. C'était un scientifique, un géologue, professeur à l'université, qui enseignait à ses étudiants la composition du spath et du granit et leur expliquait comment frapper sur les rochers avec un marteau sans s'envoyer des éclats de pierre dans les yeux.

Son frère, le professeur Emil, était très différent. Il était petit et rondouillard, et n'avait presque pas de cheveux sur la tête. Quand il montait les marches de l'escalier, il respirait avec difficulté et sifflait un peu. Mais c'était un homme gai. Son domaine était l'histoire de l'art et il pouvait dire, rien qu'en regardant les doigts de pied d'un ange, si le tableau était du Tintoret ou de Titien.

Le troisième professeur était une femme, leur sœur et la plus jeune des trois. Elle s'appelait Gertrude et son domaine à elle était la musique. Elle donnait des cours d'harmonie et de contrepoint, et jouait de la harpe à l'orchestre de la Ville. Une harpe, c'est un peu comme un enfant, un enfant grand et indocile : on doit l'emmener ici et là, l'aider à monter dans les cabriolets, la protéger des courants d'air, et le professeur Gertrude, comme beaucoup de harpistes, avait souvent l'air soucieuse et désemparée.

Nul besoin de dire qu'aucun des trois n'avait de sa vie cuit un œuf, lavé une paire de chaussettes ou fait son lit, et quand Ellie et Sigrid avaient leur jour de congé, elles leur préparaient toujours un déjeuner froid. Mais le soir, les professeurs avaient encore besoin de leur aide. Le professeur Julius se faisait porter un whisky-soda dans sa chambre, ce qui l'aidait à trouver le sommeil ; le professeur Emil, qui avait un estomac délicat, avait besoin d'un verre de lait chaud avec du miel ; et le professeur Gertrude, qui avait tendance à avoir les pieds froids, se faisait toujours apporter une bouillotte avant de se glisser dans ses draps. Aussi maintenant attendaient-ils le retour de leurs servantes. Sigrid et Ellie revenaient toujours aux alentours de neuf heures du soir.

Mais ce soir, il n'en était pas ainsi.

– Qu'allons-nous faire ? demanda le professeur Julius, passant la tête par la porte de sa chambre.

– Je pense que nous devrions descendre et voir ce qui se passe, lui répondit son frère.

Ils descendirent l'escalier, traversèrent le salon et la bibliothèque, et se trouvèrent devant la porte tapissée d'un épais feutre vert qui séparait la cuisine du reste de la maison.

19

Lentement, ils l'ouvrirent. La table en bois reluisait, le garde-cendres brillait et le poêle était **allumé**.

Mais où étaient Ellie et Sigrid ?

Où étaient le whisky, le lait chaud et la bouillotte ?

Juste à ce moment, la porte de service s'ouvrit et les deux femmes entrèrent. Le chapeau de Sigrid était de travers, les cheveux d'Ellie étaient défaits, et elle portait quelque chose dans les bras.

Silence.

– Qu'est-ce... qu'est-ce que c'est ? s'enquit le professeur Julius, montrant le paquet du doigt.

– C'est un bébé, monsieur, répondit Sigrid. Nous l'avons trouvé dans une église. Il a été abandonné.

– Nous avons essayé de l'emmener chez les sœurs, poursuivit Ellie, mais elles sont en quarantaine à cause du typhus.

Le bébé bougea la tête et renifla. Le professeur Emil le regarda avec des yeux étonnés. Il était habitué aux images de l'Enfant Jésus, immobile et silencieux dans les bras de sa mère, mais là, c'était différent.

– Il est absolument hors de question que nous permettions qu'un bébé reste un seul jour dans cette maison, énonça le professeur Julius.

Le professeur Emil hocha la tête.

– Le bruit...

– Le dérangement, renchérit le professeur Gertrude. Sans parler de ce qui pourrait lui arriver.

– Ce ne serait que pour quelques semaines, jusqu'à la fin de la quarantaine, dit Ellie.

Le professeur Julius secoua négativement la tête.

– Certainement pas. Je l'interdis.

– Très bien, fit Ellie sans enthousiasme. Nous l'emmènerons au commissariat demain matin. Ils trouveront bien un endroit pour les bébés abandonnés.

– Le commissariat ? s'étonna le professeur Emil.

L'enfant remua et ouvrit les yeux. Puis elle fit ce que font même les tout petits bébés : elle regarda.

– Grands dieux ! s'écria le professeur Julius.

Ce n'était pas le regard de quelqu'un qui pouvait se retrouver au commissariat en compagnie des criminels et des poivrots.

Le professeur Julius se racla la gorge :

– Tenez-la hors de notre vue. Nous ne souffrirons aucune exception.

– Il n'est pas question qu'elle fasse le moindre bruit, ajouta Emil.

– Qu'elle ne nous dérange pas une seconde dans notre travail, dit Gertrude.

– Et le jour même de la fin de la quarantaine, elle ira au couvent. Et maintenant, où est mon whisky ?

– Et mon lait chaud ?

– Et ma bouillotte ?

Les professeurs étaient maintenant au lit. Ellie et Sigrid avaient débarrassé un tiroir de ses napperons et l'avaient organisé en lit pour le bébé, avec une couverture pliée en guise de matelas. Le bébé portait une couche qu'elles avaient empruntée à Frau[1] Bodek.

---

1. « Madame » en allemand. (Toutes les notes sont de la traductrice.)

– Il faudrait lui donner un nom, même si nous ne pouvons pas la garder, dit Sigrid.

– J'aimerais l'appeler du nom de ma mère, suggéra Ellie.

– Comment s'appelait-elle ?

– Annika.

– Annika. Oui, pourquoi pas, acquiesça Sigrid.

2

La cité d'or

La ville de Vienne, à l'époque où Ellie et Sigrid transportèrent le bébé dans la maison des professeurs, était la
capitale de l'empire d'Autriche-Hongrie, qui comprenait
treize pays différents situés au cœur de l'Europe.

Sur cet empire régnait un vieil homme, l'empereur
François-Joseph, qui possédait un palais d'hiver au centre
de la ville et un palais d'été dans les environs, où l'air
était toujours frais. Il vivait seul : sa femme avait été
assassinée par un anarchiste et son fils s'était suicidé.
Mais il s'acquittait consciencieusement de ses tâches, se
levait à cinq heures du matin pour lire des papiers officiels, et dormait dans un lit en fer tout comme ses soldats. Le jeudi de Pâques, il lavait même les pieds de douze
mendiants qu'on amenait au palais, parce qu'il voulait
être bon.

Mais sa vieillesse lui jouait de mauvais tours. Quand
des fillettes lui présentaient des gerbes de fleurs et qu'il
se baissait pour les prendre, son dos se bloquait et ses
serviteurs devaient accourir pour le redresser. Ou bien

lorsqu'il passait à cheval et que les écoliers de Vienne lui lançaient des cœurs en papier de soie rose, ceux-ci s'accrochaient à sa moustache, dans son nez, et le faisaient éternuer.

Quoi qu'il en soit, les Viennois l'aimaient. Ils aimaient son entêtement et la façon dont, refusant de monter dans une voiture, alors que celle-ci avait été inventée quelques années auparavant, il descendait les rues dans un carrosse aux roues dorées et répondait au salut de tous ceux qui le saluaient. Les Viennois aimaient les éblouissants feux d'artifice qu'il commandait pour son anniversaire, et les uniformes militaires qu'il enfilait pour chaque procession ou chaque fête : le pantalon rose et la tunique bleue des hussards ; le vert argenté du régiment des Fusils tyroliens, sans oublier un grand casque orné de plumes gigantesques.

Toutes les écoles de Vienne avaient un portrait de lui à leurs murs, et son visage, avec ses favoris en côtelette et son crâne chauve, était aussi familier aux enfants que celui de leur grand-père.

Vienne était aussi connue pour sa musique que pour l'empereur et sa cour. Pas un seul compositeur réputé qui n'ait travaillé à Vienne : Mozart, Schubert, Beethoven, Strauss. Un flot de musique se déversait des maisons, on jouait des airs de valses dans les cafés et les orgues de barbarie retentissaient dans les rues. Et dans l'opéra richement décoré, de grands sopranos chantaient tous les soirs à pleins poumons.

Et puis il y avait la nourriture. Les Viennois aimaient vraiment manger. De merveilleuses odeurs flottaient dans les rues : vanille, café fraîchement moulu, cannelle et choucroute. Même la salade de concombre, qui dans d'autres villes ne sentait rien, avait à Vienne son propre parfum.

Dans les confiseries on trouvait de minuscules scarabées en pâte d'amande, des coccinelles rouges tachetées de points noirs et des escargots parfaitement enroulés dans leur coquille. Il y avait des souris en sucre si joliment façonnées que les enfants qui les achetaient osaient à peine mordre dedans ; il y avait aussi des maisons en pain d'épice, avec de terribles sorcières en nougat coiffées de chapeaux en réglisse. Les pâtisseries vendaient sept sortes de gâteaux au chocolat, des tartes à la vanille tapissées de crème de noisette et des bateaux fourrés aux fruits qui poussent dans la campagne autrichienne : fraises sauvages d'un rouge si ardent qu'elles semblaient être allumées de l'intérieur, myrtilles à la rondeur parfaite.

D'autres choses faisaient de Vienne une ville splendide où il faisait bon vivre : le Prater, un parc royal ombragé de vieux arbres, où tout le monde pouvait se promener à pied ou à cheval, et son parc d'attractions, où sa célèbre grande roue, la plus grande d'Europe, venait d'être construite. Il y avait le Danube, qui embrassait le nord de la ville ; du débarcadère, on pouvait prendre un bateau et remonter le cours du fleuve jusqu'en Allemagne ou bien descendre jusqu'à Budapest, en Hongrie. Et puis il y avait les montagnes, à une heure de la ville en train.

Mais la plus grande fierté de Vienne, c'étaient les chevaux blancs de l'école espagnole d'équitation. L'école

espagnole d'équitation n'était pas en Espagne, mais atte-
nante au palais de l'empereur au cœur de la vieille ville.
Son plafond arqué et ses rangées de colonnes en faisaient
le plus beau manège du monde. Ses chevaux, appelés les
étalons lipizzans, étaient élevés dans un village du nom
de Lipizza, au sud de l'empire, et seulement quelques-uns
parmi les meilleurs étaient envoyés à Vienne. Les heureux élus étaient logés dans une écurie voûtée qui avait
été autrefois le palais d'un prince. Ils étaient nourris
dans des mangeoires en marbre et passaient quatre ans
à apprendre à exécuter en musique les mouvements qui
avaient été jadis essentiels sur les champs de bataille.

Incroyables mouvements aux noms flamboyants :
levades, courbettes et cabrioles.

Lorsqu'on demandait aux visiteurs de Vienne ce qu'ils
désiraient voir avant tout, ils répondaient toujours :

– Les lipizzans. Les chevaux danseurs.

3

Le radeau de la Méduse

Dès son réveil, comme tous les matins, Annika alla ouvrir sa lucarne pour regarder la place. Elle aimait constater que tout était en ordre, comme d'habitude, et aujourd'hui c'était le cas. Les pigeons roucoulaient toujours sur la tête du général Brenner, l'eau de la fontaine coulait, et Joseph installait les tables à la terrasse du café, ce qui signifiait que la journée allait être belle. En face, de l'autre côté de la place, la porte de la petite maison décrépie s'ouvrit, et l'ami d'Annika, Stefan, sortit avec son pot à lait. Il était le cadet d'une fratrie de cinq garçons aux cheveux de lin, et leur mère, Frau Bodek, attendait un sixième enfant. Elle avait dit que si c'était un autre garçon, elle l'abandonnerait.

Un chien solitaire zigzaguait entre les châtaigniers de l'avenue. C'était un chien qu'Annika ne connaissait pas et elle le regarda avec intérêt : peut-être était-ce un chien vagabond ou abandonné, et si c'était le cas, Ellie ne pourrait pas lui refuser de l'adopter, n'est-ce pas ? Après tout, Ellie l'avait bien recueillie quand elle-même avait été abandonnée dans une église ; n'était-elle pas elle aussi, à cette époque-là, une sorte de vagabonde ?

Mais derrière le chien apparut alors une dame tenant une laisse à la main, aussi n'y pensa-t-elle plus. L'horloge de l'église sonna sept coups, et Annika s'éloigna de la fenêtre pour aller s'habiller. Pas d'école aujourd'hui ; c'était samedi, elle pouvait mettre son tablier de maison et ne pas tresser ses cheveux. Mais il y avait encore beaucoup de travail à faire avant de pouvoir sortir retrouver ses amies.

Presque douze ans avaient passé depuis qu'Ellie et Sigrid étaient arrivées avec leur bébé dans la cuisine de la maison des professeurs. Quand l'épidémie de typhus avait pris fin et que le couvent du Sacré-Cœur avait fait dire que la quarantaine était levée, Ellie avait emmitouflé le bébé et était montée avec Sigrid trouver leurs employeurs.

– Nous sommes venues vous dire au revoir. Nous trouverons le moyen de subvenir à ses besoins. Nous ne pouvons pas l'abandonner.

Les professeurs étaient gravement offensés. Ils étaient bouleversés, touchés au vif.

– Nous sommes-nous jamais plaints du bébé ? dit le professeur Julius d'un ton pincé.

– Avons-nous émis la moindre objection ? demanda le professeur Emil.

– Je n'ai jamais dit un seul mot contre elle, fit le professeur Gertrude en battant des paupières, l'air affligé.

Sigrid et Ellie s'étaient regardées.

– Vous voulez dire qu'elle peut rester ?

Le professeur Julius fit oui de la tête.

– Nous espérons bien sûr qu'elle sera utile dans la maison.

– Oh, elle le sera ! s'écria Ellie. Elle sera l'enfant la mieux éduquée de Vienne.

Et elle le fut. À l'âge de sept ans, Annika cuisinait et glaçait un gâteau au chocolat à trois étages, et apportait un rôti sur la table. À l'âge de neuf ans, elle savait découper les concombres en tranches si fines qu'on pouvait lire un journal au travers, et quand on l'envoyait faire le marché, le marchand sortait ses meilleurs légumes et ses meilleurs fruits, parce que la petite fille était célèbre pour son œil vigilant. Sigrid lui avait appris à cirer les parquets en y faisant glisser des chiffons fixés à ses pieds, à polir l'argenterie, à faire du crochet, à coudre et à tricoter, et les deux femmes lui avaient enseigné que le travail était quelque chose qui devait être fait, et peu importait si on en avait envie ou pas.

Mais ni Ellie ni Sigrid ne lui avaient appris à rêver. Sa capacité à s'échapper dans sa tête, elle l'avait héritée de ses parents qui l'avaient abandonnée.

Ellie moulait le café et mettait des petits pains à chauffer dans le four quand Annika arriva dans la cuisine. Elle se retourna pour serrer sa fille adoptive dans ses bras. Elle avait depuis longtemps cessé de craindre qu'une femme inconnue vînt frapper à la porte pour réclamer son enfant, néanmoins, tous les matins quand Annika descendait de sa chambre sous les combles, Ellie rendait grâce au ciel.

– Tu t'es lavée derrière les oreilles ?

Annika fit oui de la tête et montra une oreille pour qu'Ellie puisse l'inspecter. C'était une enfant robuste à l'épaisse chevelure couleur des blés, aux yeux gris pensifs sous des sourcils droits et aux lèvres pleines. Nombreuses étaient les jolies petites filles aux yeux clairs qui travaillaient dans la campagne autrichienne (des gardeuses d'oies, des filles de ferme, et d'autres qui gardaient le bétail dans les hauts pâturages l'été), mais rares étaient celles qui possédaient le regard vif et intelligent d'Annika. En outre, c'était une enfant qui aimait et savait réconforter les autres ; elle faisait cela depuis qu'elle était toute petite.

À présent Annika embrassait Ellie, retrouvant avec plaisir son odeur de savon et de pain frais qui imprégnait son tablier blanc. Elle plissa le nez de satisfaction, parce qu'entrer dans la cuisine c'était entrer dans son foyer. Rien ne changeait jamais : la table, toujours bien astiquée, la photo de l'empereur accrochée au-dessus du poêle, le calendrier envoyé tous les ans par la Compagnie de saucisses de Bavière appuyé sur le rebord de la fenêtre à côté des pots d'herbes et, sur une étagère à côté du buffet, le livre sacré, le livre de recettes à la couverture noire déchirée, qui avait été celui de la mère d'Ellie et celui de la mère de sa mère avant elle.

Mais il était temps de se mettre à travailler.

Annika disposa sur un plateau la confiture d'abricots pour le professeur Julius, la confiture de framboises pour le professeur Emil et le miel pour le professeur Gertrude avant de le leur monter dans la salle à manger. Ensuite elle déplia les serviettes, vérifia que le sucrier était plein, redescendit pour aller chercher un bol d'eau chaude pour le rinçage des doigts du professeur Julius, remonta et redescendit encore pour chercher un autre pour le professeur Emil.

Pendant ce temps Sigrid avait passé le balai dans les pièces du bas et y avait fait du rangement. Après quoi, toutes les trois prirent leur petit déjeuner à la table de la cuisine. La cloche sonna dans la chambre du professeur Gertrude : Sigrid alla chercher la jupe en soie noire qu'elle avait nettoyée et repassée, et la donna à Annika pour qu'elle la monte à Gertrude. Celle-ci donnait un récital de harpe pour accompagner un déjeuner, et il fallait veiller à sa tenue avant qu'elle s'en aille.

Et maintenant la cloche sonnait encore : c'était le professeur Emil qui avait égaré sa cravate, suivi du professeur Julius qui lui donna dix kreuzers pour qu'elle aille chercher *Le Quotidien de Vienne* chez le marchand de journaux.

– Cet idiot de Jacobson a publié un article sur l'origine des roches volcaniques qui raconte absolument n'importe quoi. J'ai été obligé de leur écrire une lettre, ils ont dû la publier.

Annika traversa la place en courant et longea les châtaigniers jusqu'à la rue Keller, espérant que le journal avait bien imprimé la lettre du professeur, car quand ce n'était pas le cas, il en était fort contrarié.

La marchande de journaux était une amie d'Annika et elle savait déjà que la lettre du professeur figurait dans le journal.

– Comme cela, il sera de bonne humeur. Ah, et puis il paraît que le bébé des Bodek va naître d'une minute à l'autre.

– Si c'est encore un garçon, elle va s'en débarrasser, s'inquiéta Annika.

Quand la fillette revint avec le journal, le professeur Julius l'envoya chez la fleuriste installée avec son panier à côté de la fontaine. C'était devenu le travail d'Annika de choisir les fleurs que le professeur disposait tous les samedis devant la photo de sa bien-aimée, la jeune fille décédée juste avant son mariage. Aujourd'hui, l'été s'annonçant, Annika acheta des gentianes et des edelweiss, et les apporta dans le bureau du professeur. Il était en train de lire la lettre qu'il avait envoyée au journal.

La photo de sa fiancée, qui s'appelait Adele Fischl, était posée sur une table près de la fenêtre, et, tandis qu'elle arrangeait les fleurs, Annika pensait combien il était triste qu'elle soit morte. C'était une femme au nez fort et à l'air sérieux, et Annika était sûre qu'elle et le professeur se seraient parfaitement accordés.

Là-dessus Sigrid lui fit polir les chandeliers en argent.

Puis il fut l'heure de sa collation de onze heures (un verre de lait écumeux et un croissant à la vanille doré fraîchement sorti du four), qu'elle emporta dans la cour pavée située derrière la maison.

Annika aimait la cour avec sa porte tapissée de vigne vierge, qui ouvrait sur une petite allée. La buanderie se trouvait là, ainsi que la corde à linge et la remise à bois, de même que les vieilles écuries qui, faute de cheval et d'attelage, faisaient maintenant office de réserve. Ellie y entretenait des pots de géraniums et de pétunias. Dans un coin ensoleillé, tout près, il y avait un banc de couleur bleue sur lequel les servantes aimaient s'asseoir quand elles avaient une minute à elles.

Mais aujourd'hui on n'avait pas de temps de paresser au soleil. Le linge devait être retiré de la lessiveuse et suspendu à sécher, les tapis battus et les petits pois écossés pour le déjeuner. Ensuite Annika courrait choisir un taxi confortable dans la rangée de cabriolets garés au bout de la rue Keller pour le professeur Gertrude – une voiture assez grande pour que la harpe puisse y tenir, mais dont le cheval n'ait pas l'air trop nerveux, car son instrument ne supportait pas d'être secoué. Puis retour à la cuisine pour aider Ellie à préparer le déjeuner (et le déjeuner du samedi était un grand repas). Aujourd'hui c'était de la soupe de pois et un ragoût de bœuf avec des boulettes, des pancakes fourrés à la confiture de cerise, tout cela monté et descendu de la cuisine à la salle à manger et de la salle à manger à la cuisine pour les deux professeurs, qui, assis avec leur serviette accrochée à leur col, mangeaient avec un joyeux appétit.

Après quoi Sigrid, Ellie et Annika s'asseyaient pour déjeuner dans la cuisine. Ensuite venait la vaisselle, une grande vaisselle.

Mais le samedi après-midi, Annika était libre.

Elle se rendit d'abord dans la librairie du coin. C'était une librairie de livres anciens. Peu de gens entraient dans la boutique, et personne ne savait comment

Herr[1] Koblitz, le propriétaire, gagnait sa vie. Ce n'était pas un homme sociable et chaque fois que quelqu'un voulait lui acheter un livre qu'il n'avait pas fini de lire, il devenait grincheux et prenait un air contrarié.

Aujourd'hui il lisait un livre sur les momies et les techniques d'embaumement.

– Est-ce que Pauline a fini son travail ? demanda Annika.

Pauline était la petite-fille de Herr Koblitz. Elle vivait avec son grand-père parce que sa mère, infirmière à Berlin, devait rester dormir à l'hôpital. Comme Annika, Pauline devait aider aux tâches ménagères, épousseter les étagères, balayer le sol, empiler les livres.

– Elle est au fond de la salle, lui répondit Herr Koblitz.

Pauline lisait. C'était une petite fille mince, aux cheveux bruns mousseux et aux yeux noirs. Elle était intelligente ; elle se rappelait toutes les histoires des livres qu'elle dévorait et possédait un album dans lequel elle collait des articles qu'elle découpait dans les journaux. Il s'agissait d'actes héroïques que certaines personnes avaient accompli, quand bien même celles-ci n'avaient qu'une seule jambe, étaient aveugles ou étaient tombées sur la tête quand elles étaient petites.

– C'est pour que je devienne courageuse, expliquait-elle à Annika.

– Tu es tout à fait bien telle que tu es, avait-elle répondu à Pauline.

Pauline n'était pas d'accord, car elle avait peur du monde extérieur : il lui était difficile de sortir seule de la

_____

1. « Monsieur » en allemand.

librairie ; les grands espaces et les inconnus la terrori-
saient. Elle savait qu'il fallait qu'elle fasse quelque chose
pour se guérir de cette phobie, si, comme elle se le pro-
mettait, elle voulait corriger tout ce qu'elle n'approuvait
pas dans le monde, comme par exemple le fait que les
riches possèdent tout et les pauvres rien.

Elle referma le livre, qui racontait l'histoire du nau-
frage dans l'océan Atlantique du bateau appelé la
Méduse, et suivit Annika dans la rue.

– Je crois que nous pouvons y jouer, dit-elle. Ce sera
amusant, nous ferons semblant d'être sur un radeau et
de nous noyer dans la mer.

– Raconte-nous cela une fois que nous serons arrivés,
pour que Stefan aussi puisse l'entendre, suggéra Annika.

La famille de Stefan, les Bodek, vivait au rez-de-chaussée de la plus petite maison de la place.

Ils étaient très pauvres. Herr Bodek était préposé à
l'entretien du parc d'attractions du Prater et Frau Bodek
faisait de la lessive à domicile, mais avec cinq garçons à
nourrir, il n'y avait jamais assez d'argent à la maison.

Malgré cela, c'était Frau Bodek qui était venue à la
maison des professeurs le soir où Annika avait été trouvée. Elle avait apporté une pile de couches propres et des
vêtements de bébé pour l'enfant trouvée. Stefan, le cadet,
avait exactement le même âge qu'Annika ; les deux
enfants avaient grandi ensemble, partageant leurs
quelques jouets, apprenant à marcher à quatre pattes
dans la cuisine de l'un et de l'autre. Tous les petits Bodek
étaient gentils et gais, mais Stefan était à part. Annika
avait une entière confiance en lui.

– Je ne peux pas rester longtemps, dit le garçon en mettant sa casquette. Le bébé est en route, et mes parents veulent que je sois là pour pouvoir annoncer son arrivée.

Les trois enfants s'élancèrent sur le chemin qui passait devant l'église et s'arrêtèrent près d'un mur tapissé de lierre.

Dans son ensemble le mur était haut et solide, mais à un endroit, si l'on écartait le lierre, on découvrait un trou. Ils s'y hissèrent et sautèrent dans le jardin.

Chaque fois, ils regardaient autour d'eux et poussaient un soupir de soulagement, car, ils le savaient, le jardin était condamné ; il appartenait au conseil municipal et on allait y construire des bureaux. Un jour les terrassiers et les pelleteurs viendraient, et la destruction du jardin commencerait.

Mais ce jour n'était pas encore arrivé. Des papillons voletaient, une légère brise inclinait les chardons et les pissenlits, et le grand cèdre déployait ses branches. En haut de quelques marches de pierre ébréchées, une statue de Vénus dépourvue de bras regardait tranquillement ce qui avait été autrefois une fontaine ; dans le bassin, les nénuphars fleurissaient encore parmi les mauvaises herbes.

Ce jardin était celui de la maison à présent en ruine d'un noble autrichien arrivé à Vienne il y a plus de cent ans pour servir l'empereur et faire fortune.

Et cela avait été le cas. Mais comme il était joueur, il perdit bientôt tout l'argent qu'il avait gagné. La belle maison qu'il avait fait construire avait dû être vendue, mais n'avait pas trouvé d'acquéreur. Alors elle était restée vide, et un incendie l'avait détruite. Maintenant la villa n'était plus qu'un tas de piliers effondrés et de pierres brisées.

Le jardin avait survécu. Sauvage, touffu et mystérieux, il était plus beau que jamais.

– Il ne faut pas le débroussailler, il ne faut même pas enlever les mauvaises herbes, avait décidé Annika – et les autres étaient tombés d'accord avec elle.

Mais dans ce jardin, au milieu d'un massif envahi par les lilas et les cytises, se dressait une cabane peinte en vert qu'ils avaient arrangée et organisée pour leurs jeux. Elle servait jadis de remise et, contrairement à la maison, n'avait pas été touchée par l'incendie. Le toit était solide, les fenêtres intactes, et la porte se fermait correctement.

La cabane était leur quartier général. Ils avaient emprunté une couverture pour le sol, quelques tasses, et planté une bougie dans une petite bouteille de sauce. Stefan avait trouvé un cadenas pour fermer la porte.

La première fois qu'ils avaient découvert le jardin, ils avaient cueilli des noisettes et des framboises, s'étaient enfermés dans la cabane pour les manger et avaient joué à se coucher comme s'il était l'heure d'aller dormir, puis à se lever comme si le matin était arrivé. Mais maintenant qu'ils étaient plus grands, la cabane était devenue le refuge où ils inventaient leurs jeux. Elle pouvait être la caserne de Mafeking assiégée par les Boers, comme une tombe de la Vallée des Rois menacée par les pilleurs. La semaine précédente, elle avait été la tour dans laquelle Marie, reine d'Écosse, avait été emprisonnée.

C'était en général Pauline qui trouvait les histoires dans les livres qu'elle lisait, et une fois qu'ils avaient décidé laquelle ils allaient jouer, ils partaient et endossaient tous les rôles : ils étaient tantôt des soldats, tantôt les gens que tuaient les soldats. C'était un divertissement entre le jeu et le théâtre, et tandis qu'ils faisaient cela, ils s'évadaient du monde.

Ce jour-là Pauline leur raconta l'histoire de la *Méduse*, un vaisseau négrier commandé par un capitaine dépravé et incompétent qui ne sut empêcher son bateau d'échouer contre un rocher au large des côtes africaines.

Tous les riches se sauvèrent dans des canots de sauvetage et laissèrent les esclaves se débrouiller tout seuls. Aussi ces derniers construisirent-ils un immense radeau sur lequel ils flottèrent des jours et des jours. Mais, peu à peu, ils commencèrent à mourir de soif, tombèrent à la mer ou devinrent fous. Ils mangèrent même la chair des morts, et quand un bateau de secours les trouva, seulement quinze personnes sur plus d'une centaine étaient encore en vie.

– La cabane sera la *Méduse*, et nous étendrons la couverture au milieu de la pelouse : ce sera le radeau, et l'herbe tout autour sera la mer, décida Annika. Stefan sera mangé et ses restes jetés par-dessus bord, et ensuite il pourra jouer le rôle du capitaine du bateau de secours.

Elle modifiait souvent l'histoire afin de la rendre plus dramatique et plus juste, donnant à chacun d'eux la possibilité de se noyer, d'être tué ou de courir dans la cabane sous une pluie de flèches.

Pendant deux heures ils souffrirent du mal de mer, de la soif, de la terreur et du cannibalisme. Puis soudain tout fut fini. Ils mangèrent leurs sandwiches, Pauline et Annika partagèrent le leur avec Stefan, dont la mère n'avait jamais ce qu'il fallait pour lui en faire. Quand l'horloge sonna six heures, ils sortirent de leur monde à eux, rangèrent la cabane, cadenassèrent la porte et quittèrent le jardin par le trou dans le mur.

Sur la place, ils se séparèrent et reprirent leur personnalité.

Plus tard ce soir-là, alors qu'Annika était en train de dîner dans la cuisine et de tremper ses mouillettes dans son œuf à la coque, on frappa à la porte de service. Stefan entra.

– Ça y est, le bébé est arrivé !

Tout le monde attendit la suite.

– C'est un garçon, précisa Stefan.

– Alors elle va l'abandonner ? demanda Annika en repoussant son verre.

– C'est au-dessus de ses forces, répondit Stefan en souriant. Elle le tient dans ses bras, le caresse et s'extasie sur sa beauté. Elle dit même qu'il a de beaux cheveux.

Ellie se leva pour aller chercher un châle qu'elle avait tricoté pour le bébé et un bonnet que Sigrid avait fait au crochet.

– Tu es sûre qu'elle ne va pas le donner ? insista Annika, un peu inquiète après le départ de Stefan.

– Elle en est incapable. Les mères ne donnent jamais leur bébé, dit Ellie. (Elle s'arrêta net en voyant le visage d'Annika et posa sa main sur celle de la fillette.) Ta mère t'aurait gardée si elle l'avait pu, tu le sais, n'est-ce pas ?

Annika le savait. Quand elle était au lit dans son grenier et avait éteint sa lampe, elle se répétait l'histoire qu'elle se racontait nuit après nuit.

L'histoire commençait par le tintement de la cloche de la porte d'entrée. C'était une femme qui venait de descendre d'un fiacre. Elle avait une épaisse chevelure auburn et était coiffée d'un chapeau de velours ; ses yeux étaient presque de la même couleur que ses cheveux, d'un brun chaud et profond. Elle était grande et joliment habillée, comme la femme figurant sur le tableau que le professeur Emil avait dans sa chambre et qui s'appelait *la Dame de Shallot*. Elle entrait dans la maison et disait :

– Où est-elle ? Où est ma fille, ma petite fille perdue ? Je vous en prie, rendez-la moi.

Et elle prenait Annika dans ses bras.

– Ma chérie, mon enfant chérie, lui murmurait-elle.

Et elle lui expliquait pourquoi elle avait dû l'abandonner dans l'église. L'explication était compliquée, elle variait au cours de l'histoire qu'Annika se racontait. Mais cette nuit, comme elle était très fatiguée, elle sauta cette partie et reprit l'histoire au moment où sa mère l'emmenait et la faisait entrer dans le fiacre. Elle y trouvait un chien sautillant de joie, un retriever au poil doré et aux yeux doux et humides...

– Il est pour toi, lui disait sa mère. J'étais sûre que tu aurais envie d'un chien.

Là-dessus, Annika s'endormait.

4

Les chevaux blancs

Il y avait une seule enfant sur la place qu'Annika ne pouvait pas supporter. Elle s'appelait Loremarie Egghart et habitait une grande maison en face de celle des professeurs.

Les Egghart étaient très riches : le grand-père de Loremarie avait été fabricant de tapis et de tissus d'ameublement, en particulier d'édredons et d'oreillers. Ils étaient garnis de duvet d'oies des plaines de la Hongrie, où les pauvres oiseaux étaient ramassés et plumés. Mais les Egghart se souciaient peu des oies, car seul l'argent leur importait.

Le père de Loremarie vivait des bénéfices de sa fabrique, mais il était également devenu un important conseiller municipal. En tant que tel, il se rendait tous les jours, une fleur à la boutonnière, dans un grand bureau qui donnait sur le Parlement. Là, il contribuait à édicter des lois fastidieuses et invectivait de sa voix de stentor les gens qui travaillaient pour lui.

Ce qu'il désirait par-dessus tout, c'était qu'on érige à sa mort une statue le représentant. Pas une statue sur un cheval (il savait que cela était peu probable), mais tout de même une statue sur un socle. Il y avait beaucoup de sculptures semblables dans Vienne : c'étaient des statues de magistrats, de conseillers et de politiciens, et Herr Egghart pensait que s'il avait sa statue lui aussi, sa vie aurait valu la peine d'être vécue.

La mère de Loremarie, Frau Egghart, passait son temps à gâter sa fille, à courir les magasins, à bavarder sur les uns et sur les autres et à mépriser ses voisins, en particulier les Bodek, à propos desquels elle pensait qu'ils auraient dû être relogés ailleurs. Elle circulait dans son automobile jaune canari toute neuve aux énormes lanternes de cuivre et à la corne qu'on pouvait entendre à trois rues de distance. En outre, elle n'avait pas seulement à son service des bonnes venues de la campagne, mais aussi un serviteur prétentieux du nom de Léopold, qui marchait derrière Loremarie en portant son cartable quand celle-ci allait à l'école.

Nul besoin de dire que Loremarie n'avait pas le droit de jouer avec une « fille de cuisine » comme Annika, aussi était-il facile pour cette dernière de l'éviter.

Le dimanche matin après la messe, Annika aimait se tenir au courant de ce qui se passait en ville. Pour cela elle passait en revue les annonces et les affiches qui couvraient une grosse colonne rouge sur le trottoir en face de la rangée de châtaigniers.

Sur cette colonne on pouvait lire les affiches des pièces de théâtre et des opéras qui se donnaient en ville. Il y avait des avis de défilés militaires, de représentations de cirques ambulants, des annonces de matinées théâtrales et de réceptions données par le vieil empereur dans l'un de ses palais.

Et, bien sûr, il y avait des réclames pour des pilules qui soignaient l'estomac, pour des pommades qui traitaient la calvitie, et la photo d'un homme pourvu d'énormes muscles qu'il aurait, paraît-il, obtenus en mangeant une certaine marque de saucisse.

Mais aujourd'hui il y avait une nouvelle annonce : elle était grande et montrait la photo d'un cheval blanc comme la neige avec des rênes dorées et une selle rouge et or, ployé sur les jarrets, l'avant-main[1] levé. Un homme en bicorne et en redingote brune le chevauchait. Annika, comme tout enfant à Vienne, savait que c'était l'un des célèbres chevaux lipizzans qui exécutait une levade. Et pas n'importe quel étalon, mais Maestoso Fantasia, le plus vieux et le plus fort des chevaux, le grand favori de l'empereur.

L'annonce disait :

REPRÉSENTATION DE GALA
À L'ÉCOLE ESPAGNOLE D'ÉQUITATION
14 JUIN 1908
En l'honneur de Sa Majesté le roi Édouard VII d'Angleterre
et en présence de Sa Majesté Impériale,
l'empereur François-Joseph.
Avec l'Orchestre des Grenadiers Autrichiens.
(nombre limité de places disponibles pour le public)

---

1. La partie antérieure du cheval, en avant de la main du cavalier.

Annika regarda longtemps la colonne. Elle passait souvent devant les écuries de chevaux lipizzans et avait même été autorisée à y entrer, parce que l'oncle de Stefan en était le forgeron, mais elle n'avait jamais vu un seul spectacle de l'école espagnole d'équitation.

Elle aurait aimé y aller, mais les billets devaient être incroyablement chers ; il n'y avait aucun espoir qu'Ellie et Sigrid aient les moyens de l'emmener. Elle ne le leur demanderait même pas.

Elle regardait encore l'annonce avec mélancolie, quand elle entendit une voix forte et autoritaire s'élever derrière elle :

– Nous, nous allons nous rendre au gala, n'est-ce pas Miss Smith ?

C'était Loremarie avec sa gouvernante anglaise, une grande femme au visage triste. Loremarie avait eu beaucoup de gouvernantes, anglaises, françaises et allemandes. Certaines d'entre elles étaient minces et d'autres grosses, certaines sévères et d'autres sympathiques, mais toutes, après quelques mois passés avec Loremarie, avaient l'air triste.

– Nous serons placés au premier rang, se vanta Loremarie.

Elle portait une jupe plissée et un béret écossais, bien que les Egghart ne soient pas connus pour avoir du sang écossais dans les veines. Ses petits yeux sombres étaient enfoncés très profondément dans ses joues pâles, et elle avait une façon particulière de marcher, les reins très cambrés, comme si elle voulait que les gens sachent que même son derrière était important.

– Cela coûte très cher d'y aller, ajoute Loremarie, qui se moquait toujours de la pauvreté d'Annika.

Sur ce, sa triste gouvernante l'emmena à sa leçon de danse.

Comme personne ne connaissait le jour de la naissance d'Annika, Ellie et Sigrid ne lui fêtaient pas son anniversaire mais célébraient sa « découverte », le jour où elles l'avaient trouvée sur les marches de l'autel de l'église de Pettelsdorf.

Pour cela elles quittaient Vienne très tôt et prenaient le même train qui les conduisait dans la montagne, afin de prier et de rendre grâce à Dieu dans la petite église. Au début elles avaient traversé le village tremblantes de peur, s'attendant à chaque moment à ce que quelqu'un les arrête pour leur dire qu'on avait vu une femme qui posait des questions, mais les années passant, et comme rien n'arrivait de tel, elles se détendirent. C'était comme si la femme qui avait abandonné sa fille sur les marches de l'autel s'était évanouie de la surface de la terre. Quand Annika était bébé, elles la laissaient chez les Bodek lorsqu'elles allaient dans la montagne, mais dès que l'enfant put marcher, elles l'emmenèrent. C'était le 12 juin, et il faisait toujours beau. L'odeur des pins embaumait les versants de la montagne, le ruisseau scintillait et les vaches paissaient, heureuses, les trèfles, les primevères et les campanules qui parsemaient les prés verdoyants.

– Je préfère avoir été trouvée ici qu'être née dans un hôpital sinistre, disait Annika.

À l'intérieur de l'église, cependant, elle ressentait toujours un trouble et une sorte de tristesse. « C'est moi que tu as abandonnée, aurait-elle voulu dire à sa mère absente. Ce n'était pas n'importe qui, c'était moi. »

Ensuite, bien sûr, elle se sentait coupable, et cette nuit-là, quand elle se raconta l'histoire de l'arrivée de sa mère, l'amour entre elles ne connut pas de limites.

Mais l'essentiel de la célébration avait lieu le samedi qui suivait le jour de la Découverte, quand les professeurs lui offraient un cadeau, lequel consistait à lui faire choisir un spectacle où toute la maisonnée pourrait se rendre, ou une activité à laquelle tous pourraient participer. L'année précédente, ils avaient descendu en bateau le Danube jusqu'à Durnstein, où Richard Cœur de Lion avait été emprisonné, et l'année précédente encore, ils étaient allés voir *Hänsel et Gretel* à l'opéra.

Cette année, Annika prit son courage à deux mains et demanda s'ils pourraient aller au gala voir la danse des chevaux lipizzans en l'honneur du roi d'Angleterre. Elle en avait assez des railleries de Loremarie.

– Ce n'est pas trop cher ? demanda-t-elle.

C'était cher, très cher, et les professeurs n'étaient pas tout à fait contents de son choix, car ils pensaient que l'empereur dépensait trop d'argent pour ses beaux chevaux blancs. Cet argent serait mieux dépensé selon eux à agrandir l'université, tout spécialement les parties où ils travaillaient. Sigrid non plus n'appréciait pas vraiment les lipizzans.

– On pourrait construire de nouveaux hôpitaux en ville avec l'argent que coûtent ces animaux, maugréait-elle.

Malgré tout, les professeurs cédèrent et achetèrent des billets non seulement pour toute la maison, mais aussi pour Pauline et Stefan qu'Annika tenait toujours à inviter.

Les cadeaux auxquels participaient les professeurs commençaient par une grande leçon d'éducation. Avant d'aller à Durnstein, le professeur Julius avait parlé à Annika de la profondeur du fleuve à cet endroit, de la vitesse de son courant, et de la sorte de grès avec lequel le château avait été construit. Quant au professeur Gertrude, elle avait interprété sur sa harpe l'air que les sauveteurs de Richard avaient joué sous la fenêtre du château.

– À l'école, on nous a appris beaucoup de choses sur les chevaux, annonça Annika, pensant échapper ainsi aux leçons des professeurs.

Elle savait déjà que les chevaux étaient élevés à Lipizza, près de Trieste, qu'ils étaient de race arabe et berbère, qu'ils venaient d'Espagne, et que l'archiduc Charles avait importé les premiers à Vienne il y avait une centaine d'années. Elle savait qu'à leur naissance ils n'étaient pas blancs mais bruns ou noirs, de la même façon que les chiots dalmatiens naissaient non tachetés. Elle savait aussi que chaque étalon avait son propre cavalier qui l'accompagnait durant toute sa vie à l'école d'équitation.

Mais le professeur Julius n'était pas satisfait. Il fit monter Annika dans sa chambre et sortit une carte de la région de Karst, le plateau sur lequel était situé Lipizza.

– L'herbe y est clairsemée et des rochers affleurent à la surface du sol, de sorte que les chevaux apprennent à soulever les pieds, ce qui prépare leur démarche aérienne. Le sol est partout calcaire : le calcaire est une roche poreuse...

Et c'était parti, parce qu'après tout il était géologue et passionné par le calcaire. Ce n'est qu'au bout d'une heure qu'Annika put enfin s'échapper.

Le professeur Emil l'emmena au musée avec Pauline. Les deux fillettes connaissaient très bien cet établissement, avec ses sols de marbre et ses tableaux de dames déshabillées aux genoux potelés. Mais, cette fois, Emil les guida dans la salle des peintres espagnols du XVIIᵉ siècle, qui avaient peint de grandes scènes de bataille où les chevaux se cabraient, où les soldats mouraient et où le sang dégouttait des épées.

– Vous voyez la façon dont les membres antérieurs sont suspendus au-dessus du soldat ennemi, dit-il, montrant un étalon gris aux naseaux dilatés et aux yeux sauvages. Il exécute ce qu'on appelle une courbette, et quand il rabat ses sabots, il écrase l'homme et le réduit en bouillie. Et, plus au fond, le cheval du duc de Milan, celui qui semble voler, fait une cabriole. Voyez comme il rue avec ses membres postérieurs !

Et il expliqua que le plus célèbre des mouvements qu'exécutaient les lipizzans, les « airs relevés », était à l'origine réalisé sur les champs de bataille : il pouvait aider un cavalier à s'échapper ou à tuer son ennemi.

Tandis qu'ils partaient dans deux fiacres, les professeurs et Annika dans le premier, Sigrid, Ellie, Pauline et Stefan dans le second, Annika se demandait si elle n'aurait pas mieux fait de choisir un autre cadeau. Dès qu'elle sut que Loremarie serait au gala, Sigrid avait décidé qu'Annika avait besoin d'une nouvelle robe et était allée acheter un rouleau de soie vert d'eau. C'était une couturière hors pair, et la robe fut une réussite. Les cheveux d'Annika étaient lissés et tenus en arrière par un bandeau de soie assortie. Il n'empêche, elle avait plutôt l'impression de se rendre non pas à un spectacle mais à une conférence, une conférence donnée par des chevaux.

Mais une fois qu'elle eut gravi l'escalier et qu'elle fut entrée dans l'école d'équitation, elle changea d'avis.

Le lieu ressemblait à une salle de bal. Tout étincelait, tout chatoyait : les chandeliers de cristal, les murs blancs, le velours rouge des banquettes, le grand portrait de Charles VI sur son cheval de bataille. L'orchestre jouait une musique douce et, sous ses pieds, le sable roux ratissé ondoyait comme une mer.

Loremarie était à l'autre bout de la rangée, se tortillant, faisant l'intéressante, mais Annika l'avait oubliée.

L'orchestre entama l'hymne national, et tout le monde se leva ; l'empereur fit son entrée dans un uniforme bleu et argent, accompagné de son hôte, le corpulent roi d'Angleterre. Ellie soupira de plaisir. Elle portait dans son cœur cet empereur si vieux, si seul, et qui assumait néanmoins si assidûment ses fonctions. Puis tout le monde se rassit. L'orchestre commença à jouer la marche de Radetzky, les grandes doubles portes s'ouvrirent, et une vingtaine de chevaux d'un blanc immaculé arrivèrent sur la piste.

Ils entrèrent comme des conquérants, en formation parfaite et en rythme avec la musique, levant leurs membres antérieurs très haut, les abaissant en mesure. Quand ils arrivèrent devant la place où l'empereur était assis, ils s'arrêtèrent tous ensemble, et les cavaliers ôtèrent leur chapeau orné de la cocarde en hommage aux souverains.

Alors le spectacle débuta. Ils commencèrent par les figures les plus simples : le « passage », qui est une sorte de trot raccourci ; le « piaffer », où le cheval trotte sur place, les « changements de pied en l'air », et le « tour-demi-tour sur les épaules ». Les cavaliers, dans leurs culottes de daim blanches, guidaient silencieusement leur monture avec des gestes si discrets qu'on les remarquait à peine. Parfois même ils les dirigeaient de leurs seules pensées. L'entente entre les chevaux et leurs cavaliers s'était construite durant les longues années de travail qu'ils avaient vécues ensemble. Les chevaux n'avaient plus besoin de recevoir des ordres.

À présent le plus jeune des chevaux quittait la piste, et l'orchestre entamait un menuet de Boccherini. Trois des étalons les plus entraînés exécutèrent un « pas de trois », combinaison des pas qu'ils venaient d'exécuter. C'était une danse complexe et délicate, qu'ils interprétèrent à la perfection.

– Comme ils sont beaux ! chuchota Annika.

Tels des princes, ils tenaient la tête haute, leur robe blanche resplendissait, leur crinière et leur queue soyeuse se balançaient au rythme de leurs pas.

Puis les trois étalons disparurent derrière les grandes doubles portes. Les chevaux qui entraient maintenant n'étaient pas montés ; leur dresseur marchait derrière eux, les travaillant aux longues rênes. Les chevaux les plus expérimentés étaient capables d'exécuter les figures sans leur cavalier. Parmi eux il y avait le favori de l'empereur, Maestoso Fantasia, le cheval qu'Annika avait vu sur l'affiche.

Si Annika avait choisi d'aller voir les chevaux au risque de rencontrer Loremarie, elle avait en tout cas oublié celle-ci depuis longtemps. À côté d'elle, Pauline, qui se méfiait d'habitude des chevaux (la façon dont ils secouaient la tête et frappaient le sol de leurs sabots l'inquiétait), se penchait, l'air passionné, à la balustrade.

Après l'entracte, le point culminant de toutes ces années de dressage était les célèbres « airs relevés », où les cavaliers, montés sans étriers, faisaient exécuter à leur monture la « levade » (figure bien connue des enfants de Vienne en raison des nombreuses statues qui la représentent : les chevaux sont assis sur leurs hanches et lèvent leurs membres antérieurs en l'air) et la « courbette » (où les étalons se cabrent en levant leurs membres antérieurs tout en sautant sur leurs membres postérieurs avant que les membres antérieurs ne se reposent sur le sol). On peut voir leurs muscles saillir dans l'effort. Puis ce fut la plus difficile de toutes les figures, l'éblouissant « saut de la chèvre » ou « cabriole », où le cheval semble vraiment voler. Annika, avec la plupart des spectateurs, laissa échapper un « Oh ! » d'admiration.

Le spectacle se termina sur le fameux quadrille « Le ballet des étalons blancs », auquel tous les chevaux participaient.

Contrairement aux autres enfants du public, Loremarie n'avait pas pu rester tranquille. Elle ne tenait pas en place, s'agitait, faisait tomber, puis ramassait son porte-monnaie... Et voici à present qu'elle se levait et montrait du doigt un cheval au centre de la rangée d'étalons, qui se faufilait avec élégance entre les piliers.

– Ce cheval n'a pas la bonne couleur, dit-elle tout fort. Il est brun ! Il n'est pas blanc ! Il ne devrait pas être là !

On la fit taire. Non pas ses parents qui l'adoraient, mais un vieux monsieur dans le rang derrière le sien, qui lui demanda de s'asseoir et de rester tranquille.

– Vous feriez mieux d'étudier les traditions de la haute école d'équitation impériale avant de revenir ici, l'admonesta-t-il.

Loremarie haussa les épaules et se rassit. La danse continua.

Une nouvelle fois les cavaliers ôtèrent leur chapeau devant l'empereur, et les oreilles des chevaux se dressèrent en reconnaissant les applaudissements retentissants.

C'était la fin.

– Ce spectacle rend fier d'être autrichien, observa Ellie tandis qu'ils se levaient.

Et dès lors plus rien ne fut dit à propos de l'argent qu'on ferait mieux de dépenser à construire de nouveaux bâtiments pour l'université.

Les Egghart firent quitter précipitamment les lieux à Loremarie et rentrèrent chez eux sans dire un mot dans leur énorme automobile jaune, conduite par leur domestique. Quant aux professeurs, ils indiquaient à présent au chauffeur de taxi le chemin du restaurant *Sacher*, où ils avaient réservé une table (car le jour anniversaire de la Découverte, ils étaient très démocratiques et partageaient leur repas avec leurs servantes).

À la fin du dîner, ils avaient quelque chose d'important à annoncer à Annika :

– Nous avons décidé que dorénavant tu ne seras pas obligée de nous appeler « professeur », dit le professeur Julius. Tu peux nous appeler « Oncle ». Non plus professeur Julius, mais Oncle Julius.

– Et pas professeur Emil, mais Oncle Emil, précisa le professeur Emil.

Ils sourirent et hochèrent la tête, fort contents de leur beau geste. Le professeur Gertrude n'avait pas dit qu'Annika pourrait l'appeler « Tante », parce que dans sa tête elle était en train de composer une sonate pour harpe, et parce que cela tombait sous le sens. Elle acquiesça et sourit.

Finalement, tout était parfait dans cette splendide soirée. Si bien qu'en descendant du tram rue Keller et en arrivant sur la place, la compagnie était d'excellente humeur. Tout le monde chantait et racontait des plaisanteries.

Puis ils s'arrêtèrent net.

En face de la maison des Egghart était garé un camion blanc doté de grandes vitres avec une croix rouge peinte sur le côté et les mots « Mission de Secours ».

Y avait-il eu un accident ? Personne n'aimait les Egghart, mais cela ne voulait pas dire qu'on leur souhaitait du mal.

La portière de la camionnette était ouverte, et deux infirmières en uniforme bleu marine en sortirent, avant d'y retourner pour aller chercher quelque chose qui ressemblait à un tas de châles et de couvertures. Une infirmière se saisit d'un bout du ballot, la seconde prit l'autre bout, et elles le transportèrent dans la maison.

– Qu'est-ce que c'est ? chuchota Annika (car le ballot semblait peser beaucoup plus lourd qu'une pile de couvertures).

À ce moment le paquet tressauta et se mit à parler. Il fit un bond, et un bonnet de nuit orné d'un ruban tomba sur le trottoir. Ce n'était donc pas un paquet, mais une personne. Et une personne qui n'était pas contente.

Pendant ce temps, le conducteur de la camionnette était sorti à son tour et sonnait la cloche de la maison des Egghart. Une bonne vint leur ouvrir ; elle sembla leur donner des instructions en montrant l'étage supérieur. Pas un signe des Egghart, mais Annika vit une ombre tirer les rideaux du salon.

Ensuite le serviteur, le prétentieux Léopold, sortit du domicile, ouvrit l'arrière de la camionnette et en retira une très vieille malle qu'il transporta dans la maison. Cela fait, il retourna encore une fois vers le véhicule et en sortit deux caisses qu'il transporta également dans la maison.

Bientôt la porte s'ouvrit de nouveau, et les deux infirmières remontèrent dans la camionnette. Puis le chauffeur revint, et la voiture s'éloigna.

Le petit groupe qui venait de fêter l'anniversaire d'Annika traversait la place en direction de sa propre maison et était devenu très calme. À présent, plus personne ne chantait ni ne plaisantait.

Quelle étrange arrivée. Pouvait-on vraiment livrer une personne de cette façon ? En était-ce vraiment une ? Et si c'était le cas, qu'est-ce que cela voulait dire ?

5

La comtesse de Monte-Cristo

Les quelques jours qui suivirent l'arrivée chez les Egghart du paquet qui ressemblait à une pile de vieux vêtements, rien ne se produisit de particulier. Les Egghart ne parlaient à personne, et bien sûr les rumeurs allaient bon train sur la place. On racontait que le paquet contenait une folle du genre de Mrs. Rochester dans *Jane Eyre*, qui riait hideusement et voulait mettre le feu à la maison... ou encore que c'était une vieille femme qui, atteinte de la peste bubonique, devait être enfermée et mise en quarantaine.

Sur ces entrefaites, Pauline se plongea dans la lecture d'un livre appelé *Le Comte de Monte-Cristo*, qui racontait l'histoire d'un homme ayant été injustement emprisonné dans le donjon d'un château situé sur une île au milieu de la mer.

– Elle doit ressembler à cela. C'est une comtesse de Monte-Cristo, dit Pauline. Ils l'ont emprisonnée, et elle ne peut pas sortir.

Ce fut Annika qui découvrit que la « comtesse » ne vivait pas dans un donjon, mais dans un grenier, qui était exactement en face de celui où elle-même dormait, de l'autre côté de la place. Le troisième jour, elle aperçut une forme humaine qu'on transportait dans le fauteuil installé à côté de la fenêtre.

La fenêtre s'ouvrit, et la vieille dame fut « sortie » quelques minutes à l'air frais (comme du linge qu'on aère, pensa Annika). Puis on referma la fenêtre et on la retransporta dans son lit.

Ce ne fut qu'au début de la deuxième semaine que Mitzi, l'une des servantes des Egghart, put se glisser dans la cuisine d'Ellie pour prendre une tasse de café et raconter ce qui se passait.

La vieille dame était la grand-tante de Herr Egghart. Elle avait quatre-vingt-quatorze ans et parfois perdait un peu la tête. Aussi les Egghart avaient-ils tout fait pour lui trouver un hôpital ou un refuge pour les vieux où l'on pourrait s'occuper d'elle.

– Ils l'avaient mise à l'asile, celui qu'ils vont démolir, derrière l'hôpital, dit Mitzi, mais le directeur a découvert qu'elle était apparentée aux Egghart. Il a dit qu'elle n'était pas folle du tout et qu'ils devaient la prendre avec eux. Elle est, paraît-il, fragile et ne devrait pas vivre très longtemps. Les Egghart ont fait des histoires, mais ils ont eu peur du qu'en-dira-t-on, et c'est pourquoi ils ont finalement accepté de la prendre. Une infirmière s'occupe d'elle matin et soir, mais comme elle ne peut pas descendre les escaliers, elle reste couchée la plupart du temps. Elle ne tardera pas à s'en aller : les vieilles personnes sentent quand elles ne sont pas désirées.

– La pauvre, dit Ellie, en remuant son café. C'est dur d'être vieux.

Cette remarque troubla Annika, qui était assise sur un tabouret dans un coin de la cuisine en train d'effiler des haricots.

– Non, ce ne sera pas dur pour toi, Ellie, parce que j'achèterai une maison dans la montagne et que je m'occuperai de toi, et de Sigrid aussi.

– Remarquez, il est possible qu'elle ne soit pas de tout repos, la vieille dame ! continua Mitzi. Elle ne s'entendait pas avec sa famille. À l'âge de quinze ans elle a suivi son propre chemin, et sa famille a perdu contact avec elle.

Les Egghart avaient été obligés de recueillir leur grand-tante, mais ils s'en tenaient à cela. Ils n'avaient jamais mentionné sa présence à leurs visiteurs et ils ne l'avaient jamais sortie. Ils faisaient comme si elle n'existait pas.

Ce qui arriva par la suite fut étrange. Annika ne comprenait pas ce qui se passait : Loremarie cessa de lui lancer des méchancetés quand elle la rencontrait dans la rue, ne ricanait plus, ne faisait plus la fière. Elle était polie, presque aimable, et bien qu'elle continuât à cambrer les reins, ses yeux noirs profondément enfoncés dans son visage n'étaient plus aussi torves.

La première fois que Loremarie l'aborda, Annika promenait le nouveau-né Bodek dans sa vieille poussette branlante. D'habitude Loremarie passait, le nez en l'air, devant tous les Bodek, mais là elle se força à regarder sous la capote et même à demander quel âge il avait.

La deuxième fois, Annika revenait des courses avec un panier de pommes de terre nouvelles, et cette fois Loremarie traversa carrément la rue pour lui parler.

Mais ce fut le jour où Loremarie trouva Annika penchée sur le bord de la fontaine, émiettant du pain pour les poissons rouges, que la raison de sa gentillesse devint claire. Elle voulait quelque chose d'Annika, et c'était la dernière chose à laquelle celle-ci s'attendait.

– Tu sais que tu es pauvre, n'est-ce pas ? commença Loremarie.

Annika haussa les épaules. Elle était inquiète pour les poissons : l'un d'entre eux avait des champignons sur les nageoires. Elle aurait volontiers giflé Loremarie, mais à la maison on n'appréciait pas du tout ce geste, et elle se serait fait gronder.

– Tu aimerais gagner un peu d'argent ? continua Loremarie, se retournant vers les fenêtres de sa maison pour être sûre que sa mère ne la surveillait pas.

Annika émietta le reste du pain dans l'eau.

– Combien d'argent ?

– Beaucoup. Vingt kreuzers. Chaque fois que tu iras.

– Chaque fois que j'irai où ?

Loremarie regarda furtivement autour d'elle.

– Chez moi pour tenir compagnie et faire la lecture à ma grand-tante. Je suis censée le faire pendant une demi-heure tous les après-midi. Le médecin a dit à ma mère que la vieille femme était trop seule. Mais je n'y arrive pas. J'ai essayé une fois et c'était affreux. Elle se met à baver, sa tête branle et sa mâchoire tombe. (Loremarie frissonna.) Ça me fait un effet horrible.

59

– D'accord, mais comment pourrai-je le faire à ta place ? Ta mère le saura.

– Non, sûrement pas. Je monte entre l'heure du thé et celle du dîner, qui est le moment où Maman se repose. De toute façon, même si elle le découvre, elle n'y trouvera rien à redire, du moment que la vieille reste calme. Le docteur est dur avec nous. Il nous dit que nous serons vieux un jour nous aussi et que nous devrions être gentils avec elle. Mais nous ne voulons pas devenir vieux, en tout cas pas comme elle, pauvre et folle, avec sa bave qui dégouline...

Annika réfléchissait, tout en essorant la pointe de ses cheveux qui avaient trempée dans l'eau.

– Je ne peux pas venir avant la semaine prochaine, quand l'école sera finie, et même alors, j'aurai du travail à la maison. Je viendrai quand je le pourrai. Mais tu devras me donner vingt-cinq kreuzers. Vingt, ce n'est pas assez.

Si elle pouvait tenir bon plusieurs fois, elle aurait assez d'argent pour acheter un cadeau d'anniversaire à Ellie.

– Très bien. Je laisserai l'argent sur le rebord de la fenêtre de l'arrière-cuisine, dans une enveloppe. Tu entreras par la porte de service, bien sûr, puisque tu es une fille de cuisine.

Annika hocha la tête. C'était étonnant à quel point les gens croyaient qu'elle voulait absolument entrer par la porte principale, alors qu'elle aimait tant arriver directement dans la chaleur des sympathiques et jolies cuisines des maisons où elle se rendait en visite.

L'école était finie, les examens terminés, de même que le rangement de la maison, le pire. Pauline était arrivée première dans toutes les matières à l'exception de la gymnastique, où elle avait obtenu une très mauvaise note. Ce qui la troublait beaucoup, c'est qu'un homme appelé Ferdinand Haytor avait été champion de lutte de la Basse-Autriche, alors qu'il était né avec un pied bot.

– Je ne comprends pas pourquoi je ne peux pas faire aussi bien que lui.

Annika était encore très occupée. Ellie avait décidé qu'elle était assez grande maintenant pour préparer seule un strudel aux pommes.

Faire un strudel aux pommes toute seule, c'était un peu comme faire l'ascension de l'Everest sans oxygène. Seule une espèce particulière de farine convenait, la pâte devait être bien travaillée pour être fine comme du papier, les tranches de pommes, le beurre fondu, les noix et les épices devaient être versés sans faire de trou dans la pâte, qui devait être roulée en forme de teckel avant d'être enfournée.

Annika parvint néanmoins à le faire, mais ce fut une satisfaction de courte durée, car aussitôt après Ellie lui dit qu'il était temps qu'elle se mette à travailler la gelée.

– Œufs de caille en gelée. Ça, c'est un plat !

Pendant les vacances, le professeur Emil aimait aussi emmener Annika dans les coulisses du musée, précisément dans la salle de restauration, où des hommes en tablier travaillaient à remettre en état de vieux tableaux.

– Regarde ceci ! lui disait-il en montrant l'auréole de quelque saint torturé, passée du brun sale au doré éblouissant sous la main du restaurateur. N'est-ce pas magnifique ? Et cet idiot de Flartelsen qui pense réellement que les tableaux ne devraient pas être restaurés ! Plus ils sont sombres et sales, plus il est content !

Ce samedi-là, les enfants s'échappèrent une nouvelle fois vers leur jardin abandonné. Le frère aîné de Stefan, Ernst, les accompagna, et ils jouèrent tout l'après-midi au *Comte de Monte-Cristo* : la cabane était le donjon au milieu de la mer, et les marches de la maison en ruine le palais des traîtres qui avaient comploté la perte du comte.

Dans le roman, le comte s'échappait et se vengeait. Mais dans le grenier des Egghart, une autre prisonnière restait seule, sans recevoir de visite.

La première fois qu'Annika alla rendre visite à la grand-tante des Egghart, Loremarie l'attendait pour lui montrer le chemin. Elle montait précautionneusement l'escalier derrière elle, et ses pieds s'enfonçaient profondément dans l'épais tapis ; des piédestaux portaient des vases chinois, et un parfum de lys flottait autour d'elles.

Après la troisième volée de marches, elles arrivèrent sur un palier au bout duquel se trouvait une cloison de bois et une porte qui conduisait au dernier étage. Là, l'escalier changeait d'aspect : il était étroit, nu et confiné. Et au lieu du parfum de lys, il régnait une odeur de désinfectant.

Là se trouvaient les deux premiers greniers, où dormaient les servantes, et le troisième, occupé maintenant par l'indésirable vieille femme.

Loremarie tourna la poignée, poussa Annika devant elle dans la pièce, et referma la porte.

La chambre ressemblait à un bric-à-brac. La malle et les deux caisses en bois qu'avait transportées l'ambulance se trouvaient dans un coin ; rien ne semblait avoir été déballé. Le milieu de la pièce était occupé par un lit très étroit au chevet duquel se trouvaient une chaise et une table de nuit. Sur celle-ci, une cruche d'eau, un verre et une pile de livres. Pas de fleurs, pas de fruits, rien qui décorait d'ordinaire les chambres de malade.

La grand-tante des Egghart ronflait ; c'était un souffle entrecoupé de râles, un peu comme la respiration d'un carlin, ce petit chien au museau écrasé. Sa mâchoire tombait, comme l'avait raconté Loremarie.

Annika s'approcha de la fenêtre. C'était bizarre d'apercevoir sa propre maison et son grenier de l'autre côté de la place.

Derrière elle, le ronflement avait cessé. Elle se retourna.

La vieille femme était si petite et si ratatinée qu'elle ne formait qu'une petite bosse sous les draps. Ses cheveux blancs étaient si clairsemés qu'on pouvait voir son crâne au travers. Comme si elle était morte.

Mais pas quand elle ouvrit les yeux. Ceux-ci étaient très bleus, et son regard était vif.

– Vous n'êtes pas Loremarie, dit-elle.

Annika s'approcha du lit.

– Non.

La vieille femme poussa un grognement de satisfaction.

– Eh bien quoi qu'il en soit, c'est une bonne chose, dit-elle.

Annika sourit. Elle savait qu'elle ne devait pas, mais elle ne put s'en empêcher.

– Voulez-vous que je vous fasse la lecture ?

– Pas vraiment. Ces livres sont terrifiants, soupira la grand-tante.

Annika prit le premier livre de la pile. Sa couverture était de la couleur de la bile, et dessus s'inscrivaient les mots : *Méditations d'un évêque au travail*. Quant à celui du dessous, il avait pour titre *Le Soir de la vie d'un homme de souffrance*.

– Ce ne sont pas des livres très drôles, fit remarquer Annika.

– Non, en effet. Mais les Egghart ne sont pas vraiment une joyeuse famille. C'est pour cela... (Un accès de toux l'interrompit.)

– Voulez-vous de l'eau ?

– Oui... Pourriez-vous, s'il vous plaît, m'aider... à m'asseoir ?

Elle était si légère, si maigre et si fragile qu'Annika eut la sensation de soulever un oiseau.

– Eh bien... qui êtes-vous si vous n'êtes pas Loremarie ? dit-elle quand elle put se remettre à parler.

– Je suis Annika. J'habite de l'autre côté de la place et je suis une enfant trouvée.

– Ah, cela explique tout.

– Qu'est-ce que cela explique ?

– Les enfants trouvés mènent leur propre vie, répondit la vieille dame en se calant dans ses oreillers.

Pendant un instant elle resta silencieuse, et Annika se demanda si elle devait s'en aller. Puis la vieille dame reprit :

– Nous pourrions nous raconter des histoires au lieu d'en lire.

– Oui, j'aimerais bien, dit Annika. J'en connais plein, parce que mon amie Pauline travaille dans une librairie, et nous interprétons les histoires qu'elle lit.

– Ah, vous faites du théâtre. Vous aimez cela ?

– Oui, beaucoup. Mais je ne crois pas que ce soit vraiment du théâtre ; nous ne jouons que pour nous-mêmes.

– Bien sûr... bien sûr...

Annika attendait, assise sur la chaise, les mains croisées.

– Vous commencez ? dit-elle.

– Eh bien d'accord... Il était une fois... une fille qui vivait dans une famille très sotte et très convenable, dans une ville très sotte et très convenable. Ses parents étaient collet monté, et ses frères et sœurs maniérés : ils mettaient deux heures à finir leur petit déjeuner, si bien que, quand ils avaient terminé, il était temps de commencer à mettre la table pour le déjeuner : salière, moulin à poivre, pot de moutarde, etc.

Annika hocha la tête. Elle connaissait par cœur cette chanson-là, les repas qui recommençaient à n'en plus finir...

65

– La jeune fille, elle, voulait tout simplement voir le monde, danser, jouer la comédie et chanter dans un théâtre. Mais personne de sa famille ne dansait ni ne chantait, mon Dieu surtout pas ! Danser n'était pas une activité respectable. Aussi lui cherchèrent-ils un mari : ils lui trouvèrent un magistrat à gros ventre et chaîne de montre dégringolant sur son plastron. Quand la jeune fille le vit, elle décida de s'enfuir.

– S'enfuir pour de vrai ? souffla Annika. Avec une échelle et des draps noués ?

La vieille dame fit oui de la tête.

– C'est cela, plus ou moins. Elle s'échappa une nuit. Elle avait économisé un petit peu d'argent, et avec cela elle partit pour Paris. Tu connais Paris ? Une ville si libre, si belle... Elle rencontra un homme qui dirigeait un théâtre ; elle lui demanda de lui donner du travail, n'importe quel travail, pour pouvoir regarder et apprendre. Mais la seule réaction de l'homme fut de se moquer d'elle. Il lui dit qu'il y avait déjà des centaines de filles qui dansaient et chantaient pour lui, et qu'il n'avait pas de place pour elle. Ainsi la jeune fille devint-elle très pauvre et eut-elle très faim. Elle frottait les planchers et travaillait comme serveuse, mais n'abandonna pas son projet. Enfin, un jour, un directeur de théâtre lui dit qu'elle pouvait faire de la figuration sur la scène et feindre de traire une vache (c'était une comédie musicale qui se passait dans une ferme). Et elle, pendant de longs mois, de traire des vaches et de chanter des chansons sur l'arrivée du printemps ; sauf que, pendant tout ce temps, elle observait, s'exerçait, apprenait. Puis un jour, quelque chose changea : un nouveau décorateur arriva. Il installa une balançoire très haut sur la scène, avec un grand panier de fleurs. Le metteur en scène et le décorateur cherchaient une jeune fille qui accepterait de monter sur la balançoire et de se balancer tout en lançant des fleurs.

Annika crut savoir ce qui arriva ensuite :

– Et tout le monde avait peur, sauf cette jeune fille ?

– C'est cela. Remarque, elles avaient raison d'avoir peur, c'était assez dangereux. Mais la jeune fille déclara qu'elle le ferait. Elle n'avait pas le vertige et aimait l'idée de répandre des fleurs sur la scène, même des fleurs en papier. Cela lui plaisait beaucoup. Ils la coiffèrent, donc (elle avait beaucoup de cheveux, de jolis cheveux comme les tiens), et ils la hissèrent très haut sur la balançoire. Elle répandit des fleurs en souriant, et tout le monde applaudit et l'acclama. Et c'est alors que tout commença.

La voix de la vieille dame se tut.

Mais Annika voulait être sûre. Elle posa sa main sur celle, ridée, de la vieille dame.

– C'était vous, n'est-ce pas ? La jeune fille sur la balançoire, c'était vous ?

Ses paupières tremblèrent ; ses yeux bleus s'ouvrirent. Elle sourit.

– Oui, dit-elle. C'était moi.

À son retour Annika trouva Pauline recroquevillée sur une chaise en osier dans un coin de la cuisine. Elle mangeait une allumette au fromage, qu'Ellie lui avait donnée avant d'aller faire les courses. Elle avait l'air en colère. Elle était particulièrement soignée. Ses cheveux avaient été lavés et moussaient autour de sa tête, sa frange avait été impitoyablement coupée, et elle portait une robe amidonnée avec un col d'une blancheur éblouissante.

– Ta mère est venue ? lui demanda Annika.

– Oui. Pour toute une semaine. Elle est en train de faire le ménage dans la boutique. Grand-Père est allé se réfugier dans son lit avec un livre sur les îles Galápagos, mais il n'y coupera pas : elle va nettoyer les chambres de fond en comble. Vraiment, Annika, je ne sais pas ce que tu trouves de si intéressant chez les mères.

La mère de Pauline n'était pas seulement une infirmière : elle en était une hors pair, et la façon dont Pauline et son grand-père vivaient la remplissait de désespoir. Chaque fois qu'elle avait un jour de congé à l'hôpital, elle arrivait de Berlin, lavait, récurait, frottait, tandis que Pauline et son grand-père essayaient en vain d'échapper à sa manie de tout nettoyer, tout en devenant eux-mêmes de minute en minute de plus en plus propres et moroses.

– Le problème, c'est le moment où elle s'en va : en quelque sorte je m'habitue à elle et elle me manque presque. On ne gagne jamais avec les mères.

Mais, bien sûr, sa mère à elle ne serait pas comme cela du tout, pensait Annika. Elle descendrait de son fiacre dans ses beaux vêtements embaumant un parfum français, et elle lui tendrait les bras. Faire le ménage, frotter et nettoyer ne la concernait sûrement pas.

La deuxième fois qu'Annika alla rendre visite à la grand-tante des Egghart, Loremarie la laissa monter toute seule. Annika avait l'impression qu'il n'y avait personne dans la maison. Elle n'en était pas mécontente, car elle avait arraché une petite branche de jasmin à l'arbuste qui poussait contre le mur de la cour.

– Ellie a fait des gâteaux au miel...

La vieille dame secoua la tête.

– Je n'ai pas faim. Mais le jasmin... (Elle l'approcha de son nez.) Je peux encore le sentir. Juste cela.

Elle était somnolente ce jour-là, mais elle n'avait pas oublié que c'était au tour d'Annika de raconter une histoire.

– Mais pas Gunga Din[1] ni les aventures de Stanley et Livingstone[2]. Raconte-moi ton histoire. Comment on t'a trouvée.

C'est ainsi qu'Annika lui raconta l'histoire de l'église dans la montagne, et d'Ellie et de Sigrid qui l'avaient emmenée et élevée.

– Ellie est douce et confortable comme une mère, et Sigrid est forte et active comme une tante. Les professeurs sont bons avec moi. Cependant, parfois, je rêve que je retrouve ma vraie mère. Je fais souvent ce rêve : elle m'a longtemps cherchée, me cherche encore et me trouve enfin. Pensez-vous que c'est mal de rêver tout le temps à cela ?

– Comment cela pourrait-il être mal ?

– C'est que Ellie et Sigrid s'occupent si bien de moi.

---

1. Personnage d'un roman de Rudyard Kipling.
2. Henry Stanley et David Livingstone étaient deux explorateurs de l'Afrique, célèbres au XIXe siècle.

– Les rêves, ça ne fonctionne pas de cette façon, Annika.

Elle tenait encore le bouquet de jasmin devant son visage, mais elle avait fermé les yeux. Annika ne s'en alla pas. Elle voulait connaître la suite de son histoire à elle :

– La dernière fois, vous avez dit que tout avait commencé là, avec la balançoire.

– Oui, reprit la vieille dame. Ce fut un succès. Les gens m'appelaient « *La Rondine* », ce qui signifie « hirondelle » en italien. Qu'on me fasse monter sur des nuages, dans des montgolfières ou sur des gondoles, c'était toujours très haut au-dessus de la scène, sur laquelle je devais la plupart du temps répandre des fleurs, parfois des feuilles d'automne, d'autres fois des pièces en or ou des cœurs en pain d'épice. Une fois, en Russie, j'ai même semé de la neige !

– De la neige ? Mais comment avez-vous fait ?

– Eh bien, c'était bien sûr de la neige en papier de soie, mais elle était merveilleusement ressemblante. Nous visitions Moscou et Saint-Pétersbourg, et j'étais l'esprit de l'hiver. Les Russes tapaient du pied, criaient, m'acclamaient. Ils aiment la neige, car elle étouffe tous les bruits, comme celui, feutré, des sabots des chevaux dans les rues, et il y a des traîneaux partout. Un comte, qui vivait dans un palais de bois au milieu d'une forêt, avait donné un grand banquet en l'honneur de toute la troupe. Il était fou, mais généreux. Il me donna un pendentif en émeraude, qui avait appartenu à sa grand-mère. « L'étoile de Kazan », l'appelait-on.

– Y avait-il des loups ?

– Nous n'en avons vu aucun, mais nous les avons entendus. C'était le crépuscule, et lorsque nous sommes arrivés, une haie de serviteurs nous attendait à la grille d'entrée. Ils ont allumé des torches et nous ont conduits jusqu'au palais où nous avons été accueillis.

Ses yeux se fermèrent. Elle commença à ronfler, ses mâchoires tombèrent, mais cela n'avait plus d'importance. Annika ne la voyait plus que comme une amie.

Puis elle se réveilla aussi soudainement qu'elle s'était endormie.

– Le monde était si beau en ce temps-là, Annika. La musique, les fleurs, l'odeur des pins...

– Il est encore beau, dit Annika. Je vous le jure, il l'est encore.

6

L'étoile de Kazan

L'été s'avançait. Les géraniums d'Ellie, sur le rebord de la fenêtre, devaient être arrosés deux fois par jour, et les chats s'étendaient à l'ombre de l'auvent de toile du café. Le garçon les chassait, et ils revenaient...

La saison étant presque finie à l'opéra, Annika fut envoyée acheter des roses. Oncle Emil en faisait toujours livrer le soir de la dernière représentation à une dame du chœur appelée Cornelia Otter, qu'il admirait depuis de nombreuses années.

Le professeur Julius, quant à lui, classait et étiquetait sa collection de roches dans son bureau, aidé par Sigrid, debout derrière lui avec un chiffon et l'air revêche, car il n'était pas du tout facile d'épousseter des cailloux. Le professeur Gertrude, absorbée dans sa sonate, restait dans sa chambre, se tamponnant de temps à autre les tempes d'eau de lavande pour se raviver l'esprit.

Mais quand elle allait rendre visite à la grand-tante des Egghart dans son grenier sans air, où la chaleur était suffocante, Annika se retrouvait dans un monde différent.

72

– Pendant plusieurs années, je fus *La Rondine*. La Petite Hirondelle. Il y avait des photos de moi partout, et les gens m'offraient des cadeaux. Un soir, on apporta sur scène un petit bouquet de fleurs à mon attention, et quand je le pris, je crus qu'il était couvert de gouttes de rosée. Or ce n'étaient pas des gouttes de rosée, mais des diamants... Un banquier me les avait fait livrer juste pour me remercier. Un marquis, également, me donna une broche inestimable en forme de papillon. Les gens étaient comme cela, alors : riches et généreux. Mes bijoux étaient célèbres. J'aurais pu acheter des chevaux, des carrosses et des maisons si je les avais vendus, mais ils étaient pour moi des amis, et je les aimais. C'est vrai, tu sais, ce que je suis en train de te raconter, dit-elle d'une voix un peu angoissée.

– Bien sûr que c'est vrai.

– De toute façon j'étais trop occupée, avec mon travail...

– Vous répandiez des fleurs ou de la neige sur la scène, dit Annika, qui aimait particulièrement cette idée.

– Oui, mais je dansais et je chantais aussi. Mais chaque fois, à la fin du spectacle, il y avait ce numéro : des hommes me hissaient très haut sur leurs épaules, et je lançais des roses et des jonquilles sur la scène. Les machinistes n'étaient pas du tout contents, car ils ne cessaient de balayer les planches. Mais le public insistait. Nous avons fait la tournée de toutes les grandes villes, nous avons même été à Londres.

Elle s'arrêta et prit le verre d'eau. Annika l'aida à boire.

73

– Puis quelque chose s'est passé, poursuivit-elle.

Annika porta sa main à sa bouche.

– Vous êtes tombée ?

– Je suis tombée effectivement, mais pas de la balançoire. Je suis tombée amoureuse. Oh mon Dieu, et comment ! C'était un homme merveilleux... un peintre... et quand il souriait... Ah, mais tu connaîtras toi aussi, un jour, ce sentiment.

– Vous vous êtes mariés ?

– Non. Mais j'ai quitté la scène. J'ai tout abandonné et suis allée vivre avec lui dans le plus bel endroit du monde.

– C'était où ?

– À Merano. C'est un village du sud du Tyrol, dans les Dolomites, au flanc de la montagne qui domine la vallée. Les vignobles s'étendent partout, les fleurs abondent, et les vergers regorgent de fruits. Et quand on lève les yeux, on aperçoit les hautes montagnes qui se couvrent de teintes rosées au coucher du soleil.

– Oui, je sais, cela s'appelle *Alpenglühen*[1].

– C'est tout à fait exact. Sa maison était une petite villa jaune à mi-pente de la montagne, tapissée de glycine et de jasmin, avec un balcon bleu où nous prenions nos repas. Tu devrais aller dans ce village ; tu verrais son petit beffroi avec sa girouette en forme de coq.

Elle chercha son mouchoir à tâtons, puis secoua la tête.

---

1. Phénomène de brillance au soleil couchant sur les Alpes.

– Je ne suis pas triste. C'est bon de se souvenir. Nous avons vécu là dix ans de bonheur. Je n'étais plus célèbre, mais j'étais si heureuse ! Et puis il s'est tué dans un accident de montagne, alors qu'il aidait un compagnon de cordée coincé sur une vire.

Elle s'arrêta de parler. Annika se leva de sa chaise.

– Vous devriez vous reposer maintenant.

– Non, pas encore. Car ensuite, les vampires sont arrivés. Six énormes vampires. Des harpies avec des crocs et des griffes : sa famille. Deux sœurs, une tante, trois cousins... Ils m'ont chassée de la maison : ils voulaient la vendre et prendre l'argent. C'est pourquoi je suis retournée à Paris et ai essayé de me remettre à travailler. Mais une coupure de dix ans avec le théâtre, c'est trop long, et je n'étais plus aussi jeune ni aussi jolie. Ce fut une période difficile. Mais j'avais encore mes bijoux, que les harpies n'avaient pas pu m'arracher. Je te parlerai de mes bijoux... quand tu... reviendras.

Sur ces mots, elle s'endormit.

Il faisait de plus en plus chaud, et tous les notables de Vienne quittaient la ville pour leurs vacances d'été.

La personne la plus importante de toutes, l'empereur, oubliait les uniformes militaires et les casques qu'il portait lors des cérémonies officielles et partait dans sa villa d'été sur les hauteurs. Là, en culottes de cuir à bretelles brodées, il jouait au paysan.

Ellie était toujours contente lorsqu'il partait.

– Le pauvre vieil homme : toutes ces parades, toutes ces processions, et lui qui a si mal au dos.

Lorsque l'empereur quittait Vienne, les courtisans faisaient de même, ainsi que les fonctionnaires, les banquiers et les chanteurs d'opéra.

De même, les chevaux lipizzans (et non les moins importants de tous) partaient dans les hauts pâturages brouter la bonne herbe qui allait leur donner encore plus de forces. À la tombée du jour, les palefreniers les conduisaient par les rues tranquilles vers le train qui leur était spécialement réservé. Les Viennois, en les entendant passer, souriaient d'aise, parce que cela voulait dire que les vacances d'été avaient commencé.

Les professeurs partaient en vacances, eux aussi. Ils se rendaient toujours au même endroit, en Suisse, dans un hôtel paisible au bord d'un lac aux eaux d'un vert profond. Ils se baignaient, lisaient. Bien que ces vacances fussent tout ce qu'il y avait de plus simple, les faire partir sans encombre était un dur travail. La tâche d'Annika était de chercher les trous que les mites auraient pu faire dans leurs longs costumes de bain en laine, à travers lesquels on aurait pu apercevoir leur peau ; celle d'Ellie consistait à huiler leurs bottes, et celle de Sigrid à repasser les imposantes robes tyroliennes du professeur Gertrude, avec leurs tabliers noirs et leurs innombrables plis.

Quant aux Egghart, ils partaient dans leur automobile jaune canari, et c'était un vrai spectacle : Loremarie et sa mère s'enroulaient la tête dans des voiles pour se protéger de la poussière ; Herr Egghart, après avoir enfilé ses gants, chaussé ses lunettes protectrices et revêtu son manteau de cuir spécial, cornait très fort pour que tout le monde s'écarte de son chemin. Ils avaient loué une maison à Bad Haxenfeld, une célèbre station thermale allemande où l'eau sulfureuse jaillissait des rochers. Les curistes étaient massés, mis à la diète, et restaient assis dans des bains de boue jusqu'au cou.

– Je me sens absolument épuisée. Avoir cette vieille femme chez moi est exténuant, déclara Frau Egghart à ses amies avant de partir.

En fait, tout ce qu'elle avait fait, c'était monter au grenier une fois par semaine et rester plantée sur le seuil de la chambre, son mouchoir plaqué sur la bouche pour se protéger (comme si la vieillesse était contagieuse). Ses amies compatissaient.

Comme ils avaient loué une maison, les Egghart avaient emmené tous leurs serviteurs, excepté la plus jeune des bonnes qui restait seule pour s'occuper de leur grand-tante. Les habitants de la place en étaient fort choqués, mais Annika en était soulagée. Elle pourrait se rendre chez eux quand elle le voudrait et rester aussi longtemps qu'elle le souhaite. Loremarie ne lui avait pas laissé d'argent pour les vacances, mais Annika avait presque oublié qu'elle était censée être payée pour rendre visite à la vieille dame.

Ellie avait remis à Annika un pot de géraniums et des fruits pour qu'elle les offre à la vieille tante.

– Tu ne dois pas être triste quand elle partira, avait-elle essayé de la prévenir. Elle est très fatiguée et elle sera heureuse de s'éteindre.

– Non, elle ne partira pas, avait répliqué Annika d'un ton furieux. Elle est fatiguée parce qu'il fait très chaud.

Quand l'air se rafraîchira, elle se sentira mieux. Non, elle ne va pas mourir !

Ellie hocha la tête : il était impossible de convaincre Annika qu'elle ne régentait pas l'ordre du monde.

Pendant ce temps, dans son grenier, la vieille dame arrivait à la fin de son histoire :

– Je suis allée vivre dans une petite chambre vers le Quartier latin et je me sentais bien. J'ai acheté un chien.

– Quelle sorte de chien ? demanda Annika avec enthousiasme.

– Un petit schnauzer. J'aurais aimé un grand chien, mais en plein centre-ville ce n'était pas possible.

– Oui, les schnauzers sont de bons chiens, soupira Annika, car elle avait beau demander un chien depuis longtemps, rien n'y faisait.

– Oui, je me sentais bien, continua la vieille dame. J'avais encore mes bijoux, et j'aimais les regarder. J'avais encore l'étoile de Kazan, la broche-papillon, le diadème en diamant et les bagues... Je les contemplais, dans ma solitude. Ils étaient si beaux. Tant que je les avais, j'étais encore riche, très riche. Mais hélas, j'ai dû les vendre les uns après les autres pour pouvoir me nourrir et payer mon loyer.

– Cela vous rendait triste ?

– Oui, très triste. Mais j'avais un ami, un excellent ami, qui s'appelait Fabrice. Le pauvre était bossu, mais c'était vraiment un saint homme, et un brillant joaillier : il possédait l'une des plus célèbres bijouteries de Paris. Il se souvenait de moi du temps de ma célébrité, et en ces temps difficiles il m'aida. Chaque fois que j'avais besoin d'argent, je lui apportais un bijou et il le vendait pour moi au meilleur prix. Mais, et c'est cela qui le rendait si précieux pour moi, chaque fois qu'il vendait une pièce, il la copiait en verre ou en pâte, avec une telle perfection que je me retrouvais avec la copie presque conforme de l'original. Il vendit mon étoile de Kazan et la copia, ainsi que ma broche-papillon et mes pendentifs... Au bout d'un moment, j'aimais autant les copies que les originaux. Je pensais qu'elles étaient tout aussi belles, même si elles n'avaient aucune valeur. N'était-ce pas merveilleux de sa part ?

– Effectivement. C'était très gentil.

– C'est ainsi que je me suis débrouillée pendant des années. J'aurais dû économiser de l'argent, mais je ne l'ai pas fait, car j'avais des amis en aussi mauvaise posture que moi que je voulais aider. Peut-être avais-je pris cette habitude de distribuer ce que j'avais dans les mains en semant des fleurs sur la scène. Puis le jour arriva où je n'eus plus rien à vendre, et exactement à cette époque-là mon ami bijoutier mourut.

– Qu'avez-vous fait ? lui demanda Annika en se penchant davantage vers elle.

– Ce que tout le monde fait quand la chance vous abandonne. J'étais vieille. J'ai accepté les travaux qu'on me proposait, balayer les rues, faire des ménages, tout comme pas mal d'artistes, de gens du théâtre ou du monde de la musique, qui étaient dans une aussi fâcheuse position que la mienne. Et puis il y avait la soupe populaire... Bref, je me débrouillais. Enfin j'ai décidé de rentrer en Autriche. Je crois que je voulais y mourir, ou peut-être pensais-je que ma famille... et tu vois, finalement, ils m'ont prise avec eux, je me demande bien pourquoi.

Annika savait, elle, pourquoi. C'était parce que Herr Egghart voulait avoir sa statue, et qu'on ne pouvait avoir sa statue si on laissait sa tante mourir dans un asile. Mais, bien sûr, elle n'en dit rien.

– Quoi qu'il en soit, je suis contente d'être venue, continua la vieille dame en posant sa main sur le bras d'Annika, parce que je me suis fait une nouvelle amie, et peu de gens se font des amis à l'âge de quatre-vingt-quatorze ans.

Ellie avait raison à propos de la grand-tante des Egghart : elle devenait très faible. Souvent maintenant, lors des visites d'Annika, elle ne faisait rien d'autre que lui sourire avant de retomber dans le sommeil, et quand elle parlait, elle ne disait que quelques mots, qui n'avaient pas toujours de sens.

– Un jardin de roses dans le ciel, murmura-t-elle une fois.

Et la bonne qui était venue arranger son lit avait dit :
– Pauvre vieille, elle délire, elle n'a plus toute sa tête.

Mais juste une semaine avant la date prévue du retour des Egghart, Annika trouva la vieille dame alerte et exci-tée, avec une lueur malicieuse dans les yeux.

– Je vais te montrer quelque chose, lui dit-elle. Si tu peux ouvrir la malle. Elle est fermée, mais je ne voulais pas qu'ils gardent la clé. Je leur avais demandé de me la rendre, et puis j'ai oublié où je l'avais cachée. Mais maintenant je l'ai retrouvée. Elle était dans l'un de mes chaussons de nuit.

La malle était grosse, ceinturée par des cercles de bois, mais Annika pensa qu'elle pouvait la tirer jusqu'au pied du lit.

La clé tourna facilement dans la serrure, et Annika souleva le couvercle.

À l'intérieur se trouvaient des robes de tulle, de satin, de gaze et de mousseline, une couronne de pâquerettes, des gants argentés... Les vêtements étaient très vieux ; certains étaient un peu déchirés : des nuages de poudre, des traces de maquillage parsemaient le tissu. C'était comme ouvrir une porte qui vous faisait pénétrer dans une loge de théâtre.

– Maintenant, soulève le premier compartiment.

Annika le fit, la malle étant séparée en deux parties comme une boîte de chocolats, et découvrit un grand nombre de paquets enveloppés dans du papier journal.

– Ouvre-les.

Annika prit un paquet emballé dans du papier si vieux qu'il était sur le point de tomber en poussière, et l'ouvrit.

– Oh ! fit-elle. Oh, comme c'est beau !

Elle tenait un collier de rubis, dont les pierres, serties dans leur monture en or, jetaient des éclats d'incendie.

– Les rubis viennent d'une mine de Burma. Il m'a été offert quand j'ai joué le rôle d'une princesse orientale et ai répandu des fleurs de lotus sur la scène. Je pense que c'était des fleurs de lotus... On n'arrive pas à croire que les pierres ne sont pas vraies, n'est-ce pas ?

– Non. De toute façon cela n'a pas d'importance. Elles ne pourraient pas être plus belles.

– Continue, déballe tous les paquets. J'aimerais les voir encore une fois.

Le paquet suivant était une broche-papillon en saphir, dont les pierres étaient aussi bleues que le célèbre papillon morpho d'Amazonie. Les ailes étaient bordées de minuscules diamants, et les antennes fragiles et tremblantes étaient faites de fils d'or.

– Je l'ai portée quand j'ai été présentée au duc d'Orléans. Et ces boucles d'oreilles m'ont été offertes quand j'ai joué Cupidon et éparpillé sur la scène des cœurs en papier de soie rose. Les diamants faisaient dix-huit carats : si j'avais encore les vrais, tu aurais pu t'acheter un château avec eux. En tout cas tu peux voir quel grand artiste était ce bijoutier. Il faut être un fin connaisseur pour percevoir la différence.

Un par un, Annika défit les paquets et les déposa sur le lit. La vieille dame sembla flotter bientôt dans un océan de couleurs : le bleu profond des saphirs, le chaud rougeoiement des rubis, et l'éclat de l'étoile de Kazan, venue du pays des sombres sapins et de la neige scintillante.

Tout au fond, il y avait un petit paquet, enveloppé non pas dans un journal mais dans un morceau de velours noir. À l'intérieur se trouvait une boîte qui s'ouvrait sur la photo d'un homme au visage mince et intelligent et d'une femme aux cheveux clairs et épais, debout devant une maison. Ce devait être l'une des premières photographies jamais prises. Annika devina tout de suite :

– C'est vous et le peintre, n'est-ce pas ? Vous avez l'air si heureux.

La vieille dame prit la photo dans son cadre de bois, et tandis qu'elle la tenait au creux de ses deux mains, les bijoux entassés sur le couvre-lit furent oubliés.

– Si heureux, dit-elle doucement. Tellement, tellement heureux...

– Tu vois, dit Annika à Ellie quand elle revint à la maison, je t'avais dit qu'elle irait mieux.

Mais le jour suivant, la vieille dame demanda un notaire, bien qu'elle n'eût pas d'argent à laisser à quiconque, et un prêtre. Le soir, on vit la voiture du médecin devant la maison des Egghart. Elle y était encore deux heures plus tard, puis on vit la jeune bonne courir affolée vers le bureau de poste.

7

L'hirondelle s'est envolée

Bien que les Egghart aient été chagrinés d'être obligés de raccourcir leurs vacances, ils offrirent à leur grand-tante de très respectables funérailles.

– Personne ne pourra dire que nous n'avons pas fait tout ce que nous devions faire, déclara Herr Egghart en enfilant le pantalon de son costume d'enterrement et en accrochant une rosette noire à sa boutonnière.

– Certes non, appuya sa femme.

Elle s'était acheté un nouveau tailleur en soie noire, et à son chapeau pendaient des mètres et des mètres de voile de deuil.

– Je me demande même si nous n'en avons pas fait plus que nécessaire. L'église est tout près, nous aurions pu faire porter le cercueil par des hommes.

– Oui, mais un peu de spectacle ne fait de mal à personne, argumenta son mari, et il regarda par la fenêtre les quatre chevaux noirs coiffés de leurs casques de deuil, ornés eux-mêmes de plumes couleur de jais.

Le cercueil venait d'être transporté sur le corbillard

et les chevaux le tiraient sur la place, de sorte que tout le monde pouvait voir qu'ils n'avaient pas lésiné sur l'enterrement de la vieille dame.

– Après tout, c'était une Egghart, se rengorgea monsieur.

Et vraiment, c'était fort délicat de la part de sa grand-tante d'avoir bien voulu mourir au bout de quelques mois de sa vie dans le grenier. Il avait eu très peur que le désordre et les dépenses qu'elle engendrait ne s'éternisent.

– Comment je suis, maman ? demanda Loremarie en entrant dans la chambre.

Elle aussi avait fait l'acquisition d'un nouvel ensemble pour les funérailles : une robe en velours violette avec un col rond en dentelle, et des gants en chevreau noirs.

Le corbillard commençait sa course sur la place. Les Egghart suivaient, tête baissée. Derrière eux, à distance respectable, venaient leurs bonnes et leur serviteur, le prétentieux Léopold.

Une fois dans l'église, en se dirigeant vers la première rangée de bancs, les Egghart remarquèrent que des gens tout à fait ordinaires et peu importants étaient venus rendre un dernier hommage à la vieille dame. Il y avait trois des fils Bodek, le vieux libraire et sa petite-fille, et, assises avec les professeurs comme si elles avaient le droit d'être là, leurs servantes, Ellie et Sigrid, sans compter leur fille adoptive, Annika. Il n'est pas possible de chasser des gens de l'église lors de funérailles, mais les Egghart n'étaient pas contents. Heureusement que le directeur de l'asile, un très éminent médecin, était présent, ainsi que deux conseillers du bureau de Herr Egghart et le directeur de sa banque.

Ellie et Sigrid portaient des robes de deuil (elles avaient dû assister à l'enterrement de nombre de leurs anciennes relations). Annika n'avait que le châle noir que Sigrid portait sur sa robe du dimanche quand elle allait à la messe. Loremarie se retourna pour lui lancer un regard plein de mépris.

Mais Annika ne la voyait même pas. Elle avait regardé le cercueil transporté le long du bas-côté de l'église et bien qu'elle se fût promis de ne plus pleurer, elle ne pouvait empêcher ses larmes de couler, parce que *La Rondine* n'aurait jamais dû être enfermée dans une boîte : personne d'ailleurs, mais certainement pas quelqu'un qui avait volé au-dessus de toutes les scènes du monde.

« J'aurais dû venir plus souvent la voir, se dit Annika. J'aurais dû lui apporter plus de fleurs et rester plus longtemps ; elle était si seule. »

− Elle était heureuse de s'en aller, ma chérie, lui murmura Ellie en lui pressant le bras. Tu le sais. Elle était si fatiguée.

− Mais moi, je ne suis pas heureuse, sanglota Annika. Je ne voulais pas qu'elle meure.

L'orgue retentit, le service commençait. Annika, ne voulant pas être vue en train de pleurer, mit un pan du châle de Sigrid devant son visage.

Les mots latins prononcés durant le service funèbre étaient sombres et effrayants. Bien que le prêtre évoquât de temps en temps la résurrection, il insistait sur la poussière qui est poussière et retourne à la poussière. L'encens se répandait dans l'église comme de la fumée.

Annika entendait la voix de la vieille dame : « Le monde était si beau en ce temps-là, Annika. » Et sa propre réponse : « Je vous le jure, il est encore beau. »

Elle avait eu tort. Le monde n'était pas beau. Les gens qu'on aimait finissaient dans des trous.

L'assemblée se leva pour entonner le dernier chant. Annika laissa glisser le châle qui l'enveloppait et leva la tête pour regarder la coupole de l'église.

Et ce qui arriva fut extraordinaire, car, pendant un instant, elle la vit ! Non pas la vieille dame lasse et épuisée, mais la jeune fille sur la balançoire. Elle se balançait haut, de plus en plus haut, en rythme avec la musique ; il y avait des fleurs dans ses cheveux, et la lumière des vitraux, comme venue d'elle, se répandait sur toute l'assemblée.

Alors qu'ils sortaient en file, Loremarie se retourna vers Annika et l'interpella :

– Tu as souri, je t'ai vue. Tu souriais parce que ma pauvre grand-tante est morte.

Annika la regarda.

– Oui, répondit-elle, je souriais.

Le thé protocolaire, comme les funérailles, fut une affaire empreinte de la plus grande dignité. Les servantes avaient disposé dans de précieux plats des tranches de gâteau Sacher au chocolat et plusieurs variétés de strudel, ainsi que des canapés aux œufs de poissons (qui auraient pu être du caviar, mais qui n'en étaient pas). Nul besoin de dire que les servantes des professeurs n'étaient pas invitées, ni les Bodek, ni le vieux libraire et sa petite-fille. En revanche le directeur de l'asile resta, ainsi que les conseillers et le directeur de la banque.

– Elle nous manquera horriblement, énonça Frau Egghart à ses invités, en essuyant ses yeux parfaitement secs avec un mouchoir. Et Loremarie qui l'aimait tant, n'est-ce pas, mon cœur ?

– Quoi ? dit Loremarie en se retournant, la bouche pleine.

– N'est-ce pas que tu adorais ta grand-tante ? cria Frau Egghart par-dessus les bruits de conversation.

– Oui, dit Loremarie, laissant tomber quelques miettes de sa bouche, puis elle se retourna de nouveau pour prendre une autre tranche de gâteau.

Sitôt le dernier invité parti, les bonnes furent envoyées dans le grenier avec des seaux d'eau chaude, des brosses, des balais à frange et des flacons de solvant. Frau Egghart vint vérifier que le travail avait été fait correctement, ce qu'elle put constater : le lit avait été démonté, les draps imprégnés de désinfectant, chaque vitre vaporisée et nettoyée, chaque latte du plancher récurée.

– Voilà qui est mieux, dit-elle quand toute trace de la vieille dame eut été enlevée. C'est beaucoup, beaucoup mieux.

Là-dessus Léopold arriva, accompagné d'un autre homme. Ils devaient descendre la malle et les caisses de la grand-tante à la cave, pour que le service d'enlèvement des ordures les débarrasse.

– Je pourrais prendre ce qu'il y a dans la malle pour me déguiser, suggéra Loremarie. Ces drôles de turbans, ces bijoux et toutes ces choses bizarres...

– Ne sois pas stupide, voyons, mon petit cœur, lui dit sa mère. Tout ce qui est là-dedans est plein de microbes. Tu ne peux pas mettre des saletés pareilles, même pour te déguiser. Tu aurais l'air d'un cheval de cirque.

Ainsi les malles et les caisses de bois furent descendues à la cave sans autre forme de cérémonie.

Mais le lendemain matin, deux hommes en manteaux sombres se présentèrent avec leurs cartes.

– Gerhart et Funkel. Nous travaillons pour le cabinet de la rue Karntner. Nous sommes les notaires de la vieille dame. Elle a laissé un testament, et nous devons mettre tous ses biens sous bonne garde. Voici les papiers.

– Elle n'a aucun bien, elle était totalement démunie, dit Frau Egghart en faisant une moue désapprobatrice.

– Sur ce papier, il est question d'une grande malle et de deux caisses en bois.

– Il n'y a que des loques. Ils sont dans la cave, en attendant le passage du service d'enlèvement des ordures.

– Néanmoins, nous voudrions en assumer la charge.

– Puisque je vous dis que ce n'est que de la pacotille.

– Mais peut-être pas pour elle, répondit d'un ton calme le clerc de notaire. Faites-les nous apporter, je vous prie.

8

La carpe de Noël

Le mois préféré d'Annika était le mois d'octobre ; elle aimait l'odeur des châtaignes rôties qui flottait dans les rues, les nuages de fumée bleue qui s'élevaient des jardins où l'on faisait des feux, les journées où l'on cueillait des groseilles et où l'on allait ramasser des champignons dans les bois de Vienne avec l'école.

Mais cette année, l'automne fut pour elle plus triste que beau. La vieille dame lui manquait, et pour la première fois elle se posait des questions sur son propre avenir.

Stefan lui aussi semblait plus inquiet. Il accompagnait toujours ses petits frères là où sa mère le lui demandait, livrait le linge pour elle, faisait les commissions... Mais une fois, dans la cabane, il se laissa aller et parla :

– Je ne veux pas finir comme mon père et ramasser des détritus au bout d'une pique, dit-il à Annika et à Pauline.

– On te comprend, mais que veux-tu faire ?

Stefan rougit.

– Je veux être ingénieur. J'aimerais construire des ponts.

– Et alors, où est le problème ?

– Il est partout. Même si j'entrais au lycée technique, je ne pourrais pas y faire de longues études. Mes parents ont besoin que je leur rapporte de l'argent et que je me mette rapidement à travailler.

Parce qu'elle se sentait un peu anxieuse, les rêves éveillés d'Annika à propos de sa mère se firent de plus en plus longs et de plus en plus détaillés. La jeune femme arrivait maintenant non plus dans un fiacre mais dans une nouvelle automobile, comme celle des Egghart sauf qu'elle n'était pas d'un jaune tape-à-l'œil mais d'un joli gris discret et de bon goût. Elle portait un chapeau à plumes et un manchon, et le chien dont elle lui faisait cadeau était plus grand : c'était un barzoï russe, brun, blanc et noir, avec une queue soyeuse. Mais les mots qu'elle prononçait en entrant dans la maison étaient toujours les mêmes : « Où est-elle, où est ma petite fille perdue ? Conduisez-moi vers elle je vous en prie, rendez-moi mon enfant ! »

Mais quand les premières neiges tombèrent, Annika se ressaisit bien vite, et elle accompagna Ellie et Sigrid au marché pour acheter un sapin de Noël.

C'était une affaire sérieuse. L'arbre n'avait pas besoin d'être grand, il fallait simplement qu'il tienne dans un coin précis de la salle à manger, mais il devait être parfait.

Et parfait, il l'était toujours.

Comme elles revenaient du marché en portant l'arbre, elles croisèrent Léopold accompagné d'un marchand de sapins. Les deux hommes transportaient un arbre gigantesque dans un chariot. À côté marchait Loremarie, l'air arrogant.

– C'était le plus grand de tous les sapins, dit-elle avec un petit sourire satisfait. Sûrement le plus gros de tout Vienne.

Annika s'arrêta un instant et ressentit une pointe d'envie. Comme ce devait être bien d'avoir un grand sapin qui remplissait toute une pièce, du sol au plafond, de son parfum et de sa beauté. Elle imagina la lueur vacillante des bougies, le scintillement des boules d'or et d'argent.

Ce soir-là, Mitzi, la bonne des Egghart, vint les voir.

– Devinez quoi ? dit-elle. Le sapin est trop grand ! Ils ont dû lui couper la tête, et Loremarie a piqué une colère parce qu'elle n'a pas pu y accrocher son étoile !

Après avoir installé le sapin, Ellie et Annika se mirent à faire le pain d'épice. Les professeurs avaient pris conscience que Noël s'approchait et ils commençaient à penser aux cadeaux. Étant donné que les meilleurs présents sont ceux qu'on aimerait se faire à soi-même, le professeur Julius acheta pour Annika la nouvelle édition des *Fossiles mésozoïques de Kloezberger*. Le professeur Emil lui acheta l'encyclopédie de la peinture du XVIIIe siècle, dont Sigrid fit le paquet. Quant au professeur Gertrude, elle prit conseil auprès d'une vendeuse et acheta un nécessaire à manucure qui comprenait des pinces à épiler les poils du visage.

Puis Sigrid descendit les décorations du grenier. Elles avaient été fabriquées il y a des années à partir de morceaux de soie, de rubans, de pommes de pin peintes en argent et en or, mais tous les ans elles se renouvelaient, et tous les ans les bonbons devaient être enveloppés dans du papier d'argent et suspendus aux branches les plus basses, afin que les plus jeunes des Bodek puissent les attraper quand l'heure serait venue.

À Vienne, Noël se célèbre le soir du 24 décembre. Mais ce n'est ni une oie ni une dinde qu'on fait rôtir ce soir-là. Personne, en cette sainte nuit, ne mangerait de la viande pour rien au monde. On fait cuire un poisson au four, mais pas n'importe quel poisson : une carpe, le plus grand et le plus succulent poisson des rivières autrichiennes.

Et comme il se doit, juste trois jours avant Noël, la carpe arriva, emballée dans des morceaux de glace, depuis les mines de sel de Hallstadt. Le poissonnier les avait royalement traités.

– C'est la plus grosse que nous ayons jamais eue, se réjouit Annika.

Et certes le poisson était magnifique, du genre de ceux qui apparaissent dans les contes de fées, se dressant au milieu des vagues et exauçant des vœux.

Le jour suivant, il était évident qu'Ellie avait quelque chose en tête. Elle et Sigrid parlaient ensemble, et quand Annika arrivait, elles s'arrêtaient brusquement et la regardaient attentivement.

Ce soir-là, alors qu'Annika venait de se mettre au lit, elle entendit des pas monter en direction de son grenier.

Ellie entra. Elle lui souhaitait d'habitude bonne nuit à la cuisine (car ses jambes étaient fatiguées à la fin de la journée), elle devait donc avoir quelque chose d'important à lui dire. Et en effet, c'était le cas :

– Nous nous sommes décidées. Nous pensons que tu peux la faire, annonça-t-elle d'une voix solennelle.

– Faire quoi ?

– La faire toute seule. Sans aucune aide.

– Faire quoi ? répéta Annika, perplexe.

– La carpe de Noël, répondit Ellie.

Annika descendit le lendemain matin, très pâle, avec des cernes sous les yeux. Ellie aussi avait l'air d'avoir passé une nuit blanche.

– Je suis désolée, mon trésor, je n'aurais pas dû te suggérer cette idée. Tu es trop jeune. Rien que pour la sauce, il faut une dizaine d'ingrédients, et puis il y a la farce, et l'arrosage...

Annika leva le menton.

– Mais si, je peux le faire. Je le peux et je le veux. S'il vous plaît, apportez-moi le livre.

Ainsi Ellie alla chercher sur l'étagère le livre de recettes de sa mère, déchiré et défraîchi, qui contenait toute la sagesse de sa famille. Annika trouva la page intitulée « Carpe de Noël ».

Les instructions étaient écrites en pattes de mouche à l'encre violette, non par la mère d'Ellie, mais par sa grand-mère, et elles couvraient presque trois pages.

Annika commença à lire. Le poisson devait être passé quatre fois sous l'eau froide, et la cinquième fois être trempé dans de l'eau et du jus de citron. « Au moins quatre fois », disait le livre. Après cela il devait macérer dans une marinade, une sorte de bain avec du vin blanc, des oignons hachés, des herbes et du citron.

– Il est écrit que le chablis est le meilleur vin pour cette recette.

– C'est le plus cher, repartit Sigrid en levant les sourcils.

– Mais c'est le meilleur, décréta Annika.

Et Sigrid descendit à la cave sans ajouter un mot.

À midi, le poisson macérait dans sa marinade, où il resterait jusqu'au soir, et Annika avait commencé à réunir les ingrédients dont elle avait besoin pour la farce. On lui avait laissé la grande table pour travailler. Ellie préparait les légumes et les desserts sur la petite table, mais elle commençait à souffrir de voir Annika soulever péniblement l'énorme marmite de poisson. Les mains de la petite fille étaient rouges et irritées, elle avait ramassé ses cheveux dans un vieux foulard et quand quelqu'un lui parlait, elle n'entendait pas. « Je suis sûre que quelque chose ne va pas », ne pouvait se retenir de penser Ellie, et afin de s'empêcher d'interférer davantage dans le travail d'Annika, elle partit regarder les boutiques. À présent, la nouvelle qu'Annika préparait la carpe de Noël des professeurs avait fait le tour de la place. Pauline, en particulier, était très émue et, après le déjeuner, elle vint lui apporter son album qui recensait les exploits de personnes pourtant très jeunes, très vieilles ou très malades.

– Écoute celui-ci : une fille de dix ans a traversé le Danube pour sauver son grand-père, et elle avait la rougeole.

Mais cela ne donna pas plus d'assurance à Annika. Elle avait atteint le stade du râpage : râpage du gâteau de miel, râpage du zeste de citron, râpage du raifort, râpage (mais très superficiel seulement) de son index...

Dans l'après-midi, Ellie revint et envoya Annika acheter un journal. Elle pensait que l'air frais et une petite marche dans la neige qui craquait sous les semelles lui feraient du bien. Mais cela se révéla être une erreur, parce que la vendeuse de journaux déclara à Annika que dans la farce de sa mère il y avait toujours eu des prunes émincées.

Annika en fut très troublée, mais se souvenant que la famille de la vendeuse de journaux venait de Tchécoslovaquie, où l'on mangeait probablement toutes sortes de choses différentes, elle retourna au livre d'Ellie.

Il ne restait plus maintenant qu'un jour avant la grande soirée, et les professeurs commencèrent à se quereller sur un point : comment arrêter l'incendie si les bougies mettaient le feu au sapin ? Le professeur Julius pensait qu'une bassine de sable posée à côté de l'arbre ferait l'affaire. Le professeur Emil pensait qu'un baquet d'eau serait plus approprié, et le professeur Gertrude privilégiait une grande couverture qui étoufferait les flammes. Ils se disputaient tous les ans à ce propos et ne tombaient jamais d'accord, c'est pourquoi, comme tous les ans, ils installèrent les trois objets dans la salle à manger. Sigrid fourbit les couteaux et les fourchettes, les ronds de serviettes, les chandeliers. Ellie mit sa touche finale au strudel aux graines de pavot, à la mousse au chocolat, au *Gugelhupf* glacé et marbré, le plus célèbre gâteau viennois.

Quant à Annika, elle retira la carpe de sa marinade, la sécha et la farcit de truffes, de céleri haché, de purée de châtaignes, de zestes de citron, de rayon de miel râpé et de confiture de prunes noires. Puis elle graissa le gigantesque plat à rôtir avec du beurre clarifié et laissa la carpe reposer jusqu'au lendemain matin, où elle la mettrait au four. Il n'y avait plus qu'à faire la sauce, mais ce n'était pas un détail, car la recette occupait une page et demie dans le livre de cuisine.

Plus tard ce soir-là, Frau Bodek arriva avec une blouse pour Annika, qu'elle lui avait confectionnée pendant ses rares heures libres. Malheureusement elle aussi perturba la fillette, en lui disant que sa tante, native de Moravie, avait toujours ajouté des noix râpées à la sauce.

— On les sent agréablement sous la langue, souligna Frau Bodek.

Mais Annika était déterminée à s'en tenir à la recette écrite de la main de la grand-mère d'Ellie. La moindre différence changerait tout.

Et cependant cette nuit-là, la dernière nuit avant Noël, elle se sentait inquiète. Trois mots tournaient et tournaient dans sa tête, et ces trois mots étaient : noix de muscade.

Mais pourquoi ? La noix de muscade était une épice délicieuse, or il n'y avait pas une seule allusion à la noix de muscade dans la recette de la sauce. D'autres épices, d'autres herbes, oui, mais de noix de muscade, point.

– Il ne faut pas, se redit Annika. Je ne dois rien changer, ne rien ajouter. Elle doit être exactement comme elle a toujours été.

Les cloches la réveillèrent le matin du 24 alors que le jour n'était pas encore levé. Elle enfila ses vêtements, puis elle suivit Ellie et Sigrid à l'église pour assister à la messe du matin.

Quand elle rentra à la maison, elle fut absolument certaine que le déjeuner allait être raté. La carpe se disloquerait, la sauce tournerait, la farce coulerait. Réfrénant sa panique, elle alla chercher le poisson dans le garde-manger et le mit au four. Et puis, juste à la dernière minute, elle fit une chose qu'elle fut sûre de regretter.

Les trois professeurs portaient leurs plus beaux habits, leurs serviettes de table étaient nouées autour de leurs cous, leurs yeux étaient pleins d'attente, et la table était dressée avec les assiettes en porcelaine de Meissen, bordées de fils d'or, qu'on ne sortait que les jours de fête. La porte s'ouvrit, et Annika entra avec la carpe.

Les professeurs l'accueillirent avec un sourire bienveillant. Ellie apporta les légumes et la sauce, et le professeur Julius commença à découper le poisson en tranches.

– Délicieux, déclarèrent-ils. Absolument délicieux. Comme d'habitude.

Mais quand Ellie, Sigrid et Annika s'assirent dans la cuisine pour partager leur poisson, le pire arriva.

Ellie porta un morceau de carpe à sa bouche. Son visage s'assombrit. Annika avait rarement vu son regard aussi courroucé.

– Qu'as-tu fait ? lui demanda-t-elle, horrifiée. Qu'as-tu fait, Annika ? Ma mère doit se retourner dans sa tombe !

Elle prit une autre bouchée. Un silence affreux s'installa.

Sigrid intervint enfin :

– Goûte, Ellie, goûte, avant de la gronder.

Ellie trempa un autre morceau de poisson dans la sauce de couleur brune... puis un autre... Elle ferma les yeux. Elle ne parlait toujours pas. Quand le plat fut terminé, elle se leva et alla chercher le livre de recettes sur l'étagère, ainsi qu'un porte-plume et une bouteille d'encre.

– Tu peux écrire dedans, dit-elle à Annika. Ne fais pas de tache.

– Qu'est-ce que j'écris ? demanda Annika, interloquée, en prenant le porte-plume.

Ellie lui indiqua la recette de la carpe de Noël :

– Ici... sous la dernière ligne, écris : « Une pincée de noix de muscade enrichira le goût de la sauce. »

Le sapin ne prit pas feu. Sigrid avait cousu une robe en velours avec un grand col en dentelle pour Annika, et Ellie lui offrit une breloque en argent pour son bracelet. Plus tard dans la soirée, les Bodek arrivèrent et Stefan souleva ses petits frères pour qu'ils puissent prendre leurs souris et leurs cœurs en pain d'épice accrochés au sapin.

Somme toute, ça avait été un merveilleux Noël ; « le meilleur », estima Annika, comme elle l'affirmait sincèrement tous les ans. Elle avait complètement oublié ses doutes et sa tristesse. Elle voyait clairement son avenir devant elle : elle deviendrait la meilleure cuisinière de Vienne, peut-être même une cuisinière célèbre qui laisserait derrière elle des plats réputés. C'était sûr, il n'y avait pas de meilleur endroit pour grandir que dans l'atmosphère familière de cette place et dans la plus belle ville du monde.

Elle ouvrit sa fenêtre, ce qu'elle n'était pas supposée faire, et tendit la main pour attraper un flocon de neige. Venant de l'autre côté de la place, faiblement, des pleurs de rage parvinrent à ses oreilles. La porte des Egghart s'ouvrit alors, et Loremarie lança ses nouveaux patins à glace dans la rue.

– Je n'aime pas cette couleur ! cria-t-elle. Je vous l'avais pourtant dit, que je les voulais bleus !

Et Annika, qui venait de faire la promesse, le matin même, de ne pas avoir de mauvaises pensées, trouva que c'était une fin de soirée parfaite.

9

La grande roue

À la fin du mois de février, le parc d'attractions du Prater, qui avait été fermé pour l'hiver, se prépara à rouvrir ses portes. Ce qui signifiait enlever les toiles de bâche des manèges, remonter les cabines de tir, et réviser la machinerie de la célèbre grande roue avec ses belles et grandes nacelles.

Le dernier samedi avant l'ouverture officielle de la foire, les hommes qui y travaillaient, comme le père de Stefan, ainsi que les autres préposés à l'entretien du parc, les mécaniciens et les menuisiers, furent autorisés à inviter leurs familles et leurs amis à venir se distraire gracieusement au Prater.

Stefan y alla, mais sans ses frères aînés qui travaillaient tous les samedis. Annika l'accompagna donc. Pauline elle aussi était invitée, mais sachant qu'ils passeraient la plus grande partie de la journée sur la grande roue, qu'elle trouvait dangereuse et bien trop haute, elle préféra rester à la maison. D'ailleurs son grand-père attendait une nouvelle livraison d'ouvrages.

Pauline avait raison. Annika et Stefan firent trois tours de grande roue, et Annika en fit un quatrième toute seule, car Stefan avait aperçu le mécanicien qui en assurait l'entretien et était allé lui parler.

Peut-être était-ce parce qu'elle était seule qu'elle vit soudain tout d'une façon très nette.

Pendant un moment, toutes les nacelles s'arrêtent avec un petit bruit sec et restent en suspens dans le vide. La musique s'interrompt, et l'on peut entendre le vent. Alors la ville s'étend sous vos pieds. À l'est, le Danube ; au nord-ouest, les forêts de Vienne ; et au sud (si l'on regarde attentivement), on aperçoit les sommets des Alpes et leurs neiges éternelles.

Tout ce qu'elle voyait maintenant semblait faire partie intégrante de son existence. La flèche de la cathédrale où, un dimanche de Pâques, Tante Gertrude s'était agenouillée sur une souris morte... Le toit du palais sous lequel l'empereur dormait dans son lit en fer, et l'école espagnole d'équitation où les chevaux lipizzans avaient dansé pour eux... Le dôme de cuivre du musée des arts où Oncle Emil lui avait expliqué tant de choses sur la représentation du corps humain en peinture, et l'opéra où il avait remarqué Cornelia Otter au milieu d'un chœur de trente jeunes villageoises potelées et avait décidé d'en faire sa muse et de l'aimer pour la vie...

Son regard parcourait toute la ville... Là, c'était le parc du Belvédère où elle irait bientôt cueillir les premières violettes... Là-bas, l'étang de Volksgarten où ils avaient trouvé un caneton blessé et l'avaient apporté à Ellie pour qu'elle le soigne... Derrière les îles marécageuses du

Danube, on voyait la grande plaine qui s'étendait jusqu'à Budapest et, plus près encore, le cimetière où l'oncle de Sigrid était enterré : après avoir mangé vingt-sept boulettes de pommes de terre d'affilée, il était tombé par terre sans connaissance et ne s'était plus jamais réveillé. Annika, dans le ciel, pensait à son amie, la grand-tante des Egghart, qui se balançait en éparpillant des fleurs et d'autres jolies choses sur toutes les scènes du monde, et elle éprouva un désir violent de briser les fenêtres de sa nacelle pour répandre elle aussi quelque chose de merveilleux sur la ville : des fleurs, des milliers et des milliers de fleurs, qui couvriraient les rues glacées pour faire plaisir aux habitants de Vienne.

– Oh, Stefan, quelle chance nous avons, dit-elle, quand elle fut descendue.

Et comme il la regardait, perplexe, elle ajouta :

– De vivre ici, je veux dire. D'appartenir à cette ville.

Par la suite il lui sembla étrange d'avoir prononcé ces mots en ce jour si particulier.

Ils descendirent du tram un arrêt avant le leur, parce que la neige avait presque fondu et que le soleil brillait.

– Tiens, fit Annika comme ils arrivaient sur la place, on dirait qu'il se passe quelque chose.

Et en effet il y avait beaucoup de monde près de la fontaine : Joseph, le garçon de café, avec sa mère enveloppée dans un châle, le père Anselme sorti de son église, Mitzi, la bonne des Egghart, Frau Bodek avec le bébé dans son landau et le petit Hansi de trois ans accroché à ses jupes, et puis Pauline, mais non seulement elle, mais

103

aussi son grand-père, qui n'était pas sorti de sa boutique depuis des mois.

Et au centre du groupe se trouvait le charbonnier qui avait livré des sacs de charbon dans la maison des professeurs, et que tous écoutaient.

– Je vous le jure, disait-il, Ellie était effondrée sur la table de la cuisine, elle pleurait toutes les larmes de son corps, et Sigrid me regardait comme si elle ne m'avait jamais vu alors que je viens livrer chez eux toutes les semaines.

Il s'interrompit. Les gens qui l'écoutaient s'étaient retournés, et maintenant tout le monde regardait Annika et Stefan qui arrivaient vers eux.

Le charbonnier se tut. Tout le monde se tut, sauf Hansi qui hurla :

– Je ne veux pas qu'Ellie pleure, je veux qu'elle fasse des petits pains !

– Qu'est-ce qu'il y a ? Qu'est-ce qui se passe ? demanda Annika.

– Il faut que tu rentres chez toi, Annika, on t'attend, lui dit le grand-père de Pauline d'une voix solennelle.

Elle eut peur.

– Qu'est-il arrivé ? demanda-t-elle encore.

Et comme personne ne lui répondait, elle ajouta :

– Veux-tu venir avec moi, Pauline ?

Pauline s'avança vers elle, mais son grand-père posa une main sur son épaule.

– Non, Pauline, tu restes ici. La famille d'Annika... (Il s'interrompit.) Ils voudront avoir Annika pour eux, aujourd'hui.

Annika traversa la place en courant. Elle ouvrit la porte de la cuisine et constata que ce que le charbonnier avait dit était vrai. Ellie était effondrée sur la table de la cuisine, son visage était rouge, et le plus extraordinaire de tout, c'est qu'elle ne faisait rien. Elle ne battait pas d'œufs dans un saladier, ne pétrissait pas de pâte, ne coupait pas de légumes en tranches. Sigrid était assise dans le fauteuil en osier. Ses mains aussi étaient vides, et elle semblait regarder fixement quelque chose que personne d'autre qu'elle-même ne pouvait voir.

– Qu'est-ce qui se passe, qu'est-il arrivé ? Pourquoi personne ne veut-il rien me dire ? questionna Annika en jetant ses bras autour du cou d'Ellie. Les professeurs vont bien ? Quelqu'un est mort ?

Ellie réussit à secouer négativement la tête.

– Non, personne n'est mort. (Elle se défit de l'étreinte d'Annika). On t'attend au salon.

– Au salon ?

Alors c'était que quelque chose de grave se passait. Les servantes n'entraient jamais au salon sauf pour y faire le ménage. À vrai dire les professeurs n'y allaient pas beaucoup eux-mêmes ; c'était une pièce sombre et solennelle, pas aussi accueillante que les autres pièces de la maison.

Sigrid se réveilla de sa torpeur pour sortir le peigne qu'elle gardait dans la poche de son tablier et recoiffer les cheveux d'Annika.

– Vas-y. Ça ira comme cela, lui dit-elle.

Annika franchit la porte tapissée de feutre vert, traversa le couloir et monta au premier étage. Elle frappa, entra et fit la révérence.

Le professeur Julius et le professeur Emil étaient debout de chaque côté du bureau, qui était couvert de papiers ayant l'air de papiers officiels. Ils semblaient un peu plus petits que d'habitude, et c'était parce que, également entre eux et tournant le dos à la porte, se tenait une très grande dame portant une cape de fourrure sombre et un chapeau orné de plumes de balbuzard.

– Entre, dit le professeur Julius. (Sa voix était étrange, un peu rauque.) Voici Annika.

La femme se retourna. Elle avait des yeux très bleus, mais ses sourcils étaient noirs et la mèche de cheveux qui dépassait de son chapeau était également noire. Avec ses traits bien marqués et sa haute taille, elle avait l'air d'une reine aux yeux d'Annika.

La femme, absolument immobile, la regardait. Elle leva ses longs bras, de sorte que son manteau se déploya de chaque côté comme des ailes, masquant les deux professeurs. C'est seulement alors qu'elle prononça les mots du rêve d'Annika :

– Mon enfant, ma chérie, ma chère fille, je t'ai enfin trouvée !

Elle s'avança et prit Annika dans ses bras.

10

Le bonheur

Rien n'est plus étonnant que de se promener dans son propre rêve. Sa mère était bien réelle, elle était vraiment venue, et Annika, dès le moment où elle avait senti ses bras autour d'elle, s'était vue emportée dans un vertige de bonheur. Elle ne pouvait supporter d'être séparée d'elle, ne serait-ce que d'une pièce.

Annika avait imaginé une femme élégante et sûre d'elle, mais même dans ses rêves les plus fous elle n'avait jamais imaginé que sa mère pût être une aristocrate, c'est-à-dire une femme de la noblesse au nom précédé d'un « *von* », dont la famille possédait des armoiries. Et pourtant c'était le cas.

Le nom de sa mère était Edeltraut von Tannenberg. Elle vivait dans un ancien manoir entouré de douves au nord de l'Allemagne, qui avait appartenu à sa famille depuis des générations.

Non seulement elle était noble, mais elle était belle : grande, avec d'épais cheveux noirs qu'elle coiffait en tresses autour de sa tête ; de longues mains fines, un cou gracile. Son port de tête, sa façon de parler, sa voix grave et profonde, son accent si différent de celui, mélodieux, des Viennois, envoûtaient Annika. Même son parfum était différent : intense, musqué, exotique, il embaumait une senteur de fleurs venues de pays inconnus.

Frau Edeltraut avait bien sûr apporté les papiers qui prouvaient qu'elle était bien la femme qui avait abandonné son bébé sur les marches de l'autel de l'église de Pettelsdorf. Parmi eux se trouvait un document attesté par l'un des plus célèbres notaires de Vienne, maître Adolf Pumpelmann-Schlissinger. C'était une déclaration écrite sous serment et signée par la sage-femme de Pettelsdorf, jurant qu'elle avait assisté à la naissance d'une fille de Frau Edeltraut von Tannenberg le 6 juin 1897.

On ne pouvait douter d'un document attesté par maître Pumpelmann-Schlissinger. C'était un petit homme soigné à la moustache bien cirée, qui portait des souliers pointus et des cravates violettes, et qu'on rencontrait aux réunions les plus chics de la ville. Les professeurs le connaissaient bien ; il appartenait au même club qu'Oncle Julius, collectionnait les couverts à salade en argent et était souvent appelé par l'université lors de ses conflits avec le conseil municipal.

– Si Pumpelmann-Schlissinger a apposé son nom sur ce papier, alors l'affaire est close, déclara tristement le professeur Julius.

Et tout espoir qu'il y eût erreur ou malentendu devait être abandonné.

L'après-midi passa à régler quelques affaires, mais comme l'heure du dîner approchait, des problèmes se présentèrent. Frau Edeltraut ne pouvait évidemment pas manger dans la cuisine. D'un autre côté, si elle dînait avec les professeurs, Annika, elle, ne pouvait décemment pas manger du jour au lendemain dans la salle à manger. Aussi, avec beaucoup de tact, la mère d'Annika invitat-elle sa fille à la rejoindre pour le dîner à l'hôtel *Bristol*, où elle était descendue. Ainsi feraient-elles connaissance en tête à tête.

– Seigneur, le *Bristol* ! s'exclama Ellie.

Elle et Sigrid se ressaisirent alors. Elles lavèrent les cheveux d'Annika, polirent ses ongles et lui firent revêtir la robe de velours que Sigrid lui avait confectionnée pour Noël. Elles venaient juste de terminer lorsque la cloche sonna : c'était la mère d'Annika qui venait la chercher dans un fiacre particulièrement beau.

Le *Bristol* était l'hôtel le plus luxueux et le plus cher de Vienne. Même les membres de la famille royale y descendaient quand ils visitaient la ville, et Frau von Tannenberg en était fort contente.

Sa nouvelle fille allait lui faire honneur, elle le voyait déjà. En observant Annika venir vers elle dans la salle à manger, avancer gracieusement entre les tables aux nappes damassées et amidonnées, à l'argenterie éclatante, en la voyant sourire au maître d'hôtel quand il tira sa chaise pour qu'elle s'y assoie, Frau Edeltraut ne put que féliciter en son for intérieur la cuisinière et la femme de chambre qui l'avaient si bien élevée. Elle s'était préparée à initier doucement Annika à l'art de manipuler tous les couteaux et les fourchettes, et à lui montrer dans quel verre il fallait boire. Or ce n'était pas la peine. Dans la plus splendide salle à manger de Vienne, Annika se sentait comme chez elle.

Parce qu'elle essayait encore de faire coïncider son rêve et ce qui se passait en ce moment dans sa vie, Annika demanda la permission d'avoir un chien.

– M'en apporterez-vous un ? s'enquit-elle un peu stupidement.

– Tu aimes les chiens ?

– Oui, beaucoup. J'en ai toujours voulu un.

– Eh bien, il y a beaucoup de chiens à Spittal. Et beaucoup d'animaux. Il y a une ferme tout près de la maison.

Annika hocha la tête. Cela lui plaisait. Seulement, il semblait bien que sa mère allait l'emmener d'ici. C'était évident. Sauf que, dans son rêve, sa mère ne faisait qu'arriver, et le rêve s'arrêtait. C'était le rêve d'une arrivée sans départ. Personne dans son rêve ne partait.

Annika inspira profondément :

– Je continue à me demander... pourquoi vous m'avez abandonnée.

Sa mère se pencha et prit les deux mains d'Annika par-dessus la table.

– Bien sûr, tu te le demandes. Bien sûr, ma pauvre enfant. Mais maintenant que je t'ai rencontrée, je sais que tu vas me comprendre, car tu as un visage tellement sympathique. Je vais te raconter exactement ce qui s'est passé, mais je crains que tu n'aies à affronter quelque chose de difficile, ma très chère enfant : ton père était une crapule.

Annika fut déconcertée. Elle savait que l'aristocratie utilisait souvent un langage cru, mais il était étrange d'entendre son père traité de crapule.

– Il était si beau, tu tiens de lui. Mais c'était un salaud quand même.

Et elle raconta à Annika ce qui s'était passé alors qu'elle n'était qu'une jeune fille innocente.

– J'étais si jeune, tu ne dois pas l'oublier. Je n'avais que dix-huit ans. J'avais attrapé une mauvaise toux et Spittal, ma demeure, est à très basse altitude. Les médecins ont dit que l'air de la montagne me ferait du bien, et ils m'ont envoyée, avec ma femme de chambre évidemment, dans un hôtel des Alpes.

– Près de Pettelsdorf, poursuivit Annika. (Son cœur battait très vite.)

– Oui. De l'autre côté du col.

Elle marqua une pause et fit un signe en direction du serveur, qui vint aussitôt enlever leurs assiettes.

– J'étais arrivée depuis quelques semaines, lorsque ma femme de chambre est tombée malade : je l'ai renvoyée chez elle sans le faire savoir à mon père. Il était très, très strict. Je n'étais jamais restée seule, et j'en profitais. Mais, bien sûr, j'ai rencontré un homme.

Elle poussa un profond soupir et prit un autre petit pain dans le plat en faïence.

– Mon père ?

– Oui, ton père. Tu ne peux pas imaginer à quel point il était beau. Les mêmes cheveux blond foncé que les tiens, et les mêmes yeux pensifs. C'était un hussard, il portait un uniforme bleu à revers d'argent, et puis nous sommes tombés amoureux.

Elle s'arrêta, et Annika attendit. Son père en uniforme bleu comme ceux du kaiser...

– Il m'a demandé ma main, et j'ai accepté. J'étais si heureuse. Il a dit qu'il se procurerait les papiers dont nous avions besoin. J'ignorais tout, c'était la première fois que je quittais la maison. Une cérémonie de mariage a eu lieu dans un petit bureau, quelque part – j'imagine maintenant qu'il avait dû soudoyer un employé –, et puis nous sommes partis en voyage de noces... Une semaine plus tard, il avait disparu. Il s'était tout simplement envolé de la surface de la terre. J'ai essayé de le retrouver dans l'armée, mais on n'avait jamais entendu parler de lui. Oh, comme j'étais désespérée... Je lui faisais tellement confiance.

Elle s'arrêta de parler et porta une main à sa gorge, comme si elle revivait la même douleur.

– Et là (elle détourna les yeux), j'ai découvert que... j'attendais un enfant. Je ne sais pas si je peux te parler franchement, mais j'imagine que les enfants élevés comme tu l'as été apprennent les choses de la vie assez tôt.

– Effectivement.

– J'étais désespérée. Je savais que mon père me tuerait s'il découvrait... C'était le déshonneur et la honte... Ce mariage n'était qu'une mystification, vois-tu. Aussi ai-je fait semblant d'être toujours accompagnée de ma femme de chambre et de continuer à me soigner. Je me trouvais tout à fait seule quand tu es née, dans un petit chalet. La sage-femme n'est venue qu'à la dernière minute. Oh ! quelles souffrances j'ai endurées quand il a fallu décider quoi faire, comment faire pour le mieux – le mieux pour toi, je veux dire. J'avais découvert la petite chapelle de

Pettelsdorf lors de l'une de mes promenades solitaires, et je l'avais trouvée si belle, elle dégageait une telle piété... Aussi t'ai-je enveloppée dans un châle, emmenée dans l'église et déposée au pied de l'autel. Puis je suis rentrée à la maison.

Elle porta son mouchoir à ses yeux, un mouchoir en dentelle avec les armoiries des Tannenberg brodées dans un coin.

– Puisses-tu ne jamais connaître un tel désespoir et une telle détresse, ma fille. Dieu t'en protège.

– Et tu n'as jamais retrouvé mon père ? Tu ne l'as jamais revu ?

– Jamais. Je pense qu'il doit être mort. Il vaudrait mieux que tu le crois, toi aussi.

Annika parcourait l'histoire dans sa tête. Elle pouvait tout imaginer : l'amour et puis la colère, la peine... la terrible décision à prendre...

– Tu voudras savoir pourquoi je suis venue maintenant, si longtemps après, te réclamer, et je vais te le dire. Eh bien, c'est que mon père est mort il y a deux ans. C'était un homme que tout le monde craignait, le baron von Tannenberg. Spittal m'appartient désormais et toute personne qui n'acceptera pas ma fille sera bannie de ma vue.

Elle reprit sa main par-dessus la table.

– Nous allons commencer une nouvelle vie, Annika. Une nouvelle vie dans ta maison de famille.

– Oui, dit Annika. Oui.

Ainsi elle allait partir. Bien sûr elle reviendrait en visite, mais elle partait définitivement.

– Tu sais, tu n'as pas seulement trouvé une mère, ajouta Frau von Tannenberg, souriante. Tu as aussi un frère. Un frère à toi.

Annika était perplexe.

– Comment ?

– Quand je suis revenue à la maison, j'étais si seule, si triste... tu peux l'imaginer. Mais un homme est arrivé et m'a courtisée. Un homme honnête et de bonne famille, Franz von Unterfall. Sa famille possédait un domaine non loin du nôtre. Je l'ai épousé, et très vite notre fils est né : Hermann. Il a presque ton âge et tu l'aimeras. Tout le monde aime Hermann.

Annika essayait de comprendre tout cela.

– J'ai donc un beau-père aussi ?

– Oui, mais tu ne le verras pas pendant un certain temps. Il est en voyage d'affaires en Amérique, c'est la raison pour laquelle je vis en ce moment dans mon ancienne maison. Mais tu ne dois pas t'inquiéter, tu ne seras pas seule : ma sœur vit tout près de Spittal et elle a une fille, Gudrun. Ta nouvelle cousine est une fille charmante. Tu vois, tu ne manqueras pas de compagnie.

Annika dormit peu cette nuit-là. Principalement, bien sûr, à cause de son grand bonheur, mais en partie aussi parce qu'elle avait mal à l'estomac. Elle n'était pas vraiment habituée à manger des plats riches tard le soir.

À deux heures, elle se leva pour aller aux toilettes et fut malade. D'habitude, quand elle ne se sentait pas bien, elle appelait Sigrid dans la chambre voisine, ou descendait voir Ellie dans sa chambre à coucher près de la cuisine. Mais elle ne pouvait plus faire cela maintenant ; la fille d'Edeltraut von Tannenberg ne pouvait réveiller les gens juste parce qu'elle se sentait mal.

En fait Sigrid était réveillée, de même qu'Ellie. Elles avaient entendu Annika se lever et attendaient qu'elle vienne les voir. Mais elle ne vint pas. Sa porte se referma, et elles comprirent que l'ancienne vie était finie.

Après cela, tout se passa très vite. Une fois que le professeur Julius eut vérifié les documents que Frau von Tannenberg avait apportés, rien ne s'opposa plus au départ d'Annika, et il l'appela pour lui faire un cours sur son nouveau pays.

– Tu vas vivre dans la région du Norrland, au nord-est de l'Allemagne, non loin de la mer Baltique. Le sol y est calcaire sur un lit de granit, c'est pourquoi la terre risque souvent d'être inondée. La principale culture est la betterave à sucre, et d'autres légumes à racine comestible...

Et il continua à lui expliquer que les différents États allemands étaient maintenant un seul pays gouverné par l'empereur Guillaume II, qui était plus jeune et en meilleure santé que l'empereur d'Autriche, avec une plus grosse moustache, et essayait de développer l'armée et la flotte allemande afin de faire de l'Allemagne le plus important pays d'Europe.

Deux jours avant le départ prévu d'Annika, Sigrid entra dans la cuisine et trouva Ellie tenant le vieux livre de recettes noir qui avait appartenu à sa mère, et à la mère de sa mère avant elle.

– Je voulais l'offrir à Annika pour le prochain jour anniversaire de sa Découverte. Penses-tu que je devrais le lui donner maintenant pour qu'elle l'emporte ?

Sigrid était debout à côté de son amie, regardant à quelle page Ellie tenait le livre ouvert : c'était celle de la recette de la carpe de Noël, avec les mots qu'Annika avait écrits dessous – « Une pincée de noix de muscade enrichira le goût de la sauce. »

– Ellie, elle s'en va vivre une vie différente. Elle va être une vraie dame. Une « *von* ». Elle aura peu l'occasion de cuisiner, je pense.

– Eh bien s'ils ne l'encouragent pas, ils ont tort, répliqua farouchement Ellie. Annika possède son propre talent. Si elle avait celui de la musique ou de la peinture, ils la pousseraient à continuer.

Elle resta à regarder le livre un peu plus longtemps, puis le replaça sur l'étagère à côté du buffet.

Ellie avait réussi à se ressaisir et était décidée à ne pas gâcher la joie d'Annika. Quand elle pleurait maintenant, elle le faisait la nuit sous son oreiller, et le matin elle se lavait le visage plus longtemps que d'habitude afin qu'Annika ne s'aperçoive de rien. Quant à Sigrid, elle était trop occupée elle-même à laver et à repasser les vêtements d'Annika, à coudre des boutons, à vérifier ses rubans de cheveux... Frau von Tannenberg n'achèterait rien pour l'enfant avant d'arriver chez elle, disait Sigrid. Spittal n'était pas loin de la station thermale de Bad Haxenfeld, où les gens les plus importants d'Europe allaient se faire soigner, et les magasins y étaient splendides.

– Vous pouvez imaginer combien je vais aimer habiller ma fille, avait dit Frau von Tannenberg à Sigrid. C'est ce dont rêvent toutes les mères.

Et Sigrid avait soupiré, car elle aussi aurait voulu emmener Annika dans une boutique de vêtements et l'habiller sans se soucier du prix – mais elle ne répondit rien.

Il y avait pas mal de gens qui ne disaient rien, remarquait Annika. Les professeurs, les Bodek, Pauline... C'était comme s'ils ne comprenaient pas la chose merveilleuse qui lui arrivait. Seule la famille de Loremarie était impressionnée. Son père avait cherché Spittal dans les livres et découvert que l'endroit était mentionné dans le guide comme une intéressante demeure fortifiée du XVIIᵉ siècle. Voir Loremarie faire la révérence quand elle avait été présentée à sa mère avait donné à Annika un moment de pur plaisir.

Pauline n'était presque pas sortie de la librairie depuis le jour où Frau von Tannenberg était arrivée, et Annika était perplexe. Elle ne pouvait croire que son amie soit jalouse d'elle, alors pourquoi donc ne pouvaient-elles pas partager son bonheur ensemble ?

Cependant, la veille du jour où le départ d'Annika était prévu, Stefan et Pauline lui demandèrent de les accompagner dans le jardin abandonné.

La neige avait fondu, mais il faisait encore très froid. Ils s'installèrent dans la cabane, enveloppés dans une couverture ; Ellie avait préparé un pique-nique, mais personne n'avait vraiment envie de manger.

Les deux amis d'Annika lui avaient apporté des cadeaux d'adieu. Stefan lui avait sculpté un petit cheval en bois.

– Pour que tu n'oublies pas le jour où on est allé voir les lippizans.

– Je ne l'oublierai pas, dit Annika.

Pauline avait recopié les meilleurs articles de son album dans un carnet spécial attaché avec un ruban. Toutes ses histoires préférées y étaient : celle de la petite fille qui avait la rougeole et qui avait nagé dans le Danube pour sauver son grand-père, celle du champion de boxe qui avait un pied bot, et une nouvelle, celle d'un petit garçon qui avait sauvé la vache de sa mère alors qu'elle était tombée dans un lac gelé en en brisant la glace.

– Il tenait la vache par les cornes, et il a tenu bon jusqu'à l'arrivée des secours. Ses doigts étaient tellement gelés qu'on a dû en amputer un, mais la vache était sauve.

Annika prit le livre et la remercia chaleureusement. Elle avait dû mettre des heures et des heures à recopier toutes ces histoires.

– Je sais que tu n'as pas besoin de ces exemples pour devenir courageuse, car tu l'es déjà. Mais on ne sait jamais, observa Pauline.

Cependant, la vraie raison pour laquelle ils l'avaient emmenée dans la cabane, c'était qu'ils voulaient lui dire que, quoi qu'il lui arrive dans sa nouvelle vie, ils ne l'abandonneraient jamais.

– Je déteste les aristocrates, comme tu le sais, dit Pauline. Ils écrasent les pauvres de leurs richesses et de leur puissance.

– Ce n'est pas le cas de ma mère, riposta Annika.

Il n'empêche, elle savait ce que pensait Pauline. Le printemps dernier, ils avaient joué Marie-Antoinette montant à la guillotine. Annika était la reine condamnée, et elle avait été choquée par la façon dont Pauline et Stefan avaient ri et s'étaient moqués d'elle quand elle avait offert sa gorge nue à la lame du couteau.

– D'un autre côté, ce n'est pas ta faute si tu es devenue une von Tannenberg, dit Pauline. C'est pourquoi si tu as besoin de nous, tu n'as qu'un mot à dire.

– Oui, souligna Stefan en secouant sa tête blonde. Tu n'as qu'un mot à dire.

Après cet intermède, les heures se précipitèrent. La valise fut prête, et vint le moment des derniers adieux.

Annika avait embrassé Joseph, le serveur du café, sa mère, le père Anselme dans son église, et la marchande de journaux...

Maintenant elle montait l'escalier pour dire au revoir aux professeurs, qui n'étaient plus des professeurs mais des oncles, et à Tante Gertrude, qui se pencha soudain pour l'embrasser, lui cognant maladroitement le nez.

Puis ce fut le tour de Sigrid et d'Ellie...

Elles avaient prié et s'étaient préparées. À présent elles se tenaient, les yeux secs, l'une à côté de l'autre, pour faire de joyeux adieux.

Mais quand Annika entoura Ellie de ses bras, elle ressentit quelque chose de terrible. C'était comme si on lui arrachait les entrailles.

119

– Je reviendrai ! s'écria-t-elle. Je reviendrai souvent. Ma mère a dit que je le pourrai.

Pourquoi personne ne l'écoutait ? Pourquoi personne ne comprit qu'elle allait revenir ?

– Oui, ma chérie. Bien sûr, tu reviendras, lui dit calmement Ellie.

Puis le fiacre arriva devant la maison. Annika avait déjà pris congé de tout le monde, mais ils s'étaient tous rassemblés sur la place pour la regarder partir et lui faire signe. C'étaient les mêmes personnes qui étaient groupées sur la place quelques jours auparavant, quand Stefan et elle étaient revenus du Prater. Les Bodek avec le bébé, Pauline et son grand-père, Joseph, le serveur du café...

Annika monta dans la voiture où l'attendait sa mère. Quand le fiacre s'ébranla et s'éloigna avec fracas sur les pavés, le bébé Bodek se mit à pleurer dans son landau. Il pleura longtemps après que le fiacre eut tourné et disparu dans la rue Keller.

Personne ne le fit taire. Au lieu de cela, alors qu'il devenait de plus en plus violet de chagrin et de rage, ils se dirent les uns aux autres :

– C'est exactement cela. Oui, exactement cela que nous ressentons.

11

Le voyage au Norrland

Elles avaient voyagé toute la matinée et une grande partie de l'après-midi. Dans le train la chaleur était étouffante, mais quand Frau Edeltraut baissa la vitre, le vent entra comme une volée de couteaux.

Annika regarda, émerveillée, par la fenêtre du train quand celui-ci traversa les montagnes de Moravie, s'arrêta dans de jolies villes avec des églises aux clochers à bulbes, et roula à flanc de montagne, au-dessus de gorges parcourues par des torrents. Maintenant, après quelques heures de voyage, elle tombait de sommeil. Le paysage changeait. Le train roulait vers le nord, de plus en plus vers le nord, et arrivait dans une vaste plaine parsemée d'arbres et d'étangs que survolaient des oiseaux noirs. La neige recouvrait encore la terre, et les arbres noueux étaient courbés par le vent. C'était Norrland, et le paysage de sa nouvelle vie.

Frau Edeltraut avait peu parlé pendant le voyage ; elle avait seulement souri de temps à autre à Annika et tendu le bras pour tapoter sa main. Annika était donc libre d'imaginer ce qu'elle trouverait : la ferme, les chiens, les chevaux, et Hermann... Un frère : elle n'avait pas osé imaginer un frère dans ses rêves.

Elles n'allèrent pas au wagon-restaurant ; Frau Edeltraut acheta juste quelques petits pains dans une gare à une femme qui passait le long du train avec un panier. Annika se souvint d'avoir entendu dire que les aristocrates n'avaient pas faim comme les autres personnes et ne se souciaient pas de ne pas être installés confortablement. Les sièges du compartiment étaient étonnamment durs.

Le jour avait commencé à baisser quand le train s'arrêta à Bad Haxenfeld. Elles descendirent sur le quai. Tout était calme. Une forte odeur d'œufs pourris flottait dans l'air en provenance de la ville, qui avait plutôt l'air d'une grande ville, avec de grands hôtels et un casino, aussi cette odeur surprit-elle Annika. Étaient-ce les canalisations ?

– C'est le soufre que tu sens, lui expliqua sa mère. Il se trouve dans l'eau. Il jaillit des rochers au-dessus de la ville, c'est pourquoi les gens viennent ici prendre des bains pour se soigner. Le soufre guérit de nombreuses maladies. Un vieil oncle à moi vit dans l'un des hôtels de la ville ; il a de l'arthrite.

Annika hocha la tête. Les Egghart venaient ici également, elle s'en souvenait. Ils se trouvaient à Bad Haxenfeld quand la nouvelle de la mort de la vieille dame leur était arrivée.

Comme elles traversaient le quai pour quitter la gare, elles virent un grand nombre d'hommes (une trentaine) en costume sombre descendre de la dernière voiture. Des badges étaient épinglés sur le revers de leur veste et, selon toute apparence, ils étaient ensemble.

– Je crois que ce sont des dentistes, commenta Frau Edeltraut. À moins que ce soient des entrepreneurs de pompes funèbres, mais je crois que mon oncle a parlé de dentistes. Ils viennent ici faire des conférences. Un mois, ce sont des dentistes ; un autre mois, des entrepreneurs de pompes funèbres, ou encore des serruriers ou des directeurs de banque. Ils dorment la nuit dans les hôtels, le matin boivent les eaux de la station, et l'après-midi font des conférences sur les dents, les cercueils, ou tout autre chose.

Annika observa la file d'hommes qui continuait à descendre du train. Des porteurs en uniforme avec les noms des hôtels inscrits sur leur casquette retiraient leurs malles et leurs valises du fourgon à bagages et les portaient hors de la gare. Les dentistes les suivaient. C'était un défilé d'hommes grands, petits, gros et maigres...

– Je ne savais pas qu'il y avait autant de dentistes dans le monde, s'étonna Annika.

Devant la gare, un grand cabriolet conduit par deux chevaux attendait. Il était noir, et Annika put distinguer sur le côté les armoiries des von Tannenberg, les mêmes qu'elles avaient vues brodées sur le mouchoir de sa mère.

Le cabriolet était vieux, sentait une odeur de renfermé et était équipé de sièges en cuir. Le cocher était vieux lui aussi et quand il souleva son chapeau pour saluer Annika, il ne dit pas un mot. Les gens ne semblaient pas être très bavards ici, dans le Nord.

Ils laissèrent la ville derrière eux et roulèrent pendant plus d'une heure dans l'ombre du crépuscule. Annika discerna un paysage de bouquets d'arbres noueux et inclinés et d'étendues d'eau ridées par le vent. Puis, comme il faisait trop sombre pour voir quoi que ce soit, elle s'appuya sur les coussins et ferma les yeux.

Le grondement des roues du cabriolet sur un pont de pierre franchissant une rivière la réveilla ; après être passés sur un second pont plus petit et en bois qui enjambait un fossé, ils pénétrèrent dans une grande cour. Une lanterne vacilla vers eux, et Annika se souvint alors de ce que la grand-tante des Egghart avait dit de son arrivée chez le comte russe, où des centaines de torches l'attendaient pour l'éclairer. Mais c'étaient des Russes. Les Russes étaient différents, et c'était il y a longtemps.

– Bonsoir, *gnädige*[1] Frau, dit la vieille dame qui tenait la lanterne en faisant la révérence.

– Bertha, voici ma fille Annika, annonça Frau Edeltraut – et la vieille servante fit une autre révérence.

C'était la première fois que quelqu'un pliait le genou devant Annika, et elle aurait souhaité que ce ne soit pas quelqu'un de si vieux, aux articulations si raides.

Elles suivirent Bertha, passèrent une lourde porte en chêne qui séparait la cour de la partie principale de la maison, et marchèrent dans un long couloir de pierre qui conduisait à un escalier.

– Je pense que ma fille voudra aller directement se coucher, dit Frau Edeltraut.

––––––––––

1. « Gracieuse » en allemand. Formule de respect.

– Très bien, madame, répondit Bertha. J'ai mis une bouillotte chaude dans son lit. Dois-je lui apporter un verre de lait chaud ?

– Je suppose qu'elle a envie de dormir tout de suite, n'est-ce pas, ma chérie ?

– Oui, fit Annika obéissante, bien qu'elle eût adoré boire quelque chose de chaud.

Sa mère se pencha vers elle et l'embrassa sur la joue.

– Je suis heureuse de t'avoir sous mon toit, dit-elle d'un ton cérémonieux.

– Moi, je suis heureuse d'être ici, dit Annika.

Sur ces mots, elle suivit la vieille servante dans le vieil escalier de pierre en colimaçon.

Très tôt le matin, elle fut réveillée par une explosion, et l'espace d'un instant elle crut qu'elle était de retour à Vienne et que c'était l'anniversaire de l'empereur. Il y avait toujours un feu d'artifice en ville ce jour-là.

Ensuite elle examina sa chambre, sombre, étrange. Elle s'approcha de la fenêtre aux lourds barreaux de fer. Elle distingua un bateau à fond plat amarré sur la rive d'un lac qui s'étirait en longueur devant la maison, et un homme accroupi dedans qui tenait un fusil. Une volée d'oiseaux, noirs dans le ciel gris, passa. « Des canards sauvages », pensa-t-elle. Il y eut deux autres détonations, et deux oiseaux tombèrent dans l'eau.

Annika retourna dans son lit. Quand elle se réveilla de nouveau, il faisait jour et elle vit nettement la chambre dans laquelle elle avait dormi.

Elle n'avait jamais rêvé qu'elle se réveillerait dans une telle chambre en sachant que c'était la sienne. Les murs étaient couverts de tentures de brocart, sombres et lourdes, sur lesquelles étaient brodées les mêmes scènes de bataille qu'Oncle Emil lui avait montrées au musée de Vienne pour lui expliquer les mouvements des lippizans. Deux épées croisées étaient accrochées sur un mur. Au milieu de la pièce trônait un fauteuil avec un haut dossier tapissé de cuir devant une table aux pieds lourds et sculptés. À la tête de son énorme lit s'étageaient des sculptures d'hommes avec des casques piétinant d'autres personnes dont les casques étaient tombés.

Mais certains détails la surprirent. Les descentes de lit qui jonchaient le sol étaient usées jusqu'à la corde, les rideaux étaient râpés et les tapisseries qui recouvraient les colonnes des pieds de son lit étaient élimées. Le poêle en faïence était éteint, à moins qu'il n'ait pas été allumé du tout. Ses doigts de pied se recroquevillèrent de froid en touchant le sol, et il y avait des taches décolorées sur le mur à la place de tableaux qui avaient été manifestement enlevés.

Elle s'habilla rapidement, se lava à l'eau froide dans la cuvette placée très haut. Les von Tannenberg devaient tous être grands, et sûrement forts et robustes : ils n'étaient pas choyés et gâtés comme elle l'avait été à Vienne ; là-bas, elle se réveillait dans une pièce chaude et se lavait avec de l'eau chaude.

Comme elle se sentait un peu triste, elle s'approcha de la fenêtre, et soudain son humeur changea. Elle pensa : « Allons, tout va très bien se passer, tout va très bien. » Car

126

elle avait presque oublié l'une des meilleures choses de sa nouvelle vie. Elle avait presque oublié Hermann.

Et maintenant, voici qu'elle apercevait un garçon qui montait un cheval noir à cru, le laissant courir à bride abattue, galopant à travers champs. Ce qu'elle put voir, même de loin, fut la facilité et le bonheur avec lesquels le garçon montait son cheval.

Peut-être Hermann lui apprendrait-il à devenir une bonne cavalière ? Et peut-être (non, il n'y avait pas de « peut-être » qui tenait) elle et Hermann deviendraient-ils les plus grands amis du monde... Quelquefois on voit quelqu'un, même de très loin, et on sait tout de suite qu'il prendra une place importante dans notre vie.

– J'ai un frère, se dit Annika tout haut.

Elle tourna le dos à la fenêtre et descendit l'escalier en courant.

Elle se retrouva dans un grand hall carré au sol dallé de pierre, sur les murs duquel s'alignait un grand nombre de vitrines d'exposition qui contenaient des poissons empaillés : des brochets, des gardons, des perches, tous soigneusement étiquetés ; un lourd coffre en bois était appuyé contre un mur ; dans un coin, une énorme cloche de cuivre ; à côté se trouvait un guéridon portant une épée de chevalerie, un sabre d'abordage et une hache de guerre.

Plusieurs portes donnaient sur le vestibule. Par laquelle passerait-elle ?

Elle sentit, venant d'un couloir sur la gauche, une odeur de café. Elle s'engagea dans ce couloir et ouvrit une porte.

127

Elle avait eu raison : elle se retrouva dans la cuisine.

Elle était plus grande que la cuisine d'Ellie à Vienne, et plus sombre avec sa haute fenêtre à barreaux, mais tout de suite elle se sentit chez elle : il y avait une table parfaitement nettoyée, un assortiment d'ustensiles, un service de plats en cuivre sur le vaisselier, et surtout il y faisait chaud ! Une vieille femme remuait quelque chose sur la cuisinière. C'était Bertha, qui les avait accueillies la nuit précédente, et maintenant Annika la voyait à la lumière du jour. Elle put constater combien elle était vieille, ridée et fatiguée. Elle devait avoir supplié qu'on la laisse rester à Spittal ; certaines servantes ne pouvaient admettre qu'elles étaient arrivées à un âge où elles ne pouvaient plus travailler.

– Bonjour, dit Annika.

La vieille Bertha pivota sur ses pieds.

– Ciel ! mademoiselle, vous ne devez pas entrer ici. C'est la cuisine.

Son dialecte du Norrland était difficile à comprendre pour Annika.

– Oui, je sais que c'est la cuisine. Puis-je vous aider à apporter quelque chose dans la salle à manger ?

– Oh non ! Bien sûr que non ! Que dirait Frau Edeltraut, sa fille qui aide à la cuisine ! Retournez dans le hall. La salle à manger est la deuxième porte sur la droite. Vite, allez, allez, sinon vous allez m'attirer des ennuis.

La salle à manger, aussi immense que la cuisine, donnait au nord, sur le lac. Au centre s'étalait une longue table en bois foncé ; les murs étaient décorés de portraits des Tannenberg, mais certains tableaux manquaient, et la tapisserie était tachée d'humidité. Après la chaleur de la cuisine, cette pièce semblait très froide.

Sa mère, assise à une extrémité de la table, était en train de beurrer un morceau de pain. Elle portait une robe de chambre en velours vert, et son épaisse chevelure noire tombait librement sur ses épaules. Annika, emplie d'orgueil, courut vers elle pour l'embrasser, et c'est seulement alors qu'elle se rendit compte qu'une autre personne était dans la pièce : un grand homme aux cheveux roux, doté d'une barbe également rousse, et dont la joue gauche était traversée d'une longue balafre. Il portait un pantalon en velours côtelé et une veste en loden verte, et une petite plume était accrochée dans sa barbe ; une plume de canard, semblait-il. Cela devait être l'homme qu'elle avait vu dans la barque.

– Voici mon beau-frère, Herr von Seltzer. Tu peux l'appeler Oncle Oswald, dit Frau Edeltraut.

Elle lui expliqua qu'il s'agissait du mari de sa sœur, Mathilda, qui vivait dans les environs, et qu'il venait presque tous les matins pour chasser. Puis, se tournant vers lui :

– Eh bien, voici mon Annika. Comment la trouves-tu ?

– Elle est jolie, dit-il, mais pas autant que vous.

– Asseyez-vous, Oswald, répondit Frau Edeltraut en fronçant les sourcils. Voulez-vous du café ?

– Oui, je veux bien, merci.

Le petit déjeuner était des plus simples : il consistait en du pain noir coupé en tranches épaisses, du beurre, et un seul pot d'une confiture qu'Annika n'avait jamais vue, d'une couleur brun jaunâtre. Elle avait un goût de navet, mais bien sûr ce ne pouvait être cela, ce devait être un fruit spécial qui poussait ici, dans le Nord. Tout en l'étalant sur son pain, Annika regarda la quatrième place, restée vide.

– C'est la place de Hermann ? demanda-t-elle.

– Oui, il sera là dans une minute. Ah, je crois que je l'entends.

Des pas... la porte s'ouvrit... et un garçon apparut sur le seuil.

– Voici Hermann, Annika. Ton frère.

Les deux enfants se regardèrent. Le garçon ne s'avança pas pour lui serrer la main. Au lieu de cela, il resta debout sur le seuil et s'inclina, claqua fort ses talons l'un contre l'autre, et déclara :

– Heureux de faire votre connaissance.

C'était un garçon étonnamment beau, aux cheveux blonds bouclés coupés très courts, avec les yeux bleu foncé et le teint pâle de sa mère. Il était habillé en uniforme d'élève officier : pantalon kaki, tunique kaki à boutons de cuivre et bottes de cheval bien lustrées.

Ce n'était assurément pas le garçon qu'Annika avait vu sur le cheval.

12

La maison de Spittal

Après le petit déjeuner, la mère d'Annika lui fit visiter le manoir.

– Viens avec nous, Hermann, dit-elle à son fils. Annika peut être intéressée par tes projets. (Elle se tourna alors vers sa fille.) Quand il sera majeur, Hermann sera bien sûr le maître des lieux. En attendant, je veille sur Spittal.

Le manoir, avec ses murs de pierre massifs et ses fenêtres protégées par des grilles de fer, était très ancien. Il avait survécu à la guerre de Trente Ans, au cours de laquelle protestants et catholiques s'étaient horriblement massacrés les uns les autres. Et même aujourd'hui, avec ses douves et son grand lac qui s'étirait au loin et rendait impossible l'accès depuis le nord, il semblait encore fait pour résister aux sièges et aux guerres.

Ils traversèrent d'abord les pièces du rez-de-chaussée. Le salon, qui, comme la salle à manger, donnait sur le lac, était magnifiquement orné de riches et sombres tentures, et meublé de tables aux pieds dorés et de fauteuils aux pieds en griffes de lion. Le vaste plancher, nu, faisait résonner leurs pas, et aux murs étaient accrochés des portraits des ancêtres von Tannenberg, ainsi que des vitrines d'exposition, non pas garnies de poissons comme dans le hall, mais d'oiseaux aquatiques empaillés : des canards, des oies, des sarcelles et des macreuses dans un décor de roseaux qui avaient l'air presque réels.

– Mon père les a tués avant de partir, dit Hermann. C'est le meilleur chasseur d'Allemagne.

Mais ici également, il y avait des espaces vides sur les murs. « Quels ancêtres avaient été retirés et pourquoi ? se demandait Annika. De méchantes grand-tantes ? Avait-on descendu des oncles ivrognes à la cave ? Ils seraient aussi de ma famille... » Mais la vérité était plus simple : les tableaux et les tapisseries, expliqua Frau Edeltraut, avaient été emportés à Bad Haxenfeld afin d'être nettoyés.

– Ils ont beaucoup de valeur, dit-elle, et il faut bien s'en occuper.

Dans la bibliothèque, qui donnait sur la douve côté est, il y avait encore plus de traces de tableaux enlevés des murs, et beaucoup d'étagères étaient vides, parce que les livres, comme Frau Edeltraut le précisa, avaient été emportés pour être reliés.

– Les reliures en cuir peuvent être altérées par l'humidité, et certains livres ont une grande valeur, dit-elle à Annika.

Hermann, qui ne semblait pas intéressé par le sort des livres, montra à Annika une table sur laquelle était peint un grand écusson rouge et noir avec deux griffons rampants et une main gantelée. La devise, en lettres d'or

132

autour du bord de l'écusson, était : *Écarte-toi de notre chemin, vermine qui oses t'affronter à nous !*

– Ce sont les armoiries de la famille, dit Hermann. Nous les possédons depuis l'époque de l'empereur Charlemagne.

Annika était impressionnée. La pièce était glaciale comme le salon, mais les armoiries étaient splendides et, l'espace d'un instant, elle aurait souhaité que Loremarie soit à côté d'elle.

Les volets des autres pièces du rez-de-chaussée étaient fermés, et Spittal, contrairement à la maison des professeurs à Vienne, n'avait pas l'électricité.

– Il faudrait les éclairer avec des lampes à huile, mais nous n'en avons pas sous la main, dit Frau Edeltraut.

Elle expliqua que les pièces dans lesquelles ils pénétraient étaient la salle de billard et le salon de musique, et que le piano avait été emporté pour être accordé.

– Tu peux entrer dans chacune de ces pièces quand tu le souhaites, déclara Frau Edeltraut.

Annika remercia sa mère, bien qu'elle ne fût pas sûre de désirer tellement entrer dans ces pièces froides où le moindre son résonnait.

– Mais il y a d'autres endroits que tu dois éviter. Cette porte descend à la cave, où tu ne dois en aucun cas aller. Elle est inondée en ce moment, et si tu glissais sur les marches, tu pourrais te noyer. Quant à Hermann, il n'aime pas qu'on entre dans **sa** chambre : tout est soigneusement disposé et arrangé, n'est-ce pas, mon chéri ?

Hermann acquiesça :

– J'ai trois cents soldats de plomb alignés en position de combat. Ils ont de la valeur, et je les compte tous les jours.

– Hermann va entrer dans l'armée. Il attend une place au collège d'élèves officiers Saint-Xavier. Il partira dès qu'elle sera libre.

Ils empruntèrent l'escalier qui conduisait au premier étage. Devant eux, le dos courbé et la respiration haletante, montait la vieille Bertha, avec un panier rempli de bûches pour la chambre de sa maîtresse.

Annika la rattrapa sur-le-champ et prit l'une des poignées du panier.

– Laissez-moi vous aider. C'est affreusement lourd.

Comme elle commençait à soulever le panier, la voix de sa mère s'éleva derrière elle :

– Annika, mais que fais-tu donc ? Pose immédiatement ce panier. Bertha ne veut pas qu'on l'aide.

– Non... non merci, murmura la vieille femme. J'y arrive toute seule.

Déconcertée mais obéissante, Annika lâcha la poignée, et la vieille femme continua de monter en chancelant.

– Peut-être est-il temps maintenant, ma chérie, de t'expliquer certaines choses, dit Frau Edeltraut quand ils atteignirent le palier. Je sais que tu as été élevée dans le principe de te rendre utile, mais maintenant tu dois me promettre de n'intervenir en aucune façon auprès des servantes. Par exemple, je ne veux jamais te voir entrer dans la cuisine, ni dans l'office, ni dans n'importe quelle pièce où se fait le travail de la maison. Ce point est particulièrement important à cause de tes origines. (Elle passa un bras autour de l'épaule d'Annika.) Tu comprends, je veux que ma fille prenne sa place légitime dans la société, afin qu'elle fasse partie de notre famille. Si quelqu'un te trouvait avec les servantes, on penserait... eh bien, que tu n'es qu'une fille de cuisine. Et cela me briserait le cœur, ajouta-t-elle, attirant Annika contre elle et déposant un baiser sur sa tête. Tu comprends, n'est-ce pas ?

Annika fit oui, car elle se sentait bien dans les bras de sa mère.

– Mais... commença-t-elle, Jésus aidait les pauvres. (Elle réalisa alors qu'elle était en train de dire une bêtise : Jésus n'était pas un aristocrate, il était charpentier.)

Ils firent le tour des autres pièces, l'ancienne chambre d'enfants, la chambre d'amis... Tout était immense, imposant, et partout il y avait des espaces vides correspondant aux tableaux, aux brocarts ou aux statues qui étaient réencadrés, nettoyés ou polis par des experts de Bad Haxenfeld.

– Voici mon boudoir. J'y travaille, et pour cela j'ai besoin d'être seule. Mais bien sûr, si tu as besoin de moi, tu n'as qu'à frapper à la porte et je viendrai tout de suite. Et maintenant, ma chérie, je vais laisser Hermann te montrer le parc et les endroits où tu peux te promener sans risque. J'ai d'ennuyeux papiers à regarder. N'oublie pas, sois prête à midi et demi pour le déjeuner avec ta nouvelle tante et ta cousine.

Hermann l'emmena dans la cour. Les pavés étaient recouverts d'une couche de boue. Il y avait une grande écurie, mais certaines portes sortaient de leurs gonds, et les boxes étaient vides. La plupart des dépendances étaient désertes ; des brins de paille volaient dans tous les sens. Ils dépassèrent un vieux pressoir à cidre, à côté d'un soc de charrue rouillé. Une bande d'étourneaux s'envola soudain du toit en ruine de la vieille brasserie.

– Je vais faire reconstruire les écuries pour y installer les chevaux de mon attelage dès que je serai majeur, dit Hermann. Je vais aussi faire construire des niches pour les chiens de chasse – Oncle Oswald les garde chez lui, mais en fait ils sont à nous – et une belle armurerie avec un bon système de fermeture. On ne peut pas faire confiance aux gens de nos jours.

– Y a-t-il des animaux ici ? demanda Annika.

Hermann secoua négativement la tête.

– Ils sont à la ferme, de l'autre côté des champs.

Il la conduisit vers la façade de la maison où s'étendait une terrasse dallée de pierres qui donnait sur le lac. De chaque côté se trouvaient des fossés de drainage, noirs de plantes aquatiques et d'œufs de grenouilles.

– C'est le lac Spittal. Il fait quinze kilomètres de long et il nous appartient.

Le lac, en ce matin nuageux, était d'un gris uniforme, et des bulles de gaz éclataient par moments à la surface. De solides roseaux poussaient sur ses rives marécageuses. Des caillebotis conduisaient à un abri à bateaux sur la rive orientale, et un autre passage, relié à un chemin qui traversait les champs, menait à des bâtiments de ferme. Le vent sifflait dans les roseaux, une volée d'oies sauvages passa dans le ciel, cacardant mélancoliquement, des butors grondèrent et, dans la douve, des formes sombres filaient dans l'eau comme des flèches.

– Est-ce que tu te baignes dans le lac, l'été ?

Hermann secoua la tête.

– Il est trop boueux. Il faut marcher dans l'eau pendant une éternité pour trouver de l'eau claire.

C'était un décor mélancolique, cependant Annika était plus heureuse ici qu'elle ne l'était au manoir. Malgré le vent, l'air était moins froid et humide que dans les pièces non chauffées, et il y avait des êtres vivants. Elle regarda les têtards avec curiosité ; elle n'en avait jamais vu autant.

– Vous devez avoir un nombre considérable de grenouilles.

– Les chats tuent la plupart, mais on dirait qu'il y en a de plus en plus. Je changerai tout cela dès que... (Il s'interrompit.) Je vais faire nettoyer la douve, draguer le lac et le remplir de truites et de saumons d'eau douce. Et j'inviterai tous les gens importants à venir tirer le gibier à plume ; il y avait de célèbres parties de chasse, ici, avant...

Cette phrase non plus, il ne la termina pas.

– Pourrions-nous aller voir la ferme ? demanda Annika.

– C'est l'heure de mes exercices de baïonnette, dit Hermann. Je les fais toujours à onze heures.

Annika le regarda, ébahie. Il était sûrement en train de plaisanter ?

– J'ai un mannequin de paille dans ma chambre. Il est important de respecter son emploi du temps.

– Pourrais-je y aller seule, alors ? Je ferai attention et ne dérangerai personne.

– Il n'y a personne à déranger là-bas. Il n'y a que des fermiers. Dis à Zed que je veux mon cheval sellé pour trois heures demain. Qu'il l'amène dans la cour, jusqu'au montoir, et qu'il ne traîne pas en chemin.

– Qui est Zed ? demanda Annika.

– C'est le garçon d'écurie. Il s'appelle Zedekiah, parce que sa mère était une romanichelle, et les romanichels sont tous fous. Méfie-toi de lui ; c'est un voleur.

Hermann repartait vers la maison, mais devant la porte il se retourna.

– Il a volé mon chien.

Annika fut soulagée de se retrouver seule. Le ciel était gris clair au-dessus du lac sombre, et elle voyait les têtes jaunes des poulains qui couraient sur les berges. Le printemps arrivait, même en Norrland.

Quoi qu'il en soit, elle avait faim. À Vienne, personne ne faisait d'exercices de baïonnette à onze heures. Ce que les enfants avaient à onze heures, c'était un verre de lait et un gâteau préparé par Ellie. Mais évidemment, l'aristocratie n'aime pas les choses aussi prosaïques que les casse-croûte. Elle descendit donc d'un pas résolu le sentier en direction de la ferme.

Les bâtiments bas, dont la charpente était en bois et en plâtre, paraissaient plus accueillants que la maison de maître. Avoir leurs fondations dans la terre marécageuse semblait mieux leur convenir. Comme elle se rapprochait, elle entendit le meuglement des vaches. Elle s'arrêta devant la porte d'un hangar et trouva trois vaches noir et blanc attachées à leur stalle, et un vieil homme qui transportait un tabouret de traite. C'était le cocher du fiacre qui les attendait à la gare la veille au soir. Quand elle lui eut dit bonjour, elle lui demanda si son nom était Zed.

– Non, dit-il. Je suis Wenzel. Zed est dans l'enclos. Vous le trouverez à la ferme.

Annika le remercia et l'observa un moment avant de continuer son chemin.

Après l'étable vint le poulailler ; les poules picoraient çà et là dans la boue, et quelques canards se lavaient les plumes dans les flaques du chemin.

« S'il y avait des poules et des canes, pensa Annika, il devait donc y avoir des œufs. » Peut-être auraient-ils une omelette pour le déjeuner. Ou bien un bon soufflé, doux et doré. Elle s'imagina le sortant du four, le saupoudrant de ciboulette hachée... puis elle s'arrêta net en se souvenant qu'elle n'allait plus jamais faire la cuisine. Elle obéirait à sa mère, mais cela allait être dur, plus dur qu'on pouvait l'imaginer. Ce n'est qu'à partir du moment où l'on ne peut plus faire quelque chose que l'on réalise à quel point cette chose a compté pour nous.

Elle passa ensuite devant la porcherie, dont la porte était fermée ; les cochons se trouvaient à l'intérieur. Puis devant une sorte d'entrepôt, une laiterie, une écurie et les deux grands chevaux d'attelage qui l'avaient conduite à Spittal la veille au soir. Les bâtiments étaient nombreux, il y avait des hangars, des étables et des stalles désertes, comme celles qu'elle avait vues dans la cour du manoir. La ferme devait avoir été autrefois beaucoup plus grande.

Brusquement le sentier descendit en pente raide, et elle arriva devant une petite maison. C'était une très petite maison ; un vrai taudis, malgré les rideaux à carreaux rouges et blancs qui avaient l'air tout propres.

Mais Annika s'arrêta et poussa un cri de plaisir quand elle vit ce qu'il y avait sur le toit.

Sur une roue fixée à la cheminée se trouvait une pile de bûches en désordre, comme si quelqu'un allait allumer un feu ; sur la pile, paraissant très grandes par rapport à la petitesse de la maison, l'air souverain, étaient installées deux cigognes.

« Les cigognes portent chance, lui avait dit Ellie. Elles reviennent tous les ans si elles aiment l'endroit et elles protègent la maison. »

Annika resta immobile un instant, la tête renversée en arrière, et les cigognes firent claquer leur bec, produisant un bruit étonnant. Elles ne semblaient pas le moins du monde intimidées ni dérangées par sa présence.

Maintenant elle voyait l'enclos devant elle. Et, un bras jeté autour de l'encolure de son cheval, arrivait le garçon qu'elle avait aperçu par la fenêtre de sa chambre à son réveil.

Annika attendit qu'il arrive jusqu'à elle et se présenta.

– Je sais qui vous êtes, dit le garçon.

– Et vous, vous êtes Zed ?

– Oui.

Il était plus grand qu'Hermann, plus âgé, pensa-t-elle, treize ans peut-être, et son visage était insolite. Sa peau était d'une légère teinte olive, et ses cheveux noirs et épais avaient l'air d'avoir été coupés avec des cisailles. Mais ses yeux sombres étaient mouchetés de couleurs plus claires, bronze, noisette et or.

Il mangeait quelque chose, une tranche d'une sorte de grande racine à chair blanche. Il en coupait des morceaux et les partageait avec le cheval.

Annika soupira. Elle avait un message de la part de Hermann ; or elle n'avait nulle envie de penser à Hermann.

– Hermann a dit : pourriez-vous s'il vous plaît amener son cheval à trois heures demain ?

Le garçon s'arrêta de manger.

– Vraiment ? demanda-t-il en souriant. Hermann a dit : « s'il vous plaît » ?

– Eh bien, il est possible que je l'aie ajouté, admit Annika. Il a dit de l'amener dans la cour, au montoir, et pas sur le chemin.

– Il ne deviendra jamais soldat s'il ne sait pas monter sans montoir, remarqua Zed.

– Mais n'est-ce pas difficile ? Hermann n'est pas plus grand que moi. Comment est son cheval ?

– C'est celui-ci. Tout ici appartient à Hermann, vous devez le savoir même si vous n'êtes arrivée qu'hier soir.

Annika resta silencieuse. Elle avait vraiment cru que le cheval qui posait son museau sur l'épaule du garçon était le sien.

– Est-ce qu'il sait qu'il appartient à Hermann ? demanda-t-elle. Le cheval, je veux dire ?

141

Zed lui lança un regard glacial et ne répondit pas. Annika le questionna sur le nom de la racine qu'il tenait dans la main.

– C'est une betterave fourragère. Nous les faisons pousser pour les moutons, mais elles ne sont pas mauvaises à manger.

– Puis-je y goûter ?

Zed fit oui, en coupa une tranche et la décortiqua.

Annika mâcha soigneusement son morceau de betterave et l'apprécia :

– C'est bon et croquant. Y en a-t-il encore ?

– Dans la cave. Je vous montrerai. Il vaut mieux que vous me demandiez quand vous reviendrez, car il faut être sûr qu'il n'y a pas de moisissure dessus.

Annika sourit, et le garçon la regarda, remarquant à quel point l'expression de son visage avait changé ; elle avait un air si malheureux au début, quand il l'avait rencontrée.

– Je n'aurais jamais pensé que je mangerais des betteraves fourragères pour les moutons, maintenant que je suis un membre de l'aristocratie.

– Nous en mangeons tous ici – du moins ceux qui ont des dents, ajouta-t-il en jetant un regard vers le vieux Wenzel qui était en train d'accompagner les vaches dans le champ.

Il avait commencé à sortir le cheval de son enclos et Annika marchait à côté de lui. Elle s'était trompée sur la couleur de l'étalon ; à la lumière du matin, il n'était pas noir mais d'une belle couleur chocolat, avec une queue et une crinière plus foncées. Une étoile blanche pas plus grande qu'une pièce de monnaie était dessinée entre ses yeux, qui avaient une expression à la fois douce et intelligente.

Comme ils passaient de nouveau devant les hangars, les étables et les stalles vides, elle observa :

– Est-ce que les vaches, les moutons et les cochons doivent aussi être emmenés à Bad Haxenfeld pour être nettoyés ?

Zed la regarda et vit que sous ces mots désinvoltes se cachait de l'anxiété.

– C'était une grande ferme quand le maître était en vie. Tout était différent alors.

– Je sais que je pose un tas de questions, mais qui était le maître ?

– Le baron von Tannenberg. Le père de votre mère. Votre grand-père, donc.

L'homme qui était si sévère et si féroce que sa mère n'avait pas osé revenir avec son bébé à la maison !

– Nous avions alors de merveilleux chevaux, reprit Zed. Rocco est le seul qui est resté.

– C'est son nom ? Rocco ?

– Oui. (Ils s'étaient arrêtés en face d'une étable dont la porte était ouverte.) Je vais l'étriller maintenant.

– Je peux vous aider ? Vous avez une autre brosse ?

Zed la dévisagea avec curiosité.

– Si vous voulez.

Il lui tendit une brosse et lui montra comment s'en servir, en la passant sur la tête du cheval et en descendant sur son encolure avec des mouvements lents et réguliers. Puis il prit un bouchon de paille tressée et se mit à étriller le flanc de Rocco. Au bout d'un moment, il remarqua :

– Je vois que vous êtes habituée à travailler.

Annika s'arrêta, suspendant son geste, la brosse en l'air.

– Oh non ! ne dites pas cela. Je ne suis pas censée vous aider. J'ai essayé d'aider Bertha qui portait un panier rempli de bûches, et ce n'était pas une chose à faire, parce que ma mère ne veut pas que les gens sachent que j'ai été élevée comme une servante.

Elle avait l'air si bouleversée que Zed lui dit :

– Eh bien, moi aussi, je suis un serviteur. Il me semble que les serviteurs sont les seules personnes qui savent vraiment faire quelque chose. Ce qui est important, c'est la personne qu'on choisit de servir.

– Oui, je sais... seulement je dois apprendre à être une von Tannenberg. (Elle reprit la brosse.) Cela va être difficile. Je suis tellement habituée à travailler. Je dois faire attention.

– Personne ne vous verra ici.

– Je sais. Mais je viens seulement de retrouver ma mère. Je ne veux pas lui désobéir, même en secret.

Elle continua à bouchonner le cheval en silence pendant un moment, puis :

– Quand je vous ai vu à cheval ce matin, cela m'a rappelé le jour où j'ai vu les lipizzans à Vienne. Bien sûr, ils étaient blancs et ils dansaient... mais ils semblaient heureux comme vous... et comme Rocco. Une sorte de lumière et de légèreté...

– Vous avez vu les lipizzans ? Les chevaux de l'école espagnole d'équitation ? s'émerveilla Zed.

– Oui, j'y suis allée le dernier jour anniversaire de ma découverte... Je veux dire que j'y suis allée avec les gens avec qui je vivais. Je ne connais rien aux chevaux, mais quand même, on se rend compte qu'ils font tout ce qu'on leur demande avec une telle bonne volonté, alors qu'ils seraient sûrement assez forts pour se détacher.

– Y avait-il Maestoso Fantasia ? Est-ce qu'il est encore le premier étalon ?

– Oui. Il est vieux, mais les Viennois l'adorent.

– Les lipizzans ne vieillissent pas vite. Et Pluto Nobilia ? Il a eu une opération du cornage[1] l'année dernière.

– Ils lui ont fait danser les fameux « airs relevés ». Quand il a fait ses cabrioles, tout le monde l'a acclamé.

Mais il était difficile de répondre à certaines des questions enthousiastes de Zed. Est-ce que les cavaliers avaient chaussé les étriers pour le quadrille ? Est-ce qu'ils avaient utilisé la longue rêne ou la courte pour le piaffer ?

En lui répondant, Annika fronçait les sourcils, essayant de se rappeler tout ce qui était arrivé le jour de sa fête. Puis soudain le souvenir des chevaux se brouilla. Elle les oublia et ne sentit plus que le corps chaud et massif d'Ellie à côté d'elle. Elle se souvint de la façon dont celle-ci s'était levée à la fin du spectacle et avait dit : « Un tel

---

1. Le cornage est un râle laryngo-trachéal que les chevaux atteints de cette affection font entendre en respirant.

spectacle rend fier d'être autrichien. » Elle se souvint de Pauline, penchée à la balustrade... et puis du repas chez *Sacher*, au cours duquel les professeurs lui avaient dit qu'elle devait les appeler « oncles ». Ses yeux se remplirent alors de larmes, qu'elle essaya en vain de retenir.

– C'est le vent, dit-elle avec colère – et Zed acquiesça : c'était bien le vent.

– Il y a toujours du vent ici, dit-il poliment. Même dans l'écurie.

Elle essuya ses larmes et pendant un moment ils continuèrent à travailler en silence tandis que Rocco exprimait sa satisfaction en soufflant à pleins naseaux.

– Venez. Je vais vous montrer où je vis, lui dit Zed en posant sa brosse.

Il vivait, bien sûr, dans la maison aux cigognes. Les oiseaux étaient toujours dans leur nid, accomplissant l'exploit d'avoir l'air à la fois absurde et royal.

– Comme vous avez de la chance d'avoir des cigognes sur votre toit ! Pourquoi n'y en a-t-il pas au manoir ?

– Les cigognes vont où cela leur fait plaisir, répondit Zed.

Il ouvrit la porte, et elle entra dans une minuscule et sombre pièce au plancher dallé bien astiqué, avec des plantes sur le rebord de la fenêtre. Dans un coin, un grand poêle en faïence répandait une chaleur agréable. Près du poêle se trouvait un banc de bois sur lequel était posée une couverture soigneusement pliée.

– C'est là que dort Bertha. C'est sa maison. Je dors dans une remise, derrière la maison.

Annika regarda autour d'elle avec plaisir. La maison qu'elle croyait être un taudis était confortable et, d'une certaine façon, elle lui semblait familière. Ellie elle aussi avait un pot de ciboulette sur le rebord de la fenêtre et une photo de l'empereur sur le mur (mais là, c'était l'empereur Guillaume, dont l'expression était beaucoup plus féroce que celle du dirigeant autrichien).

– Alors Bertha est votre grand-mère ?

Zed secoua négativement la tête.

– Elle n'a pas de famille. Elle était la nurse du maître. Elle est arrivée quand il était bébé. Le maître m'a demandé de prendre soin d'elle. C'est pour cela que je suis encore ici.

– Elle est vraiment trop âgée pour le travail qu'elle fait dans la maison. Je suppose qu'elle ne veut pas prendre sa retraite ?

– Elle le voudrait bien. Parfois quand elle revient, elle peut à peine marcher tant ses articulations sont raides. Mais personne d'autre ne travaillerait ici pour rien. (Il s'approcha de la table et ôta le couvercle d'un pot bleu.) Tenez, buvez-en. Du lait, nous en avons toujours.

– Merci.

Comme elle vidait son verre et se levait pour s'en aller, elle entendit un aboiement s'élever d'une dépendance derrière la maison.

– C'est Hector. Il est réveillé.

– Pourrais-je le voir ?

– Non, pas maintenant. Il faudrait du temps pour cela, et je dois aller nourrir les cochons. De toute façon il vaut mieux que vous rentriez : ils vont se demander où vous êtes passée.

Il avait soudain pris de la distance. Elle se dirigea vers la porte, tâchant de ne pas se sentir rejetée.

– Merci, dit-elle en se retournant pour lui sourire.

– Pourquoi merci ?

– Pour la betterave fourragère, pour le lait, et pour m'avoir permis de vous aider à brosser Rocco.

Dehors le chien s'arrêta d'aboyer et se mit à gémir.

– J'ai toujours voulu un chien, soupira-t-elle avec mélancolie.

– Vous ne voudriez pas de celui-là, dit Zed.

13

Déjeuner au pavillon de chasse

La nouvelle tante d'Annika, qui était mariée à Oncle Oswald aux cheveux roux et à la plume accrochée dans la barbe, vivait à environ cinq kilomètres de Spittal, au milieu d'un bois.

D'innombrables bois parsemaient la vaste plaine du Norrland, et tandis qu'Oncle Oswald les conduisait vers sa demeure, Annika était surprise par la densité et l'obscurité des forêts de sapins. La lumière du jour, même à midi, semblait avoir du mal à atteindre le sol ; ils auraient pu être en Sibérie.

La sœur de sa mère s'appelait Mathilda. Elle était grande et avait les cheveux bruns comme Frau Edeltraut, mais Annika se rendait compte qu'elle n'était pas du tout le même genre de personne. Alors que sa mère était royale, digne et imposante, Tante Mathilda était acariâtre, dépourvue d'allure, et sa voix avait un ton geignard.

– C'est donc Annika, dit-elle. Eh bien, il faut seulement espérer...

Elle s'interrompit en voyant les sourcils levés de sa sœur. Elle embrassa Hermann qui ferma les yeux d'un air excédé, puis présenta sa fille Gudrun à Annika :

– Gudrun attendait avec impatience le moment de te rencontrer.

Les deux filles se serrèrent la main.

Gudrun ne semblait pas avoir attendu avec impatience la rencontre avec Annika, ni avec personne d'autre d'ailleurs. Elle était très mince, très pâle et très grande, avait les mêmes cheveux clairs que son cousin Hermann, mais sa tresse unique, comme Gudrun elle-même, semblait anémiée et finissait en queue-de-rat. Si l'on ne savait pas qu'elle était Gudrun Brigitta von Seltzer, on l'aurait prise pour une orpheline dans une institution (le genre de fille qu'on voit se tenir tristement debout derrière les grilles des orphelinats, qui ne joue pas, même avec une balle).

À côté de sa femme et de sa fille, Oncle Oswald semblait encore plus rose et plus coloré que la première fois qu'elle l'avait vu, avec sa peau luisante, sa barbe rousse et la dramatique balafre qui traversait sa joue. Celle-ci était le souvenir d'un duel d'étudiants. C'était la plus longue balafre qu'on ait vue cette année-là à l'université, et il en était très fier.

La maison des von Seltzer, à la limite du domaine de Spittal, était un pavillon de chasse enfoui dans la partie la plus compacte de la forêt. Il s'appelait Felsenheim et était entièrement construit en bois, avec des volets sculptés comme ceux des chalets qu'Annika avait coutume de voir dans les prairies de son pays, à ceci près qu'il n'y avait pas de pots de géraniums sur le rebord des fenêtres, ni de jambon fumé suspendu aux chevrons.

Mais ce qu'il y avait... c'étaient des bois de cerf. Il y en avait partout. Des bois de cerf sur les murs et des bois de cerf sur les meubles. Certains étaient énormes et ramifiés, d'autres petits, acérés et piquants, d'autres enfin n'étaient pas à proprement parler des bois de cerf, mais de simples cornes.

Les ramures qui ne faisaient pas partie des meubles étaient clouées au mur avec leurs têtes et leurs yeux de verre. La paille en sortait par endroits. Quiconque entrait dans cette maison ne pouvait douter un seul instant qu'elle était consacrée à la chasse.

Cependant, ici également il y avait de curieux espaces vides sur les murs et dans les vitrines d'exposition, qui ne contenaient que des vieux fusils, des couteaux à dépecer et des cartouches, comme si des objets précieux en avaient été enlevés.

– As-tu apporté quelque chose ? demanda Mathilda à Edeltraut.

– Qu'aurais-je dû apporter ? répondit celle-ci. De toute façon Oswald t'a apporté trois de nos colverts avant-hier. Vous ne les avez certainement pas tous mangés ?

– Gudrun est en pleine croissance, soupira Mathilda.

Annika, qui avait soigneusement évité de s'asseoir dans un fauteuil en bois de cerf et s'était installée sur un tabouret en peau de daim tendue entre deux bûches, commençait à s'inquiéter. Il était une heure et demie, ils avaient bien été invités à déjeuner, mais elle ne sentait aucune odeur de cuisine. Même si la cuisine était très

151

loin, il aurait dû au moins s'en dégager des odeurs. Des oignons qui fondent dans du beurre... un bon rôti... et, après les lourdes senteurs de viande, un parfum plus léger : celui de la vanille, peut-être, ou des clous de girofle sur des pommes au four. Ils avaient dû mettre celles-ci en sous-sol cet automne pour les conserver.

– C'est le jour de congé des bonnes, les informa Mathilda. Je vais donc vous servir une collation froide.

Annika ne savait pas ce qu'était une collation, mais le déjeuner qu'ils eurent fut effectivement froid. Les cuisses brunâtres de quelque oiseau aquatique musculeux, qui arrivèrent sur un plat, étaient froides, ainsi que les boulettes de plomb logées dans leur chair. Les pommes de terre, coupées en tranches mais sans aucune sauce, étaient également froides. Les trois cornichons au vinaigre en décoration autour du plat étaient froids eux aussi, et légèrement visqueux.

Il n'y avait pas de dessert.

Les plats et les assiettes restant sur la table, Annika eut le geste instinctif de commencer à les débarrasser, mais elle fut réprimandée d'un froncement de sourcils par sa mère. Les deux sœurs et Oncle Oswald se dirigeaient maintenant vers le bureau. Ils s'étaient apparemment retrouvés pour traiter de quelque affaire plutôt que pour déjeuner ensemble.

Pendant ce temps, Gudrun et Annika furent envoyées en promenade.

– Gardez-vous de prendre le chemin qui mène à la source, leur dit Mathilda. On y a creusé une fosse. Au cas où ils attraperaient quelque chose.

Hermann refusa de les accompagner. C'était l'heure pour lui d'étudier l'entretien des affûts de canon, et il avait emporté son livre.

– Quelle sorte de gibier vont-ils attraper dans la fosse ? demanda Annika.

– Quelqu'un a vu un ours, mais je ne crois pas qu'il reviendra, soupira Gudrun. Un ours pourtant nous nourrirait pendant des semaines.

– Je n'ai jamais mangé d'ours. Est-ce bon ?

– C'est de la viande, répondit Gudrun d'une voix lugubre en haussant les épaules.

Mais c'était à Hermann que Gudrun voulait parler. Il était clair qu'elle vénérait son cousin comme un héros.

– Tu ne trouves pas qu'il est merveilleux ? La façon dont il mène ses études... Il fait tout ce qu'il ferait à Saint-Xavier, exactement au moment où ils le font, eux.

– Les exercices de baïonnette, tu veux dire ?

– Tout. Il a pris la brochure de l'école avec l'emploi du temps des cours. Il se lève à six heures du matin et salue la photo de l'empereur (comme il n'a pas de clairon, il ne peut pas faire un vrai réveil militaire), puis il prend un bain froid avant de faire l'inspection de ses affaires. Il inspecte absolument tout, et si un objet n'est pas impeccable, il l'astique. Ensuite il fait des exercices militaires, avant son petit déjeuner, et dispose ses soldats sur le tapis ; il organise une nouvelle bataille toutes les semaines. En ce moment, il reproduit la campagne de Frédéric le Grand...

Elle continua à détailler la journée de son cousin : sa leçon d'escrime, ses cours d'équitation, ses exercices de tir...

153

– En plus, poursuivit-elle, il doit tout faire lui-même. Cet horrible garçon d'écurie ne l'aide en rien, bien qu'on lui permette uniquement de rester pour qu'il s'occupe de son cheval. Tu dois vraiment être fière d'avoir un tel frère. Je lui ai déjà proposé de l'aider, mais il est très indépendant.

– Mais pourquoi ne peut-il pas entrer à Saint-Xavier puisqu'il est si motivé ?

– Je ne sais pas exactement... Ma mère ne veut pas m'en parler, elle dit seulement que la situation va changer prochainement. Il y a un projet dans l'air, mais on ne veut pas me dire en quoi il consiste.

Elles avaient pris un chemin qui menait au bas de la colline. Annika s'attendait à voir des clairières parsemées de buissons de myrtilles et traversées de ruisseaux tumultueux, mais cette forêt ne ressemblait pas à celles qu'elle connaissait. Elle était touffue et sombre, et il était difficile de s'y frayer un chemin ; des branches étaient tombées en travers du sentier, et des ronces s'accrochaient à leurs jupes. C'était un lieu sauvage qui aurait dû être beau, mais qui ne l'était pas.

– Mon père va faire éclaircir la forêt, dit Gudrun. Quand il pourra avoir les hommes.

Comme elles passaient devant une clôture en fil de fer barbelé derrière laquelle se trouvaient de nombreuses niches en bois, elles entendirent un aboiement excité.

– Pouvons-nous aller voir les chiens ? demanda Annika.

– Non, car ce sont des chiens de chasse, répondit Gudrun. Papa n'aime pas qu'on s'en occupe.

Soudain elle s'arrêta au milieu du chemin et se tourna vers Annika. Son visage était rouge et, avec une sorte d'excitation nerveuse, elle lança :

– C'est vrai qu'avant de venir ici... là où tu étais avant... on te traitait comme une servante ?

Annika la regarda dans les yeux.

– On ne me traitait pas comme une servante. *J'étais* une servante, articula-t-elle clairement.

Gudrun donna un coup de pied dans une pomme de pin.

– Alors pourquoi as-tu de si jolis vêtements ?

– Sigrid, la femme de chambre, confectionnait mes habits. C'était une très bonne couturière.

– Et ce foulard aussi ?

Elle montra le fichu rouge et blanc qu'Annika avait noué autour de son cou.

– Non. Il vient d'une boutique de la rue Karntner.

Annika leva les yeux et vit que Gudrun regardait le foulard avec une sorte d'envie désespérée.

– Tu aimerais l'avoir ?

Le rouge monta encore aux joues de Gudrun.

– Euh... oui, j'aimerais bien. Ça fait une éternité que je n'ai rien eu de nouveau.

Annika détacha son foulard et le noua autour du cou de Gudrun.

– Il te va très bien, lui dit-elle, bien qu'en fait il eût plutôt l'air d'un signal de détresse, d'un mouchoir qu'on avait noué autour d'un poteau télégraphique pour montrer l'endroit où l'on doit bifurquer.

À la maison, Hermann attendait impatiemment.

– Je dois bouger mes lanciers à quatre heures, dit-il en ouvrant sa montre de poche en argent sur le couvercle de laquelle étaient gravées les armoiries des von Tannenberg.

Par chance, c'est alors que les adultes sortirent enfin du bureau. Annika leva la tête avec joie : rester éloignée de sa mère lui était encore difficile. Celle-ci sortit la première, l'air serein et décidé. Derrière elle venait sa sœur.

– Bien, j'espère que tu as raison, Edeltraut, c'est tout ce que je peux dire. Parce que si ça ne marche pas..., marmonnait-elle.

– Cela marchera, lui assura Edeltraut. (Elle aperçut les trois enfants, et ce fut vers Annika qu'elle alla en premier, non vers Hermann.) Tu as été si patiente, ma chérie. Il est temps de rentrer à la maison maintenant.

Comme elles montaient dans la voiture, un cri affreux retentit quelque part dans la forêt, qui semblait venir de sous la terre. Le cri fut suivi d'un chapelet de jurons à figer le sang dans les veines.

Quelqu'un était tombé dans la fosse de l'ours, mais selon toute apparence ce n'était pas quelqu'un de comestible.

14

En quête d'un poulain

Zed avait regardé l'attelage, conduit par Oncle Oswald, s'éloigner sur la route de Felsenheim. Il ressentit une pointe de pitié pour Annika, qui venait d'affronter son premier déjeuner avec sa nouvelle tante.

Là-dessus il sella Rocco et descendit le sentier qui longeait le lac en direction du petit village de Marienbau, sur les terres de Spittal ; les maisons appartenaient aux von Tannenberg, et l'église en bordure de la pelouse avait abrité les tombes de la famille depuis des générations.

Zed attacha Rocco à un poteau et s'avança parmi les pierres tombales vers un grand sarcophage solitaire. Le maître voulait une simple tombe, mais ses filles avaient insisté pour lui édifier ce monument funéraire.

ICI REPOSE

JOHANNES AUGUST HEINRICH VON TANNENBERG,

BARON DE SPITTAL.

NÉ EN 1844, MORT EN 1906.

QUE SON ÂME REPOSE EN PAIX.

Zed ôta sa casquette et baissa la tête. Puis il s'assit sur le gazon, hors de la vue des gens du village, les jambes allongées et le dos appuyé contre la pierre froide. Le peuple de sa mère, les Tziganes, jouaient de la musique et dansaient sur les tombes des morts qu'ils avaient aimés. Mais lui ne pouvait pas danser sur ce grand cercueil de pierre.

– Oh, maître, pourquoi êtes-vous mort ? soupira-t-il.

Il avait entendu dire que la fille qu'Edeltraut avait perdue allait venir vivre à Spittal, et il n'en avait rien pensé. Le bruit courait que c'était une fille de cuisine timide et qu'elle serait impressionnée par la grandeur de sa nouvelle vie. Cet événement n'avait rien à voir avec lui. Sa vie était ailleurs.

Mais Annika était une vraie personne. Elle était bien réelle, et de plus adorable. Mais elle perdrait la bataille. Ils la transformeraient en quelqu'un qui penserait qu'il a le droit inné de commander les autres. Dans quelques semaines, dans quelques mois, la sympathique et serviable fillette deviendrait une petite pimbêche. Elle parlerait comme Hermann, et taperait du pied si elle n'obtenait pas ce qu'elle désirait.

– Je ne peux pas l'aider, dit Zed au vieil homme qui reposait sous la pierre. Vous savez que je ne peux pas.

Si le maître avait été encore vivant, Zed savait qu'il n'y avait pas de meilleur endroit pour grandir que Spittal, mais maintenant...

Il resta là, pensif, jusqu'au moment où Rocco poussa un petit hennissement : il était l'heure de partir.

158

Quand Hermann était né, sa mère ne vivait pas à Spittal. Elle s'était mariée un an auparavant et était allée vivre dans la propriété de son mari, à Borwald, qui était à une cinquantaine de kilomètres de là. Mathilda, elle aussi, s'était mariée, et leur père, le baron von Tannenberg (que tout le monde appelait « le maître »), dirigeait seul Spittal, et il le faisait parfaitement bien.

C'était un homme immense aux larges épaules, aux grandes mains, aux cheveux grisonnants et aux yeux très bleus ; l'un de ces hommes qui n'ont jamais besoin d'élever la voix pour se faire obéir.

Sous sa loi, la ferme prospérait, les fermiers étaient bien traités, et il entretenait de bonnes relations avec ses voisins.

Quand son petit-fils Hermann naquit, le maître en fut fier et heureux. Il se rendit à Borwald et on lui montra le bébé. Hermann était beau et vigoureux, un héritier digne des von Tannenberg. Il fit ses premiers pas et devint un vigoureux petit garçon. Le maître se mit alors à chercher un cheval avec lequel le garçonnet pourrait grandir. Il pourrait le dresser, aussi bien qu'être éduqué par lui.

C'est ainsi qu'il se rendit en train dans un célèbre haras en bordure de la plaine de Hongrie : c'est un lieu où le vent souffle et où l'herbe pousse, et où vivent des hommes qui semblent être nés sur une selle comme les Mongols d'autrefois. La plaine (appelée la *puszta*) s'étend à l'est vers les steppes de Russie. Les Tziganes y voyagent librement, comme les troupeaux de chevaux, et les aristocrates s'y rendent accompagnés de leurs serviteurs pour participer à des fêtes ou à des parties de chasse. Et bien sûr y vivent depuis toujours les paysans qui rassemblent leurs oies, gardent leurs troupeaux et travaillent la terre.

Le maître connaissait le haras, qui portait le nom de Zverno ; Zverno était lié à Lipizza, près de Trieste, où étaient élevés les étalons blancs pour l'école d'équitation de Vienne, et fournissait les meilleurs chevaux d'Europe. Là, il consulta un homme de sa connaissance, Tibor Malakov, originaire de Russie, dont l'activité avait été d'acheter et de vendre des chevaux, et qui avait fini comme directeur du haras.

Tibor appréciait le baron, le maître de Spittal. Il le savait homme d'honneur, et l'idée de trouver un cheval pour son petit-fils lui plaisait. Il lui fit faire le tour des enclos où les poulains trottinaient et gambadaient, et traverser les grandes écuries de pierre où se trouvaient les juments qui attendaient leurs poulains. Il y avait des Lipizzans gris croisés avec des juments arabes ou barbes, mais aussi de robustes petits chevaux de Mongolie et des hunters irlandais.

Tibor conduisit lentement le baron, lui indiquant les qualités spéciales de tel ou tel animal; et le baron posait des questions. Rien ne fut dit sur un cheval particulier.

Le baron eut l'impression qu'ils attendaient quelque chose, et il n'avait pas tort.

En effet, sur la route qui partait du village, apparut un petit garçon qui paraissait encore plus petit sous le poids du cartable qu'il portait sur le dos.

– Mon fils, Zed, annonça le directeur. (Il se tourna vers l'enfant.) Es-tu sûr de ce que tu m'as dit hier ?

– J'en suis sûr, répondit le petit, qui enleva sa casquette et serra la main du baron.

Le garçonnet ne paraissait guère avoir plus de huit ans. Il était très brun et sa peau était tannée par le soleil, si bien que ses étranges yeux mouchetés de taches de lumière étaient encore plus remarquables.

– Alors va vite te changer, et emmène Herr von Tannenberg le voir. (L'enfant partit en courant.) Sa mère était tzigane... et vous pouvez dire ce que vous voulez, ils ne sont pas comme nous. Le garçon a... je ne sais pas comment dire... une sorte d'instinct... depuis qu'il sait marcher. Mais je ne veux pas vous influencer. Si vous n'êtes pas d'accord...

Il regarda l'imposante et tranquille silhouette de l'homme qui se dressait devant la grille de l'enclos, et s'arrêta de parler. Influencer ce vieil aristocrate serait difficile.

Le garçon revint sans son cartable, vêtu d'une culotte de cheval et d'un vieux tricot. Sans sa casquette, il paraissait encore plus petit.

– Vous me retrouverez dans mon bureau, dit le directeur. J'ai acheté une assez bonne bouteille de tokay[1].

Si petit qu'il fût, l'enfant n'était pas timide. Il prit la main du maître et le conduisit avec une parfaite assurance vers une section de la ferme que le vieil homme n'avait pas encore visitée, une écurie aux murs blanchis

---

1. Célèbre vin de Hongrie.

à la chaux, dont les hautes fenêtres laissaient passer les rayons du soleil qui jouaient sur la paille jaune foncé. Une vingtaine de juments étaient attachées en rang le long des murs, se reposant ou allaitant leurs poulains pendant que ceux-ci se promenaient librement dans l'écurie. Les plus curieux d'entre eux s'approchèrent du baron et de l'enfant, les examinèrent, reniflèrent leurs vêtements.

– Regardez bien, lui dit le garçon.

Ils restèrent un assez long moment debout au milieu de l'écurie. Il y avait des poulains de toutes les couleurs, gris pommelé, rouans[1], bais[2], certains nouveaux-nés, d'autres déjà solides sur leurs longues pattes.

Au bout d'un moment le garçon tourna la tête pour regarder le maître.

– Vous avez vu ? lui demanda-t-il.

– Il y en a plusieurs qui...

– Non, fit le petit garçon, et l'assurance de sa voix était presque comique. Il n'y en a qu'un.

Le maître continua de regarder. Il commençait à voir ce que voyait le garçon, mais il n'était pas encore tout à fait sûr. Zed attendit que le poulain s'approche. Puis :

– Celui-ci, assura-t-il.

Le poulain était fauve avec de grands yeux brillants, vifs et curieux. Il y avait d'autres poulains presque aussi curieux, alertes et pleins de vie. Presque, mais pas tout à fait.

_____

1. Se dit d'un cheval dont la robe est mélangée de poils blancs et de poils rouges, avec les crins et les poils des extrémités noirs.
2. D'un brun roux.

– C'est le meilleur, dit l'enfant. Si bien sûr votre petit-fils est gentil avec lui, ajouta-t-il. Il s'appelle Rocco.

Rocco n'était pas prêt à quitter sa mère ni à faire le long voyage en train pour Spittal. Le maître laissa un acompte, but un verre de tokay – et attendit.

En l'occurrence, il fallut attendre presque six mois pour que le poulain pût être envoyé à Spittal.

Le maître se rendit à la gare ; le cheminot ouvrit la porte du fourgon, et le palefrenier fit descendre le poulain de la rampe. Dans un coin sombre, un tas de paille remua et une petite tête apparut.

– Je viens aussi, dit Zed.

– Où est ton père ?

– Il est mort, répondit l'enfant en détournant la tête.

– Il a essayé de s'interposer dans une bagarre, expliqua le palefrenier. Ces hommes avaient des couteaux. (Il haussa les épaules : ces absurdes bagarres d'ivrognes étaient fréquentes.) Il y a une femme au haras qui serait contente d'adopter l'enfant, mais il tenait à venir avec vous.

Le maître hocha la tête. Il examina le poulain et serra la main de Zed.

Puis ils partirent pour Spittal.

Les deux premières années de Zed à Spittal furent heureuses. Il vivait avec Bertha dans un appartement situé au-dessus des écuries de la cour, s'occupait des chevaux, se rendait utile à la ferme et allait à l'école du village. Souvent, le soir, le maître le faisait monter dans sa chambre, lui montrait ses livres et ses cartes géographiques, ou lui racontait des histoires en tirant des bouffées de sa longue pipe. Bertha s'occupait du garçon comme elle s'était occupée du maître quand il était petit, mais en fait Zed demandait peu de soins et d'attention. C'était un enfant très mûr.

Quant au poulain, il grandit, fut entraîné, manié, et prêt pour Hermann.

Puis un jour tout changea. Le mari d'Edeltraut, Franz von Unterfall, vendit son domaine. Le couple vint alors vivre à Spitall avec leur fils. Quand Hermann arriva, Zed, qui avait deux ans de plus que lui, pensa qu'il lui revenait de l'aider et de le protéger, mais Hermann lui fit vite comprendre qu'il ne voulait pas d'un garçon d'écurie pour ami.

Un an après le retour d'Edeltraut, le baron eut une attaque cérébrale. Il vécut deux mois sans pouvoir parler, désarmé. Bertha et Zed s'occupèrent de lui, espérant qu'il se remettrait, mais sa faiblesse s'accentua. Ils étaient tous les deux à son chevet quand il mourut.

Après l'enterrement, Bertha et Zed furent envoyés dans la cabane de la ferme. Ils furent autorisés à travailler dans le manoir, mais pas à y dormir. Quelques semaines plus tard, Franz von Unterfall s'embarquait pour l'Amérique. Edeltraut reprit alors son nom de jeune fille et dirigea seule le domaine.

15

Hector

Annika était arrivée à Spittal depuis presque une semaine. Il faisait encore très froid, dehors aussi bien que dans la maison, où les seuls poêles allumés le matin se trouvaient dans la cuisine et dans le boudoir de sa mère. Ce qui restait de glace avait fondu dans les ornières et dans les trous, inondant les champs et les chemins, si bien que les pieds d'Annika étaient en permanence mouillés. À Vienne, elle avait obstinément résisté à Ellie qui voulait lui acheter des caoutchoucs (qui, quelque peu soucieux de son apparence, voudrait porter des caoutchoucs ?). Or cette fois, elle se décida à demander à sa mère si elle voulait bien lui en acheter une paire la prochaine fois qu'elles iraient faire les magasins.

Des volées d'oies sauvages et de sarcelles arrivaient du Groenland ; Oswald à la barbe rousse les attendait dans sa barque tous les jours à l'aube. C'était un bon tireur : il rapportait rarement moins d'une demi-douzaine d'oiseaux, qui restaient dans le garde-manger avant d'être cuits, souvent encore farcis de plombs, par la seule autre servante qui travaillait dans la maison, une fille silencieuse et maussade du nom de Hanne, venue d'un village situé sur l'autre rive du lac. Hanne avait été chargée de sonner très fort la cloche du vestibule avant chaque repas, mais quand le son strident de celle-ci s'éteignait, la nourriture qui les attendait dans la salle à manger était toujours la même : des cuisses d'oies carbonisées, un civet de canard, des morceaux de coq de bruyère frits dans du saindoux composaient à la fois le déjeuner et le dîner, tantôt accompagnés de navets et de pommes de terre, tantôt servis seuls.

Les membres de la famille qui vivaient dans le pavillon de chasse venaient souvent déjeuner et mangeaient avec voracité. Mathilda avait toujours l'air désespérée et prenait sa sœur à part pour lui faire des messes basses.

Zed avait suggéré à Annika de demander à sa mère si elle pourrait apprendre à monter à cheval.

– Tu lui ferais moins de mal que Hermann, avait-il dit.

Mais quand Annika avait posé la question à sa mère, Edeltraut avait secoué négativement la tête.

– Pas pour le moment, ma chérie. Nous n'avons que le cheval de Hermann maintenant, et il doit pouvoir monter chaque fois qu'il en a besoin pour pouvoir entrer à Saint-Xavier. Mais cela va bientôt changer, je te le promets.

Annika avait aussi demandé si elle pouvait faire une promenade en barque, elle ne s'éloignerait pas trop de la rive, bien sûr.

– Je sais nager, dit-elle, et je ferai très attention. Peut-être qu'Hermann aimerait venir avec moi ? Nous pourrions pêcher ?

Mais il n'y avait que deux barques : l'une, qui prenait l'eau, était dangereuse, et l'autre devait être laissée à la disposition d'Oncle Oswald.

Comme elle aurait mieux fait de ne pas demander d'apprendre à faire du cheval ou de se promener en barque, Annika se garda bien de demander la permission d'aller à la ferme. Elle n'aurait jamais désobéi à sa mère, mais les jours sans école et sans réelle occupation étaient longs, et là-bas, à la ferme, elle était heureuse. Non seulement Zed acceptait son aide, mais il refusait qu'elle reste debout à le regarder faire les bras ballants. Elle était chargée du ramassage des œufs, et il lui apprenait à traire les vaches.

– Pourquoi, ici, personne ne va à l'école ? s'enquit-elle, car elle avait vu des enfants descendre le chemin qui menait au village avec des cartables sur le dos.

Zed était en train de préparer la pâtée pour les cochons.

– Hermann n'y va pas parce qu'on ne lui permet pas de se mélanger aux enfants du peuple, et c'est la même chose pour Gudrun. Quant à moi, je n'y vais pas parce qu'il n'y a personne pour faire le travail quand je ne suis pas là. Et toi, tu n'y vas pas parce que tu dois apprendre à oublier ton passé de servante, pour devenir une prétentieuse von Tannenberg.

– Ma mère n'est pas prétentieuse. Elle est...

167

– D'accord, je sais. Tu as parfaitement raison de défendre ta mère. Je ferais la même chose avec la mienne si elle était encore en vie.

Bien qu'il répondît assez facilement aux questions d'ordre général, Zed lui en avait très peu dit sur lui-même. Maintenant, cependant, il lui confia :

– C'était une Tzigane... une romanichelle.

Ainsi Hermann avait dit la vérité.

– Il y a beaucoup de Tziganes à Vienne, la plupart jouent dans les cafés, dit Annika. Ce sont de merveilleux musiciens. La musique me manque, soupira-t-elle. Non que je sache jouer d'un quelconque instrument, mais à l'école nous chantions, et on entendait toujours de la musique qui venait des maisons – sans oublier la harpe de Tante Gertrude, ajouta-t-elle en souriant.

– Eh bien, tu vas entendre de la musique vendredi prochain. Tu vas aller à Bad Haxenfeld, où il y a un kiosque à musique.

– Tu en es sûr ? Personne ne m'a rien dit.

– Oui, j'en suis sûr.

Quelquefois désormais, quand elle était libre, Annika retournait avec Zed dans la petite maison de Bertha protégée par les cigognes. Elles avaient pondu leurs premiers œufs et étaient devenues plus méfiantes.

Mais elle eut beau le lui demander plusieurs fois, Zed ne voulait jamais lui montrer le chien qu'elle entendait aboyer derrière la maison.

D'après ce qu'elle en voyait, Zed et le vieux Wenzel faisaient tout le travail de la ferme, et il était interminable. Non seulement les animaux devaient être nourris, décrottés et traits, mais c'était aussi l'époque de l'année où les clôtures devaient être réparées, les fossés nettoyés, les bûches coupées et transportées au manoir. Zed travaillait sans se plaindre, mais c'était quand il était avec Rocco qu'il se détendait et qu'il était vraiment heureux.

Il entraînait le cheval tous les matins, le sellait et le bridait pour Hermann quand il le fallait, mais chaque fois qu'il avait un moment libre, il allait lui parler ou se promener avec lui, de la même façon qu'il parlerait et se promènerait avec un ami.

Aux yeux d'Annika, qui n'avait jamais vu les chevaux montés autrement qu'avec solennité au Prater, la façon dont Rocco et Zed jouaient ensemble était surprenante. Il suffisait que Zed siffle pour que Rocco arrive sur-le-champ. Il poursuivait Zed dans l'enclos comme un enfant qui joue à chat. Et quand Zed se roulait dans l'herbe, Rocco faisait comme lui.

– Il est spécial, n'est-ce pas ? demanda Annika.

– Oui, il est spécial. Tu crois sûrement que je pense cela parce que je me suis occupé de lui toute sa vie, mais ce n'est pas le cas. Certains chevaux sortent de l'ordinaire... On le voit dès le début, à la façon dont ils tiennent leur tête, dont ils la bougent... Mon père savait voir cela, le maître aussi, et c'est pour cela qu'il l'a acheté.

Zed resta silencieux, au souvenir du haras de Zverno et du poulain éclairé par un rayon de soleil qui venait si joyeusement vers eux.

– Les chevaux comme ceux-là ont envie d'apprendre. Il n'y a rien qu'ils ne puissent apprendre si on les manie bien. Mais on peut facilement les gâter, surtout s'ils sont jeunes. Si l'on tire trop fort sur leur bouche, si on les frappe ou si on leur fait des signaux qui n'ont aucun sens, on peut transformer le meilleur cheval en ennemi. Rocco n'a que quatre ans ; il faut y aller doucement avec lui.

– C'est pour cela que tu ne veux pas que Hermann le monte ? demanda Annika, qui avait vu le changement opéré chez le garçon quand il avait dû préparer le cheval pour son frère.

Zed grattouillait Rocco depuis un petit moment derrière les oreilles. Il s'arrêta un instant : le cheval tourna la tête et le regarda d'un air de reproche.

– Les mains de Hermann ne sont pas douces. Il tire sur sa bouche et le botte trop fort. On ne peut pas lui faire confiance, surtout quand il a un fouet en main. N'importe quel autre cheval l'aurait jeté à terre.

Il détourna la tête, et Annika put l'entendre murmurer :

– Quand je prépare Rocco pour Hermann, je me sens mal. C'est comme si... je trahissais le cheval.

Le jour suivant, Annika eut l'occasion de constater par elle-même ce que Zed avait voulu dire.

Hermann était de bonne humeur.

– Tu peux me regarder monter, dit-il à Annika après le petit déjeuner. Le garçon m'apporte mon cheval à dix heures.

À dix heures précises, Zed conduisit Rocco au montoir dans la cour. Annika s'attendait à le trouver maussade et bourru, et il l'était, mais c'est le changement de Rocco qui la surprit le plus. Ses oreilles étaient couchées, il mar-

170

chait lentement, tel un cheval qui va à l'abattoir après une vie d'épreuves, et quand Hermann, habillé comme un officier de cavalerie miniature, monta sur son dos, il frissonna, s'agita et roula les yeux.

– J'espère que tu as convenablement resserré les sangles, signala Hermann. Où est mon fouet ?

– Vous n'avez pas besoin d'un fouet, répliqua Zed.

Hermann le regarda, mais il ne dit rien et enfonça ses talons dans les flancs de Rocco.

– En avant ! lui ordonna-t-il. Allez, grosse bête paresseuse !

Mais Rocco ne broncha pas avant que Zed lui eût donné une tape ferme sur la croupe et lui eût ordonné de bouger. Alors, à contrecœur, il avança vers le champ où Hermann aimait pratiquer ce qu'il appelait ses exercices d'équitation.

Zed retourna à la ferme ; il ne pouvait supporter de voir ce spectacle. Annika resta patiemment au bord du champ. Hermann était son frère et elle voulait être impartiale.

Mais au bout d'une demi-heure, elle aussi retourna à la maison. Il n'était pas utile de connaître grand-chose aux chevaux pour comprendre que ce qui se passait dans le champ était à la fois catastrophique et dangereux.

Le jour suivant, les premières lettres arrivèrent de Vienne. Il y en avait une de Pauline, une de Stefan et une d'Ellie, que Sigrid aussi avait signée.

Pauline écrivait qu'ils étaient allés à la cabane sans elle et que ça ne s'était pas bien passé. Stefan avait amené son frère Ernst, et Pauline avait trouvé une très jolie histoire appelée « Androclès et le lion ».

« C'est une histoire qui se passe dans la Rome antique : on avait lâché un lion dans une arène pour qu'il dévore des chrétiens. Mais quand le premier chrétien apparut, le lion le reconnut : cet homme lui avait un jour retiré une épine de la patte. Il refusa donc de le dévorer, ainsi que les autres chrétiens. L'empereur devint fou de rage, et il y eut une émeute. Tu pourrais croire que ça aurait bien marché... – l'histoire, je veux dire. Eh bien non, elle n'a pas marché, et nous avons décidé de renoncer à jouer et de nous servir de la cabane juste comme d'un lieu de rendez-vous. »

La lettre de Stefan était très courte : elle lui manquait, ainsi qu'à sa mère ; le bébé faisait ses dents et pleurait beaucoup ; on continuait à demander de ses nouvelles à l'école ; tout le monde pensait qu'elle allait revenir...
Puis la lettre d'Ellie : tout allait bien, et tout le monde était sûr qu'elle s'amusait bien. Le professeur Emil avait essayé de renoncer au chocolat pendant le carême, mais le docteur lui avait dit que c'était une erreur, parce qu'il avait besoin de fer dans le sang. Le professeur Gertrude avait commandé une nouvelle harpe de concert chez Ernst et Kohlhart, et cela l'excitait beaucoup. La gouvernante de Loremarie avait dit qu'elle préférerait mendier son pain dans les rues plutôt que de s'occuper de Loremarie une minute de plus, et elle était retournée en Angleterre. La fleuriste avait dit de signaler à Annika que les premières gentianes qui poussaient dans la montagne étaient arrivées...

172

Elle lut les lettres de Pauline et de Stefan deux fois, celle d'Ellie plusieurs fois. Elle venait de terminer son énième lecture lorsque sa mère entra.

– J'ai vu que tu avais reçu des lettres de Vienne. Est-ce que tout va bien ?

– Oui, je te remercie.

– Ils ne mentionnent pas que quelque chose est arrivé pour toi, quelque chose qu'on doit t'envoyer ?

– Non, fit Annika. Je ne pense pas qu'il reste quoi que ce soit à m'envoyer. Ellie a été chercher mon autre manteau chez le teinturier juste avant mon départ.

– Ah bon... je pensais seulement... Enfin, peu importe. S'il y a quelque chose, ne manque pas de me le faire savoir.

Annika s'était habituée au bruit que faisait Oncle Oswald en tirant les oiseaux à l'aube, mais celui qui la réveilla le lendemain matin fut très différent. Il avait encore plu pendant la nuit, et ce qu'elle entendait était le bruit de gouttes d'eau qui faisaient « floc » en tombant du plafond.

Les gouttes ne tombaient pas vite, mais régulièrement, et une petite flaque s'était formée sur le plancher devant la fenêtre.

Elle chercha un objet pour recueillir l'eau et se souvint d'un grand vase chinois qui se trouvait sur une étagère de la commode laquée. Or le vase avait disparu. Il était pourtant bien là le jour de son arrivée, mais aujourd'hui, il n'y était plus. Elle se lava donc rapidement avant de poser sa bassine sous la craquelure du plafond.

Ses souliers étaient encore mouillées de la veille, néanmoins elle les chaussa et descendit à la salle à manger. Elle demanda à sa mère si elle pouvait aller chercher un seau à l'office pour le mettre dans sa chambre.

– Oh, non ! s'exclama théâtralement Frau Edeltraut. Ça ne va donc jamais s'arrêter ?

– Vous savez que ça va s'arrêter, Edeltraut, lui murmura Oncle Oswald. Et vous savez quand. Si vous ne faiblissez pas.

Il pleuvait encore quand Annika partit en direction de la ferme. Elle retrouva Zed dans la petite maison. Il était en train de tailler un nouveau verrou en bois pour la porte de la grange, et quand elle entra, il la regarda avec intensité. Ses vêtements étaient inondés. L'une de ses nattes dépassait de son capuchon, et sa belle couleur dorée était devenue brune tant elle était trempée. Il entendait l'eau glouglouter dans ses chaussures, et elle avait l'air fatiguée.

– Tu vas bien ?

– Oui, très bien, affirma-t-elle. C'est juste que j'ai reçu des lettres de la maison, je veux dire de Vienne, et je les ai tournées et retournées dans ma tête toute la nuit, tu sais ce que c'est.

Zed, qui n'avait jamais reçu la moindre lettre, lui dit qu'il savait. Puis il posa son couteau.

– Viens, nous allons voir dans quelle humeur Hector se trouve.

– Hector ? Le guerrier troyen ?

– C'est cela. Hermann adore les héros. Attends ici.

174

Il sortit par la porte de derrière, et revint avec le chien qu'il avait volé à Hermann.

Ils arrivèrent lentement, parce que Zed, malgré sa main sur le cou d'Hector, n'était pas sûr qu'il soit de bonne humeur. Le héros de Troie marchait d'un pas irrégulier, avec des sortes d'embardées, et la raison en était simple : il n'avait que trois pattes ; sa patte gauche postérieure manquait, et le moignon déchiqueté qui était tout ce qui restait de sa queue ne se sentait pas, à ce moment-là, d'humeur à remuer. Quand il tourna la tête avec un sourd grondement venu du fond de la gorge, Annika vit que l'un de ses yeux était abîmé, voilé, complètement aveugle.

Elle le regarda, silencieuse.

Puis :

– Tu as tort, lança-t-elle, soudain en colère contre Zed. Tu as parfaitement tort.

– Que veux-tu dire ?

– Tu as dit que je n'en voudrais pas. Tu as dit que je ne voudrais pas d'un chien comme celui-là.

Zed caressait le dos d'Hector.

– Je ne te connaissais pas encore, reconnut-il.

Le chien s'était arrêté de grogner et regardait Annika. Elle posa doucement sa main sur lui, et il la laissa lui gratter la tête avant de s'affaisser par terre.

– S'il te plaît, dis-moi ce qu'il lui est arrivé. Je ne dirai rien. Je ne penserai même rien. Mais je voudrais savoir.

Zed s'était accroupi près du chien. Quand il parla, il le fit sans regarder Annika :

– Hermann voulait un chien. Le maître alla donc lui en choisir un. Ce fut son dernier cadeau avant son attaque. Il alla voir un ami qui élevait des épagneuls d'eau, ceux qui viennent d'Irlande. Ce sont de merveilleux nageurs et... bref, ce sont de merveilleux chiens. J'étais là quand il a rapporté le chiot pour Hermann. Il avait six semaines, il avait une robe laineuse à poil ras et des yeux noirs, et sa queue n'arrêtait pas de remuer... Environ une semaine plus tard, le vieil homme a eu son attaque et Bertha et moi nous sommes occupés de lui. Hermann s'occupait du chien. (Zed s'arrêta de parler et regarda droit devant lui, mais ses mains continuaient à caresser le dos d'Hector.) Au début tout se passa bien, tant que le chiot resta petit, mais ensuite Hermann s'est mis à vouloir le dresser. Il voulait qu'il soit un vrai chien de guerre qui n'ait pas peur des coups de feu – tu connais son envie de devenir soldat. Au début il se contentait de souffler dans des sacs en papier et les faisait exploser à l'oreille du chiot : on fait, paraît-il, cela aux chiens de chasse pour qu'ils n'aient pas peur des coups de fusil. Puis il est allé de plus en plus loin. Il a pensé qu'il devait l'entraîner à ne pas s'effrayer des explosions ni du feu. Un jour, après avoir attendu que tout le monde soit parti de la maison, il a attaché des fusées à la queue et à la patte du chien. Il croyait qu'elles exploseraient comme de simples feux d'artifice, mais quelque chose s'est mal passé... Les épagneuls d'eau ont des queues très touffues ; la sienne a pris feu, le feu s'est étendu à sa patte, et une étincelle lui

176

est entrée dans les yeux. Hermann lui a jeté un pichet d'eau et s'est enfui. Il n'est rentré qu'après minuit. Ta mère a pensé que nous devrions faire abattre le chien, cela lui semblait la meilleure solution, elle a dit à son beau-frère de venir le tuer, mais Bertha et moi l'avons amené ici... et comme tu vois, il vit. Seulement on ne peut pas se fier à son humeur. La plupart du temps il est gentil, mais quand il devient nerveux, il commence à trembler et alors il peut mordre.

Annika était silencieuse. Hermann était son frère ; il était beaucoup plus jeune alors, ce n'était qu'un petit garçon. Les garçons font ce genre de choses. Elle essaya d'imaginer Stefan ou l'un de ses frères attachant des pétards à la queue des chiens, et n'y parvint pas.

– Il peut encore nager, avec trois pattes ?

– Comme un poisson. Et c'est un merveilleux récupérateur d'objets perdus ou oubliés. Il en a une vraie collection. Il possède la tête d'un leurre en forme de canard, la moitié d'un piège à anguille et un fixe-chaussettes rejeté par le lac. Il les garde dans sa niche et si quelqu'un y touche, il devient très méchant, surtout si on s'attaque à son fixe-chaussettes. J'essaie de faire en sorte qu'il aille dans l'eau un peu tous les jours. Tu ne pourrais pas imaginer que quelque chose cloche chez lui quand il nage.

Annika regarda le chien, qui était maintenant couché sur le flanc et laissait Zed lui gratter le ventre.

– Il n'a rien qui cloche, rectifia Annika. Il est très beau.

Annika était sur la terrasse en train de regarder le lac, quand sa mère arriva à côté d'elle. Aussitôt le vent lui parut plus doux, un vol d'oies sauvages venant du nord envahit le ciel, et l'étang mélancolique devint romantique à ses yeux. Il en allait toujours ainsi quand sa mère venait près d'elle : elle changeait la nuit en jour.

– Je suis venue te dire que demain, nous allons toutes les deux à Bad Haxenfeld. Mon oncle vit à l'hôtel *Majestic* et il nous a invitées à déjeuner. Il y a beaucoup de choses à voir là-bas.

– Oh oui, bien sûr ! (Annika hésita avant de se lancer.) Pensez-vous que nous pourrions acheter là-bas une paire de bottes en caoutchouc ?... À cause de la boue... Vous aviez dit...

– Oh, je sais ! Je sais que j'ai dit que j'allais t'habiller avec des vêtements dignes de ma fille ! Il n'y a rien que je désire plus que de te rendre jolie, et que tu te sentes confortable. Mais cela viendra, tout viendra, tout ce que tu veux ! (Elle prit Annika dans ses bras, et Annika respira le parfum si particulier que sa mère portait tous les jours.) Tu auras un poney pour toi, une gouvernante, et je t'organiserai des fêtes. Mais il nous faut attendre un peu. Fais-moi confiance, Annika. Sois patiente, fais-moi confiance et je réaliserai tes rêves les plus fous.

– Bien sûr que je te fais confiance, fit Annika, comblée, dans les bras de sa mère.

Comme elles rentraient dans le salon, sa mère lui dit :

– Il y a juste une chose que toi et moi devons faire quand nous serons à Bad Haxenfeld : nous devons aller voir un notaire pour signer quelques papiers.

– Moi aussi ? Je suis obligée de signer ?

– Oui. Les lois du Norrland autorisent les enfants à partir de l'âge de dix ans à signer en présence de leur tuteur ou de leur tutrice. Ce n'est qu'une formalité, mais je veux que tout soit fait en bonne et due forme. Je veux m'assurer que tu es bien enregistrée comme ma fille et une von Tannenberg. Et pas seulement une von Tannenberg, je veux que ton nom complet soit sur tous les documents : Annika von Tannenberg-Unterfall. Mon nom de femme mariée. (Elle se rapprocha et enlaça les épaules d'Annika.) Tu vois, si quelque chose arrivait à Hermann, Dieu l'en garde, tu devrais prendre sa place. Tu devrais gouverner Spittal. (Elle regarda sa fille dans les yeux.) Depuis cinq cents ans, les von Tannenberg gouvernent Spittal, et je veux que tu sois, ma chère enfant, l'une d'entre nous.

Annika était atterrée. Non seulement sa mère voulait qu'elle appartienne totalement à la famille, mais elle lui confiait l'entretien de Spittal.

Comment avait-elle pu être si ordinaire en lui demandant des caoutchoucs ?

16

Les eaux thermales

Bad Haxenfeld était l'une des plus célèbres stations thermales d'Europe. Les sources minérales qui jaillissaient des rochers à la température de cent cinquante degrés Celsius étaient censées soigner presque toutes les maladies du monde. Les maladies cardiaques et les crises de foie, les rhumatismes et la bronchite, l'anémie, l'hydropisie et la goutte : toutes celles-là et d'autres encore, disaient les médecins de la station thermale, pouvaient être traitées avec succès.

Quand les sources chaudes avaient été découvertes, il y a de nombreuses années de cela, les ingénieurs avaient pompé leurs eaux et les avaient conduites à travers des canalisations jusqu'aux bassins où les patients pouvaient se baigner, jusqu'aux salles de soins où on les aspergeait ; ils les avaient également acheminées vers les fontaines et les robinets de la buvette, où les curistes pouvaient les boire.

Au vu des traitements qu'on imposait aux curistes de Bad Haxenfeld, on aurait pu penser qu'ils paieraient pour ne pas avoir à les subir. On les plongeait dans de l'eau très chaude puis de l'eau très froide, si bien que leur peau passait du rose au bleu et inversement. On leur envoyait de la vapeur, on les martelait, on les massait et on les faisait macérer dans des baignoires remplies de boue nauséabonde. Tous les ans, les médecins inventaient de nouveaux traitements : souffler de la vapeur chaude dans la bouche des patients pour soigner leurs maux de dents, attacher des pompes à air à leurs articulations pour drainer leurs rhumatismes...

On aurait donc pu imaginer que les gens ne revenaient plus, mais loin de là. Les gens riches affluaient. Ils semblaient aimer se faire maltraiter par les médecins, et, qu'ils se portent mieux ou moins bien, ils pensaient que la cure les avait guéris, compte tenu de la somme colossale qu'ils avaient déboursée.

Autour des bains, qui dégageaient des nuages de vapeur et une odeur de sulfure d'hydrogène, proliféraient les hôtels de luxe, les casinos, les salles de bal, les courts de tennis et les kiosques à musique. Les parcs étaient plantés d'arbres rares. On construisait des jardins d'hiver. On ouvrait de fabuleux magasins et de magnifiques cafés, et la nuit on jouait de la musique dans les hôtels et à la buvette, endroit où les curistes payaient pour boire de l'eau, une eau qui avait un goût si dégoûtant qu'il fallait vraiment qu'elle leur fasse du bien.

Et c'était là, dans le plus grand et le plus cher hôtel de tous, le *Majestic*, que le vieil oncle de Frau Edeltraut, le baron Conrad von Keppel, vivait maintenant.

Annika prit place à côté de sa mère dans le fiacre, Hermann de l'autre côté. Il détestait manquer son entraînement, mais il voulait absolument s'exercer à tirer au champ de tir d'Haxenfeld.

Il y avait eu une surprise pour Annika quand la voiture s'était avancée dans la cour pour les prendre. Au lieu de Wenzel aux rênes, c'était Zed. Il était descendu pour lui ouvrir la portière, ainsi qu'à sa mère. Mais il ne s'était pas découvert pour Hermann, qui se mit à grommeler dès qu'ils furent sur la route.

– Il devrait me traiter avec le respect qui m'est dû, dit-il d'un ton furieux à sa mère.

– Hermann, laisse, lui répondit-elle à voix basse. Je t'ai dit qu'il n'y en a plus pour longtemps. (Elle se tourna vers Annika.) Zed aide mon oncle quand sa servante est en congé. Il le conduit aux bains et se rend utile à l'hôtel.

Ils roulèrent pendant presque une heure, et le paysage commença à changer. Des collines apparaissaient, les couleurs de la terre étaient plus riches. Dix minutes plus tard, ils étaient arrivés en ville.

Annika tournait la tête dans tous les sens à la vue des grands arbres exotiques qui bordaient la route, des luxueuses villas et des hôtels majestueux. Ils passèrent devant un édifice au toit doré, à la porte richement ornée en haut d'un escalier monumental. Mais quand Annika demanda ce que c'était, sa mère frissonna :

– C'est le casino. Un endroit diabolique. Les gens y vont pour jouer leur argent, et quand ils perdent, ils empruntent plus d'argent et recommencent.

– Il y a un jardin derrière le casino où les joueurs vont se tirer une balle dans la tête quand ils sont ruinés, ajouta allégrement Hermann.

Mais les gens qui passaient sur la promenade n'avaient pas l'air du tout prêts à se suicider ; même ceux qui étaient en fauteuil roulant ou qui marchaient avec des cannes semblaient bien s'amuser. La voiture passa devant plusieurs chauffeurs en train de laver des limousines. Un portier en uniforme se dirigeait vers le parc avec cinq chiens de tailles variées qu'il tenait au bout d'une longue laisse. Personne à Bad Haxenfeld ne promenait ses propres chiens ni ne s'occupait de ses propres voitures.

Ils passèrent ensuite sous une arcade et entrèrent dans la cour de l'hôtel *Majestic*. Pendant que Zed s'occupait des chevaux, ils pénétrèrent dans l'édifice.

Une atmosphère chaude et moite flottait dans le hall, venant du chauffage à vapeur. Le parfum de fleurs séchées s'exhalait de pots en faïence. Un oranger s'épanouissait dans un pot à côté de la réception. L'hiver n'avait pas le droit de troubler les hôtes du *Majestic*.

– Le baron von Felden vous attend, leur dit le concierge de l'hôtel avant de claquer dans ses doigts pour appeler un groom qui les conduisit à l'ascenseur.

Le baron ne se leva pas quand ils entrèrent ; cette action lui prenait beaucoup de temps, parce qu'il était perclus de rhumatismes et voûté par l'arthrite, mais il les accueillit joyeusement et insista pour embrasser non seulement sa nièce, mais aussi Annika.

– Quelle jolie petite fille ! dit-il. Tu as bien fait, Edeltraut. Je me demande pourquoi tu nous l'as cachée pendant toutes ces années.

Conrad von Keppel était le frère de la mère d'Edeltraut ; même avant que la maladie ne le frappe, il devait avoir été plus petit et plus mince que les von Tannenberg. Ses cheveux étaient blancs, il sentait l'eau de toilette, et ses yeux bleus brillaient d'un éclat vif et intelligent. Il leur offrit du vin et des gâteaux secs, mais Frau Edeltraut déclara qu'elle devait se rendre avec Hermann au champ de tir et qu'elle reviendrait à l'hôtel d'ici une heure pour prendre Annika et l'emmener chez le notaire.

– Ne reviens pas trop vite, dit Oncle Conrad. Annika peut venir avec moi aux bains. J'aime être accompagné par les jolies filles. Tu as amené le garçon, je suppose ?

– Oui. Il est en bas. Mais ne la retiens pas, notre rendez-vous est à onze heures.

Zed attendait à côté du fauteuil roulant. Il portait un brassard avec le nom de l'hôtel écrit dessus. Bien qu'il ait refusé de se découvrir devant Hermann, il salua respectueusement le baron et glissa une couverture sur ses genoux. Il était clair qu'il était habitué à travailler à la station thermale.

Il poussa le fauteuil roulant sur la promenade en direction des bains publics. Annika marchait à côté de lui. Oncle Conrad semblait connaître un grand nombre de gens qui s'arrêtaient pour le saluer : des dames coiffées d'immenses chapeaux, des hommes à cheval, ou encore des invalides comme lui, qui se rendaient aux bains.

– C'est Lady Georgina Fairweather, fit-il savoir à Annika, parlant de la très grande femme élancée à l'énorme manchon qui venait de le saluer. On ne pourrait pas le croire, mais ses reins sont en très mauvais état, complètement couverts de champignons. On la plonge dans des bains bouillonnants. Quant à cet homme en chapeau melon, c'est l'ambassadeur des Pays-Bas aux îles Salomon, et là-bas, il a attrapé un énorme ver solitaire. Ils essaient de l'enlever par hydro-succion, mais il en reste toujours des morceaux.

Bien qu'elle fût navrée pour les reins de Lady Georgina et le ver solitaire de l'ambassadeur, Annika regardait autour d'elle avec plaisir, appréciant les belles vitrines, l'élégance des gens, les paniers de plantes accrochés aux réverbères. C'était un monde très différent de celui de Spittal.

Ils se rapprochaient maintenant des bains et des salles de soins. L'odeur du sulfure d'hydrogène devenait plus forte, et de plus en plus de fauteuils roulants rejoignaient le cortège. Maintenant un groupe d'hommes à la peau humide et nette venait vers eux.

– Ah, voici les dentistes, des gens délicieux, chuchota le baron. Ils s'en vont demain. Je vais les regretter.

Annika, elle aussi, était ravie de voir les dentistes qui se trouvaient sur le quai de la gare le jour de son arrivée. Cela lui rendait le lieu plus familier. Ils n'étaient pas tous là, mais une douzaine revenait des salles de soins et se rendait maintenant en ville. Ils s'arrêtèrent devant le fauteuil du baron, le saluèrent et lui conseillèrent d'être prudent avec l'eau du premier bassin.

– La température y est très élevée aujourd'hui, l'informa l'un d'eux, un grand homme à moustache. Il vaut mieux éviter de s'y plonger.

– Tu ne peux imaginer à quel point j'ai appris de choses grâce à eux, confia le baron à Annika tandis que les dentistes partaient à la recherche de salons de thé. Il se trouve que lorsque tu es dans les salles de soins, les cabines ne sont séparées que par un rideau, et tu peux entendre tout ce que les voisins se disent. Il paraît que le duc d'Arnau a mordu le pouce de son dentiste alors que celui-ci lui faisait un plombage. Quant au nouveau traitement au zinc pour les gencives, bien qu'il se soit avéré absolument inutile, les patients continuent à le réclamer. La semaine prochaine arrivent les entrepreneurs des pompes funèbres. Je suppose donc que j'apprendrai beaucoup sur les cercueils, mais ce ne sera pas aussi passionnant – il y a quelque chose de tellement fascinant avec les dents. (Il regarda Zed par-dessus son épaule.) Tu te souviens des bijoutiers qui sont venus à Noël ? Ils étaient trois cents, pas moins, et les histoires qu'ils racontaient étaient à faire se dresser les cheveux sur la tête. Il vaut mieux rester à Bad Haxenfeld si l'on veut savoir ce qui se passe dans le monde !

Ils étaient arrivés devant l'entrée des bains. Seuls les curistes et leurs domestiques étaient autorisés à y pénétrer. Le médecin d'Oncle Conrad sortit de son bureau avec une feuille de papier où était dressée la liste des traitements du jour de son patient.

Là-dessus, Zed le conduisit le long d'un couloir de pierre.

186

– N'oublie pas que je t'attends pour le déjeuner ! cria Oncle Conrad à Annika.

Elle hocha la tête en signe d'acquiescement et prit le chemin de retour vers l'hôtel.

Le bureau de maître Bohn était confortablement équipé d'un épais tapis, d'un grand bureau en acajou et d'un palmier dans un pot en cuivre. Un clerc les fit entrer et les pria de s'asseoir : maître Bohn serait là dans une minute.

– Je m'attendais à ce qu'il soit déjà là. Notre rendez-vous est à onze heures, observa Frau Edeltraut, qui n'était pas habituée à ce qu'on la laisse en train d'attendre et le faisait ainsi savoir.

Le clerc alla dans la réception dire quelques mots à la secrétaire, qui partit aussitôt préparer du café. Mais une fois le café bu, le notaire n'était toujours pas arrivé. Annika remarqua que sa mère était très énervée. Les papiers qu'elles avaient à signer devaient être très importants, aussi lui dit-elle pour la rassurer :

– Mais je suis déjà une von Tannenberg, n'est-ce pas ? Je suis ta fille, tout le monde le sait.

– Mais oui, mais oui, répondit Frau Edeltraut l'air ailleurs. Il n'empêche, les choses doivent être faites dans les règles.

Elles attendirent une autre demi-heure, puis le téléphone sonna dans la réception, et peu après le clerc entra.

– C'était maître Bohn. Il est tout à fait désolé, mais sa femme a eu une attaque et il doit la conduire à l'hôpital.

187

– Une attaque ? Comme c'est curieux. N'a-t-il pas de serviteurs pour s'occuper de sa femme ?

– Certes, certes. Mais... Il dit qu'il sera à vous à deux heures sans faute.

– Je l'espère bien, dit la mère d'Annika, sinon il ne pourra pas continuer à s'occuper de mes affaires.

Le déjeuner dans la salle à manger du *Majestic* était somptueux. Oncle Conrad était placé entre Annika et Edeltraut. Hermann était de mauvaise humeur ; le fusil qu'on lui avait donné au champ de tir se déportait sur la gauche, et bien qu'il eût expliqué, on avait refusé de lui en donner un autre.

Zed, bien sûr, n'était pas présent : les domestiques ne mangeaient pas dans la salle à manger de l'hôtel. Tout le monde parlait très calmement, et Oncle Conrad racontait régulièrement et à voix basse les malheurs des autres convives. La dame à la table voisine était arrivée la gorge terriblement infectée, et l'infection s'était révélée avoir été causée par un haricot vert enroulé à la racine de sa langue.

– On a dû la chloroformer pour l'enlever, chuchota-t-il.

La nourriture était choisie : bouillon de chevreuil, asperges, bœuf en croûte, soufflé au citron nappé de crème Chantilly. Annika commençait à se demander si la famine sévissait dans la province du Norrland. Si c'était le cas, Bad Haxenfeld était épargné.

Elle aurait davantage profité de son repas si elle n'avait pas pensé à Zed et au fait qu'il avait peut-être

188

faim. Puis, comme le serveur sortait de la cuisine avec le café, elle y jeta un coup d'œil : les manches roulées sur les avant-bras, Zed, le visage rougi par la chaleur, se trouvait dans la pièce en effervescence. Il aidait à porter les plateaux et riait à quelque chose qu'avait dit un cuisinier. Il n'avait nullement l'air affamé.

Le notaire n'était toujours pas dans son bureau quand Annika et sa mère revinrent après le déjeuner.

Le clerc se tordait obséquieusement les mains.

– Maître Bohn me fait dire qu'il se rendra personnellement à Spittal demain avec les documents nécessaires. À ses propres frais.

– Je n'en espérais pas moins, dit Frau Edeltraut. Je vous prie de lui faire savoir que je suis très mécontente.

Mais elle n'avait pas seulement l'air mécontente ; elle semblait bouleversée et anxieuse. Annika était perplexe. Pourquoi ce document était-il si urgent ? Il n'allait sûrement rien arriver à Hermann avant des années, sinon jamais ?

– Je retourne me reposer à l'hôtel, déclara Frau Edeltraut. Si tu veux, tu peux aller à la buvette. La plupart du temps, il y a un orchestre. Cela ne coûte rien d'y aller et de regarder. Je t'attendrai à quatre heures à l'hôtel.

Avant même d'y arriver, Annika entendit la musique se déverser de la buvette, un grand édifice à coupoles avec un escalier flanqué de statues. Elle entra dans un hall circulaire au milieu duquel se trouvait une fontaine. Les gens s'en approchaient, donnaient de l'argent à une dame assise à côté, et se retrouvaient avec une tasse en étain qu'ils remplissaient d'eau thermale.

Les autres personnes allaient et venaient dans la salle, accompagnant la musique d'un petit mouvement de tête, se saluant les uns les autres. L'orchestre était composé de huit musiciens qui jouaient le genre de musiques au son desquelles Annika avait grandi dans les rues et les parcs de Vienne : valses, polkas, marches militaires...

Elle s'approcha de l'orchestre et resta debout à écouter la musique. Le chant des violons s'éleva doucement, le chef d'orchestre lui sourit, elle s'approcha de plus en plus près. Au bout d'un moment, elle sentit une main lui tapoter l'épaule. Elle se retourna et vit un monsieur aux cheveux blancs, bedonnant et au visage glabre, qui la regardait.

– La demoiselle voudrait-elle danser ?

Annika s'étonna : personne ne dansait, et en aucun cas on ne dansait avec des étrangers. Elle allait refuser, lorsqu'une dame âgée s'avança dans une chaise roulante.

– Voici ma femme, dit le vieux monsieur. Elle vous a remarqué qui battiez la mesure avec votre pied, et elle a pensé que vous aimeriez valser un peu.

La vieille dame hocha la tête.

– Comme vous le devinez, je ne peux plus danser. Mais si vous nous aviez vus quand nous étions jeunes !

Annika sourit et accepta l'invitation. Les spectateurs sourirent à leur tour en la voyant valser avec le vieux monsieur, puis un couple se joignit à eux, ensuite un autre... Les musiciens étaient ravis. Quand le morceau fut terminé, ils entamèrent une autre valse, et encore une autre...

Soudain elle entendit quelqu'un l'appeler d'une voix courroucée. Zed était au premier rang du cercle qui entourait les danseurs et la regardait d'un air renfrogné.

– Mais que fais-tu donc ? lui lança-t-il en arrivant vers elle. Tu sais que tu ne dois pas danser avec des étrangers.

Annika rougit.

– Je te présente Herr Doktor Feldkirch, dit-elle. Frau Feldkirch a pensé que cela nous ferait plaisir de danser.

– Je suis censé venir te chercher. Il est l'heure de rentrer. Que va dire ta mère ? la réprimanda Zed.

– Ça dépend de ce que tu lui raconteras.

Ils retournèrent en silence à l'hôtel.

– Ils ne jouent même pas de la vraie musique, reprit Zed.

Annika s'arrêta et le regarda avec des yeux étonnés.

– Que veux-tu dire ? C'était très joli. De la vraie musique viennoise, justement.

Zed haussa les épaules.

– Si tu aimes ces airs mièvres et douceâtres... Mais si tu veux entendre de la vraie musique, écoute donc les Tziganes.

– Et comment ferais-je ? Il n'y a pas un seul Tzigane par ici.

– Il pourrait y en avoir bientôt. Ils passent par là quand ils vont à la fête du printemps de Stettin. Quand ils arriveront, je t'emmènerai les écouter.

C'était sa façon à lui de lui présenter des excuses.

191

Au retour, dans le fiacre, Annika était contente et somnolait à moitié, ce qui tombait bien, car Hermann récrimina durant tout le voyage contre les employés du stand de tir.

Le crépuscule tomba, puis la nuit. La voiture traversa le premier pont, et soudain Zed s'arrêta et éteignit la lanterne de la voiture.

– Je crois que nous devrions faire demi-tour, dit-il à voix basse à Frau Edeltraut. Il y a des gens devant chez vous. Regardez !

En effet, dans la cour du manoir ils virent des silhouettes se déplacer avec des lanternes, puis ils entendirent qu'on martelait la porte.

– Allez, ouvrez, nous savons que vous êtes ici ! criait quelqu'un.

Puis les coups recommençaient. Ce n'était donc pas des mendiants, comme l'avait craint Annika.

– Je pense qu'ils sont du bureau territorial, chuchota Zed. Ils sont venus dans deux automobiles.

– Fais demi-tour immédiatement, ordonna Frau Edeltraut.

Mais Zed avait déjà commencé à faire tourner le fiacre.

– Où pouvons-nous aller ? s'inquiéta Frau Edeltraut.

– Dans les bois de Felsen, répondit Zed par-dessus son épaule. Là, personne ne nous trouvera.

Ils rebroussèrent chemin, dépassèrent la route qui conduisait à la ferme, puis s'engagèrent dans un étroit chemin forestier qui s'éloignait de Spittal pour pénétrer dans une obscure forêt d'épicéas.

– Je les tuerai, marmonna Herman. Quand mon père reviendra, je les tuerai.

– Ils ne vont pas rester longtemps, dit Zed en sautant au bas de la voiture pour se placer près de la tête des chevaux.

Ils attendirent dans les bois froids et silencieux pendant presque deux heures. La musique des thermes, l'hôtel ne semblaient plus qu'un rêve lointain à Annika. Qui étaient ces hommes qui avaient essayé de prendre d'assaut la maison de sa mère ? Que se passait-il à Spittal ? Personne ne pouvait-il lui dire la vérité ?

17
Une odeur de brûlé

Après le départ d'Annika avec sa mère, d'étranges choses se passèrent dans la maison des professeurs.

Par exemple, ceux-ci descendaient de leurs appartements parce qu'ils sentaient une odeur de brûlé monter du rez-de-chaussée. Les pains du petit déjeuner brûlaient-ils dans le four, ou bien la soupe bouillait-elle sur le feu ? Ce genre de choses était tellement peu coutumier qu'ils ne pouvaient y croire. En vingt ans de sa vie de cuisinière, Ellie n'avait rien fait brûler ; or maintenant, voilà que cela lui arrivait.

De la même façon qu'Ellie n'avait rien fait brûler depuis ses quatorze ans, Sigrid n'avait jamais rien fait tomber. Les professeurs lui confiaient les précieux verres en cristal de leur mère, et ils avaient raison. Ses grandes mains carrées saisissaient délicatement les objets comme s'ils étaient des œufs. À son tour, après le départ d'Annika, elle cassa une assiette. Ce n'était pas une assiette qui avait une valeur particulière, mais c'était une jolie assiette, avec un motif d'étoiles dorées entourées de

194

fleurs bleues. Elle était sur le vaisselier, et quand Sigrid la prit pour la dépoussiérer, elle lui glissa des mains et tomba sur le sol.

Lorsqu'on ne donne pas libre cours à ses sentiments, il arrive que les choses nous dépassent, ou nous échappent. Ellie et Sigrid pensaient que ce n'était pas bien de pleurer, de gémir, de se plaindre parce qu'elles avaient perdu celle qu'elles aimaient comme leur fille, mais leur malheur s'exprimait autrement.

Les professeurs non plus n'étaient pas dans leur meilleure forme. Depuis qu'Annika les avait quittés, ils s'étaient rendu compte qu'elle abattait beaucoup de travail dans la maison. Ils avaient donc décidé de prendre en main certaines de ses tâches.

Ce ne fut pas une réussite.

Le professeur Julius décida d'acheter ses fleurs à la fleuriste de la place et de les arranger lui-même dans un vase devant le portrait d'Adele Fischl, sa bien-aimée. Mais lorsqu'il le fit, celle-ci sembla le regarder d'une drôle de façon. Arranger des fleurs n'est pas aussi simple qu'il le paraît, et les muguets, serrés ensemble comme une botte de poireaux, paraissaient fortement contrarier Adele, qui était d'une extrême sensibilité.

Le professeur Gertrude avait décidé de choisir ses propres fiacres pour se rendre à ses concerts, et cela non plus ne se passait pas bien. Pour elle, qui était myope et qui, par-dessus le marché, n'aimait pas les animaux, les chevaux de fiacre n'étaient qu'une image floue, si bien qu'elle et sa harpe enduraient des courses fort agitées et fort désagréables.

Quant au professeur Emil, Annika lui manquait pour différentes raisons. Juste après son départ, le conservateur du musée lui avait montré un nouveau tableau représentant trois femmes dansant pieds nus dans une prairie : pensait-il que c'était un authentique Titien ? Il avait tout de suite vu que ce n'en était pas un, à cause de la façon dont les pieds étaient peints : Titien ne prenait jamais de modèles qui marchaient les pieds en dedans. C'était le genre de chose qu'Annika aurait tout de suite compris, et il allait rentrer en toute hâte à la maison pour le lui dire, quand il se souvint qu'elle était partie.

Les habitants de la place ne rendaient pas les choses plus faciles. La marchande de journaux disait qu'elle n'était pas du tout sûre que le climat de l'Allemagne du Nord conviendrait à Annika ; Joseph, le garçon de café, déclarait qu'il n'aimait pas la façon dont l'empereur Guillaume se conduisait ; et Frau Bodek affirmait qu'on pouvait dire ce qu'on voulait, mais qu'Annika manquait au bébé.

Puis les premières lettres arrivèrent de Spittal. Pauline et Stefan emportèrent les leurs dans la cabane pour les comparer, et tous deux tombèrent d'accord sur le fait que les lettres d'Annika étaient très bizarres.

Il était difficile d'arrêter Annika de parler quand elle était intéressée par quelque chose, or elle écrivait à propos de sa nouvelle vie d'une façon circonspecte, comme si elle composait une rédaction pour l'école.

Ce qu'elle exprimait clairement à tous deux, c'est qu'elle était très heureuse. Dans sa lettre à Pauline, elle avait souligné le mot « très », et dans celle à Stefan, elle disait qu'elle était « vraiment très » heureuse. Elle parlait de sa merveilleuse et étonnante mère, qui s'occupait de Spittal toute seule, et de Hermann, qui allait entrer dans l'armée et faisait des pompes et des exercices de baïonnette dans sa chambre. Elle disait que Spittal était grand et que l'aristocratie était courageuse, sans mentionner qu'elle avait froid et ne mangeait jamais de gâteau. Elle racontait aussi l'histoire de la fosse à ours du pavillon de chasse, dans laquelle un ouvrier agricole pris de boisson était tombé.

« Hermann m'a montré les armoiries de la famille et sa devise : *Écarte-toi de notre chemin, vermine qui oses t'affronter à nous !* Il dit que la vermine, c'est toute personne qui se met sur le chemin des Tannenberg. »

Les deux lettres comportaient des ratures : quelques mots sur Jésus qui avait été charpentier, qu'ils ne pouvaient déchiffrer, et plusieurs lignes sur la ferme et le garçon d'écurie qui s'occupait du cheval de Hermann.

Après quoi venaient les questions. Elles affluaient en tous sens, comme si elle les avait écrites rapidement et sans réfléchir. Les dents du bébé étaient-elles sorties ? Que lisait Pauline en ce moment ? Comment allaient les poissons rouges de la fontaine ? Est-ce que Loremarie avait une nouvelle gouvernante ?

– Tu penses qu'elle va bien ? demanda Stefan.

– Bien sûr qu'elle va bien, dit Pauline sur un ton fâché. Pourquoi n'irait-elle pas bien ?

Ellie et Sigrid auraient bien voulu lire leur lettre tranquillement toutes seules, mais comme le facteur avait répandu la nouvelle qu'Annika avait écrit, à présent la cuisine était pleine de monde qui voulait savoir ce qu'elle racontait. Mitzi, la bonne des Egghart, Joseph, le garçon de café, la marchande de journaux...

– Alors ? demandèrent-ils. Est-elle heureuse ?

– Elle est très heureuse, répondit résolument Ellie.

Elle disait cela parce c'était ce qu'écrivait Annika dans son premier paragraphe, mais elle trouvait la lettre curieuse et ne savait pas vraiment quoi leur en dire.

Car Annika avait eu du mal à expliquer certaines choses à Ellie : les oiseaux cuits avec du plomb... le toit qui fuyait... Elle demandait si Ellie pouvait lui envoyer une pommade contre les engelures ; elle décrivait le lac, qui était grand, les têtards qui sortaient de l'œuf, et un beau cheval bai, qui appartenait à Hermann mais dont prenait soin le garçon d'écurie ; sa mère avait dit qu'elle pourrait bientôt avoir un poney à elle.

Là-dessus, les questions explosaient. Ses questions adressées à Pauline et à Stefan prenaient une page entière ; celles adressées à Ellie s'étalaient sur trois pages. Est-ce que la bouture de géranium poussait ? Est-ce qu'Oncle Emil se débrouillait tout seul pour nouer ses foulards ? Quelles fleurs vendait la fleuriste en ce moment ? Cornelia Otter avait-elle chanté de nouveau à l'opéra ? Combien de lettres Oncle Julius avait-il écrit au journal ? Est-ce qu'Ellie avait préparé un strudel aux graines de pavot pour la fin du carême ? Est-ce que le vendeur d'asperges venait encore au marché ?...

Et à la fin, elle leur répétait une fois encore combien elle appréciait sa nouvelle vie.

Une semaine après l'arrivée des lettres d'Annika, un homme à l'air grave, vêtu d'un costume sombre et portant une serviette, tira la sonnette de la maison des professeurs.

– Je cherche les tuteurs d'Annika Winter, annonça-t-il. Je suppose que je suis à la bonne adresse ?

Sigrid, qui était allée ouvrir la porte, devint blême.

– Est-ce que... quelque chose est arrivé ? Un accident ?

– Non, pas du tout. Je représente l'entreprise de Gerhart et Funkel rue Karntner, et nous avons une petite affaire à traiter la concernant. Puis-je entrer ?

– Oui, bien sûr. Excusez-moi.

Elle l'introduisit dans le salon et alla chercher les professeurs.

Au bout d'un moment, ils firent venir Sigrid et Ellie.

– J'ai expliqué à Herr Gerhart que vous avez adopté Annika quand elle était bébé, et que j'ai accepté de remplir le rôle de son tuteur, les informa le professeur Julius. J'ai également expliqué qu'elle n'était plus à notre garde, étant donné que sa vraie mère, sa mère génétique, s'est présentée, et qu'Annika vivait maintenant avec elle. Il semble que la vieille dame à qui elle rendait souvent visite, Fräulein[1] Egghart, ait laissé quelque chose à Annika dans son testament.

– Ce n'est rien qui ait une quelconque valeur, déclara Herr Gerhart. Une simple malle pleine de souvenirs de théâtre : des vieux vêtements, des colifichets. Mais nous

_____

1. Mademoiselle en allemand.

199

aimerions néanmoins vérifier les papiers d'adoption. Vous comprenez, pour nous, l'enfant vit à cette adresse.

– Elle vivait en effet ici, dit Ellie d'une voix étranglée. Elle a vécu ici toute sa vie jusqu'au mois dernier.

Le notaire lui lança un coup d'œil compatissant.

– Tout sera réglé très vite, étant donné que le professeur a gardé les copies des documents apportés par Frau von Tannenberg. La déclaration écrite sous serment signée par Herr Pumpelmann-Schlissinger devrait être décisive. Quand nous les aurons vérifiés, nous informerons Frau von Tannenberg et lui enverrons l'héritage de l'enfant.

– Annika sera contente de recevoir la malle, commenta Ellie quand le notaire fut parti et qu'elles furent revenues dans la cuisine. Elle pourra se servir des vêtements pour se déguiser. Elle fait probablement du théâtre avec ses nouveaux amis, tu te souviens comme elle aimait inventer des pièces ?

– Oui, bien qu'elle n'en dise rien dans sa lettre.

– Il est encore trop tôt, soupira Ellie. La vieille dame devait vraiment aimer Annika, ajouta-t-elle, pour lui avoir légué sa malle au lieu de la laisser à sa famille.

– Eh bien, il n'y a rien d'étonnant à cela, releva Sigrid d'un ton bourru en empilant des assiettes à côté de l'évier. Rien d'étonnant à aimer Annika, je veux dire.

18

Annika rompt une promesse

Annika avait eu peur le soir où ils étaient rentrés de la station thermale. Les silhouettes noires aperçues dans la cour qui essayaient d'entrer dans la maison en martelant la porte et en criant étaient inquiétantes. Mais ce qui l'avait le plus troublée, c'était la rage et la peur de sa mère. À Vienne, elle n'avait jamais vu d'adultes aussi terrifiés. Le professeur Gertrude était nerveuse avant ses concerts, le professeur Julius était fâché quand on ne publiait pas ses lettres dans le journal, et personne n'osait parler à Ellie quand elle préparait ses conserves d'œufs de caille. Mais là, c'était différent. Quels que fussent ces hommes, ils avaient fait perdre son contrôle à sa belle et fière maman.

Quand ils revinrent à Spitall, ils constatèrent que rien n'avait été emporté ni endommagé. Annika et Hermann avaient été directement envoyés au lit, mais la fillette mit du temps à s'endormir. Elle aurait traversé les flammes pour protéger sa mère de tout danger et de toute inquiétude.

Le jour suivant, pas un mot ne fut prononcé à ce sujet. La pluie tomba comme d'habitude durant la matinée, Annika entendit les coups de feu d'Oncle Oswald et le bruit des petits morceaux de maçonnerie qui tombaient dans les douves... Suivit une longue journée, parce que Zed avait emmené les chevaux de l'attelage chez le maréchal-ferrant et qu'il n'y avait personne à la ferme.

Mais dès le lendemain matin, elle y courut. Zed était en train de donner de l'eau aux cochons. Comme Annika se proposait pour l'aider, elle s'aperçut qu'il n'y avait plus que deux cochons dans la porcherie.

– Qu'est-ce qui est arrivé à Dora ?

Dora était une énorme truie aux poils drus et au dos ensellé qu'Annika aimait beaucoup.

– Vendue, répondit Zed. Nous n'avons plus que deux cochons, trois vaches, six moutons et quelques poules. Le maître n'aurait jamais voulu cela.

Il était de mauvaise humeur, mais Annika n'en pouvait plus d'ignorer ce qui se passait.

– Zed, qui étaient ces hommes la nuit dernière ? Pourquoi avons-nous dû faire demi-tour ? Qu'est-ce que tout cela veut dire ?

Il haussa les épaules.

– Pourquoi ne le demandes-tu pas à ta mère ?

– Je ne peux pas, dit Annika à voix basse. Je ne veux pas la déranger.

– Ce n'est pas à moi de te raconter ce qui ne va pas dans ta maison.

Annika se retourna pour qu'il ne voie pas son visage. Mais Zed avait deviné sa souffrance.

202

– Ce n'est pas la faute de ta mère s'il y a des problèmes à Spittal. Viens, nous allons emmener Hector au lac. Il n'est pas de bon poil ce matin.

Cet après-midi-là, le notaire dont la femme avait subi une attaque vint à Spittal, et Annika signa un document de plusieurs pages qui semblait important et n'était pas du tout facile à comprendre.

Quelques jours plus tard, sa mère l'appela dans son boudoir pour lui donner l'explication qu'elle espérait depuis longtemps.

– Je sais que tu dois avoir été très affectée, ma pauvre enfant, par ces horribles hommes qui sont venus l'autre nuit. Maintenant je peux te dire que c'étaient des huissiers.

– Des huissiers ? Ces hommes qui emportent les meubles des gens qui ne peuvent pas payer leurs factures ?

– C'est exact. Tu peux imaginer ce que j'éprouvais : quelqu'un de ma classe traité comme les gens du commun.

Annika resta silencieuse. Elle se souvint des Bodek, pour lesquels les huissiers avaient toujours été un cauchemar ; cependant ils avaient toujours réussi à payer leurs dettes à temps. Frau Bodek avait fait des lessives supplémentaires, et les garçons des courses pour les gens vingt-quatre heures sur vingt-quatre...

– En fait je ne t'ai rien dit sur mon mari ; je ne voulais pas te chagriner, mais la vérité est qu'il n'était pas quelqu'un de bien.

– Une crapule, comme mon père ?

Elle eut un sourire glacé.

– C'est cela, ma chérie. Je crains de ne pas être douée pour choisir les hommes. Il est parti à l'étranger, mais avant cela... eh bien, c'était un joueur. Un terrible joueur. Il ne savait pas comment s'arrêter, et plus il perdait d'argent, plus il en empruntait. Il a joué mon argent et celui de ma sœur, puis il s'est mis à vendre les tableaux de famille et les bijoux. Mon père avait déjà eu son attaque. Il ne pouvait rien faire pour l'arrêter. Tout est parti... Nous sommes alors devenus pauvres... Même acheter de la nourriture posait un problème, et nous avons dû renvoyer les servantes parce qu'il n'y avait plus d'argent pour payer leurs gages. Tu peux imaginer ce que Hermann a éprouvé quand nous lui avons dit qu'il ne pourrait pas aller à Saint-Xavier parce que nous ne pouvions tout simplement pas payer son droit d'entrée. L'armée est toute sa vie.

Elle passa ses bras autour des épaules d'Annika et la serra contre elle.

– Peut-être n'aurais-je pas dû t'emmener avec moi alors que j'avais si peu à t'offrir... Peut-être aurais-tu mieux fait de ne pas venir... mais quand je t'ai retrouvée, je ne pouvais pas supporter de ne pas t'avoir à mes côtés. Regrettes-tu d'être venue, Annika ?

– Oh non, bien sûr que non ! J'adore être avec vous. Seulement, j'aimerais que vous me permettiez de rendre service. Je sais faire beaucoup de choses. (Son visage s'éclaira.) Je sais cuisiner, coudre et faire le ménage. Nous pourrions économiser tellement d'argent si...

Frau Edeltraut posa un doigt sur les lèvres d'Annika.

– Ma chérie, ne sois pas stupide. Comprends qu'il est plus important que jamais que les gens te perçoivent comme l'une des nôtres, une vraie von Tannenberg. Je t'ai parlé des huissiers uniquement parce que je pense que nous avons passé le pire. J'ai reçu des nouvelles aujourd'hui, qui pourraient peut-être tout arranger. Je dois aller à Bad Haxenfeld pour voir où en sont mes affaires, et puis probablement me rendre, en Suisse, et je crains de ne pouvoir tout te dire encore, parce que cela pourrait ne mener nulle part. Mais si les choses se déroulent comme je l'espère, les problèmes seront réglés. Et alors, ma chère fille, tu auras tout ce que tu veux. Tu m'avais demandé quelque chose, n'est-ce pas ?

Annika sourit.

– Des caoutchoucs.

– Tu les auras. Si tout va bien, tu auras autant de paires de bottines en caoutchouc que tu le désires.

– Je suis vraiment trop bête, fit Annika. (Elle venait d'apprendre à nettoyer les sabots de Rocco sous l'œil critique de Zed.) Je veux dire que je n'ai jamais imaginé que nous pourrions être pauvres. Je ne pensais pas que les aristocrates puissent l'être. Je savais qu'ils s'exerçaient à s'endurcir afin de mener des croisades et de livrer des batailles, et j'ai dû croire qu'ils en étaient toujours là. Je n'ai rien deviné, parce que ma mère était descendue au *Bristol* à Vienne, un hôtel incroyablement cher.

– Ah bon ? Je n'en savais rien, dit Zed tandis qu'il inspectait le sabot qu'elle venait de nettoyer.

205

– Je continue de penser que c'était vraiment adorable de sa part de venir me chercher alors qu'elle était à court d'argent. Tu comprends, je mange beaucoup. Peut-être pourrais-je essayer de manger un peu moins au cas où l'affaire en Suisse ne marcherait pas ?

– Ne dis pas de bêtises.

Mais Annika était réellement touchée que sa mère fût venue la chercher en dépit des problèmes qui sévissaient à Spittal. Elle devait avoir vraiment très envie de retrouver sa fille.

Parfois Zed installait Annika sur le dos de Rocco et la conduisait à travers champs, là où on ne pouvait pas les voir de la maison.

– Tu ne *fais* pas de cheval, précisait-il. Tu ne fais que le promener.

– J'aimerais connaître l'histoire des chevaux, disait-elle en descendant de Rocco. Pourquoi est-ce qu'on les aime tant ?

– Il en est ainsi depuis que les hommes et les chevaux se trouvent ensemble sur terre. Mais ne t'y trompe pas : ce sont les hommes qui ont besoin des chevaux, pas le contraire. Les chevaux se débrouillent très bien tout seuls.

Le lendemain matin, Oncle Oswald arriva tôt, mais il ne portait pas ses habits de chasse. Il était vêtu d'un costume sombre et il n'y avait pas de plumes dans sa barbe ni de sang incrusté sous ses ongles. Même sa balafre semblait toute propre, comme polie. Frau Edeltraut, elle aussi très élégante, portait le manteau de fourrure et le chapeau à plumes qu'elle avait quand elle était venue chercher Annika. Ils prirent le petit déjeuner avant les enfants et partirent pour Bad Haxenfeld en cabriolet, sans Wenzel et sans Zed. Oncle Oswald prit les rênes et, avant le lever du jour, la voiture traversa les deux ponts.

Il était minuit passé quand ils revinrent. Tout le monde dormait à poings fermés. Mais dans la niche, derrière la maison aux cigognes, le chien à trois pattes, en entendant un « plouf » dans le lac, s'agita un peu, puis se rendormit.

Quoi qu'il se fût passé à Bad Haxenfeld, ce ne pouvait qu'être encourageant, car la semaine suivante, la mère d'Annika, Oncle Oswald et Tante Mathilda partirent ·pour la Suisse.

– Nous resterons absents seulement quelques jours, avait expliqué Edeltraut. Gudrun viendra au manoir, et Bertha y restera aussi la nuit. Vous n'avez aucun souci à vous faire.

Elle donna des ordres à Hermann :

– Je ne veux pas que tu montes à cheval avant mon retour ; si tu avais un accident, je ne me le pardonnerais pas. Et pas d'exercices de tir non plus.

Gudrun arriva avec sa valise et s'installa dans la chambre voisine de celle d'Annika. Ainsi le pavillon de chasse fut-il laissé à ses bois de cerf et aux vers à bois qui rongeaient les chevrons.

Les adultes partirent avant l'aube et prirent le premier train en direction du sud pour un long voyage vers la Suisse. Une heure plus tard Annika descendit pour prendre le petit déjeuner dans la salle à manger, suivie par Gudrun et Hermann. Dans l'obscurité, Bertha apporta du pain et du café léger. Elle semblait énervée et préoccupée, et se hâta de retourner à la ferme dès qu'elle eut débarrassé la table.

Après le petit déjeuner Gudrun accompagna Annika dans sa chambre et lui demanda si elle pouvait voir ses vêtements. Par chance, elle était trop grande pour porter ses jupes et ses robes. Mais elle gémit d'envie à la vue de deux autres foulards et d'un ruban de velours pour les cheveux, dont Annika lui fit cadeau.

Après quoi elle voulut jouer aux cartes.

La matinée fut interminable. À l'heure du déjeuner il apparut déjà que l'organisation domestique n'allait pas se passer en douceur. Hanne, la servante bougonne qui venait du village situé sur la rive opposée du lac, annonça aux enfants qu'elle ne reviendrait pas le lendemain. Elle avait trouvé un vrai travail quelque part ailleurs, « le genre de travail qui vous est payé régulièrement », dit-elle en posant brusquement sur la table le plat de poitrine de sarcelle froid accompagné de pommes de terre rances.

L'après-midi s'éternisa comme le matin. Hermann alla dans sa chambre « présenter armes », et Gudrun voulut rester à l'intérieur pour parler garçons. Étant donné qu'elle n'avait jamais eu de petit ami, et qu'Annika n'avait que des camarades qui se trouvaient par hasard être des garçons, la conversation tourna court. Au bout d'un moment Annika, regardant avec envie par la fenêtre, accepta de jouer à un jeu de chiffres et de lettres.

Bertha venait d'habitude servir le dîner, mais aujourd'hui elle n'était pas apparue. Un reste de viande froide et de pain sec traînait dans la salle à manger.

– Qu'est-ce qu'on va faire si elle ne vient pas et ne passe pas la nuit ici ? Nous serons tout seuls, se lamenta Gudrun.

– Eh bien, cela ne fait rien, nous serons tous les trois.

– Je trouve que la façon dont les domestiques se comportent actuellement est scandaleuse, se plaignit Hermann.

– Je vais aller voir ce qui lui est arrivé, décida Annika.

Elle se précipita en direction de la ferme, respirant, reconnaissante, l'air frais à pleins poumons, et frappa à la porte de la cabane. Bertha était assise dans le fauteuil à bascule avec Hector à ses pieds. Somnolant sur le banc à côté du poêle était assis un vieux monsieur que Bertha présenta comme son frère.

– Il est arrivé de Rachegg, dit-elle, pour m'annoncer la mort de sa femme. Ma belle-sœur. Il veut que je vienne à l'enterrement.

– Et tu iras ? demanda Annika.

– J'aimerais bien. Ce serait bien. Mais j'ai promis à la maîtresse que je dormirais au manoir.

À ce moment la porte de l'appentis s'ouvrit, et Zed apparut avec une couverture grise jetée sur ses épaules.

– Il n'y a pas de problème, intervint-il. J'irai et coucherai au manoir ; il y a un lit dans l'office. Bertha doit aller à l'enterrement.

Zed tint parole. Quand Annika se leva le lendemain matin, elle le trouva dans la cuisine en train de remplir le poêle.

– Il devrait brûler jusqu'à l'heure du déjeuner. Bertha est partie avec son frère. Elle sera absente pendant quelques jours. Tu peux te débrouiller toute seule ? Je dois aller à la ferme m'occuper des animaux, mais je reviendrai plus tard.

– Bien sûr que je peux me débrouiller. Merci de t'être occupé du poêle.

Annika regarda autour d'elle, se demandant quoi faire. Elle avait promis à sa mère de ne pas entrer dans la cuisine et de ne travailler comme servante sous aucun prétexte.

Elle le lui avait promis.

Elle mit de l'eau à chauffer et monta faire son lit. Puis elle prit le cahier que Pauline lui avait donné et en dénoua le ruban. Tous les cas auxquels Pauline s'était intéressée étaient là : l'homme au pied bot, la fille à la rougeole, le garçon qui, après avoir été piqué par des abeilles, était allé à l'école et avait obtenu la meilleure note en maths avant de s'évanouir, la vache qui se noyait dans le lac gelé...

Désobéir à sa mère lui était difficile. Presque aussi difficile que de sortir une vache d'un étang gelé en la tenant par les cornes ou de traverser le Danube à la nage. Mais là, c'était nécessaire. Sa mère voudrait-elle qu'Hermann meure de faim ?

Elle referma le cahier et redescendit de sa chambre.

Il y avait du pain dans la boîte à pain (une demi-miche) et du beurre dans le beurrier. L'étrange confiture jaune avait été terminée la veille et, apparemment, il n'y en avait pas d'autre. Elle posa trois tasses et trois assiettes sur la table de la cuisine et fit du café.

Puis elle monta réveiller Gudrun et Hermann.

– Aujourd'hui il n'y a pas de domestique à la maison. J'ai donc préparé le petit déjeuner dans la cuisine.

– Je ne peux pas manger dans la cuisine, dit Hermann, je ne l'ai jamais fait.

– Eh bien, pas de problème, tu peux aller chercher ton petit déjeuner et l'emporter dans la salle à manger.

Gudrun estimait elle aussi qu'elle ne pouvait pas manger dans la cuisine. Elle et Hermann emportèrent donc leurs tranches de pain et leur tasse de café dans la salle à manger, où ils s'installèrent, tremblants de froid, contemplant la vue sur le lac gris.

Annika, pendant ce temps, fit le point. Ce n'était pas tout à fait exact qu'il n'y avait rien à manger, mais la nourriture était incroyablement rare. Hanne faisait d'habitude les courses au village, mais Hanne était partie et Annika n'avait pas le moindre argent pour régler les courses elle-même. Elle trouva de la farine dans un bocal et un demi-pichet de lait. Dans le panier à légumes se trouvaient quelques pommes de terre et un navet. Dans le garde-manger d'Oncle Oswald, deux poules d'eau non plumées et le bec ensanglanté étaient suspendues à des crochets. Elle referma la porte et se dirigea vers le placard à balais.

Elle penserait au déjeuner plus tard, mais maintenant il était nécessaire de commencer le ménage : elle ne pouvait pas faire la cuisine dans une cuisine qui ne soit pas impeccable, et une cuisine propre signifiait une maison propre. Mais par où commencer ? Pendant un instant elle regarda les boîtes de cire, les torchons, les chiffons et les balais, et se sentit découragée par la tâche qu'elle s'était fixée. Puis elle entendit la voix de Sigrid aussi clairement que si elle était à côté d'elle : « Mais oui, tu vas y arriver. Ne te précipite pas, pense seulement à la tâche que tu es en train d'accomplir. Et fais bien attention de mélanger les cires correctement ; personne ne peut travailler avec de la pâte grumeleuse. »

Elle prit les seaux, les serpillières, les balais et les plumeaux, et se dirigea vers la salle à manger. Hermann et Gudrun, qui venaient de finir leur petit déjeuner, la regardèrent avec stupéfaction.

– Que fais-tu ? dit Gudrun, tandis qu'Annika se mettait à balayer le plancher. Tu vas te salir.

– Peut-être. Mais la maison sera propre, du moins en partie. Vous pouvez m'aider si vous voulez.

Gudrun sortit en courant de la pièce, comme si ce que faisait Annika était quelque chose de contagieux.

Celle-ci épousseta les grands fauteuils sculptés, secoua les rideaux, cira la table en chêne et glissa sur le parquet avec des chiffons noués autour de ses chaussures.

Peu de temps après, elle se surprit à chanter ; c'était la première fois que cela se produisait depuis qu'elle était arrivée dans sa nouvelle maison. Quand elle eut terminé la salle à manger, elle commença à faire le hall, essuyant les vitrines des poissons aux yeux perçants, et lavant les dalles à grande eau. Puis elle rangea les produits d'entretien et descendit à la ferme.

– Zed, je voudrais des œufs. Peux-tu m'en donner quelques-uns ?

– Il y a beaucoup d'œufs, à peu près une douzaine, mais on doit les troquer au village contre des munitions pour Hermann.

Annika le regarda.

– Est-ce la raison pour laquelle il n'y a jamais d'œufs ?

– Oui. Les œufs sont troqués pour qu'il puisse tirer, et les cochons sont vendus pour pouvoir payer l'homme qui lui donne ses leçons d'escrime. Ça se passe comme cela depuis un moment.

– Eh bien, cela ne me regarde pas, Zed. Je veux les œufs. De toute façon Hermann n'est pas autorisé à tirer tant que sa mère n'est pas là.

Zed haussa les épaules.

– Ça me va... Viens, je vais t'aider à les chercher.

– Y a-t-il quelque chose d'autre que je pourrais prendre pour faire la cuisine ?

Il sourit.

– Eh bien, il y a toujours des betteraves fourragères.

Elle aurait aimé faire un soufflé, mais ce ne serait que des crêpes, s'il y en avait assez pour tout le monde. Elle avait de la farine, des œufs, du lait, puis au fond de l'armoire presque vide elle trouva un morceau de jambon fumé. C'était un très petit morceau, mais elle le hacherait afin d'en farcir les crêpes.

L'odeur, juste avant l'heure du déjeuner, attira Gudrun à la cuisine, dans laquelle elle tourna tristement en rond.

– Ce sera prêt dans quelques minutes, dit Annika, occupée à retourner les crêpes. Tu peux m'aider pour la farce.

– Oh non, je ne peux pas. Maman ne me laisse jamais entrer dans la cuisine.

Annika, sans rien dire, continua à empiler les crêpes dorées sur le plat.

– Bon, eh bien, à condition que tu ne le lui dises pas, consentit Gudrun peu de temps après. Que veux-tu que je fasse ?

Zed revint avec des bûches.

– Oh, mais ça sent très bon !

– Elles sont bien réussies, reconnut Annika. Il y en a assez pour nous tous.

Elle sortit quatre assiettes, et à peine les eut-elle disposées sur la table de la cuisine qu'elle entendit Gudrun pousser un couinement de souris terrifiée.

– Je ne peux pas manger ici avec le garçon d'écurie !

– Eh bien alors, emporte ton assiette dans la salle à manger, et celle de Hermann. Je resterai ici avec Zed ; je dois surveiller le four.

Ainsi, une fois de plus, Gudrun et Hermann s'installèrent devant la grande table en chêne de la salle à manger glaciale, tandis qu'Annika et Zed mangèrent dans la chaleur et le confort de la vieille cuisine. Il lui parla de Bertha :

– Elle ne sera pas de retour avant la fin de la semaine ; c'est loin, et son frère a besoin d'elle. J'espère... (il s'interrompit) j'espère qu'il...

– Quoi ? Qu'est-ce que tu espères ?

– Je pensais qu'il pourrait lui demander de venir vivre avec lui. Il a une très grande ferme et il sera très seul.

– Mais elle ne te manquerait pas ?

– Non. Parce que je ne serais plus là.

Annika le regarda avec étonnement.

– Je voulais partir après la mort du maître, mais je savais qu'il s'inquiéterait à propos de Bertha ; elle a été sa nurse depuis qu'il a deux semaines, et j'ai pensé que je devais rester pour veiller sur elle.

– Mais où irais-tu ? Et Rocco ? Et Hector ?

– Effectivement. Il faudra que j'y réfléchisse.

Annika avait posé sa fourchette, soudain terriblement abattue.

– Tu me manqueras.

– Je ne suis pas encore parti, dit-il.

Mais des larmes montèrent aux yeux d'Annika.

– Qu'est-ce qui m'arrive, dit-elle en les essuyant, furieuse contre elle-même. Je ne pleurais presque jamais à Vienne.

– Tu as le mal du pays.

– Comment est-ce possible ? Je suis chez moi.

Mais après le déjeuner, comme elle poursuivait les tâches qu'elle s'était fixées, elle se sentit de nouveau joyeuse. Elle nettoya les chambres, transporta l'escabeau à l'étage pour pouvoir épousseter le haut des meubles et fit briller les miroirs. Puis Zed revint avec un pot de fromage frais.

– Bertha a laissé sécher le lait caillé avant de partir, et maintenant le fromage est prêt. Tu peux le prendre.

215

– Parfait. J'ai trouvé quelques grosses pommes de terre. Je vais les faire cuire et les garnir de fromage.

– Ça ira très bien avec le poisson.

– Quel poisson ?

– Le poisson que nous allons pêcher cet après-midi, dans la barque de ton oncle Oswald.

Zed ne se vantait pas. La barque les attendait dans l'abri à bateaux, Hector couché aussi loin que possible du matériel de pêche.

– C'est parfait, dit Zed. Il restera tranquille. Il sait qu'on n'aura pas besoin de ses services.

Bientôt ils jetèrent leurs lignes au milieu du lac. C'était agréable d'être dans la nature et de voir la maison se refléter dans l'eau parmi les nuages.

Zed prit deux brochets et Annika une petite perche. Elle était sûre que Gudrun et Hermann les observaient par la fenêtre, mais cela lui était égal.

Plus tard, quand Zed eut nettoyé et enlevé les arêtes des poissons et que ceux-ci grésillèrent dans la poêle, Gudrun apparut une fois de plus à la porte de la cuisine.

– Oh, j'adore le poisson frit.

– Ils vont être prêts, dit Annika. Dis-le à Hermann. Vous pourrez emporter vos portions.

– Peut-être que Hermann viendrait manger ici si je le lui demandais. C'est tellement joli et chaud.

Mais à ce moment-là le carillon de la cloche retentit dans la maison. C'était Hermann qui faisait comprendre que les von Tannenberg ne s'encanaillaient pas dans les cuisines, et Gudrun fila rejoindre son héros de cousin dans la salle à manger.

216

Le lendemain Annika se leva tôt et continua ses tâches ménagères. Quand elle se mit à penser au déjeuner, elle trouva sur la table de la cuisine un lapin que Zed avait tué et dépecé. Elle arracha quelques choux de Bruxelles de l'année précédente dans le carré à légumes envahi par la végétation.

– Qu'est-ce que c'est ? demanda Gudrun en se servant d'une racine jaune finement coupée qu'Annika avait servie en salade.

– C'est un nouveau légume ; je n'arrive pas à me rappeler son nom. C'est bon, n'est-ce pas ?

– Oui, dit Gudrun en se servant d'une autre portion de betterave fourragère.

Le troisième jour Annika n'avait plus rien à voir avec la tranquille petite fille qui traversait les pièces vides d'un pas nonchalant. Elle travaillait du lever au coucher du soleil, et à l'approche de chaque repas elle et Zed se creusaient la tête devant le garde-manger vide. Cet après-midi-là, un colporteur vint sonner à la porte, et elle troqua la trousse de manucure du professeur Gertrude contre une boîte de pain d'épice et un sac de riz.

Elle fit aussi de la soupe, avec tout ce qu'elle put trouver. Zed la taquinait à ce sujet, feignant de découvrir dans son assiette des bribes de bois à brûler et des poils de son balai, ce qui ne l'empêchait pas de manger de bon appétit. Quand on avait été élevée par Ellie, il était toujours possible de trouver quelque chose avec quoi faire de la soupe.

– Tu n'as jamais pensé te marier avec un colon canadien ? lui demanda Zed en la voyant hacher ce qui semblait être le dernier oignon de Spittal.

217

– Pourquoi un Canadien ?

– Tu n'as jamais eu envie d'aller là-bas ? Il y a plein d'îles le long de la côte, des forêts sur des kilomètres et des kilomètres, et là-bas tous les gens sont égaux.

– Non, je n'y ai pas pensé.

Ce soir-là elle prit une torche et alla chercher un atlas dans la bibliothèque. Elle en dénicha un (qui n'avait pas été envoyé à Bad Haxenfeld pour y être relié ou nettoyé) et examina la côte de la Colombie britannique. Zed avait raison. Elle semblait belle et sauvage. Mais sa mère ne quitterait jamais cet endroit. Si Annika avait appris une chose ici, c'était qu'il y avait des von Tannenberg à Spittal depuis cinq cents ans.

Annika avait remis à plus tard le nettoyage de la bibliothèque. C'était une pièce qu'on n'utilisait jamais, et elle était encore plus froide et plus humide que les autres. Cependant il y avait quelques beaux vieux meubles, en particulier un grand bureau sculpté avec de nombreux tiroirs et des pieds en griffes de lion qui avait appartenu au baron. Personne ne s'en était servi depuis sa mort ; il avait été complètement négligé, et Annika trouvait cela navrant.

Elle mélangea alors un récent arrivage de cire d'abeille, transvasa un pot de crème à polir l'argenterie et entra dans la bibliothèque.

Il y avait un trousseau de clés dans l'un des casiers, mais aucun des tiroirs n'était fermé. Un par un, elle les tira et les empila soigneusement sur le sol. Puis elle

218

commença à dépoussiérer, à cirer, à faire reluire le dessus du bureau, puis le dos, puis les pieds.

Quand elle eut fini, elle retourna aux tiroirs. Bien qu'ils fussent vides, ils avaient encore leur papier d'apprêt, presque aussi épais que du vélin, décoré d'un motif de fleur de lys. Cela aurait été dommage de le jeter ; elle le nettoierait le mieux qu'elle pourrait et le remettrait.

Mais d'abord, les poignées en argent. Celui qui les avait travaillées ne s'était pas inquiété de la personne qui devrait les nettoyer. Elles étaient finement ouvragées avec un motif qui absorbait la pâte à polir. Elle mit beaucoup de temps à les faire briller.

Retournant aux tiroirs, Annika fut tentée de les replacer immédiatement dans le meuble, mais à ce moment-là, comme souvent quand elle essayait d'abréger sa tâche, il lui sembla que Sigrid se penchait sur son épaule, l'air peiné. Aussi enleva-t-elle le papier de chacun des tiroirs, puis elle le dépoussiéra et le replaça... Quand elle arriva au tiroir du bas, elle trouva quelque chose qui était coincé sous la doublure, tout au fond.

Une lettre. Elle la prit, la tint dans sa main une minute, sans savoir quoi en faire. Puis elle entendit Gudrun l'appeler et elle la mit dans la poche de son tablier.

C'était l'heure du déjeuner.

19
Les bohémiens

Annika était prête à s'endormir quand elle entendit la porte de sa chambre s'ouvrir. Puis des pas. Mais elle n'eut pas le temps d'avoir peur, car aussitôt la voix de Zed s'éleva :

– Lève-toi et habille-toi. Mets des vêtements chauds et descends. Prends garde à ce que personne ne te voie.

Elle chercha ses vêtements à tâtons dans l'obscurité et trouva Zed dans le hall.

– Qu'est-ce qu'il y a ? Y a-t-il un problème ? demanda-t-elle.

– Les Tziganes sont arrivés. Ils se sont installés dans les bois de Felsen. Je t'avais dit que je t'emmènerais les voir.

Elle le suivit dans la cour. C'était une nuit claire et fraîche, et sur le chemin elle distingua Rocco, harnaché, qui attendait.

– Nous y allons à cheval ?

– Toi, tu y vas à cheval. Ce n'est pas loin. Je te conduirai.

Annika le suivit. Ses yeux s'accommodaient peu à peu à l'obscurité.

– Mais tu ne peux pas marcher durant tout ce chemin, lui dit-elle.

Zed ignora sa réflexion. Il l'aida à monter et ajusta les étriers.

– Serre bien fort ses flancs avec tes genoux.

C'était comme dans un rêve, à la différence près que c'était un peu plus froid et plus inconfortable. Les lanières des étriers lui pinçaient les mollets.

– Je ne vais pas les déranger ?

– Non. Tu es mon amie.

– Tu les connais, ceux qui campent là ?

Zed haussa les épaules.

– Ils viennent de Hongrie et vont à la foire du cheval à Stettm. Ils ont pu connaître ma mère, elle vient de là. Mais qu'importe. Ils vont bien nous accueillir.

Ils ne rencontrèrent personne sur la route obscure.

– Ça va ? demanda Annika au bout d'une heure.

– Ne t'occupe pas.

Ils étaient arrivés dans la partie du bois où ils s'étaient cachés des huissiers. Les oreilles de Rocco se dressèrent. Il poussa un hennissement excité, et d'autres hennissements lui répondirent de derrière les arbres. Ils contournèrent un taillis et débouchèrent dans un terrain vague.

C'était comme arriver brusquement sur une scène éclairée. Des feux brûlaient et crépitaient partout ; des lanternes étaient suspendues entre les arbres ; il y avait des roulottes avec des chevaux attachés, et partout régnaient le mouvement, l'effervescence et la vie.

Annika croyait savoir comment vivaient les bohémiens : ils habitaient dans des caravanes aux couleurs ensoleillées, ils faisaient cuire des hérissons dans des pots en terre, les filles portaient des jupons à volants et des boucles d'oreilles en or, fabriquaient des pinces à linge et disaient la bonne aventure – et ils volaient les bébés.

Mais ces bohémiens-là étaient différents. Certaines roulottes étaient fraîchement peintes, mais d'autres étaient de simples carrioles en bois du genre de celles des artisans. Les jeunes filles occupées à préparer le repas portaient des boucles d'oreilles et des bracelets, mais la plupart des femmes ressemblaient aux villageoises qu'Annika rencontrait partout, vêtues de châles épais et de jupes de laine.

De plus ils n'avaient pas du tout l'air de gens qui volaient les bébés ; ils semblaient, après des jours et des nuits de voyage, trop fatigués pour pouvoir faire ce genre de choses.

Un vieil homme s'approcha d'eux. Il portait un costume sombre flottant et une casquette en laine ; ses yeux noirs étaient vifs et brillants, et son énorme moustache s'incurvait autour de son visage comme un cimeterre.

– Izidor, se présenta-t-il.

Le comportement respectueux du groupe qui se tenait derrière lui laissait supposer qu'il était le « père » de la tribu, c'est-à-dire le chef, celui qui donnait les ordres.

Zed inclina la tête et se présenta à son tour :

– Zedekiah Malakov.

Un murmure s'éleva dans l'assemblée. Le vieil Izidor fit s'approcher Zed de la lumière du feu et examina son visage. Puis il hocha la tête.

– Tu as ses yeux, dit-il dans sa langue. Nous nous souvenons d'elle.

Annika était descendue de cheval et tenait Rocco, debout à l'extérieur du cercle de lumière. Zed se retourna, prit le cheval par la bride et le présenta :

– Rocco, dit-il.

Izidor avait été content de voir Zed, mais la vue de Rocco le bouleversa. Il siffla entre ses dents, caressa le flanc de l'animal et enleva délicatement sa selle, qu'il remit à un homme près de lui, pour pouvoir caresser le dos du cheval.

– Zverno ? interrogea-t-il, reconnaissant son haras.

Zed acquiesça.

Izidor fit venir deux jeunes gens de confiance et les autorisa à conduire Rocco vers l'espace herbeux où les autres chevaux étaient attachés. On lui apporta de l'eau et des brassées de foin. De plus en plus d'admirateurs vinrent le caresser, des femmes autant que des hommes.

Après Rocco, ce fut le tour d'Annika. Quand Zed la fit approcher du vieil Izidor, elle ne se sentit pas à l'aise. Elle savait que les Tziganes n'appréciaient pas les gens qui n'appartenaient pas à leur communauté (les « gadjé », comme ils les appelaient), et que, comparée à un cheval bien dressé, elle ne comptait pas beaucoup. Cependant elle tendit la main à lzidor et, se rappelant les bonnes manières, elle lui fit une révérence.

Puis vint le repas. Ils s'assirent autour du plus grand des feux et mangèrent une viande délicieuse rôtie avec des herbes et du paprika rapporté du sud. Une fille du même âge qu'Annika s'assit à côté d'elle. Elle portait un petit chat gris qu'elle mit dans les bras d'Annika.

– Rosina, dit-elle.

Était-ce son nom ou celui du petit chat ?

Zed n'oublia pas sa promesse. En romani hésitant, mélangé de hongrois, il expliqua qu'Annika n'avait jamais entendu de la vraie musique tzigane.

Les hommes avaient sommeil maintenant, certains étaient rentrés dans les caravanes, mais Annika avait laissé sa marque : peu de petites filles gadjé avaient fait la révérence devant le vieil Izidor. Il frappa dans ses mains et exigea de la musique. Et quand Izidor demandait quelque chose, il l'obtenait.

Annika avait vu des Tziganes musiciens dans leurs costumes romantiques devant les cafés de Vienne. Ils avaient des guitares ornées de rubans, des célestas[1], des cymbalums[2] et des instruments exotiques dont elle ne connaissait pas le nom.

Mais les musiciens de ce groupe n'étaient pas comme cela. Ils sortirent de leurs roulottes en bâillant, en se frottant les yeux, avec des violons fatigués, de vieux violoncelles, des accordéons aux touches de clavier usées.

Puis ils se mirent à jouer.

Au début Annika n'aima pas les sons que produisaient leurs instruments ; ils étaient si différents des

---

1. Instrument de musique à percussion et à clavier.

2. Cet instrument à cordes d'acier tendues sur une table d'harmonie de forme trapézoïdale, et dont on joue, après l'avoir posé à plat, avec des maillets, est typique de la musique tzigane, essentiellement de celle venant de Hongrie.

mélodieuses valses viennoises auxquelles elle était habituée ! Cette musique l'agressait ; elle était sauvage et furieuse... du moins l'était-elle au début ; elle l'écouta les poings serrés. Puis soudain l'un des violonistes s'avança et joua une mélodie qui s'élevait, s'enroulait autour du cœur, un air triste qui résonnait comme s'il rassemblait tout le malheur du monde. Les autres musiciens se joignirent de nouveau à lui, et ce fut comme si la tristesse s'envolait. La musique n'évoquait plus le chagrin et la désolation, mais la vie et ses vicissitudes, la vie palpitante, imprévisible et sublime.

Lorsque les musiciens s'arrêtèrent, Annika secoua la tête, tout étonnée de se retrouver encore les pieds sur la terre. Elle venait à peine de retourner au monde réel quand quelque chose se passa qui lui fit très peur.

Izidor parlait à Zed, et ce qu'il disait était important parce que les autres gardaient le silence. Si elle ne saisissait pas tous les mots, Annika comprenait les gestes qui les accompagnaient.

Izidor demandait à Zed s'il voulait venir avec eux. Il montrait sa caravane et la vieille femme qui était debout sur les marches, hochant la tête, acquiesçant à ce que le « père » disait. Il montra Rocco, qui paissait tranquillement dans le bois.

Puis il répéta son offre. Zed était l'un d'entre eux, disait-il. Il appartenait à leur clan, ainsi que son cheval.

Annika retenait son souffle.

Mais Zed avait secoué négativement la tête. Il montra Annika, et la direction de Spittal. « Pas encore, sembla-t-il dire. Pas maintenant. »

Izidor fit monter Annika dans une petite carriole tirée par un de ses chevaux, tandis que Zed chevauchait Rocco à côté d'eux. La petite fille au chaton vint avec eux. Ils s'arrêtèrent au tournant de la route qui allait vers Spittal. La fillette mit l'animal dans les bras d'Annika. C'était un cadeau.

La main d'Annika se referma sur la douce fourrure du chaton, et elle se rendit compte à quel point elle désirait quelque chose de vivant qui soit à elle. Mais Zed se pencha et dit quelques mots à la petite fille dans sa langue ; elle eut l'air troublée, perplexe. Puis tristement, elle reprit le chaton.

– Que lui as-tu dit ? demanda Annika quand la carriole eut tourné.

– Je lui ai dit que Spittal n'était pas une bonne maison pour les animaux.

Zed la reconduisit devant la porte. Elle monta dans sa chambre. Elle n'oublierait pas cette soirée avant longtemps. Est-ce que Zed serait vraiment capable de résister à ce que son peuple lui offrait : la chaleur, la lueur du feu, la liberté, et le soin qu'ils apporteraient à son cheval ?

Il avait refusé d'aller avec eux.

– Pas maintenant, avait-il dit. Pas encore.

Mais il n'avait pas dit « jamais ».

20

Le parrain

Le lendemain Annika travaillait de nouveau dans la cuisine. Elle organisait, nettoyait. Sûre que lorsque les adultes reviendraient, elle aurait le temps d'enlever son tablier et de redevenir la petite fille que sa mère voulait qu'elle fût.

Or elle était dans le salon, debout sur un tabouret en train de nettoyer les vitres, quand le cabriolet revint. Elle ne l'entendit pas, mais quelques minutes plus tard elle sursautait sur son tabouret au son de la voix de sa mère, au point d'en perdre presque l'équilibre.

– Annika ! Mais voyons, qu'es-tu en train de faire ?

Annika descendit lentement du tabouret. Cela ne servait à rien d'essayer d'enlever son tablier, elle avait été prise la main dans le sac. Derrière sa mère, Hermann arborait un petit sourire satisfait. Il l'avait évidemment conduite dans le salon exprès, pour le plaisir de faire des histoires.

– Elle a fait ce genre de choses tout le temps que vous n'étiez pas là, mère. Elle frottait, balayait, cuisinait, et elle prenait tous ses repas dans la cuisine. Elle est une servante jusqu'au bout des ongles !

Annika s'attendait à ce que la colère de sa mère éclate, mais quelque chose était arrivé à Edeltraut : elle était élégamment habillée d'un nouveau manteau et d'une jupe de velours, et ses cheveux étaient arrangés dans un style différent, qui la faisait paraître plus jeune et encore plus belle.

– Oh, Annika, ma chérie, dit-elle avec un petit rire triste. Qu'allons-nous faire de toi ?

Elle se baissa, prit Annika dans ses bras et l'y serra.

Tout était différent, Annika le vit tout de suite. Sa mère n'était plus aussi tendue ni anxieuse. Mathilda avait cessé d'avoir l'air malheureuse comme les pierres. Oncle Oswald avait taillé sa barbe. Quelle que fût l'affaire qui les avait amenés en Suisse, elle avait dû bien se passer.

Il fut décidé que la famille du pavillon de chasse passerait la soirée et la nuit au manoir. Oncle Oswald avait acheté un panier à pique-nique plein de bonnes choses à Zurich : des boîtes de pâté, des truffes, des raisins de serre, une cuisse d'agneau fumée, et une bouteille de champagne.

– Nous allons faire la fête, annonça Edeltraut. Mais d'abord je dois vous expliquer ce qui s'est passé, parce que nous devons rendre grâce à Dieu et dire une prière.

Alors les enfants se rassemblèrent autour d'elle, et Edeltraut leur raconta pourquoi ils étaient partis.

228

– Je vous avais dit qu'il pouvait arriver de bonnes nouvelles pour Spittal, rappela-t-elle. Eh bien, ces nouvelles ont
eu lieu. Nos ennuis d'argent sont terminés. Rien ne sera
réglé dans l'immédiat, mais j'ai pu trouver assez d'argent
sur mes espérances pour commencer ce qui doit être fait.

– Qu'est-ce que les « espérances », Tante Edeltraut ?
demanda Gudrun.

– Eh bien, dans ce contexte, il s'agit d'argent, des
biens que j'attends d'un héritage. Une grosse somme
d'argent. Et c'est là, mes chéris, qu'intervient le côté
triste de l'affaire, car mon parrain, Herr von Grotius, est
mort. Il était veuf, et nous sommes allés à Zurich pour
nous assurer qu'il aurait les obsèques qu'il méritait. Vous
ne pouvez imaginer quel homme merveilleux il était, et
j'étais sa filleule favorite.

Elle sortit son mouchoir et s'essuya les yeux. C'était
un nouveau mouchoir, bordé d'une très fine dentelle,
mais il n'était pas encore brodé aux initiales des von Tannenberg.

– La mort est toujours triste, continua-t-elle. Mais il
était très, très vieux. Souvent, les dernières années, il me
disait à quel point il était fatigué, à quel point il désirait
se reposer.

– Et maintenant il repose en paix, Dieu le bénisse,
ajouta Mathilda.

Edeltraut regarda sa sœur d'un air désapprobateur.
Elle n'aimait pas être interrompue, et son parrain
comme son héritage lui appartenaient.

– Vous pouvez être sûrs, dit-elle aux enfants, que nous
lui avons fait de belles funérailles. Il y avait douze

chevaux noirs coiffés de plumes, trois voitures pour transporter les gens importants de sa famille, et un service dans la cathédrale présidé par l'archevêque. Le Tout-Zurich était là. Le prince d'Essen a envoyé son écuyer. (Elle s'essuya les yeux une fois de plus, puis rangea son mouchoir.) Ce soir quand vous irez au lit, promettez-moi de vous mettre à genoux et de dire une prière pour le repos de Herr von Grotius. Je sais que vous ne l'avez jamais rencontré, mais c'était un homme bon.

– Un homme très bon, insista Mathilda, qui trouvait qu'elle n'avait pas une juste part dans l'histoire.

– Comme il nous a demandé de ne pas prendre le deuil, nous porterons nos vêtements habituels, reprit Edeltraut, sauf pour sortir, où nous aurons des crêpes de deuil. Vous porterez des brassards noirs pour qu'on sache que nous l'aimions, et j'épinglerai un ruban noir sur mon jupon, comme ma mère l'aurait fait, parce que c'était mon parrain.

Mais aux yeux d'Annika, les vêtements que les adultes portaient n'étaient pas tout à fait ordinaires : le manchon qu'Edeltraut avait posé sur la table était en zibeline, Mathilda avait une veste brodée de fils d'or et les bottes flambant neuves d'Oncle Oswald étaient du plus beau chevreau.

Hermann avait fait un effort pour écouter patiemment, mais maintenant il se leva et vint près de sa mère.

– Est-ce que cela signifie que je vais pouvoir aller à Saint-Xavier ? demanda-t-il tout excité. Est-ce que je vais pouvoir y aller ?

Edeltraut lui sourit.

– Oui, mon chéri, oui. Ce sera notre première tâche : te préparer pour le troisième trimestre. Le temps pour toi de servir ta patrie est arrivé !

Le visage de Herman s'illumina de joie. Il redressa les épaules et exécuta un parfait salut militaire.

– Je suis prêt, dit-il.

Pendant un moment personne ne pensa à rien d'autre qu'à la noble façon dont Hermann se comportait. Ce fut Edeltraut qui brisa le silence :

– Et maintenant, vos cadeaux !

Les boîtes étaient empilées sur la table basse. Gudrun ouvrit la sienne et découvrit, dans des nids de papier de soie, une cape en velours bleu avec une capuche et un manchon assortis, et une paire de gants blancs en dentelle.

– Oh, maman ! fit-elle, et son long visage pâle s'éclaira.

Elle enfila la cape et son capuchon, et ne voulut pas les enlever de toute la soirée.

Le cadeau de Hermann mit beaucoup de temps à être déballé : à l'intérieur du papier gaufré se trouvait une boîte en cuir avec le monogramme « Zwingli und Hammerman », orfèvres du chef d'État de la Suisse, gravé dessus. Dans la boîte, plusieurs couches de tissu de feutre vert protégeaient une statuette en argent représentant le général von Moltke sur son cheval.

– Prends-en bien soin, Hermann, lui dit sa mère. Elle a vraiment de la valeur.

– Merci, mère, dit Hermann d'un air ravi. Je pourrai l'emmener à Saint-Xavier et la montrer aux autres.

– Et maintenant à toi, Annika. C'est ce que tu voulais, n'est-ce pas ?

Edeltraut lui tendit une boîte enveloppée dans du papier kraft. Annika prit impatiemment le premier cadeau de sa mère. À l'intérieur il y avait une paire de caoutchoucs. Annika la remercia chaleureusement, mais elle avait tout de suite vu que les bottines étaient trop petites pour elle.

Les deux semaines suivantes se passèrent à préparer Hermann pour Saint-Xavier. Ce n'était pas une mince affaire. Hermann avait la liste des choses qu'il devait acquérir, et elles étaient nombreuses.

– J'aurai besoin de deux uniformes de cérémonie, d'une nouvelle paire de bottes de cheval, d'une bombe avec un insigne, de mon propre pistolet, d'un manteau croisé avec de larges revers et de six paires de gants blancs en chevreau...

Ce fut alors que, par le biais de lettres, une nouvelle figure fit son apparition à Spittal, celle de l'ami de Hermann, Karl-Gottlieb von Dammerfeld. Karl-Gottlieb était entré à Saint-Xavier au début de l'année, et il envoyait de brèves lettres à Hermann pour lui parler des choses qui n'étaient pas sur la liste officielle mais qu'il fallait absolument posséder si l'on ne voulait pas devenir la risée de toute l'école, comme des pantoufles en daim ou des verres à dents en argent gravés aux armoiries de la famille.

Comme le toit du pavillon de chasse était traité contre la maladie du ver à bois, Gudrun et ses parents resteraient à Spittal jusqu'à la fin des travaux de réparation.

Mais même Gudrun, qui vénérait Hermann, soupira quand on apporta une nouvelle lettre de Karl-Gottlieb.

Si Annika n'était pas autorisée à aider les servantes, en revanche elle était formellement invitée à assister Hermann. Elle avait le droit de faire reluire ses badges, de nettoyer ses boutons et de repasser ses chemises, parce qu'elle le faisait tellement mieux que la vieille Bertha qui était revenue de l'enterrement, et même que la nouvelle bonne qui venait d'être engagée.

– J'espère que tu ne crois pas que l'on t'oublie, Annika, la prévint sa mère. Je te garde une belle surprise pour plus tard, mais pour l'instant je sais que tu as envie que Hermann soit bien préparé pour son départ. Cela fait si longtemps qu'il attend cela.

Annika ne voyait pas d'inconvénient à aider Hermann, mais elle s'étonnait du désir qu'il avait de partir dans un lieu qui lui évoquait, à elle, une sorte de prison. Les garçons dormaient à quarante dans un dortoir aux lits en fer, on leur ordonnait de marcher tout le temps au pas, et les punitions étaient redoutables.

– Parfois ils attachent la main d'un garçon à son pied avec des menottes, ou encore lui donnent dix coups de fouet.

– Et ça ne te fait pas peur ?

– Non, parce que je ne désobéirai pas. Je gagnerai l'Épée d'honneur, tu verras. Et quand je sortirai, je serai officier dans un régiment de cavalerie avec deux chevaux rien que pour moi, et s'il y a la guerre, je défendrai la patrie et gagnerai la croix de Fer.

Comme Hermann avait à faire des essayages de nouveaux vêtements et de nouvelles bottes, ils durent se rendre à Bad Haxenfeld. Et puisqu'Annika avait un bon coup d'œil et que Hermann adorait avoir un public devant qui faire l'intéressant, elle et Gudrun l'accompagnèrent dans les magasins.

Et ce fut là qu'Annika rencontra la dernière personne au monde qu'elle s'attendait à voir.

Comme le temps se réchauffait, de plus en plus de visiteurs se rendaient à la station thermale. Il y avait un noble lituanien atteint de douce folie qui, debout sur les marches du casino, distribuait des roses rouges aux gens qui lui plaisaient, et une célèbre actrice au foie mal en point qui promenait un bébé tigre en laisse. Un autre orchestre jouait maintenant dans le parc, outre celui de la buvette. Des gentlemen en pantalons de flanelle blanche gueulaient sur les courts de tennis, et des bateaux de louage aux couleurs éclatantes voguaient sur le lac.

Ce fut Zed qui les conduisit. Il était désinvolte et grincheux depuis qu'il avait emmené Annika écouter les Tziganes, et les heureux événements qui s'étaient produits à Spittal ne semblaient pas du tout l'émouvoir.

– Je n'ai jamais entendu parler d'un quelconque parrain en Suisse, grommela-t-il. Et pourquoi Bertha n'a-t-elle pas été payée ?

– Elle le sera, j'en suis sûre, dit Annika. C'est seulement qu'ils ont trop de choses à faire. Une fois que Hermann sera parti...

À Bad Haxenfeld, Zed assista le baron comme d'habitude et l'emmena aux bains dans son fauteuil roulant. Le vieux monsieur commençait un nouveau traitement de thalassothérapie : des algues transportées de la mer Baltique étaient mélangées à l'eau de la station thermale riche en iode. Zed aidait le baron à entrer et à sortir des frondes boueuses et glissantes.

Pendant ce temps Annika, Gudrun et Frau Edeltraut accompagnaient Hermann chez le tailleur, où sa tunique de cérémonie prenait tournure.

L'essayage prit beaucoup de temps, parce que Karl-Gottlieb lui avait dit que, malgré les indications de la brochure du collège, les cadets portaient maintenant les cols au moins deux centimètres plus hauts que sur le schéma. Cela ennuya le tailleur qui dit qu'un tel col gratterait le menton du jeune homme, mais comme Karl-Gottlieb avait déjà précisé à Hermann qu'un menton irrité était considéré à Saint-Xavier comme un signe de virilité, ce détail l'emporta sur la décision du tailleur.

Après quoi Edeltraut alla retrouver Mathilda dans une boutique de vêtements. Sa sœur dépensait beaucoup trop d'argent pour s'habiller depuis la visite en Suisse, et elle avait besoin de la surveiller.

– Vous pouvez aller chez *Zettelmayer* prendre votre goûter, dit-elle aux enfants. Je vous rejoins à l'hôtel.

Zettelmayer était la meilleure pâtisserie de Bad Haxenfeld. Ses gâteaux étaient célèbres dans toute la province. Tous ceux qui pouvaient se le permettre s'y rendaient, les curistes ou les gens qui passaient par la ville. Le salon de thé donnait sur le parc ; les nappes étaient couleur lilas, les chaises en velours rose ourlé de fils d'or, et les odeurs de café, de cannelle, de chocolat et d'abricot arrêtaient les promeneurs.

Gudrun et Hermann commandèrent du chocolat chaud et allèrent choisir leurs gâteaux. Il y avait des éclairs glacés à la crème Chantilly, des tartelettes aux fraises sauvages aussi rouges que des gouttes de sang et des biscuits aux amandes en forme d'étoile.

Hermann choisit une tarte aux noix avec de la crème pâtissière, et Gudrun, comme toujours, l'imita et prit la même chose. Annika, elle, hésita. Elle connaissait tous ces gâteaux, elle savait tous les faire sauf un : une petite brioche trapue, de couleur marron foncé, ce devait être du chocolat. Elle l'examina un moment, puis demanda à la vendeuse ce que c'était.

– C'est une spécialité de la région. Un *Nussel* du Norrland, fait avec des marrons, de la mélasse et une pointe de tanaisie. Vous ne le trouverez nulle part ailleurs.

– Peut-on avoir la recette ? demanda Annika. Ou bien est-elle secrète ?

– Mais non, bien sûr, je vous l'écrirai. Vous êtes de Vienne ?

– Oui.

– Alors vous devez vous y connaître en pâtisserie.

Annika en convint et emporta sa brioche sur la table. Ce gâteau ne ressemblait à aucun autre qu'elle avait mangé auparavant, il avait un goût prononcé mais exquis, et elle aurait hâte d'envoyer la recette à Ellie. Mais Hermann, une fois de plus, n'était pas du tout content d'elle.

– Pourquoi parles-tu toujours aux serveuses et aux servantes ? Ça ne se fait pas. On se fait remarquer à cause de toi.

Leur table étant près de la fenêtre, Annika observa les passants ; les enfants jouaient au cerceau, les bonnes poussaient des landaus et les patients, dans leur fauteuil roulant ou sur leurs béquilles, offraient leur visage au soleil.

Puis brusquement, elle se pencha en avant. Ce n'était pas possible... mais si pourtant. Personne ne sortait son postérieur de cette façon-là ; personne, né et élevé à Vienne, ne porterait un kilt écossais aussi voyant ; personne d'autre ne tirerait aussi sauvagement le bras de sa gouvernante épuisée. C'était Loremarie Egghart, qui montait les marches du salon de thé et en poussait la porte. La gouvernante faisait non de la tête, mais Annika aurait pu lui dire qu'elle perdait son temps. Si Loremarie voulait manger des gâteaux chez *Zettelmayer*, alors il n'y avait pas de discussion possible, c'était exactement ce qu'elle ferait.

– Je veux une coupe glacée au caramel avec deux pailles et un éclair au chocolat, un rond, pas un long, déclara-t-elle de sa voix forte et perçante tandis que la gouvernante (une nouvelle, qu'Annika n'avait encore jamais vue) essayait de la faire revenir.

– Vous savez votre mère pas vouloir, articula-t-elle dans un allemand épouvantable.

Mais Loremarie, sur le chemin du comptoir, avait aperçu Annika assise à sa table. Elle se figea, emplit sa poitrine d'air comme une chanteuse d'opéra sur le point

237

de se lancer dans une difficile aria, montra Annika du doigt, et d'un ton accusateur elle hurla en plein milieu du café :

– Tu es une voleuse ! Une sale, une ignoble voleuse ! (Sa voix s'éleva encore plus haut.) Tu as volé la malle de ma grand-tante Egghart !

21

Les Egghart sont écœurés

C'était Léopold, le serviteur prétentieux des Egghart, qui avait apporté la nouvelle révoltante à ses employeurs.

– Je l'ai appris de l'employée du bureau en dessous de chez les notaires. Elle est fiancée au garçon qui fait le ménage chez Gerhart et Funkel, et il jure que c'est vrai. Il a colporté la rumeur au magasin.

– Mais c'est scandaleux. Ce n'est pas permis. Je n'ai jamais entendu quelque chose d'aussi choquant ! s'indigna Herr Egghart.

– La malle appartenait à *notre* grand-tante. Elle n'avait aucune raison de la laisser à cette fille de cuisine, renchérit sa femme. Strictement aucune.

– Mais, maman, vous avez dit qu'il n'y avait que des saletés dans la malle. Vous avez dit que je ne pourrais pas m'en servir, même pour me déguiser, intervint Loremarie.

– Il est vrai que ce sont des saletés. Et probablement pleines de microbes. Mais cela n'a rien à voir à l'affaire, c'était *notre* grand-tante, haleta Frau Egghart, c'est donc *notre* malle !

– Elle était précisément *ma* grand-tante, rectifia son mari. Tout de même, quelle impertinence. Comment a-t-elle osé dépouiller sa famille après tout ce que nous avons fait pour elle ? Nous lui avons offert un foyer.

– Nous nous sommes occupées d'elle avec tant d'amour, précisa Frau Egghart.

– Je découvrirai le fond de ce mystère, déclara Herr Egghart. Peut-être cette fille de cuisine l'a-t-elle fait chanter.

– Annika peut être très fourbe, dit Loremarie.

– Rendons-nous de ce pas chez les professeurs. C'est une insulte à la famille.

Les professeurs étaient chez eux, mais furent fort mécontents d'être interrompus dans leur travail. Quand Sigrid annonça les Egghart, ils se consultèrent et descendirent.

– Que pouvons-nous pour vous ? demanda poliment le professeur Julius.

– Pouvez-vous demander à votre fille adoptive de nous rendre la malle de notre grand-tante ? rugit Herr Egghart.

Le professeur fit un pas en arrière, parce que la voix de Herr Egghart, connue pour être la plus forte de Vienne, lui faisait mal aux oreilles.

– La malle qu'elle nous a volée en faisant de la lèche à la pauvre vieille dame sur son lit de mort, ajouta Frau Egghart.

– Je ne peux imaginer chose plus dégoûtante que de dépouiller une personne de ses biens quand celle-ci n'a plus tous ses esprits, aboya Herr Egghart.

La mère du professeur Julius lui avait appris à ne pas frapper ses visiteurs, mais par moments il le regrettait.

– Pourquoi ne vous asseyez-vous pas, leur dit-il. Il est vrai que les notaires nous ont dit que Fräulein Egghart avait fait un legs à Annika, mais, comme vous le savez, elle ne vit plus avec nous. Nous avons donné la nouvelle adresse d'Annika aux notaires, et ils ont déclaré qu'ils enverraient la malle à sa mère, Frau von Tannenberg, pour qu'elle la donne à l'enfant.

– Eh bien, nous n'en resterons pas là ! hurla Herr Egghart. La malle doit nous être rendue.

– Les notaires nous ont laissé entendre que le contenu de la malle n'avait qu'une valeur sentimentale : de vieux souvenirs de l'époque où elle faisait du théâtre, ce genre de choses.

Frau Egghart poussa un grognement indigné :

– Suggérez-vous que pour nous, elle n'aurait pas une valeur sentimentale ?

– C'était *notre* grand-tante ! tonna Herr Egghart, et sa voix évoqua au professeur Emil celle de Richard Cœur de Lion, au son de laquelle les chevaux, paraît-il, s'agenouillaient.

Pendant ce temps, Loremarie était sortie du salon et entrée dans la cuisine.

– Votre Annika est une voleuse, dit-elle.

Ellie était assise dans le fauteuil en osier, en train d'écosser des petits pois. Elle avait beaucoup maigri et avait l'air fatiguée, mais quand elle s'adressa à Loremarie, sa voix retentit, forte et ferme :

– Sors immédiatement de ma cuisine. Et vite !

Cette nuit, au lit sous leurs duvets pour lesquels tant d'oies hongroises avaient donné leur vie, les Egghart fulminaient encore.

– Je vais écrire à Frau von Tannenberg. La malle lui a été envoyée ; elle forcera Annika à la rendre. Et si elle ne le fait pas, nous lui intenterons un procès.

– J'ai une meilleure idée, dit Frau Egghart. Vous savez que nous allons à Bad Haxenfeld à la fin du mois. Eh bien, il n'y a qu'une heure de route de la station à la maison des Tannenberg, souvenez-vous, vous vous êtes renseigné. Si nous lui rendons visite par surprise, elle n'aura pas le temps d'inventer des excuses.

– Pourquoi pas, acquiesça Herr Egghart. Je pourrais quitter mon bureau un peu plus tôt. (Il sortit une jambe de son lit.) J'irai consulter le docteur Becker pour mes varices. Elles me donnent du souci.

– Certes, Becker est un bon médecin, mais je n'en ai jamais rencontré aucun qui ait aussi bien compris mon problème de cardia que ce jeune médecin français du salon de massage.

– Votre quoi ?

– Mon cardia, répéta sa femme sans s'impatienter. Le muscle qui ferme l'œsophage à l'entrée de l'estomac. Je vous l'ai dit, il commence à se relâcher. (Elle bâilla et se cala sur son oreiller.) Il paraît qu'ils ont trouvé un nouveau traitement. Des algues marines, je crois...

Au milieu de la nuit, Herr Egghart se retourna nerveusement.

– C'était *ma* grand-tante, maugréa-t-il.

Et sur ces mots, il se rendormit.

22

L'honneur d'Hermann

Annika n'aimait pas Hermann. Outre qu'il avait fait du mal à Hector, elle le trouvait snob, égoïste et dominateur.

Mais après que Loremarie l'eut traitée de voleuse, que le silence fut tombé dans le café et que tout le monde eut tourné les yeux vers elle, Annika découvrit un autre côté de son frère. Hermann se leva. Il s'avança vers Loremarie et claqua des talons.

– Permettez-moi de me présenter, dit-il. Je suis l'élève officier Hermann von Tannenberg. (Puis il se tourna vers Annika.) Cette demoiselle est ma sœur, Fräulein Annika von Tannenberg. Quiconque traite un membre de ma famille de voleur devra répondre de ses propos et en assumer les conséquences. Si vous avez un frère, je me ferai un devoir de le défier en duel.

Loremarie resta clouée sur place, la bouche ouverte. Sa gouvernante la tira vainement par le bras.

– Je... n'ai pas... de frère, balbutia-t-elle.

– Alors peut-être votre père voudra-t-il bien me rencontrer. Demandez-lui de choisir ses armes : pistolets ou épées.

Tout le monde, les yeux rivés sur eux, en avait oublié ses gâteaux.

– Oh, Hermann... soupira Gudrun avec adoration. Comme tu es courageux !

– Pas du tout, répondit Hermann avec désinvolture. Toute insulte au sang des von Tannenberg doit être vengée.

Annika essayait maintenant de revenir au monde réel.

– Loremarie, je n'ai pas volé la malle de ta grand-tante. Je ne sais rien de cette malle. Comment aurais-je pu la voler ? Je ne l'ai jamais revue depuis la mort de la vieille dame.

– Elle te l'a laissée dans son testament parce qu'elle était folle, et ce n'est pas juste. C'était *notre* grand-tante, c'est donc *notre* malle.

Hermann écrivait quelque chose sur un bout de papier.

– Si votre père veut bien désigner ses témoins, dit-il pompeusement, claquant de nouveau les talons, il me trouvera à cette adresse. Tout ce que je souhaite savoir maintenant, c'est le nom de votre hôtel. (Loremarie restait bouche bée devant lui.) L'hôtel où vous êtes descendus, précisa-t-il.

– Il s'appelle... le *Haxenfeld Hydro*, bégaya-t-elle.

Sur quoi, la gouvernante, la tirant encore une fois par le bras, réussit à la traîner jusqu'à la porte.

– Je ne comprends pas, fit Annika, déconcertée. Mitzi nous a dit qu'ils avaient descendu la malle à la cave après la mort de la vieille dame, pour s'en débarrasser. Est-ce que quelqu'un aurait pu la voler dans la maison des Egghart ?

– Ne nous occupons plus de la malle, dit Hermann avec un mouvement de main méprisant. Ce qui importe, c'est qu'un membre de la famille Tannenberg a été insulté. Laisse-moi m'en occuper.

Mais Gudrun exprima une difficulté :

– Si le père de la fille n'est pas noble, tu ne pourras pas le rencontrer en duel.

Comme Annika, de plus en plus perplexe, la regardait avec des yeux ronds, elle expliqua :

– Un membre de l'aristocratie n'a pas le droit de se battre en duel avec quelqu'un d'une classe inférieure. Sais-tu ce que fait son père ?

– Il est conseiller. Et il veut être une statue.

Gudrun et Hermann la regardèrent comme si elle était folle.

– Eh bien, Hermann ne peut pas se battre avec une statue.

– Ils n'ont plus d'algue marine, racontait le baron von Keppel à Zed qui le ramenait des bains dans son fauteuil roulant. C'est normal, la côte est quand même à deux cents kilomètres d'ici. En tout cas l'odeur de cette algue était horrible. Ils disaient que c'était l'odeur de l'iode, mais je n'ai jamais senti un iode qui puât à ce point. Des nuées de moucherons s'envolaient quand ils le versaient dans l'eau. Une femme a fait toute une histoire ce matin parce qu'il n'en restait plus, une Viennoise, d'après son accent. Elle voulait l'essayer pour son problème de cardia. Comment pouvait-elle imaginer que les algues agissent sur les sphincters, je l'ignore. Son mari, lui, était venu pour ses veines. Une famille ordinaire, avec une enfant épouvantable. Ils sont à l'hôtel *Hydro*, je crois.

Zed acquiesça modérément. Il aimait bien l'oncle d'Edeltraut, qui le payait avec générosité et qui ne s'apitoyait pas sur lui-même comme la plupart des invalides, mais il n'écoutait pas toujours ce qu'il lui racontait.

Un groupe d'hommes venait à leur rencontre. Ils saluèrent poliment le baron sans toutefois s'arrêter.

– Ce sont les entrepreneurs des pompes funèbres, commenta le baron en soupirant. Ils sont là pour deux semaines. Je regrette encore les dentistes. Quoique j'aie entendu hier quelque chose d'assez divertissant. Il paraîtrait que presque un quart des cercueils qu'on ouvre après des funérailles portent des marques de griffures à l'intérieur.

– Vous voulez dire que les gens ont été enterrés vivants ? s'étonna Zed. Je suis sûr qu'ils inventent.

– C'est ce que je pense moi aussi, admit Oncle Conrad. Ce doit être une profession assez sinistre, on ne peut pas leur en vouloir d'en rajouter un peu. Quant aux bijoutiers... ils racontent des histoires fascinantes. Il y en a une sur un homme à Paris, un célèbre bijoutier contrefait, qui était amoureux d'une danseuse...

Il s'interrompit lorsque Lady Georgina Fairweather, coiffée d'un de ses surprenants chapeaux à plumes, fondit presque sur lui.

– Vous avez entendu ? Il n'y a plus d'algues... C'est un scandale quand on pense à ce qu'on paie...

Zed arrêta le fauteuil et cessa d'écouter.

Quand ils furent de nouveau en route, le baron avait oublié les bijoutiers et parla à Zed d'un homme arrivé la veille au soir, qu'il pensait être l'empereur d'Allemagne.

– Il se promène dans le parc et, d'un claquement de doigt, ordonne aux jardiniers d'abattre les arbres qu'il estime ne pas être à leur place. Je dois avouer qu'on voit pas mal de choses ici.

En allant acheter avec sa mère les six paires de gants blancs en chevreau dont il avait besoin pour ses uniformes de cérémonie, Hermann lui raconta ce qui s'était passé dans la pâtisserie :

– Cette fille du peuple est entrée et a accusé Annika d'avoir volé ses bagages.

– Ses bagages ? Comment aurait-elle pu faire cela ?

– Elle ne l'a pas fait, bien sûr. Cette fille est folle. Une fille qu'Annika connaissait à Vienne, de la famille Egghart. Aussi je crains de vous apprendre que si elle persistait, je devrais défier son père en duel.

– Oh, Hermann ! s'exclama Frau Edeltraut en posant fièrement la main sur l'épaule de son fils. Je crains que tu ne sois trop jeune pour te battre en duel et que tu ne puisses affronter Herr Egghart, cette famille étant tout à fait ordinaire. Cependant je suis heureuse de savoir que tu défends ta sœur. Quel maître tu feras pour Spittal ! Mais en attendant, il va falloir s'occuper de ces Egghart.

247

Pauvre Annika, elle a dû être complètement bouleversée ?

– Complètement. Elle ne comprenait pas ce qui lui arrivait. Gudrun l'a emmenée au parc.

Oncle Conrad et Zed venaient juste de rentrer à l'hôtel quand Edeltraut et son fils pénétrèrent dans son salon.

– Conrad, je vous laisse Hermann. Je dois m'occuper d'une affaire importante.

Les Egghart n'étaient pas dans leur chambre de l'hôtel *Hydro* ni dans aucun des salons. Ils avaient eu une matinée très chargée aux thermes, et maintenant, tandis que Loremarie faisait du patin à glace avec sa gouvernante, ils étaient installés sur un banc de l'orangerie située derrière l'hôtel, admirant la nature.

En fait la nature à l'orangerie n'était pas très naturelle. La température était maintenue à vingt-six degrés dans des conduits souterrains, et les plantes n'étaient pas vraiment le genre de celles qui poussent naturellement en Europe du Nord. C'étaient des figuiers géants, des bougainvillées, des arbres à pain, des hibiscus, et bien sûr des orangers et des citronniers chargés de fruits. De l'eau d'une fontaine s'écoulait dans un bassin ; dans l'air chaud flottaient de merveilleux parfums. On se serait dit dans une jungle, les choses désagréables en moins (des jaguars, des serpents, ou des sauvages avec des sarbacanes), et Frau Egghart se sentait l'âme romantique. Elle posa sa main grassouillette sur l'épaule de son mari, mais il eut l'air si surpris qu'elle l'enleva aussitôt.

248

– Peut-être pourrions-nous aller danser à la buvette ce soir ? lui suggéra-t-elle.

– Danser ? s'indigna Herr Egghart. (Il se sentait toujours irrité quand sa femme avait des accès de romantisme.) Nous n'avons pas dansé depuis...

Mais à ce moment apparut au seuil de l'orangerie la longue silhouette d'une femme élégamment habillée, portant un manchon de zibeline.

Le conseiller se leva et s'inclina en reconnaissant Frau Edeltraut von Tannenberg. Les Egghart avaient bien l'intention de se rendre à Spittal après leur séjour à la station thermale, afin de récupérer leur malle, mais ils avaient tant de choses à faire, non seulement pour leurs veines et leurs sphincters, mais aussi pour d'autres parties de leurs corps que les médecins leur avaient recommandé de soigner, qu'ils n'avaient pas encore pu faire le voyage.

Et voici qu'apparaissait justement la femme qu'ils voulaient rencontrer.

– Voulez-vous vous asseoir ? l'invita Herr Egghart en montrant le banc.

Il avait oublié à quel point la mère d'Annika était grande et imposante.

– Merci, je préfère rester debout. Je dois vous informer que je ne supporterai pas davantage qu'on perturbe ma fille ; qu'on l'accuse de vol et de mensonge. C'est un outrage !

– Mais nous ne l'avons pas fait, commença Herr Egghart.

– Non, mais votre fille, oui. Elle a accusé ma fille en public. *Ma* fille, une von Tannenberg.

– Nous ignorons ce que Loremarie a dit... commença Frau Egghart.

Elle avait les yeux fixés sur une broche en argent épinglée sur le col de Frau von Tannenberg. On y distinguait les armoiries de la famille : un gantelet de fer à côté des mots : *Écarte-toi, vermine qui oses t'affronter à nous !*

– Si vous avez perdu votre bagage, il me semble extraordinaire que vous puissiez autoriser votre fille à...

– Je vous en prie, je vous en prie ! (Herr Egghart leva une main. Il criait encore, mais un peu moins fort que devant les professeurs.) Vous comprenez, il nous a été dit que notre grand-tante... *notre* grand-tante... avait légué sa malle à votre fille dans son testament. Alors bien sûr...

– Je suis désolée, j'ignore de quoi vous parlez, l'interrompit Frau Edeltraut. Si Annika avait hérité de quelque chose, on nous l'aurait envoyé à Spittal, et ce n'est pas le cas. Mon fils, qui est très dévoué à sa famille, souhaite vous provoquer en duel pour venger sa sœur de l'affront qu'elle a essuyé. Il est bien sûr trop jeune, mais mon beau-frère, qui a remporté le championnat d'escrime cette année à l'université, sera heureux de vous rencontrer en combat singulier.

– Non, non, je vous en prie ! C'est une erreur. Une vulgaire erreur. Nous avons à l'évidence été mal renseignés. (Herr Egghart était en sueur.) On nous a dit que...

– Je suis désolée, ce que l'on vous a dit ne m'importe pas. Je me sens concernée, comme toute mère le serait dans ce cas. Ma fille a été blessée. Depuis que j'ai retrouvé Annika, je veille à ce qu'aucune chose triste ou désagréable ne l'affecte.

Herr Egghart s'épongea le front.

– Bien sûr, bien sûr. Je vous affirme que Loremarie sera tenue de s'excuser.

– Je vous conseille de tenir votre fille éloignée de ma famille. Cependant je suis prête à laisser tomber l'affaire. Mais à l'avenir, la moindre insulte aura les plus graves conséquences.

De nouveau seuls, les Egghart se laissèrent choir sur le banc.

– Après tout, elle était sans doute pleine de microbes, marmonna Frau Egghart.

– De quoi parles-tu ?

Le cœur de Herr Egghart battait encore la chamade. Les duels étaient illégaux, mais on se battait quand même. Le propre frère de Frau Egghart avait lui aussi une balafre, qui provenait probablement d'un duel : une grande entaille lui traversait la joue.

– De la malle, précisa sa femme. Les vêtements des vieilles personnes sont toujours sales et contaminés. Je le dis depuis le début.

23

Le chasseur de trésors

Bien qu'Annika ait été très troublée par les accusations de Loremarie, ce qu'elle ressentit le plus fort, à son retour à Spittal, ce fut un sentiment de gratitude envers sa nouvelle famille. Hermann l'avait défendue, Gudrun l'avait rassurée, et sa mère avait attaqué les Egghart comme une tigresse. Il était temps de mettre le passé derrière elle et de devenir une vraie von Tannenberg : cela voulait dire ne plus écrire autant de lettres à Vienne, donc cesser de demander constamment du papier à lettres et des timbres ; cela voulait dire aussi ne plus inventer de recettes dans sa tête – elle enverrait celle du *Nussel* du Norrland à Ellie, puis rendrait son tablier une fois pour toutes et apprendrait à aimer vraiment Spittal. Et pas seulement la ferme, Rocco et les grenouilles (qui n'aimait pas les chevaux et les grenouilles ?), mais la maison elle-même, le domaine et tous ceux qui l'habitaient.

C'était plus facile désormais, parce qu'il avait enfin cessé de pleuvoir ; des zones de terre sèche apparaissaient. Et le lac, parfois, montrait des zones légèrement bleues.

On avait fait venir des ouvriers (des plâtriers, des menuisiers et des couvreurs pour réparer les fuites), et de nouvelles servantes avaient été engagées. Mais ce qui occupait le plus tout le monde à la maison, c'était la préparation de l'entrée de Hermann à Saint-Xavier. Le jour approchait, mais le garçon ne semblait pas le moins du monde nerveux. En revanche Gudrun devenait d'heure en heure plus triste et plus geignarde.

– Ce sera mort sans lui, répétait-elle sans relâche.

Il avait été décidé qu'Edeltraut et Oncle Oswald conduiraient tous les deux Hermann à Saint-Xavier, qui était situé à quelques kilomètres de là, en direction de Berlin.

– Mais bien sûr, je ne l'accompagnerai pas à l'intérieur de l'établissement, précisa Edeltraut. Il aurait honte d'être accompagné par une femme. Je lui dirai au revoir de la main à la grille d'entrée, et Oswald l'emmènera à l'intérieur. (Elle eut un sourire courageux.) En tant que mère d'un soldat de la patrie, je n'ai pas droit au luxe des larmes.

– Mais il reviendra bien à la maison pendant les vacances ? s'enquit Annika.

– Seulement quelques jours par an. Apprendre à un jeune garçon à devenir un digne serviteur de l'empereur est un travail à temps complet.

Annika resta silencieuse. Si Hermann ne revenait pas à la maison, il ne monterait pas Rocco. Elle voulut demander ce qui arriverait au cheval, mais elle ne le fit pas. Si Rocco devait partir ou être vendu, elle ne savait pas comment Zed le supporterait.

Quelques jours après la visite à Bad Haxenfeld, Annika se rendit à la maison aux cigognes pour dire au revoir à Bertha. Comme Zed l'avait espéré, son frère lui avait proposé de venir vivre avec lui ; il était seul sans sa femme et il pensait qu'ils s'entendraient bien.

Elle était assise dans son fauteuil et caressait Hector, qui était parvenu à grimper sur ses genoux et s'y était installé, les pattes pendant de chaque côté.

– Mon frère aimerait bien l'avoir, il aime les chiens et il a une grande maison, une vraie ferme, dit-elle à Annika. Il aimerait bien avoir Zed aussi, il sait que c'est un bon employé, mais Zed est dans une drôle d'humeur. On ne peut rien tirer de lui en ce moment. Le mieux est de laisser les choses comme elles sont.

– Tu me manqueras, Bertha, dit Annika.

Bertha hocha la tête.

– Tu me manqueras aussi.

Mais Annika savait qui manquerait vraiment à Bertha. Elle et Zed vivaient ensemble depuis maintenant quatre ans. Ils avaient soigné le baron, et Zed était presque son fils.

Annika pensait que les Allemands du Nord étaient austères et réservés. Or Bertha laissa échapper un sanglot. Elle s'accrocha à la main de Wenzel, et quand vint le moment d'embrasser Zed, on crut que, finalement, elle ne voulait plus partir avec son frère.

– Je vis ici depuis cinquante-cinq ans, dit-elle.

Zed l'aida à monter dans la carriole et promit de venir la voir. Accompagnée par les aboiements d'Hector, elle s'éloigna peu à peu sur le chemin.

– Ce n'est pas loin, la ferme de mon frère est à Rachegg, avait-elle dit à Annika avant de partir. C'est à un jour en voiture d'ici. Tu rappelleras à Zed, quand je serai partie, qu'une place l'attend, hein ?

– Oui, je n'y manquerai pas. Mais y aura-t-il une place pour Rocco ?

– Rocco appartient à Hermann, fillette, n'oublie jamais cela.

La semaine suivante, Hermann partit pour Saint-Xavier. Gudrun fut si affectée par la vue de son cousin dans ses vêtements de voyage (la cape militaire, la casquette à visière avec l'insigne en cuivre du collège, la petite cravache que les élèves officiers devaient porter pour s'habituer à la manier quand ils seraient nommés à un poste de commandement) qu'elle poussa un hoquet angoissé avant de disparaître dans sa chambre.

Hermann avait demandé que les domestiques se rassemblent dans la cour, afin qu'il puisse leur faire un vrai discours d'adieu. C'était un rituel que le maître des lieux était supposé accomplir, mais la cérémonie tomba à plat. Bertha était partie, Zed ne vint pas, Wenzel était trop sourd pour entendre un mot du discours de Hermann, quant aux nouvelles bonnes, elles ne servaient pas dans la maison depuis assez longtemps pour comprendre l'importance de l'événement.

Quoi qu'il en soit, Hermann s'en sortit bien, demandant aux employés de rendre à sa mère les loyaux services qu'ils lui auraient rendus à lui s'il n'était pas parti. Puis Wenzel amena la voiture, mais avant d'y monter à la

255

suite de Hermann, Edeltraut se retourna et se pencha à l'oreille d'Annika.

– Ne crois pas que j'ai oublié ta surprise, ma chérie, murmura-t-elle tendrement. Je ne ferais jamais cela. Dès qu'Oswald et moi serons de retour, je m'en occuperai. Tu la mérites.

Quand le cabriolet fut parti, Mathilda emmena sa fille hoquetante vers le pavillon de chasse pour voir où en étaient les travaux de réparation, et Annika se dirigea vers la ferme.

Elle trouva Zed dans l'enclos, en train de travailler Rocco – sauf que « travailler » n'était pas le bon terme, parce que Rocco, à l'évidence, s'amusait bien. Zed montait sans étriers en variant les allures ; il demanda à Rocco d'allonger le trot, lui fit exécuter une demi-volte, puis un bel arrêt, d'aplomb sur ses quatre membres. Quand il s'arrêta, le cheval tourna la tête comme pour dire : « Alors, on ne continue pas ? »

– Que fais-tu, c'est du dressage, n'est-ce pas ? demanda Annika.

– Oui, c'est possible. Je m'assure surtout qu'il me comprend parfaitement, et que moi aussi je le comprends.

– Est-ce que tu lui apprends à sauter des obstacles naturels, des talus ?

– Non. Je pourrais lui faire faire tout ce que je veux, mais les chevaux possèdent des talents, tout comme les gens ; et le sien, c'est de faire corps avec son cavalier. Mais je ne lui apprends pas à réaliser des performances.

– Est-ce que les lipizzans font des performances ?

Zed secoua la tête.

– Tout ce qu'ils font vient de leurs mouvements naturels. Si tu regardes des poulains dans un champ, ils se cabrent, font les fiers les uns devant les autres, se battent. Tu vois ces statues où les chevaux exécutent la levade et où les cavaliers semblent presque glisser sur leur croupe ? Je les ai vus souvent réussir cela au haras de Zverno. La cabrade est une figure assez facile, mais tenir la position demande beaucoup de force dans le dos et dans les membres postérieurs, et Rocco vient juste de s'arrêter de grandir.

Après cela vint le pansage quotidien, que Zed n'oubliait jamais. Annika pouvait s'en occuper toute seule maintenant. Zed lui confia le soin d'éponger le nez et les yeux de Rocco, d'huiler ses sabots, de peigner sa crinière et sa queue. Elle lava les brosses et les tapis de selle ; elle apporta de l'eau fraîche et tressa de nouveaux bouchons de paille pour lustrer sa belle robe. S'occuper du cheval n'avait rien à voir, pour Annika, avec le fait d'être autorisée à le monter. C'était un travail en soi.

Ce jour-là, quand ils eurent fini, Zed alla chercher Hector dans sa niche.

– Bertha lui manque toujours, dit-il. Nous allons le promener. Il y a un nid de butors dans les roseaux près du bois de chênes.

– On ne croirait pas qu'il a le cœur brisé, observa Annika tandis qu'Hector haletait et glapissait d'enthousiasme sur la rive du lac, disparaissant dans les roseaux et en ressortant trempé et couvert de boue.

En cette saison, quand la rivière était en crue, de plus en plus d'objets étaient rejetés sur la rive. Hector trouvait des boîtes à œufs et du bois flotté, des jambes de pantalon déchirées, un piège à souris…

Ils avaient atteint le bois de chênes, mais le nid de butors était vide. La rive à cet endroit s'incurvait dans une petite anse, où la boue se mélangeait aux cailloux et au gros sable. Des objets rejetés par le lac venaient se déposer là ; c'était l'un des endroits préférés d'Hector. Un brochet sans tête l'intéressa : il le prit dans sa gueule, mais le délaissa en faveur d'un sac à main avec bandoulière. La lanière lui plaisait beaucoup ; il la mâcha, grogna dessus et l'attaqua sans préavis.

Puis vint le moment terrible du choix.

C'était un chien intelligent. Au début il avait essayé de porter plusieurs choses dans sa gueule pour les rapporter à la maison, mais cela avait mal fini. Maintenant il réfléchissait, essayait de se décider…

– Ça pourrait être pire, dit Zed.

Il avait fait comprendre à Hector que le brochet sans tête était hors course, et il sembla que le sac à main serait l'objet de son choix.

– Il ne sent pas trop mauvais.

Mais Hector n'avait pas fini. Il laissa tomber le sac à main, baissa la tête, et, son moignon vibrant, fit encore une fois le tour de la baie. Il trouva un crabe d'eau douce crevé (mais il se méfiait des crabes, même morts) et une couche en mousseline, avec laquelle il se mesura une minute avant de l'abandonner : il n'y avait aucun défi à relever avec les couches.

Puis, avec un jappement de satisfaction, il bondit sur quelque chose.

– Voilà ce qu'il cherchait, dit Zed. Heureusement qu'elle n'est pas trop grosse.

Hector avait trouvé une boîte en cuir lisse de la taille d'une carte postale. Elle ne semblait pas être restée dans l'eau très longtemps ; on pouvait encore en distinguer les bords gaufrés, ainsi que des lettres dorées à moitié effacées. La boîte était vieille, mais elle n'était pas dégoûtante, et Hector, prêt à défendre son trésor, tournait son œil valide dans la direction d'Annika et de Zed qui continuaient à marcher au bord de l'eau.

– C'est bon, dit Zed au chien, tu peux la garder. Allez, maintenant on rentre.

Mais comme il s'en allait, le chien sur ses talons, il vit qu'Annika restait figée sur place. Son visage était décoloré.

– S'il te plaît, Zed, tu peux lui reprendre la boîte ? S'il te plaît.

– Je vais essayer. Mais il ne va pas aimer.

Mais Annika ne pouvait que répéter : « S'il te plaît. »

– Qu'est-ce qu'il y a ? Que se passe-t-il ?

Zed la regarda. Alors il se retourna pour lutter avec le chien.

Annika s'assit sur le banc, dans la maison protégée par les cigognes, regardant la photo qu'elle tenait dans la main. Elle avait tout de suite su, mais cela semblait tellement impossible... Le fermoir était rouillé et difficile à ouvrir, l'étui en cuir était gonflé d'eau et la photo, quand elle l'enleva de son emballage, était gondolée.

Cependant elle était là, sur la photo, souriante, debout à côté de son artiste, devant leur maison jaune avec son balcon couvert de glycine et sa girouette en forme de coq prêt à lancer « cocorico ».

– Vous avez l'air si heureuse, avait dit Annika quand elle avait vu la photo pour la première fois.

Et la vieille dame, oubliant les bijoux sur le lit et approchant la photo de ses yeux, avait dit doucement : « Si heureuse... Tellement, tellement heureuse. »

Zed avait rentré le chien dans sa niche. Parvenir à lui faire lâcher la boîte en cuir avait été ardu ; même le fixe-chaussettes n'avait pas éveillé chez Hector une telle passion, un tel intérêt.

Maintenant il était assis à côté d'Annika sur le banc et attendait qu'elle soit disposée à lui expliquer ce qui se passait.

– C'est elle, c'est *La Rondine*, dit Annika, avec un ton de voix plein de stupéfaction. C'est exactement la photo qu'elle m'a montrée. C'est là où elle est allée vivre avec son artiste quand elle a abandonné le théâtre. (Elle regarda Zed.) Je ne comprends pas. Cette photo était dans sa malle. Elle était au fond de la malle, sous les bijoux.

– Quels bijoux ? dit Zed brusquement. De quoi parles-tu ?

– Oh, ils étaient faux ! C'était un ami à elle, un bijoutier parisien qui les avait copiés quand elle avait été obligée de les vendre. Quelqu'un a dû ouvrir la malle et jeter la photo dans le lac. Mais qui ?... Et pourquoi ?

Zed resta silencieux.

– Écoute, dit-il au bout d'un moment, tu ferais mieux de tout me raconter. Sur la vieille dame, et sur ce que contenait la malle.

Pendant un moment elle hésita, mais Zed était son ami ; aussi lui raconta-t-elle comment elle faisait la lecture à la vieille dame et comment elles s'étaient liées d'amitié. Elle lui parla du bijoutier parisien bossu qui était si gentil pour elle, et lui raconta comment elle répandait des fleurs sur la scène du haut de sa balançoire.

– Je l'aimais vraiment, dit Annika en se mouchant. Sauf qu'elle est morte.

– Et cette fille, Loremarie, t'a dit qu'elle t'avait légué sa malle ?

– Oui. Mais je pense qu'elle mentait. Oui, elle mentait, car je n'en ai jamais entendu parler. Nous pensions que les Egghart l'avaient jetée.

Elle s'était retournée pour qu'il ne voie pas son visage. Zed attendit quelques minutes, puis il posa une main sur son bras.

– Annika, il vaudrait mieux ne pas parler à ta mère de la malle ni de la photo quand elle reviendra. Je voudrais d'abord essayer de savoir ce qui s'est passé. Tu ne veux pas qu'elle se fasse du souci ?

– Comment pourrais-je ne rien dire ? Je ne peux rien lui cacher... Elle est ma mère.

– Il a été donné à la patrie, dit Frau Edeltraut. La grande aventure de Hermann a commencé.

Elle s'assit au bout de la table, magnifiquement vêtue de dentelle pourpre. La table avait été recouverte d'une nappe damassée, dressée avec de somptueux couverts en argent et de verres en cristal. La nourriture était correctement cuisinée et il y avait des carafes de vin. Oncle Oswald s'assit à l'autre bout de la table, Mathilda et Gudrun d'un côté, et Annika de l'autre. Mais la place de Hermann, à côté de sa mère, était vide.

– Il a été si fier, si courageux, continua Edeltraut. Il n'a pas eu un seul regard en arrière en avançant dans l'allée, n'est-ce pas, Oswald ?

– Pas un seul. Il marchait vers son destin, comme le grand soldat qu'il sera.

Edeltraut acquiesça et poussa un soupir. Puis elle ordonna à la nouvelle bonne qui apportait le second plat de remplir leurs verres.

– Même les enfants vont porter un toast.

Elle se leva.

– À Hermann von Tannenberg, mon fils et l'héritier de Spittal.

Mais quand tout le monde eut bu sa gorgée de vin, Edeltraut demanda qu'un second toast soit porté.

– Je lève aussi mon verre à mon parrain, Herr von Grotius, dont la générosité a permis que Spittal renaisse de ses cendres et reprenne sa vraie place parmi les grandes maisons du Norrland.

– À Herr von Grotius. Dieu ait son âme, dit Oncle Oswald.

Et tout le monde but une nouvelle gorgée.

262

Bien que le repas fût somptueux, il ne fut pas vraiment joyeux. Il y avait deux raisons à cela : d'une part Gudrun, chaque fois qu'elle regardait la chaise vide de Hermann, se mettait à renifler, d'autre part la discussion sur la façon dont l'argent de Suisse devait être dépensé avait jeté un froid entre Edeltraut et sa sœur.

Annika fit de son mieux pour égayer le repas, mais depuis le moment où Hector avait trouvé cette photographie, elle sentait monter en elle une angoisse et une terreur qu'elle ne s'expliquait pas. Quand le dîner fut terminé et la table débarrassée, elle se dirigea hardiment vers le boudoir de sa mère et frappa à sa porte.

Edeltraut était à son bureau, Oncle Oswald debout à côté d'elle ; ils semblaient travailler sur des chiffres. Mais lorsque Annika demanda à sa mère si elle pouvait lui parler, Edeltraut se retourna aussitôt et lui tendit les bras.

– Bien sûr, ma chère enfant. Je ne suis jamais trop occupée pour te parler. J'ai vu que tu étais très calme au dîner. Est-ce parce que Hermann te manque ?

– Non... Enfin oui, Hermann me manque, répondit scrupuleusement Annika, mais ce n'est pas à cause de cela.

– Eh bien, j'espère que ce n'est pas parce que tu crois que j'ai oublié la surprise que je t'ai promise. Je n'oublierais jamais une surprise pour ma fille retrouvée. Jamais ! Et surtout pas une surprise qui t'apportera une si grande joie !

– Je sais, dit Annika. Je savais que vous ne l'oublieriez pas. (En s'approchant du bureau, elle remarqua une photo de Hermann qui tenait un chiot au poil laineux dans les bras.) Oh, dit-elle, c'est Hector ?

Le visage d'Edeltraut devint grave et triste.

– Oui. La photo a été prise juste après que mon père eut fait cadeau de ce chiot à Hermann. Hermann l'adorait littéralement, il ne pouvait s'en passer. Et puis il y a eu ce tragique accident.

– Avec le feu d'artifice ?

– Comment ? Non, pas du tout ! Ça, c'est encore une des histoires que raconte Zed. La pauvre petite bête s'est fait écraser. Elle s'est prise dans les roues d'une charrette à foin d'une ferme voisine. L'homme allait trop vite, il fouettait ses chevaux... Bertha était là quand l'accident est arrivé, et elle l'a apporté dans sa cabane. J'étais d'avis de faire abattre le pauvre petit animal, il souffrait tellement – je ne peux supporter de voir des animaux souffrir –, mais elle et Zed l'ont soigné et ont réussi à le sauver. Seulement ils n'ont plus voulu nous le rendre, et à partir de là ils ont estimé que le chien leur appartenait. Je dois dire que Hermann était très bon avec lui. C'est un garçon au cœur très généreux. Maintenant, ma chérie, quelle raison t'amène ? (Elle vit qu'Annika regardait Oncle Oswald.) Je n'ai aucun secret pour ton oncle, poursuivit-elle, tu peux tout à fait parler devant lui.

Ainsi Annika sortit la boîte en cuir de la poche de sa jupe et la posa sur le bureau.

– Qu'est-ce que c'est ? demanda Edeltraut, perplexe. Tu as trouvé quelque chose ?

– Oui. Au bord du lac, dans la petite baie aux saules. Elle a dû être rejetée par le lac.

Elle ouvrit l'étui en cuir et sortit la photo.

Edeltraut regarda le portrait de *La Rondine* et de son peintre, et le montra à Oswald, qui le lui rendit.

– C'est une jolie photo... (Edeltraut semblait embarrassée.) A-t-elle une signification pour toi ?

– Oui. Je l'ai vue à Vienne. C'est une photo de la grand-tante des Egghart et de l'homme dont elle était amoureuse. Elle se trouvait dans sa malle, et je l'ai remise moi-même dedans avant de la refermer. Le lendemain, la grand-tante mourait.

– Mais c'est impossible. Tout à fait impossible. Comment une photo qui était dans cette malle pourrait-elle finir dans le lac de Spittal ?

– Je ne sais pas, dit Annika d'un ton malheureux. J'ai dit à Loremarie que je n'avais pas vu la malle, et c'était vrai, mais...

Oswald et Edeltraut examinaient maintenant soigneusement la photo, le front plissé.

– Tu es absolument certaine que c'est la même photo ?

Annika hocha la tête.

– Absolument. Je l'ai regardée longtemps et je m'en souviens bien. Elle est un peu sale maintenant, mais c'est la même. Je peux le jurer.

– Tu es donc en train de dire que la malle est finalement arrivée à Spittal. C'est une affaire très sérieuse. J'ai juré aux Egghart sur mon honneur de von Tannenberg que la malle ne nous était jamais parvenue.

– Je l'ai fait moi aussi, dit Annika, tout en réalisant que son honneur n'était pas aussi important que celui de sa mère.

– Savais-tu ce que contenait la malle en dehors de la photo ?

– De vieux vêtements de l'époque où elle jouait sur scène... des guirlandes... des coiffures... des paillettes... Et quelques faux bijoux... des copies de ceux du temps de sa célébrité.

Frau Edeltraut se leva.

– Cette affaire doit être examinée très sérieusement. Même si le contenu de la malle était sans valeur, elle t'appartenait de droit.

– Tout d'abord, nous irons à la gare dès demain matin pour y demander des informations, poursuivit Oncle Oswald. Des renseignements précis. Peut-être ferais-tu mieux de nous laisser la photo comme preuve ?

Il tendit la main, mais Annika glissa l'étui dans sa poche.

– S'il vous plaît, j'aimerais la garder. C'est le seul souvenir qui me reste d'elle.

Annika dormit peu cette nuit-là. Elle tournait et retournait des pensées dans sa tête. Qui volerait une malle pleine de bijoux de pacotille et de vieux vêtements... et pourquoi ? Loremarie la détestait, elle le savait ; lui aurait-elle joué un mauvais tour en jetant la photo dans le lac ? Mais les Egghart ne s'étaient pas aventurés dans les parages de Spittal. C'était absurde. Elle n'y comprenait rien.

Elle tarda tellement à trouver le sommeil qu'elle ne se réveilla pas quand Zed passa à cheval devant sa fenêtre. Et quand elle descendit prendre son petit déjeuner, sa mère et Oncle Oswald étaient partis.

– Ils se sont rendus à Bad Haxenfeld régler une affaire, lui dit Mathilda. Ils ignoraient à quelle heure ils seraient de retour. Au fait Gudrun veut que tu joues avec elle aux cartes. Elle est dans sa chambre.

– Très bien, répondit Annika sans enthousiasme.

Ce fut une longue journée. Sa mère et Oncle Oswald ne revinrent pas avant la fin de l'après-midi, et ils allèrent directement dans le boudoir. Ce ne fut qu'après le dîner qu'ils appelèrent Annika, et d'après l'expression grave et sévère de leurs visages, elle comprit que les nouvelles étaient mauvaises.

– Je suis désolée, mais tu avais raison, Annika, lui dit sa mère. La malle n'est pas arrivée à Bad Haxenfeld. Elle est arrivée pendant notre voyage en Suisse, et quelqu'un est allé la chercher à la gare et l'a apportée ici. Et maintenant, il faut que tu sois raisonnable et courageuse.

Le cœur d'Annika battit fort dans sa poitrine. Peut-être se trompait-elle. Peut-être sa mère n'allait-elle pas lui dire ce qu'Annika pressentait. Et si elle ne posait pas la question qu'ils attendaient, si elle ne disait rien... Mais elle humecta ses lèvres et demanda :

– Qui ? Qui est allé la chercher ?

– Celui qui fait toutes les courses pour Spittal, qui se sert du cabriolet, que tout le monde connaît et à qui on a donné la malle sans demander quoi que ce soit, bien qu'elle m'ait été adressée.

– Wenzel ? questionna Amilka dans une dernière lueur d'espoir.

– Non, ma chérie. Pas Wenzel. Je pense que tu vois de qui je veux parler.

Il n'y avait plus aucune échappatoire.

– Zed ?

– Oui, Zed. Je l'ai suspecté tout de suite, car il y a eu d'autres incidents, mais nous devions en être absolument sûrs. Cela aurait été terrible de l'accuser injustement.

– Mais... pourquoi... pourquoi... pourquoi aurait-il volé ma malle ? Pourquoi aurait-il voulu de vieux vêtements et des bijoux sans aucune valeur ?

– Annika, Zed n'a pas reçu notre éducation. Il serait assez naturel de sa part qu'il ait voulu regarder ce que contenait la malle, ne serait-ce que pour vérifier que le contenu était arrivé sans dommages. Et puis... après tout c'est un romanichel, que connaît-il des bijoux ? Il aura vu leur éclat, aura été ébloui... De plus, il est faux que les imitations de bijoux n'aient aucune valeur : aucune pour des gens de notre rang, mais pour un bohémien... Désormais, tu pourras rencontrer dans tout le pays des gens qui portent les misérables trésors de la pauvre grand-tante. Et une fois que tout a été vendu ou mis en gage quoi de plus naturel que de jeter la malle dans le lac ?

Annika s'était retournée, s'efforçant de respirer malgré le poids qui pesait soudain dans sa poitrine. Zed. Mais bien sûr, c'était logique. Parfaitement logique. Il lui avait demandé de ne pas parler de la malle à sa mère.

Celle-ci avait pris l'un de ses mouchoirs et essuyait les larmes d'Annika.

– Ma pauvre, pauvre enfant. Tu n'es malheureusement pas la première personne à avoir été trahie par un ami, et je sais à quel point cela est douloureux. Je te borderai moi-même dans ton lit ce soir et je demanderai à la nouvelle bonne de t'apporter une boisson. Je resterai avec toi jusqu'à ce que tu t'endormes. En tout cas, il ne faut absolument pas que tu ailles à la ferme avant que la police ait réglé cette affaire. Zed n'en aurait que plus honte.

Sa mère tint parole. Elle emmena Annika dans sa chambre et s'assit à son chevet. La bonne lui apporta un verre de lait chaud et deux aspirines, que sa mère voulut absolument qu'elle avale.

– Je ne veux pas que tu aies mal à la tête. Tous les von Tannenberg ont la migraine quand ils sont choqués.

Annika était restée éveillée une grande partie de la nuit précédente, aussi cette nuit-là dormit-elle profondément. Mais le matin elle se réveilla tôt et s'habilla, et, bien que persuadée que c'était mal de désobéir à sa mère, elle sortit furtivement par la porte de service et se dirigea vers la ferme.

Elle devait voir Zed et lui parler. S'il s'excusait et s'expliquait, tout irait bien. La malle n'avait pas d'importance ; ce qui était grave, c'est qu'il lui eût menti.

Mais peut-être n'était-ce pas le cas. Peut-être pourrait-il lui dire quelque chose de plus crédible.

La maison aux cigognes avait un air bizarre. Au début Annika pensa que les oiseaux étaient partis tant l'impression de vide et de désertion était grande. Mais ils étaient encore là, couvant leurs œufs. Elle poussa la porte.

– Zed ?

Elle le savait déjà. Ce n'était pas les cigognes qui étaient parties. Derrière elle, la porte s'ouvrit doucement, et elle pivota sur ses talons : c'était le vieux Wenzel.

– Je pensais que tu serais déjà là. Zed est parti.

– La police ?

– Il ne les a pas attendus. Il est parti dans la nuit.

Venant de la niche derrière la maison, elle entendit les gémissements d'Hector.

– Je suis venu chercher le chien, dit Wenzel. Je le garderai jusqu'à ce que le frère de Bertha passe le prendre.

– Tu sais quelque chose... Tu sais où il est allé ?

– Non, je n'en sais rien. Et tu ferais mieux de ne pas poser trop de questions. À ta place, je resterais éloignée de la ferme.

– Mais, et Rocco ? demanda Annika. Qu'est-ce que Rocco va devenir ?

Le vieux Wenzel baissa les yeux.

– Il a emmené Rocco.

24
La chevauchée de Zed

Quand Zed quitta Spittal, vers minuit, il emporta deux sacoches, rien d'autre. Dans l'une, il y avait des vêtements de rechange, du pain, tout l'argent qu'il possédait, une carte et la boussole que lui avait donnée le baron ; l'autre contenait un licol et une corde pour Rocco, des réserves d'avoine, une brosse et un cure-pied. Le cheval avait été ferré récemment, mais quand on entreprenait un voyage de plus de sept cents kilomètres, il fallait s'attendre à tout.

Il avait galopé sans s'arrêter. Tout ce qu'il voulait, c'était mettre la plus grande distance entre lui et Frau Edeltraut. Ses accusations et les menaces de son beau-frère l'avaient, au début seulement, mis en colère, mais la peur avait rapidement succédé à la rage. Il connaissait le pouvoir des von Tannenberg, ils pouvaient le mettre en prison ou l'expulser, et ils n'auraient pas hésité à le faire. Qui croirait sa parole contre la leur ?

Il s'était quand même arrêté à Bad Haxenfeld. Sa route vers le sud passait par la station thermale, contournait la ville. Il était désespérément pressé ; il n'avait assurément pas volé la malle d'Annika, mais il avait emmené Rocco. Il n'en ressentait aucune culpabilité. Il n'aurait jamais pu laisser le cheval à Spittal, à la merci des caprices de Frau Edeltraut. Mais aux yeux de la loi il était un voleur.

Il n'empêche, il avait pris le virage en direction de la ville et conduit Rocco dans la cour des écuries du *Majestic*...

Et maintenant, tandis qu'il quittait la station thermale, il était satisfait parce qu'il savait la vérité.

Il se pencha légèrement en avant, poussa Rocco, et le cheval prit le petit galop sur l'herbe du bas-côté. Un croissant de lune brillait dans le ciel et il n'y avait pas un souffle d'air. Il était libre, libéré des von Tannenberg, de leur noblesse et leur snobisme, libéré des travaux sans fin de la ferme, libre de rejoindre le peuple de sa mère dans la grande plaine de Hongrie avec ses peupliers, ses machines éoliennes et ses troupeaux de vaches à grandes cornes.

Et il était libéré d'Annika et de ses problèmes.

Il ne pouvait rien faire pour elle. Annika vénérait sa mère. Même s'il se décidait à lui dire la vérité, elle ne le croirait jamais.

Alors pourquoi le souvenir de choses stupides et sans importance lui revenait-il à l'esprit ? Annika, le premier jour qu'il l'avait rencontrée... Annika qui aimait tant les betteraves fourragères... Annika passant ses doigts dans la crinière de Rocco... Annika apportant de la nourriture dans une brouette pour les moutons, sous la pluie, ses nattes dégoulinantes... Il la voyait trottinant sur le sentier qui menait à la ferme, cueillant une branche d'hamamélis, la respirant... Il voyait ses yeux larmoyants quand elle hachait des oignons pour faire la soupe.

Il chassa ses souvenirs. C'était une fille courageuse et il l'aimait, mais la question n'était pas là. Il était parti retrouver le peuple de sa mère et commencer une nouvelle vie – s'il arrivait à fuir, ce qui ne serait pas facile. Zed en savait assez sur les Tziganes pour comprendre que ce rêve de liberté et de fraternité avait son côté sombre. Il y avait des voleurs parmi eux tout comme des gens au grand cœur, et des femmes qui laissaient leurs enfants errer dans les rues, crasseux, les cheveux emmêlés et pleins de poux. Le vieil Izidor était un homme honnête, de même que sa mère était une femme honorable, mais d'autres ne l'étaient pas.

Mais maintenant, c'était son peuple, et il allait le rejoindre. Il vivrait avec eux jusqu'à ce qu'il soit assez grand pour se débrouiller seul, et ils seraient bons avec Rocco. C'était cela qui importait : un lieu où on ne lui poserait pas de questions et où son cheval serait en sécurité.

Peu avant l'aube il arriva devant le fleuve. Il le suivrait en direction du sud, vers sa source. Il mit pied à terre et amena Rocco au bord de l'eau pour le faire boire.

Il y avait de l'herbe sur la rive, et un chêne dont les branches se courbaient au-dessus de l'eau. Il y attacha Rocco pour qu'il puisse brouter. Puis il prit une sacoche en guise d'oreiller, s'allongea et s'endormit.

Le lendemain matin il chercha sur la carte la route qu'il devrait prendre, à travers les champs de blé et les vergers de l'Allemagne centrale. Cette route passait par la Moravie partie de l'Empire austro-hongrois qu'il devrait traverser pour atteindre le Danube.

Le trajet était impressionnant ; il avait juste assez d'argent pour acheter de l'avoine pour Rocco et un peu de nourriture pour lui-même, et le cheval était trop jeune pour qu'on lui demande de couvrir une telle distance si rapidement.

Mais petit à petit, Zed apprécia le voyage. Rocco pointait les oreilles, trottait avec rebond, l'allure régulière, et sa bonne humeur était contagieuse. Zed le poussa au galop à travers bois, provoquant la débandade de troupeaux de sangliers sauvages, et longea des ruisseaux où se tenaient des hérons perchés sur une patte, guettant une proie. Parfois ils devaient prendre des routes encombrées de charrettes et de fardiers tirés par des ânes, mais la plupart du temps Zed empruntait des pistes cavalières et des chemins tranquilles. Il y avait de mauvais jours où la pluie tombait régulièrement, et d'autres où l'on ne trouvait nulle part de nourriture à acheter ; Zed observait alors Rocco brouter avec envie. Une fois, un homme en cape de loden s'arrêta pour l'interroger : il se méfiait de ce garçon si pauvrement habillé et monté sur un aussi superbe cheval. Une autre fois, ils furent poursuivis par deux chiens komondors[1] à poils longs qui gardaient un troupeau de moutons, mais Rocco se mit à galoper et les chiens firent demi-tour.

Mais ce n'était pas les incidents ni les dangers qui troublaient Zed ; c'étaient ses pensées.

Il lui était encore difficile de chasser Annika de son esprit. Certains souvenirs, comme la stupide chanson

---

1. Race de chien de berger hongrois.

viennoise qu'elle fredonnait en cirant les planchers de Spittal ou l'expression de ses yeux la première fois qu'elle avait vu Hector, l'obsédaient.

Il ne pouvait rien faire pour elle, se répétait-il. Il ne la connaissait que depuis quelques semaines. Tout se passerait bien. Elle s'en sortirait.

N'empêche, elle avait été une amie.

La dernière semaine du voyage fut désespérément ardue ; lui et Rocco étaient très fatigués. Tandis qu'ils grimpaient tant bien que mal des pentes raides et traversaient les gorges rocheuses de la Moravie, à certains moments Zed pensait qu'il ne devrait pas pousser son cheval plus loin.

Puis un matin, comme il descendait des collines parmi les champs et les vergers en fleurs, il vit le vaste et nonchalant Danube qui s'étendait devant lui, avec ses chalands, ses bateaux de plaisance et ses remorqueurs. C'était la voie navigable la plus importante d'Europe. Le chemin de halage de la rive orientale allait jusqu'en Hongrie, vers la plaine où campaient les Tziganes. Celui de la rive occidentale suivait le fleuve jusqu'à Vienne, traversée en son cœur par le Danube.

Zed mit pied à terre et resta un moment à regarder l'eau. Il la regarda si longtemps que Rocco s'impatienta et donna de petits coups de tête à son cavalier.

– Très bien, dit Zed à son cheval. (Il se remit en selle.) Allons-y.

25

La surprise d'Annika

À Spittal, il s'était remis à pleuvoir. Les grenouilles grimpaient sur le dos des unes et des autres, et malgré le fait que les cigognes en mangeaient un grand nombre, que les chats en tuaient tout autant, leur nombre augmentait de plus en plus. La saison de la chasse aux canards étant finie, Oncle Oswald tirait sur d'autres animaux : des lièvres, des lapins et ce qu'il appelait la vermine – en fait tout ce qui rencontrait son fusil. Gudrun regrettait toujours Hermann et errait lamentablement dans la maison en attendant de pouvoir retourner au pavillon de chasse. Les nouvelles servantes étaient efficaces, mais peu sympathiques.

Annika était seule. Elle pensait qu'on allait remettre la ferme en état maintenant que l'argent était revenu à Spittal, mais elle avait tort. Aucune bête ne fut achetée, aucun des bâtiments ne fut réparé. Wenzel était secondé par un garçon du village, mais il y avait de moins en moins de choses à faire. Le bruit courait qu'Edeltraut allait acheter une voiture et que les chevaux allaient être vendus. La maison aux cigognes restait vide.

Une semaine après la fuite de Zed, le frère de Bertha vint chercher le chien à trois pattes. Hector voyagea confortablement, couché sur des sacs de jute, la tête posée sur son fixe-chaussettes, son piège à anguille à côté de lui.

Annika s'approcha de la carriole pour dire adieu à Hector et caressa sa tête laineuse.

– Est-ce que Bertha va bien ? demanda-t-elle.

Le vieil homme lui répondit affirmativement, et aussi qu'elle l'embrassait.

Il ne fit aucune allusion à Zed, Annika non plus. « Personne, pensa-t-elle, ne parlait plus de Zed. »

– Le pauvre chien s'en va ? résonna une voix derrière elle.

Annika se retourna et vit une fillette aux grands yeux bleus et aux cheveux de lin nattés en couronne autour de la tête. Avec son seau qui contenait son déjeuner, elle se rendait à l'école du village tout au bout du lac. Annika l'avait souvent rencontrée sur la route. Elle lui sourit. Elle s'appelait Frieda.

– Oui, soupira tristement Annika. Tout le monde s'en va.

Frieda la regarda avec sympathie.

– Pourquoi ne vas-tu pas à l'école ? C'est bien, tu sais, nous allons faire des couronnes pour la décoration de l'église, pour la fête de Pâques.

– J'aimerais bien, mais... (Elle secoua négativement la tête.) Peut-être que je pourrais redemander...

Ce fut Frieda qui apprit à Annika ce qui allait se passer à la ferme.

– Il n'y aura plus d'animaux, a dit mon père. Ils vont tous être vendus, et à la place il y aura des betteraves. Plein de betteraves.

Annika n'avait pas entendu parler de cela.

– Vraiment ? Tu es sûre ?

– Oui, lui assura Frieda. La culture des betteraves rapporte beaucoup d'argent. Elles sont envoyées à l'usine de Posen pour y être pressées, et il en sort du sucre.

Elle ramassa son seau et partit en trottinant, laissant Annika seule avec ses pensées, qui n'étaient pas joyeuses. Le professeur Julius lui avait beaucoup parlé des betteraves, mais elles ne pourraient jamais remplacer des animaux vivants.

C'était fou à quel point Zed lui manquait ! Après tout, il avait volé sa malle, lui avait menti et s'était enfui dans la nuit en emmenant un cheval qui ne lui appartenait pas. Comment se faisait-il qu'il lui manquât autant ?

Et pourtant c'était le cas. Comment concevoir qu'elle ne le connaissait que depuis quelques semaines. Il lui avait appris tant de choses ; dès qu'elle l'avait rencontré, la vie était devenue intéressante : il y avait du travail à mener et un avenir auquel penser. Parfois elle se demandait même si ce qu'il avait fait était si terrible. Si la petite bohémienne qui avait voulu lui donner un chaton portait maintenant les boucles d'oreilles de la grand-tante des Egghart, était-ce un crime ? Alors Annika se faisait des reproches, parce qu'un voleur était un voleur et ne pouvait avoir d'excuses.

Ses nuits se passaient étrangement maintenant : parfois elle s'éveillait et pensait entendre le bruit des sabots de Rocco galopant sous sa fenêtre. Parfois encore, au bord du sommeil, elle rêvait ce qu'elle avait si souvent rêvé à Vienne : un cabriolet se rangeait devant la maison ; une femme en sortait, magnifiquement vêtue de fourrures, et disait : « Où est-elle, où est ma fille perdue ? » Mais après cela plus rien ne se passait comme avant, parce que quand elle avançait dans la lumière du réverbère, la belle dame se transformait en petite femme boulotte habillée d'un manteau de laine ordinaire et d'un chapeau de feutre marron, et elle ne sentait pas un parfum exotique, mais la vanille et le savon, et le pain fraîchement sorti du four.

Quand elle faisait ce rêve, Annika se sentait coupable et honteuse, d'autant que sa mère devenait de plus en plus tendre avec elle et semblait comprendre exactement ce qu'elle ressentait à propos de Zed.

– Ma pauvre chérie, j'imagine tellement ce que tu traverses. J'ai été trahie, moi aussi, par des gens que j'aimais et à qui je faisais confiance.

– Mon père ?

– Lui, et aussi mon mari. Il m'a écrit pour me dire qu'il ne reviendrait jamais à Spittal.

– Je suis désolée.

Edeltraut haussa les épaules.

– Il faut être courageuse. Tu dois te servir de ce que Zed t'a fait pour t'endurcir. Sans doute est-il mieux là où il est, avec les gens de sa race.

– Avec les Tziganes ?

– Bien sûr. Il apprendra à gagner sa vie de toutes sortes de façons peu recommandables. Il devra naturellement nous rendre Rocco : nous ne pouvons lui permettre de voler impunément un cheval de grande valeur. (Elle soupira.)

J'avais dit à mon père qu'on ne pouvait pas faire confiance à un romanichel, mais il n'a pas voulu m'écouter.

Pendant ces journées solitaires, Annika se demandait de plus en plus souvent quelle serait la surprise que sa mère lui réservait. La surprise allait arriver, avait dit Edeltraut, très prochainement, mais elle nécessitait des préparatifs qui ne pouvaient pas être faits à la hâte. « Oh, j'espère vraiment que cela va marcher, s'exclamait-elle. Ce sera tellement merveilleux pour toi ! »

Parfois, quand elle se retrouvait seule avec sa mère, Annika essayait de deviner : « Nous allons faire un voyage en Afrique pour voir les lions ? » Et sa mère souriait en hochant négativement la tête. Ou bien : « Je vais avoir un petit bateau à voile rouge pour me promener sur le lac ? » Ou encore : « Mes amis vont venir de Vienne me rendre visite ? »

Mais chaque fois sa mère faisait non de la tête et répondait : « Non, c'est beaucoup mieux que cela ! »

Puis vint le jour où Gudrun et ses parents réaménagèrent dans le pavillon de chasse. Annika et sa mère se retrouvèrent seules.

Au dîner, ce soir-là, Edeltraut leva son verre pour porter un toast. Ses yeux brillaient, ses joues étaient roses d'excitation.

– À ta surprise, ma chérie, dit-elle en tendant la main par-dessus la table pour la poser sur celle de sa fille, qui la regarda d'un air interrogateur. Oui, ma chère enfant, j'ai réussi ! J'avais tellement peur de te décevoir, mais ils ont été d'accord. Viens à l'étage, où nous pouvons être tout à fait tranquilles. Oh, Annika, comme tu vas être contente !

26

L'arrivée de la harpe

Ellie était assise à la table de la cuisine en train de lire le livre de recettes qui avait appartenu à sa mère et à la mère de sa mère.

Elle avait posé le livre, parce qu'elle voulait vérifier la quantité de sucre nécessaire pour la préparation de la confiture d'abricots. Elle avait trouvé la dose presque tout de suite, mais, dix minutes plus tard, elle était encore assise avec le livre devant elle, à la page où Annika avait recopié sa note la veille de Noël : « Une pincée de noix de muscade enrichira le goût de la sauce », lut-elle pour la centième fois peut-être depuis le départ d'Annika.

La fête de Pâques arrivait. Le jeudi avant le week-end, l'empereur distribua de l'argent aux pauvres et lava les pieds de douze gentilshommes nécessiteux qu'on était allé chercher dans les hospices de la ville. Certains de ces messieurs aimèrent se faire laver les pieds par l'empereur, d'autres non, mais là n'était pas la question, parce que le lavement des pieds était une tradition qui devait être perpétuée.

Après cela, le vendredi saint, les tableaux et les cruci-
fix des églises furent recouverts de tissus violets, et les
bruits de la rue s'éteignirent ; les habitants pleuraient la
mort du Christ. Puis le dimanche de Pâques, les cloches
carillonnèrent joyeusement, il y eut de la musique partout, le soleil brilla et tout le monde à Vienne porta,
comme chaque année, un nouveau chapeau.

Ellie avait fait de son mieux pour la fête de Pâques.
Elle n'acheta pas de nouveau chapeau, parce que son
feutre brun n'avait que dix ans et encore de bonnes
années devant lui, mais elle fit tout ce qu'elle avait fait
les deux précédentes années : des œufs durs à peindre
pour les petits Bodek ; des muffins de Pâques pour
Pauline et son grand-père ; un cake enrobé de pâte
d'amandes pour les professeurs, et elle et Sigrid avaient
apporté des fleurs à l'église.

Pourtant rien ne la rendait vraiment joyeuse.

– Il faut que je m'en remette, se disait Ellie. Cela fait
plus de deux mois qu'elle est partie, je devrais aller
mieux.

Mais elle n'allait pas mieux. Au contraire, Annika lui
manquait de plus en plus.

On frappa à la porte de service, et Pauline entra avec
son album de coupures de journaux et un pot de colle.
Depuis le départ d'Annika, elle venait très souvent travailler dans la cuisine d'Ellie.

– Tu as reçu une lettre ? lui demanda-t-elle.

Ellie ferma le livre de recettes.

– Non. Et toi ?

– Non. Stefan non plus.

– Cela fait longtemps qu'elle n'a pas écrit.

– Plus longtemps que cela n'a jamais été, remarqua Pauline. Peut-être que sa mère l'a envoyée dans la forêt avec un chasseur chargé de la tuer et de rapporter son cœur, comme dans le conte.

– Pour l'amour du ciel, Pauline, qu'est-ce qui t'arrive ? Tu as quelque chose contre Frau Edeltraut ?

– C'est une aristocrate ; ils font toujours des choses comme cela. Regarde le comte Dracula. Et puis cet horrible parfum qu'elle porte, ça sent le loup égorgé.

Sigrid entra à ce moment-là et demanda à Pauline de cesser de troubler Ellie. Le ressentiment était bon pour certaines personnes, mais pas pour Ellie : cela ne faisait que lui donner des maux d'estomac.

Pauline posa son album et le pot de colle pour prendre les ciseaux. Elle avait trouvé une histoire qu'elle aimait beaucoup : un petit garçon était monté dans une montgolfière et avait été emporté dans le ciel, mais une dame impotente l'avait poursuivie dans son fauteuil roulant, avait réussi à se saisir de la corde et à la retenir...

Pendant un moment le calme régna. Sigrid commença le repassage et Ellie retourna à son four. Soudain la cloche de la chambre du professeur Gertrude retentit. C'était un appel plus fort, plus insistant, moins tranquille qu'à l'ordinaire.

– Il y a un problème, conclut Sigrid.

Tout le monde se précipita dans le vestibule où se trouvait le professeur Gertrude en robe de chambre et en pantoufles.

– Elle est arrivée ! dit-elle tout excitée, je l'ai vue par la fenêtre ! Elle est arrivée !

Personne ne demanda ce qui était arrivé. Une seule chose pouvait faire courir le professeur Gertrude dans le vestibule comme un poulet décapité, sa tresse grise pendante le long de son dos : sa nouvelle harpe. La grande harpe de concert qu'elle avait commandée chez Ernst et Kohlhart il y a quelques mois : l'instrument le plus grand de son espèce, et celui qui avait la plus grande valeur dans toute la ville.

Un coup de sonnette à la porte d'entrée fut suivi d'une volée de coups de poing. Sigrid alla ouvrir et découvrit une camionnette de livraison haut de gamme, sur un côté de laquelle étaient inscrits, en lettres ornées, les mots « Fabricants d'instruments pour la Cour impériale ». Deux hommes en sortirent et transportèrent une énorme caisse en bois vers la maison. Elle était laquée de noir et ses lourds fermoirs étaient dorés ; cela aurait pu être le cercueil d'une girafe.

– Nous sommes obligés de la laisser devant la porte, déclarèrent-ils. Nous devons prendre le tramway.

Sur ces mots, en ronchonnant et en exagérant leurs efforts, ils posèrent leur fardeau sur le trottoir. Puis ils présentèrent le reçu à signer et empochèrent leur pourboire.

Le professeur Julius et le professeur Emil étaient tous les deux sortis, mais Gertrude sut exactement quoi faire.

– Allez chercher Stefan, ordonna-t-elle.

Pauline traversa la place en courant.

On allait toujours chercher Stefan quand on avait à manœuvrer quelque chose de lourd ; il était de loin le garçon le plus fort des Bodek. Il arriva aussitôt, suivi, bien qu'il leur eût dit de rester à la maison, de deux de ses frères cadets, Hansi et Georg.

Sigrid avait déjà déplacé le guéridon du vestibule et le porte-parapluie. Ellie enleva le palmier en pot.

– Prends-la par le haut, ordonna le professeur Gertrude à Stefan, moi, je la prends par le bas.

– Laissez-moi, faire, commença Sigrid, mais le professeur Gertrude lui fit signe de s'écarter.

Bien que pour Stefan le poids de la caisse fût énorme, il réussit à la soulever, et le professeur Gertrude entreprit de monter l'escalier à reculons. À la troisième marche, elle perdit une pantoufle, mais ne s'arrêta pas ; à la sixième, elle se prit le pied dans le cordon de sa robe de chambre, mais elle ne se découragea pas et continua tant bien que mal.

Sur le palier, ils s'arrêtèrent. La porte de Gertrude avait été calée pour être tenue ouverte, mais la caisse passerait-elle ?

– Je pense qu'il vaudrait mieux la déballer, suggéra Stefan en posant la caisse par terre.

Sur ce genre de questions, on écoutait toujours Stefan. Le professeur Gertrude prit les clés qui pendaient à l'un des fermoirs et doucement, solennellement, elle ouvrit la caisse.

L'intérieur, capitonné de brocart or et bordeaux, était incroyablement somptueux. La harpe elle-même était enveloppée dans un châle de soie ivoire, cadeau de la part des fabricants à l'intention des acquéreurs de cet inestimable instrument.

Stefan la souleva et l'apporta dans la chambre du professeur Gertrude, puis ressortit. Tout le monde descendit l'escalier, car il était évident que Gertrude avait besoin de rester seule.

Dans la cuisine, Ellie commença à faire du café et prit la boîte de biscuits pour en donner aux enfants, mais quand elle se retourna, les deux petits frères de Stefan avaient disparu. Stefan était là, ainsi que Pauline, mais aucun signe de Georg ni de Hansi, et c'était étrange parce que Hansi, qui était très gourmand et avait bon appétit, se dirigeait toujours, dès son arrivée, vers la boîte de biscuits d'Ellie et ne s'en éloignait pas.

– Ils ont dû retourner à la maison, dit Stefan. Je vais vérifier.

Il revint, l'air troublé.

– Ils n'y sont pas.

On les chercha dans les pièces du rez-de-chaussée, dans la cour... Mais avant qu'ils eussent le temps de s'inquiéter, ils entendirent une sorte de grattement venant du palier.

La caisse était là où ils l'avaient laissée, à plat sur le sol. Sigrid souleva le couvercle. À l'intérieur, les deux petits garçons étaient blottis comme des chiots.

– C'est notre maison, dit Georg au comble du bonheur. C'est la plus belle maison du monde. Nous allons y vivre pour toujours.

Le lendemain était un dimanche. Pauline et Stefan partirent tôt de chez eux pour faire du rangement dans la cabane. Même s'ils ne pouvaient plus jouer de pièces de théâtre avec Annika, ils aimaient encore l'utiliser pour des pique-niques et pour y organiser des rencontres avec des amis triés sur le volet.

Au vu de certains signes, il semblait que le jardin abandonné n'allât pas être à eux encore pour longtemps. Le fil de fer barbelé enroulé en haut de la grille, qui était censé empêcher qu'on la franchisse, avait été enlevé, sans doute pour permettre le passage du camion des ouvriers. Toutefois, en ce beau matin de printemps, le jardin était encore tranquille et beau. L'herbe était humide de rosée ; une grive chantait sur la branche du cèdre.

Ils passèrent devant la mare, l'escalier en ruine... Puis Pauline s'arrêta net.

– Il y a quelque chose derrière la maison. Un animal sauvage. Je l'entends grogner. Je rentre à la maison.

Mais avant qu'elle eût le temps de se retourner pour courir, l'animal sauvage apparut.

Sa robe magnifique était illuminée par un rayon de soleil ; sa crinière et sa queue noires chatoyaient comme de la soie. Ses pieds étant entravés, il marchait à petits pas, avançait progressivement, et ses oreilles tressaillaient de curiosité et d'intérêt.

– Je n'aime les chevaux que dans les livres, murmura Pauline en reculant.

Mais Stefan regardait maintenant la porte de la cabane.

– Je crois que le cadenas a été forcé. Oh ! Regarde !

Il avait poussé la porte. Par terre, enveloppé dans une vieille couverture grise, était couché un garçon profondément endormi et parfaitement inconnu.

287

Trois heures plus tard, l'enclos situé derrière la maison des professeurs, qu'Ellie et Sigrid gardaient si propre, ressemblait à un dépotoir. Une vieille armoire, une table de toilette, une essoreuse et plusieurs portraits à l'huile des ancêtres des professeurs étaient empilés contre le mur, et sur le banc bleu où les servantes aimaient s'asseoir se trouvaient les petits Bodek, les yeux fixés sur la porte du hangar qui avait été transformé en écurie. La marchande de journaux était là elle aussi, prête à donner ses conseils, parce qu'elle avait été élevée dans une ferme.

Et Rocco regardait placidement tout ce petit monde par-dessus la porte de la stalle, mâchant une carotte.

Quant à Zed, il se trouvait dans le lit d'Annika au grenier, dans les bras de Morphée.

– Il vient de la part d'Annika, avait dit Pauline en arrivant tout essoufflée dans la cuisine d'Ellie. Il a quelque chose à nous dire. Il est venu à cheval de Spittal.

Ellie était sortie et avait regardé le garçon dans la cour qui tenait fermement son cheval par la bride. Il paraissait épuisé, était pâle et si mince que ses pommettes semblaient sur le point de transpercer sa peau.

– Est-ce qu'Annika est blessée ? demanda-t-elle.

– Non.

– Ou malade ?

Zed fit non de la tête.

– Eh bien, alors laisse Stefan s'occuper du cheval ; son oncle est forgeron, il saura ce qu'il faut faire. Quant à toi, va tout de suite prendre un bain pendant que je te prépare un petit déjeuner. Laisse tes vêtements par terre.

Frau Bodek trouvera bien quelque chose pour toi : son fils aîné est à peu près de ta taille. Et ensuite, au lit.

– Mais je dois...

– Tu ne dois rien faire, répliqua Ellie, sauf ce qu'on te dit de faire.

C'est ainsi que Zed dormait maintenant, et que la maisonnée attendait son réveil.

Il s'éveilla en fin d'après-midi. Des vêtements propres étaient posés sur la chaise à son chevet. Il se leva et regarda par la fenêtre la vue qu'Annika lui avait décrite, et fut aussitôt conquis par ce qu'il vit de Vienne. Personne ne le croirait quand il raconterait son histoire, mais il ne regrettait pas d'être venu.

Mais tout d'abord, il fallait qu'il s'occupe de son cheval.

Il descendit l'escalier en courant et se précipita dans la cour. Dès que Rocco vit son maître, il commença à hennir doucement, lui donna de petits coups de tête, frappa ses sabots par terre, comme pour lui dire : « Où étais-tu ?... » Mais son petit numéro de cheval abandonné n'était pas convaincant : un morceau de pomme sortait de sa bouche ; l'oncle de Stefan avait apporté de la paille pour sa litière ; il y avait de l'avoine dans sa mangeoire... et sur le banc bleu étaient assis les petits Bodek avec un nouveau ravitaillement de carottes qu'ils avaient demandées à Ellie au cas où le cheval serait terrassé par la faim.

À présent, tout le monde était rassemblé autour de la table de la cuisine pour écouter l'histoire de Zed : Ellie et Sigrid, Stefan et Pauline, et les professeurs qui s'étaient proposés de descendre, sachant combien Ellie détestait le salon.

– Je ne sais pas si vous me croirez, commença Zed. Probablement pas, mais ce que je vais vous raconter est la pure vérité. Quand Annika est arrivée à Spittal, tout était délabré, la ferme et la maison, tout. Il y avait des trous dans le toit, les servantes avaient été renvoyées et la nourriture était horrible. Le premier jour où j'ai rencontré Annika, elle mangeait des betteraves fourragères.

Ellie émit un hoquet scandalisé, mais Zed continua :

– Annika pensait que c'était peut-être la façon dont vivait l'aristocratie : s'endurcir en n'allumant pas le feu et en mangeant de la confiture de navet.

Ellie laissa échapper une autre exclamation d'horreur.

– On ne peut pas faire de la confiture avec des navets ! s'écria-t-elle.

Mais le professeur Julius lui lança un regard sévère qui la fit taire sur-le-champ.

– Je savais quel était le problème, reprit Zed. Le mari de Frau Edeltraut était joueur et il n'avait pas laissé un seul centime derrière lui. Mais personne n'avait expliqué cela à Annika, et ce n'était pas à moi de le lui dire. Sa mère ne voulait pas qu'elle fréquente les servantes, mais Annika aime s'occuper : aussi venait-elle m'aider à la ferme, et nous sommes devenus amis. Et puis Frau Edeltraut, sa sœur et son beau-frère sont allés en Suisse. Ils partaient régler une affaire urgente, ont-ils dit, et quand ils sont revenus, tout était différent.

– Comment cela ? demanda le professeur Emil.

– Eh bien, ils portaient tous de nouveaux habits, ils étaient de très bonne humeur et avaient des cadeaux pour tout le monde. Des cadeaux très onéreux, sauf celui d'Annika : elle a eu des bottines en caoutchouc trop petites pour elle. (Zed se rembrunit un instant à ce souvenir.) Puis ils ont commencé à engager des servantes, à faire réparer le toit et à acheter les affaires nécessaires pour l'entrée d'Hermann, le frère d'Annika, dans une école d'élèves officiers dont le droit d'inscription coûte une fortune. Frau Edeltraut a expliqué à Annika que son parrain, qui vivait en Suisse, était mort et qu'il lui avait laissé tout son argent. Beaucoup d'argent. Elle a dit qu'il s'appelait Herr von Grotius et qu'ils étaient allés à Zurich pour lui offrir de belles funérailles. Je n'avais jamais entendu parler de lui ; qu'importe, je n'ai plus pensé à cela, jusqu'à ce que la fille des Egghart fasse son apparition, attaque Annika et l'accuse d'avoir volé la malle de sa grand-tante.

– Loremarie a attaqué Annika ?

Personne n'avait entendu parler de cette histoire. Les Egghart étaient encore en voyage.

– Où cela s'est-il passé ?

– À Bad Haxenfeld. Elle ne l'a pas vraiment attaquée, mais elle l'a accusée en plein milieu du salon de thé. Annika en a été complètement bouleversée, parce qu'elle ne savait rien de cette histoire. Sa mère a affirmé que personne à Spittal ne savait quoi que ce soit au sujet cette malle, elle a défendu Annika, et les Egghart en ont pris pour leur grade. Mais alors...

Zed était redevenu silencieux, car il se demandait si

on croirait la suite de l'histoire. Pourquoi se fieraient-ils à un garçon dont ils ne savaient rien ?

– Est-ce qu'Annika vous a dit quelque chose à propos d'un chien... nommé Hector ? poursuivit-il.

Pauline fit non de la tête.

– Il a eu un accident quand il était petit et il lui manque une patte. Annika l'aimait beaucoup. Eh bien, elle et moi nous promenions au bord du lac avec Hector, quand celui-ci a bondi sur une boîte en cuir. Cette boîte contenait la photo d'une vieille dame qui est morte et à qui Annika faisait la lecture : la grand-tante des Egghart. Annika avait déjà vu cette photo, elle savait qu'elle provenait de la malle. Elle était très affectée, car elle avait dit à Loremarie que la malle n'était pas arrivée à Spittal. Je pense qu'elle était aussi bouleversée par ce souvenir, elle aimait vraiment la vieille dame. *La Rondine*, l'appelait-elle. Cela veut dire « l'hirondelle » et...

Tout le monde autour de la table de la cuisine hocha la tête en signe d'approbation.

– Elle parlait beaucoup d'elle. Elle pensait qu'elle pourrait l'empêcher de mourir, dit Sigrid.

– Continue ton histoire, dit le professeur Julius.

– Eh bien, nous avons pensé que cela voulait dire que la malle était en fait arrivée à Spittal et que quelqu'un l'avait jetée dans le lac. Mais cela n'avait aucun sens. J'ai demandé à Annika de me dire ce qu'elle contenait : d'après elle, rien qui ait de la valeur, excepté pour la vieille dame, et par conséquent pour Annika, son amie. Mais quelque chose me mettait mal à l'aise, en fait toute cette histoire me troublait. J'ai donc demandé à Annika de ne rien dire à sa mère ni à son oncle avant que j'aie réussi à percer ce mystère. Mais ce n'était pas raisonnable de suggérer à Annika de ne rien dire à sa mère : elle la vénère. (Ellie poussa un énorme soupir.) Bien entendu, elle lui a tout dit, et le résultat a été que Frau Edeltraut et son beau-frère sont revenus tard le soir et ont dit qu'ils s'étaient renseignés, que les employés de la gare avaient juré que j'avais récupéré la malle, et qu'ils allaient appeler la police et me faire arrêter.

Zed regarda tout le monde rassemblé autour de la table.

– Je ne sais pas si vous me croyez, mais je jure sur la tête de Rocco que je dis la vérité. J'avais peur, parce que je savais que Frau Edeltraut me détestait. Elle trouvait que son père m'avait trop gâté, et elle attendait l'occasion de se débarrasser de moi. J'ai donc décidé de partir et d'aller retrouver le peuple de ma mère en Hongrie. Ce sont des Tziganes, et je savais qu'ils me prendraient avec eux. Mais j'ai peur pour Annika, parce qu'elle ne devrait pas être avec une femme qui dit des mensonges, et pire.

– Pire ?

– Oui. Je crois que Frau Edeltraut a volé la malle, avec l'aide de son beau-frère.

– Mais enfin, cela n'a aucun sens ! s'exclama le professeur Julius. Pourquoi une femme dans sa position volerait-elle une vieille malle pleine de pacotilles ? Les notaires ont assuré qu'elle ne contenait rien de précieux.

– Effectivement, dit Zed. C'est justement ce qui me déconcertait. C'est pourquoi, sur ma route, je me suis arrêté à Bad Haxenfeld pour voir le baron von Keppel, l'oncle de Frau Edeltraut. Il ne voulait pas vraiment me parler, mais il a fini par le faire, et alors j'ai tout compris.

Zed s'était arrêté de parler et regardait dans le vide, se rappelant cette nuit froide et humide où il avait fui de Spittal et où il avait pénétré, frissonnant, avec Rocco dans la cour de l'écurie de l'hôtel *Majestic*...

27
L'histoire de l'oncle

Le baron von Keppel était au lit, mais bien qu'il fût minuit passé, il n'était pas endormi. Ses articulations lui faisaient encore plus mal la nuit que le jour, et il était habitué à lire tard, parfois même jusqu'au petit jour.

Nombreux étaient les patients de Bad Haxenfeld qui avaient le sommeil agité. Les couloirs des hôtels restaient allumés ; les portiers et les grooms étaient de service pour vérifier la fermeture des fenêtres dans les chambres et changer les carafes d'eau.

C'est pourquoi quand il entendit frapper à sa porte, le baron cria sans hésiter :

– Entrez !

Mais la personne qui apparut sur le seuil de sa chambre n'était pas le domestique habituel.

– Grands dieux, Zed ! Qu'est-ce qui se passe ? Edeltraut t'aurait-elle renvoyé ?

– D'une certaine façon, oui.

Zed portait le brassard qu'il mettait pour travailler à l'hôtel. Le personnel le connaissait, aussi personne ne l'avait arrêté quand il était entré à cheval dans la cour de l'écurie du *Majestic*, ni quand il était monté à l'étage.

– Eh bien, je vais te donner du travail. Mon valet de chambre est un fainéant : je voulais justement me débarrasser de lui.

– Merci, monsieur. Un jour peut-être, mais maintenant je dois me dépêcher de partir. Je souhaite seulement vous demander quelque chose. Quelque chose d'important.

Zed s'était arrêté dans sa fuite et il s'en voulait. Il aurait dû partir loin le plus vite possible et ne pas perdre de temps à se mêler des affaires d'Annika.

– Alors, de quoi s'agit-il ? demanda le baron en posant son livre.

– C'est au sujet des bijoutiers qui suivaient la cure il y a trois mois.

Le baron le regarda d'un air soupçonneux.

– En quoi t'intéressent-ils ?

– Vous aviez commencé à me raconter ce que l'un d'entre eux avait dit. C'était l'histoire d'un homme et d'une danseuse, à Paris. Là-dessus Lady Georgina est arrivée et nous a interrompus. Et quand elle est partie, vous aviez oublié ce que vous vouliez dire.

– Hélas, soupira le baron. Je crains que cela ne m'arrive de plus en plus souvent. C'est terrible de devenir vieux. Ce matin j'ai oublié le prénom de ma grand-mère. J'ai dû chercher dans la Bible de famille. Eh bien, c'était Serafina. Peut-on imaginer oublier un nom pareil ?

– Non. Mais j'aimerais que vous fassiez l'effort de vous rappeler l'histoire que vous alliez me raconter au sujet du bijoutier parisien. Celui qui était difforme.

Le baron détourna la tête. Il parut réfléchir.

– Cela m'est sorti de la tête, dit-il d'un ton contrit. À moins que ce soit l'histoire du beignet et de la canne-épée de l'empereur ?

– Non, répondit Zed très calmement. C'était l'histoire du bijoutier parisien. Celui qui était bossu... (Il s'arrêta et tourna la lampe de sorte que la lumière éclaire directement les yeux du baron.) J'aimerais vraiment que vous essayiez de vous en souvenir.

Le baron se détourna de la lumière. Il se rappela l'autre côté de Zed : non pas celui d'un garçon obéissant attaché à sa personne quand il allait aux bains, mais celui d'un garçon sauvage au sang tzigane. Une bande de bohémiens était passée dans les environs il y avait une semaine ou deux. Peut-être étaient-ils dehors, prêts à se ruer dans sa chambre pour lui couper la gorge.

– J'ai seulement surpris des bribes de la conversation, dit-il. C'étaient deux hommes dans la cabine voisine de la mienne. L'un était viennois, à en juger par son accent, et l'autre était français. C'était le Français qui racontait l'histoire. Il revenait de Paris et était allé chez Fabrice, le grand bijoutier des Champs-Élysées, pour traiter une affaire. C'est l'une des plus importantes entreprises françaises ; elle appartenait à un homme qui était une sorte de légende. Il était bossu et ne se maria jamais. Aussi mit-il tous ses sentiments dans son travail. Il fabriquait des bijoux pour le tsar de Russie et les grands de ce monde.

Zed l'écoutait attentivement.

– Continuez, s'il vous plaît, monsieur.

– Cet homme, celui qui était difforme, était amoureux d'une actrice, une danseuse de revue en fait. Elle se balançait au-dessus de la scène et répandait des fleurs...

– *La Rondine*, précisa Zed.

Le baron le regarda, surpris.

– Oui. Quelque chose comme cela. Les projecteurs éclairaient son visage quand elle jetait les fleurs, et le bossu disait qu'elle avait l'air très heureuse. Toujours est-il qu'elle partit avec un peintre, et que quand elle revint, personne ne voulut l'employer. Mais elle avait encore ses bijoux, et ils étaient fabuleux. Elle possédait l'étoile de Kazan, un collier de rubis birmans et une broche en forme de papillon qu'un duc lui avait offerte...

Le baron s'arrêta de parler. Il fronçait les sourcils, regardant les rideaux de la fenêtre. Puis il soupira et reprit son récit :

– Souviens-toi que je n'étais pas tout près ; je n'ai pas tout entendu. Entre parenthèses, le Viennois à qui il racontait l'histoire était un grand éclabousseur : certains ne peuvent entrer dans un bain sans tout inonder. Pour en revenir à cette actrice, *La Rondine*, il paraît qu'elle apportait régulièrement ses bijoux au bossu pour les vendre quand elle avait besoin d'argent. Il les prenait et lui donnait le prix que les pièces avaient atteint sur le marché. C'était une fortune : des millions et des millions de francs... Mais comme il l'aimait, il faisait des copies des bijoux qu'il vendait pour elle en strass ou en verre, et les lui donnait. La vue de la danseuse n'était pas très bonne alors, et elle tenait les faux dans ses mains comme si c'étaient les originaux. Elle savait qu'ils étaient faux, mais elle les aimait tout autant. Elle leur parlait. Vous savez comment sont les gens qui vivent seuls.

– Oui, dit Zed. Mais ce n'est pas tout, n'est-ce pas ?

– Non. Apparemment, après la mort du bossu, on a consulté ses livres de comptes et on n'a pas retrouvé la moindre trace de ses ventes. Personne ne savait non plus qui avait fait les copies, ce qui était vraiment surprenant, parce que tout doit être consigné et reconsigné pour les impôts.

Le baron s'interrompit de nouveau, mais Zed le regardait toujours avec ses étranges yeux piquetés d'or.

– Le bijoutier qui racontait l'histoire est sorti dîner avec l'un des partenaires de l'entreprise. C'était un très vieil homme – je veux parler de l'associé – qui n'en avait plus pour très longtemps, mais il avait été l'apprenti du bossu pendant toutes ces années, et il a juré que celui-ci n'avait jamais vendu les bijoux : il les avait simplement rendus à *La Rondine* et lui avait donné de l'argent de sa propre poche. Bien sûr, on peut dire que c'était un homme très riche, mais je n'ai jamais entendu dire que les riches étaient connus pour leur générosité. Il devait beaucoup l'aimer.

– Et personne n'en a jamais rien su ? demanda Zed.

– Seulement cet apprenti, qui n'a rien dit jusqu'à ce qu'il apprenne que le bossu était mourant. Je crois qu'il en avait assez d'entendre dire que les bijoutiers étaient avides et rapaces.

– Je vois. A-t-il dit quelque chose d'autre au sujet de ce qui est arrivé à La Rondine ?

– Elle est retournée à Vienne, dit le baron en détournant le regard. Elle était originaire de cette ville, et l'un de ses parents l'a recueilli : son neveu, un conseiller, un homme désagréable et suffisant, qui se plaignait d'avoir à s'occuper d'elle. Elle a rendu l'âme chez lui, et tout le monde pensait qu'elle était morte sans argent. Apparemment elle avait légué une vieille malle contenant toutes ses possessions à une orpheline avec laquelle elle s'était liée d'amitié. (Il fit une pause.) Les bijoutiers se demandaient quelle tournure tout cela allait prendre.

Le baron avait terminé.

– Et vous avez raconté cette histoire à votre nièce ? demanda Zed. À Frau Edeltraut ?

– Oui, je l'ai fait. Mais je jure que je ne savais rien, y compris quand j'ai rencontré Annika, avant l'arrivée des Egghart. En fait, Edeltraut était désespérée. Elle avait tout tenté pour sauver Spittal.

Zed hocha la tête.

– Bien sûr. Merci, monsieur.

– Tu me crois, n'est-ce pas ?

– Oui, je vous crois.

– Non que cela ait de l'importance : je suis trop vieux pour me soucier du futur. Je ne te l'aurais pas dit, mais l'histoire des caoutchoucs... Annika est une gentille petite fille. Si Edeltraut a pris les bijoux de l'enfant, elle aurait dû les partager. On ne vole pas sa propre fille.

Zed avait fini son récit.

– Alors vous voyez, dit-il en regardant autour de lui dans la cuisine des professeurs. Si l'histoire est vraie et que les bijoux de la malle avaient une valeur inestimable, Annika a été cruellement volée.

28

À la recherche de preuves

Et voici que maintenant le professeur Julius se transformait en fin limier.

– Nous devons avoir des preuves avant d'accuser Frau Edeltraut, avait-il déclaré quand Zed eut fini de parler. Je pense que Zed dit la vérité, mais il pourrait y avoir une autre explication à la disparition de la malle.

– Quelle sorte d'explication ? demanda le professeur Gertrude.

– Je ne sais pas. Mais je suis sûr que Zed sera d'accord avec moi : nous devons pousser plus loin notre enquête avant d'affronter Frau Edeltraut.

– Oui, tout à fait. C'est en partie la raison pour laquelle je suis venu ici. Je ne sais même pas si une mère a le droit ou non de toucher aux biens de sa fille. Peut-être n'a-t-elle pas commis de crime aux yeux de la loi.

Les professeurs hochèrent la tête.

– Pour la loi autrichienne, c'est assurément un crime. Les biens d'un mineur doivent être gardés en fidéicommis jusqu'à sa majorité, à savoir vingt et un ans. Mais la loi peut être différente en Allemagne.

302

Le professeur Julius dressa donc la liste de tous les bijoutiers de Vienne et se mit au travail. Il les visita l'un après l'autre, pour retrouver la trace de l'homme qui avait entendu l'histoire du bijoutier Fabrice et de la grand-tante des Egghart aux bains de Haxenfeld. Le professeur Gertrude lui apporta son aide, mais avec modération. Elle était si timide qu'entrer dans une bijouterie pour poser des questions la mettait terriblement mal à l'aise, et elle se sentait toujours obligée d'acheter quelque chose pour compenser le temps qu'avait perdu le bijoutier avec elle. Si bien qu'elle revenait avec des cendriers en argent, des coupe-cigares et des dés à coudre dont elle n'avait nul besoin et qui, ajoutés les uns aux autres, revenaient très cher.

Elle était également très occupée avec sa nouvelle harpe. Les harpes doivent mûrir doucement, comme les fruits, et bien que sa merveilleuse harpe de concert soit arrivée mature et accordée, c'était un travail de patience de la maintenir au ton voulu. Des bruits métalliques et liquides provenaient de la chambre de Gertrude chaque fois qu'elle avait un moment de libre, mais certaines fois elle se sentait fort triste, parce qu'elle savait que sa nouvelle harpe n'atteindrait son plein aboutissement que dans les dernières années de sa vie, quand elle-même sans doute serait morte.

Quant au professeur Emil, il n'apportait pas sa contribution aux investigations chez les bijoutiers, car il avait été envoyé en Suisse pour enquêter sur Herr von Grotius, le supposé parrain d'Edeltraut, et pour trouver sa tombe si possible.

Zed avait eu l'intention de rester à Vienne seulement le temps de raconter l'histoire d'Annika puis de repartir, mais le professeur Julius lui avait demandé d'y demeurer jusqu'à ce que toute l'affaire soit éclaircie.

– Nous pourrions avoir besoin de toi pour confirmer nos découvertes et les mettre en rapport avec ce qui s'est passé à Spittal.

Zed avait essayé d'argumenter :

– Je pense que je devrais y aller, monsieur. Il ne me reste presque plus d'argent et il faut que j'aille jusqu'en Hongrie.

– L'argent n'est pas un problème, lui répondit le professeur Julius. Tu peux rester avec nous. Ce ne devrait pas être long.

– Je pourrais dormir dans la cabane puisque ce n'est qu'une affaire de quelques jours, avait suggéré Zed.

Mais personne ne pensa que c'était une bonne idée. La cabane était une propriété privée : avec Rocco, Zed serait rapidement découvert.

– Il peut dormir dans le grenier d'Annika, proposa Ellie – ce qui montrait à quel point elle faisait confiance à Zed.

Mais celui-ci refusa :

– C'est le sien. Je ne voudrais pas... Ce ne serait pas bien.

Finalement ce fut Pauline qui décida où dormirait Zed :

– Il peut venir à la librairie. Nous installerons un lit de camp au fond, dans le magasin. Il pourra passer par le chemin de derrière pour aller voir Rocco. Grand-Père n'y verra aucun inconvénient. D'ailleurs il ne s'en apercevra probablement même pas.

Pauline avait su que Zed disait la vérité dès le moment où elle l'avait vu.

– J'ai toujours pensé que cela ne ferait aucun bien à Annika de devenir une « *von* », lui dit-elle.

Puis elle fit de son mieux pour que Zed soit confortablement logé. Certaines hôtesses apportent à leurs invités le petit déjeuner au lit ou mettent des fleurs dans leur chambre ; Pauline, elle, empila les livres qu'elle pensait intéressants pour lui sur la caisse d'emballage qui lui servait de table de chevet.

Elle lui apporta un ouvrage intitulé *les Chevaux célestes de l'empereur Wu-Ti*, lequel pensait que ses chevaux emportaient les âmes au ciel au moment de la mort ; un autre écrit par le duc de Newcastle qui traitait du dressage des chevaux ; également un des ouvrages les plus précieux de son grand-père, le traité *De l'Art équestre*, écrit par le célèbre général grec Xénophon il y a plus de deux mille ans.

Zed avait vu ce livre entre les mains du maître à Spitall. Il le prit religieusement. Sur la couverture, Xénophon chevauchait un étalon noir, sur un rivage de la mer Noire. Il tendait les bras vers le ciel, comme pour remercier les dieux à l'issue d'une marche de deux mille quatre cents kilomètres avec ses soldats, et il montait sans étriers !

Zed ouvrit le livre.

« Sur de telles montures même les dieux et les héros apparaîtront, et les simples mortels qui sauront monter ces chevaux sembleront magnifiques ! »

Il lisait encore à la lueur de la lampe à pétrole long-temps après que Pauline et son grand-père furent allés se coucher.

Mais quand il fut question d'approcher, d'admirer et de s'occuper de Rocco, Pauline tint à préciser à Zed que dans la réalité les chevaux la rendaient nerveuse.

– Rocco est simplement quelqu'un qui se trouve être un cheval, lui expliqua Zed.

Mais Pauline ne fut pas convaincue.

En revanche, pour les petits Bodek, Rocco était un miracle dont ils ne se lassaient pas. Ils sortaient en trombe de chez eux dès le matin pour se rendre à l'écurie avec des carottes et des morceaux de pomme qu'ils men-diaient à Ellie et que même Hansi ne mangeait que rare-ment. Le bébé, qui venait d'apprendre à marcher, lançait les mains en l'air et criait : « Monter, monter ! » chaque fois qu'il voyait Rocco. Quand Zed l'installait sur le dos du cheval, il y restait, ses grands yeux bleus écarquillés de peur, ce qui ne l'empêchait pas de pousser d'horribles hurlements quand il devait en descendre. Quant à Georg, il se réveillait la nuit tant il s'inquiétait à l'idée que Rocco, qui aimait boire à la fontaine, puisse avaler un poisson rouge.

Heureusement Stefan surveillait ses jeunes frères. Mais il fit plus que cela : il emmena Zed voir son oncle. Le forgeron ferra Rocco, mais ne voulut pas d'argent en retour. Quand il y avait des travaux divers à faire, Stefan les partageait avec Zed, ainsi que l'argent qu'ils gagnaient.

Zed lui avait dit que Rocco ne lui appartenait pas vraiment, et Stefan, d'habitude si placide, se fâcha.

– C'est complètement absurde. Tout le monde voit bien que c'est ton cheval. C'est comme si tu disais qu'Annika n'est pas à Ellie parce qu'Ellie n'est pas sa mère. Les gens sont à ceux qui s'en occupent.

Pour Zed, habitué à se débrouiller tout seul depuis que le maître était mort, la gentillesse qu'on lui prodiguait était miraculeuse. Sigrid coupa deux vieilles chemises qui appartenaient aux professeurs et s'en servit pour lui en confectionner une. La marchande de journaux lui donna un tapis de selle pour Rocco. Joseph, le garçon de café, mit de côté la paille de ses cageots pour la litière du cheval.

Ellie lui cuisina de la soupe de nouilles et des escalopes viennoises tellement grosses qu'elles recouvraient complètement son assiette.

– Tu es si mince. Il va falloir qu'on te fasse grossir, lui dit-elle en se penchant sur lui pendant qu'il mangeait.

Zed travaillait Rocco essentiellement le soir. Il le faisait trotter dans la rue qui menait au Prater et, dans le parc où les empereurs d'Autriche avaient chevauché depuis des siècles, il le faisait galoper.

Mais il n'allait pas toujours jusqu'au Prater. Parfois il se promenait simplement dans les rues et les places du quartier historique, et apprenait l'histoire de Vienne rien qu'en admirant ses immeubles.

Là, c'était la maison où Mozart avait écrit *la Flûte enchantée*, et là, le logement où Beethoven, alors qu'il était déjà sourd, avait martelé à mort les touches du

307

piano de sa logeuse. Devant l'université étaient érigés des monuments aux grands philosophes, aux célèbres scientifiques et explorateurs, et partout il y avait des statues équestres en pierre. Sur Heldenplatz, c'était la fameuse statue du prince Eugène, dont le poids du cheval portait sur un seul sabot. À proximité se trouvait l'archiduc Charles sur un grand cheval de bataille, et le maréchal Radetzky surveillait les rues derrière l'hôtel de ville.

Souvent, maintenant, Zed pouvait voir les vrais chevaux descendant des fabuleux destriers qui avaient été montés par ces illustres guerriers. Dans l'enceinte à ciel ouvert située à côté du palais de la Hofburg, il vit les lipizzans à l'entraînement, qui n'exécutaient pas de figures mais avançaient au pas, conduits par un palefrenier monté sur un autre cheval. Un soir, au coucher du soleil, il rencontra un cortège d'étalons blancs, aux caparaçons rouge et or, qui retournaient à la Stallburg après un entraînement au centre équestre.

Rocco, quand il les voyait, hennissait toujours en guise de salut, mais Zed le réprimandait.

– Ne rêve pas, Rocco, disait-il à son cheval. Nous allons vers une vie très différente.

Il était de plus en plus angoissé. Chaque jour passé à Vienne rendrait son départ plus difficile. Puis, une semaine exactement après l'arrivée de Zed, les professeurs reçurent un télégramme d'Emil.

« Le seul Herr von Grotius à Zurich est un cordonnier qui vit sur la rive nord du lac, et il n'est nullement mort.

308

Aucun autre von Grotius, vivant ou mort, n'existe dans la ville. »

– Eh bien, voici la moitié de la preuve. Il semblerait que Frau Edeltraut ait bel et bien menti, conclut le professeur Julius.

Deux jours plus tard, il visita une autre bijouterie. On le fit entrer dans le bureau du propriétaire, Herr Brett, qui lui déclara qu'il avait bien participé à un congrès à Bad Haxenfeld, et qui fut heureux de lui confirmer que l'histoire entendue malgré lui par le baron était véridique.

Aucun des enfants ne comprit pour quelle raison les professeurs ne se rendirent pas tout droit à la police.

– Si elle a inventé l'histoire de son parrain mort et si les bijoux sont vrais, elle est coupable, commenta Pauline, qui pensait que Frau Edeltraut devrait être jetée sur-le-champ dans un cachot.

Mais le professeur Julius prétendit que la preuve n'était pour l'instant que circonstancielle, et qu'on devait donner à la mère d'Annika une chance de s'expliquer avant qu'elle soit traînée devant les tribunaux.

– Après tout, inventer un parrain n'est pas un crime, et même s'il semble bien que l'histoire du bijoutier est vraie, nous n'avons pas encore de preuve absolue.

C'est pourquoi lui et son frère Emil prirent une décision courageuse. Ils se résolurent à se rendre à Spittal et de parler directement à Frau Edeltraut. Il était clair qu'ils espéraient qu'elle pourrait blanchir sa réputation d'une manière ou d'une autre. Comme le trimestre universitaire commençait la semaine suivante, ils voulaient partir tout de suite. Ils pensèrent qu'il valait mieux que le professeur Gertrude reste à Vienne, car il pouvait y avoir des problèmes.

Sigrid prépara donc deux sacs pour les professeurs au cas où ils manqueraient le train de nuit au retour de Spitall, et Ellie leur emballa des strudels au jambon et des bouteilles de limonade, parce que la nourriture dans le wagon-restaurant ne réussissait pas à Emil.

Presque deux heures avant le départ du train, il fallut, parce qu'ils aimaient être en avance, que les professeurs montent dans un fiacre pour se faire conduire à la gare.

Ils n'étaient partis que depuis quelques minutes quand Zed, qui venait de nettoyer la selle et le harnais de Rocco dans l'arrière-cuisine, monta trouver Sigrid.

– Ellie ne va pas bien. Elle pleure dans sa pâte à crêpe.

Sigrid se précipita en bas. Ellie ne pleurait pas dans sa pâte à crêpe (elle n'aurait jamais fait une chose pareille), mais ce qui était sûr, c'est qu'elle pleurait.

– Qu'est-ce qu'il y a, Ellie ? Que se passe-t-il ?

Ellie leva la tête.

– Je ne sais pas... C'est Annika. Je me fais du souci pour elle. Si je pouvais seulement la voir quelques instants pour m'assurer qu'elle va bien. Je n'aurais même pas besoin de lui parler, il suffit que je la voie, et je saurais.

Sigrid regarda la pendule.

– Eh bien, pourquoi n'y vas-tu pas, toi aussi ? Les professeurs n'y verraient aucun inconvénient.

Ellie la fixa avec des yeux ronds.

– C'est impossible.

– Mais si, c'est possible. Bien sûr, il faudrait que tu puises un peu dans tes économies pour le billet de train.

– Oh, ce n'est pas grave. J'y puiserais cent fois pour...

– Alors c'est parfait. Allez, je vais t'aider.

Les économies d'Ellie n'étaient pas en banque. Ellie ne faisait pas confiance aux banques. Elles se trouvaient dans un pot à confiture, lui-même à l'intérieur d'une boîte à biscuits ornée d'une photo de l'empereur. La boîte elle-même était logée dans une boîte à chapeau qui se trouvait au-dessus de l'armoire de sa chambre.

Parce qu'Ellie n'était pas une grimpeuse, c'était généralement Sigrid qui descendait l'argent de l'armoire.

– Il y en a beaucoup, constata Sigrid.

– Tu es sûre que tu pourras te débrouiller toute seule ? lui demanda Ellie d'une voix inquiète.

– Bien sûr. Zed m'aidera, n'est-ce pas ?

Zed hocha la tête affirmativement.

– Annika sera tellement contente de vous revoir, Ellie.

Et tandis qu'Ellie s'emmitouflait dans son manteau, il partit en courant chercher un fiacre rue Keller.

Les professeurs voyageaient en deuxième classe. Ils réservaient les compartiments de première classe avec leurs lumières roses et tamisées et leurs housses de siège empesées pour les occasions spéciales : les mariages et les enterrements.

Par contre Ellie, comme toute la classe laborieuse de l'empire, voyageait en troisième classe, ce qui signifiait être assis sur des housses en laine et partager la plupart du temps le voyage avec des cageots de poulets ou des paniers de lapins en route pour le marché.

311

Les voitures de troisième classe se trouvaient en queue de train, et ce fut seulement quand ils arrivèrent à Bad Haxenfeld que les professeurs aperçurent Ellie qui descendait sur le quai. Et là, ils se mirent en colère :

– Pourquoi ne nous avez-vous pas dit que vous veniez ? Voyager toute seule comme ça, ce n'était pas du tout nécessaire !

Devant la gare, ils dénichèrent un fiacre qui accepta de les conduire jusqu'à Spittal.

Le professeur Julius trouva le paysage intéressant : les fossés de drainage, les haies utilisées comme brise-vent, les rangs de betterave à sucre... Mais Ellie regardait autour d'elle avec consternation. Elle n'avait jamais vu un paysage aussi désolé.

Quand le fiacre les déposa devant la grille, les dimensions et la majesté de la demeure les impressionnèrent. Annika ne leur avait pas parlé des fenêtres à meneaux, des créneaux sur le toit, ni des impressionnantes grilles de fer qu'ils durent pousser avant de traverser la cour pavée jusqu'à la porte d'entrée.

Le professeur Julius tira sur la corde de la cloche, et ils entendirent son écho résonner dans les corridors de pierre.

Mais personne ne vint.

Le professeur tira de nouveau sur la corde. Toujours pas de réponse. À une fenêtre, ils aperçurent le visage d'une fille qui les regarda avant de disparaître.

– Elle est là, dit le professeur Julius.

– Non, dit Ellie, sûre d'elle. Ce n'était pas Annika.

Ils patientèrent. Puis, après avoir tiré une troisième fois sur la corde, ils entendirent des pas s'approcher, et une femme avec une coiffe et un tablier de coton gris ouvrit lentement la porte.

– Nous sommes venus voir Frau von Tannenberg, annonça le professeur Julius. Elle doit nous attendre, nous lui avons envoyé un télégramme.

Il sortit une carte de visite de la poche de sa veste, mais la domestique ne fit pas un geste pour la prendre.

– Elle n'est pas là. Elle est partie.

– Nous pourrions peut-être attendre son retour ?

La femme secoua négativement la tête.

– Elle est en voyage d'affaires. Elle ne reviendra pas avant une semaine.

– Savez-vous où elle est allée ?

La bonne hésita, regardant ses pieds.

– En Suisse, dit-elle finalement. Herr Oswald est parti avec elle.

– Et Annika ? demanda le professeur Emil. Pourrions-nous voir Annika ? Nous sommes de vieux amis de Vienne.

Autre signe de tête négatif.

– Est-elle également allée en Suisse ?

– Non, je ne sais pas où est allée Annika, soupira la bonne. On ne nous l'a pas dit. Ici, il n'y a que moi et ma fille.

Elle ne fit pas un geste pour les inviter à entrer et leur montrer la maison. À moins de l'assommer, il n'y avait aucun moyen de pénétrer dans la maison d'Annika.

313

– Et la cousine d'Annika, Gudrun, nous pouvons la voir ? Nous aimerions lui laisser un message pour Annika.

Ellie venait de parler pour la première fois, et la bonne fit une moue dédaigneuse en entendant son accent viennois.

– Fräulein von Seltzer et sa mère sont chez elles.

– Et où est-ce ? demanda le professeur Julius.

– À Felsenheim.

Là-dessus, elle leur claqua la porte au nez.

Ils regagnèrent la route et arrêtèrent un fermier qui passait dans sa charrette. Celui-ci ne se contenta pas de leur expliquer où se trouvait Felsenheim, mais les déposa à l'orée de la forêt.

Mathilda et Gudrun étaient toutes les deux à la maison. Quand elle vit un groupe de personnes arriver sur le chemin, Mathilda s'en trouva ravie. Elle était seule, elle s'ennuyait et elle était très contrariée parce que sa sœur, qui avait emmené Oswald en Suisse, avait refusé qu'elle les accompagne. Mais lorsque les professeurs se présentèrent, plantés au milieu des bois de cerf et des têtes empaillées du vestibule, elle recula. Manifestement, comme la servante de Spittal, elle était tenue de ne rien dire.

Mais maintenant Ellie était d'une humeur implacable.

– Pourrais-je parler à Gudrun, s'il vous plaît ? dit-elle. Nous voudrions lui laisser un message pour Annika. Je sais qu'elles étaient de bonnes amies.

Mathilda hésita. Mais à ce moment Gudrun entra dans la pièce. Elle portait une écharpe rouge qu'Ellie

314

reconnut immédiatement : son cœur se mit à battre. Avaient-elles tué Annika, l'avaient-elles enterrée et avaient-elles pris ses vêtements ? Rien ne semblait impossible dans cette étrange contrée.

Gudrun avait de nouveau un air pâle et triste. Le stock de beaux vêtements paraissait s'être épuisé, sa mère et sa tante s'étaient querellées, et elle était seule. Elle avait écrit trois fois à Hermann et n'avait pas reçu une seule ligne en réponse.

Et elle était jalouse d'Annika.

– Ils l'ont envoyée dans un palais, dit-elle à Ellie. Je voulais y aller aussi, mais ils ont refusé.

– Un palais ? questionna Emil. Quelle sorte de palais ?

– Gudrun, tais-toi, lui enjoignit Mathilda.

Gudrun ignora les directives de sa mère.

– Il s'appelle Grossenfluss. Il est près de Potsdam et il est magnifique.

– Ça suffit, Gudrun, dit Mathilda.

Prenant sa fille par le bras, elle la fit sortir sans ménagement de la maison.

À Bad Haxenfeld, les professeurs constatèrent qu'ils avaient une demi-heure à attendre avant de reprendre le train pour Vienne. Leur visite avait été très insatisfaisante, mais il n'y avait plus rien à faire pour le moment.

Le problème, c'est qu'Ellie semblait être devenue folle.

– Je ne reviens pas à Vienne, monsieur, annonça-t-elle. Je dois aller voir par moi-même.

– Voir quoi par vous-même ?

– Grossenfluss. Ce palais. Que fait Annika dans un palais ?

– Ellie, pour l'amour de Dieu ! Qu'iriez-vous faire là-bas ? Si Annika est dans un palais, elle ne peut pas s'y trouver mal.

Mais Ellie ne voulait rien entendre.

– Je dois aller y voir de mes propres yeux. Je rattraperai le temps perdu à la maison. Je travaillerai tous les dimanches du mois prochain. Il y a un train pour Potsdam le matin, je dormirai dans la salle d'attente.

– Ellie, vous ne pouvez pas rester ici toute la nuit.

– Je serai très bien, dit Ellie. J'ai pris beaucoup d'argent.

Mais en vérité elle n'avait pas l'air d'aller si bien que cela. Julius et Emil se regardèrent. Ils imaginaient la suite, et ils étaient fort mécontents. Ils aimaient beaucoup Ellie, mais enfin, on ne reçoit tout de même pas d'ordre de sa cuisinière...

29

Le palais de Grossenfluss

Gudrun n'avait pas menti. Grossenfluss était un palais. Un palais immense et magnifique, peut-être le plus grand et le plus magnifique de la Prusse orientale. Il avait été construit en 1723 par le prince Mettenburg. Sa façade frontale mesurait quatre cents mètres de long. Le toit était décoré d'une centaine de guerriers de plomb qui tendaient leur arc. Les créneaux et les corniches étaient chargés de sculptures guerrières : têtes de Turcs capturés, heaumes transpercés, épées croisées et chevaux de cavalerie aux naseaux fumants. De chaque côté de la porte principale se dressaient deux héros de pierre, écrasant un traître qui se tordait sous leur pied.

À l'intérieur il y avait des corridors voûtés, des fenêtres à meneaux et un escalier monumental de marbre à trois étages.

Mais dans ce palais, qui semblait avoir été construit par des ogres ou des géants, ne se déroulaient plus jamais de réceptions luxueuses. Il était devenu une école.

Cependant ce n'était pas une école ordinaire : c'était un établissement pour les filles de la noblesse, et un endroit très sélect et très spécial comme Frau Edeltraut l'avait expliqué à Annika le jour où elle lui avait finalement révélé la surprise qu'elle avait préparée pour elle.

– Quelle bonne nouvelle ! avait dit Frau Edeltraut en prenant la main d'Annika. (Elles étaient assises côte à côte sur le sofa de son boudoir.) On t'a acceptée !

– Qui ? demanda Annika, déconcertée. Qui m'a acceptée ?

– Les dames de Grossenfluss ! La commission ! Tu peux y entrer dès la semaine prochaine.

Annika était totalement perdue.

– Mais qu'est-ce que c'est, Grossenfluss ?

– Oh, Annika, fit Frau Edeltraut en se mettant à rire joyeusement, j'oublie toujours où tu as été élevée. Grossenfluss est l'une des plus célèbres écoles d'Allemagne. Elle n'accepte que des filles de la noblesse et leur apprend à devenir des femmes dignes de la patrie, capables de trouver leur place partout dans la société. La directrice, Fräulein von Donner, s'est vue décerner l'ordre du Poing fermé, l'un des plus hautes récompenses remises par l'empereur, et qui est très rarement accordée à une femme. J'avais tellement peur qu'elles ne te laissent pas entrer à cause de... eh bien, de ton père. Je ne pouvais pas jurer de la pureté de son sang. Mais quand je leur ai dit quelle bonne fille tu étais, elles ont cédé. Je ne peux te dire à quel point je suis heureuse pour toi. Ton avenir est assuré. Les filles qui sortent de Grossenfluss peuvent devenir dames d'honneur ou dames de compagnie de veuves de haute naissance. Rien n'est impossible pour elles.

– Mais... vous voulez dire que je dois partir ? Que je vais rester à l'école tout le temps, comme Hermann ?

– Eh bien oui, naturellement, ma chérie. Tu auras tellement de choses à apprendre, encore plus que les filles qui ont été élevées dans une bonne maison depuis leur plus jeune âge. De toute façon le temps passera vite. Dans sept ans, tu seras prête à sortir de nouveau dans le monde, et tu verras comme tu seras reconnaissante aux gens qui t'auront tant apporté.

Annika s'était levée du divan et s'était approchée de la fenêtre, tournant le dos à sa mère.

– Je ne veux pas partir, dit-elle, essayant de garder une voix calme. Je viens de vous retrouver. Je viens juste d'arriver.

– Maintenant, ma chérie, tu ne peux plus parler comme une petite fille ordinaire, comme une servante. Dans notre milieu, dans la classe à laquelle tu appartiens désormais, nous sommes habitués à penser à l'avenir. On nous apprend à réussir, à conquérir et à ne rien laisser nous faire obstacle.

Annika était submergée par le chagrin. Elle devait s'en aller, non pas pour retrouver Vienne mais pour rejoindre des étrangers, un monde dont elle ne connaissait rien. Incapable de se retenir, elle se jeta en pleurs dans les bras de sa mère.

– Je vous en prie, je vous en prie, ne me laissez pas partir, je ferai n'importe quoi mais, s'il vous plaît, ne m'envoyez pas là-bas ! supplia-t-elle en posant sa tête sur les genoux de sa mère.

C'était la première fois qu'elle osait ce geste.

– Annika, ma très chère enfant, tu me brises le cœur, gronda Edeltraut en caressant les cheveux de sa fille. J'étais tellement sûre que tu serais ravie. Pense à Hermann.

– Mais je ne suis pas Hermann, je suis moi, et je ne veux pas être une dame d'honneur. Je veux simplement être à la maison. S'il vous plaît, s'il vous plaît, ne me laissez pas partir. Je ferai n'importe quoi...

Mais les mains d'Edeltraut se retiraient maintenant des cheveux d'Annika. Elle se raidit, repoussa doucement sa fille.

– Ma chérie, tu ne veux pas me décevoir, n'est-ce pas ? Tu ne veux pas me faire regretter d'être venue te chercher ? (Elle prit une voix ferme.) Nous partirons la semaine prochaine.

En fin de compte, ce fut Mathilda qui conduisit Annika à Grossenfluss, Frau Edeltraut étant appelée en Suisse pour régler une affaire urgente au sujet du testament de Herr von Grotius, et elle emmenait Oswald.

– Ces affaires sont toujours longues et compliquées, expliqua-t-elle à Annika. Mais ne t'inquiète pas, Mathilda veillera à ce que tu arrives là-bas sans encombre.

Il n'y avait aucune course à faire pour préparer le départ d'Annika. C'était la vieille princesse Mettenburg, l'arrière-petite-fille de l'homme qui avait construit le palais, qui l'avait transformé en une école où les filles de bonne famille étaient éduquées pour faire honneur à la patrie. L'uniforme était fourni, et il n'y avait pas de droit d'entrée à payer. La princesse était très riche, c'était sa façon d'aider le pays.

– Bien sûr, la discipline est stricte, dit Mathilda quand elles s'installèrent dans le train. Mais tu vas très vite t'y habituer. Gudrun est très jalouse de toi, qui vas vivre dans un si splendide palais.

– Est-ce que Gudrun viendra aussi ? demanda Annika. Elle est de beaucoup plus haute naissance que moi.

– Gudrun a les poumons fragiles, répondit Mathilda en détournant la tête pour éviter de rencontrer les yeux d'Annika.

Elles descendirent du train à Potsdam, et une voiture fermée envoyée par l'école les conduisit à Grossenfluss. Annika ne voyageait jamais longtemps enfermée dans un véhicule sans être malade, et elle le fut tellement que lorsqu'elle aperçut la façade du palais s'élever dans la brume, elle en fut presque soulagée.

– Enlevez votre robe.

Annika fit glisser sa robe par-dessus sa tête, et une dame qui avait des insignes accrochés sur les revers du col de sa blouse noire la prit et l'accrocha dans un placard.

– Votre numéro est le numéro 127, souvenez-vous de cela. Tout ce que vous possédez ou portez doit avoir ce numéro. Maintenant essayez l'uniforme.

Annika avait déjà vu l'uniforme sur les petites filles qui marchaient la tête baissée et les bras croisés dans le couloir de pierre : il était noir avec d'épaisses rayures vertes, un col noir amidonné et un tablier également noir.

Elle le passa par-dessus la tête, et la couturière l'ajusta.

– Mais il a été porté ! dit Annika.

– Bien sûr qu'il a été porté, répliqua la couturière. Vous ne vous attendiez quand même pas à en avoir un neuf. Quand il sera trop petit pour vous, il ira à une autre fille. *Économie et discipline*, telle est notre devise. Maintenant venez ici et laissez-moi vous coiffer.

– Je me suis brossé les cheveux il n'y a pas longtemps.

– Ils ne peuvent pas rester comme cela. Ils doivent être attachés en arrière.

Elle prit une poignée d'épingles à cheveux et se mit à les piquer dans les mèches et la nuque d'Annika.

– Ne bougez pas.

Annika ne bougea pas. Elle eut alors la sensation qu'elle ne bougerait plus jamais.

– Maintenant voici vos vêtements de nuit et vos sous-vêtements. Tout ce que vous avez apporté avec vous doit être remis. Les livres, l'argent, les lettres... Vous pouvez garder votre brosse à cheveux et votre Bible. Et souvenez-vous que vous êtes le numéro 127. Votre numéro est ce que vous avez de plus important.

Il y avait un miroir accroché contre l'un des murs de la pièce. Annika, en se retournant, vit s'y refléter une sorte de prisonnière, une fille en uniforme à rayures qui pouvait se faire abattre par un gardien si elle essayait de s'échapper. Prisonnière 127.

Une pâle et sombre fille nommée Olga von Seefeld fut nommée responsable d'Annika. Elle lui expliqua les règles. Ne pas parler dans les couloirs, ne jamais courir, seul l'escalier de service devait être utilisé par les élèves – l'escalier principal était réservé aux enseignants –, une grande révérence chaque fois qu'elle rencontrait un professeur, une petite révérence pour les filles plus âgées qu'elle.

– Peut-on écrire des lettres ? lui demanda Annika. Nous laisse-t-on avoir des timbres ?

' – On nous permet d'écrire une lettre par mois, mais les professeurs doivent d'abord la lire. Si nous écrivons qu'on s'ennuie de nos parents ou que la nourriture est mauvaise ou quelque chose comme ça, la lettre n'est pas envoyée et nous sommes punies. Tu ne pourras pas écrire ta première lettre avant un mois, il faut se trouver ici depuis au moins un mois pour y avoir droit. Tu ne peux pas non plus recevoir de lettre avant ce délai. C'est pour que tu aies le temps de t'adapter.

Annika trouva le courage de lui poser la question :

– Est-ce que tu es... heureuse ici ?

Les yeux sombres d'Olga se posèrent un moment sur le visage d'Annika.

– C'est un privilège d'être ici et d'apprendre à faire honneur à la patrie, répondit-elle d'une voix sans timbre.

Elle emmena Annika rejoindre la rangée des filles, qui attendait d'entrer dans la salle à manger pour le dîner. Une cloche retentit, elles se dirigèrent en traînant les pieds vers une pièce nue et voûtée aux tables recouvertes de linoléum vert. En face de chaque fille se trouvait une assiette de ragoût consistant essentiellement en pommes de terre, mais la fille qui était en face d'Annika avait le visage penché sur autre chose : un bol de riz collant parsemé de quelques morceaux de champignons déshydratés.

– C'est Minna, chuchota Olga. Elle n'a pas fini son assiette au déjeuner car elle déteste les champignons, et c'est pour cela qu'elle est obligée de les manger au dîner. Et si elle ne les mange pas au dîner, elle les aura de nouveau au petit déjeuner. C'est la règle, il ne faut pas gaspiller la nourriture.

La cloche retentit de nouveau et les filles récitèrent le bénédicité avant de s'asseoir. En avalant son ragoût insipide, Annika sourit à Minna. Mais Minna ne lui rendit pas son sourire. Elle saisit sa cuiller, et deux grosses larmes roulèrent sur ses joues.

– Un jour une fille a été obligée de manger son petit déjeuner pendant deux jours de suite, reprit Olga. À la fin elle en est tombée malade, et on a dû arrêter.

Après le dîner on récitait des prières dans le hall et, pour la troisième fois, la cloche sonnait pour que les filles se rassemblent dans les dortoirs. Dans celui d'Annika il y avait trente lits en fer garnis chacun d'une couverture grise. Il n'y avait pas de rideaux entre les lits, mais des casiers vides. Sur un quatrième coup de cloche, les filles avançaient en rang dans leur chemise de nuit réglementaire en flanelle, puis s'agenouillaient. Et sur un dernier coup de cloche, elles se relevaient et se glissaient dans leurs draps rêches.

Puis la lumière s'éteignait.

C'était la vieille princesse Mettenburg qui avait transformé Grossenfluss en école, mais elle-même ne vivait plus dans le palais. Une fois par mois elle venait inspecter à la fois les écolières et les enseignants, et toutes les deux semaines elle envoyait quelques-uns de ses musiciens donner des concerts de musique patriotique pour les élèves. C'était la principale, Fräulein von Donner, qui dirigeait l'école.

Quiconque avait déjà rencontré Fräulein von Donner ne pouvait être surpris qu'elle fût la seule femme en Allemagne à avoir reçu l'ordre du Poing fermé. C'était un terrifiant personnage à moustache, aux cheveux gris implacablement tirés en arrière et ramassés en chignon, et munie d'un pince-nez accroché à une chaîne en métal. Elle s'était luxé une hanche dans son enfance, aussi marchait-elle avec une canne. Le bruit sourd de sa canne retentissant dans les corridors faisait le même effet que la cloche des vieux pestiférés annonçant une mort.

Le deuxième jour, on emmena Annika voir la principale.

Elle était assise à son bureau. Derrière elle s'affairait son adjointe, mademoiselle Vincent, une femme au visage mince et blême qui se déplaçait comme une anguille, glissant dans un mouvement onduleux, tête pointée en avant.

– Vous connaissez notre devise : *Économie et Discipline* ?

– Oui, Fräulein von Donner.

– Pour vous, il sera nécessaire d'être particulièrement attentif, étant donné la vie que vous avez menée avant. Les écarts de conduite dans votre cas seraient particulièrement graves.

– Oui, Fräulein von Donner.

– Nous ferons de notre mieux pour vous former à devenir une fille digne de la patrie.

– Oui. Mais l'Allemagne n'est pas ma patrie. Je suis autrichienne. Du moins je l'étais.

Fräulein von Donner la regarda comme si elle ne pouvait en croire ses oreilles. Elle tripota les trois clés qui pendaient autour de son cou : la grande clé de la porte d'entrée, la moyenne clé de la salle d'isolement, où l'on enfermait les filles récalcitrantes, et la plus petite de toutes – qui était aussi la plus importante – la clé du cagibi où se trouvait le téléphone récemment installé.

– Je vous donne un conseil : ne mentionnez jamais cela. N'y pensez pas non plus.

Sur ces mots, elle congédia Annika.

La première semaine, Annika espéra encore. Elle espérait que sa mère avait eu de bonnes intentions, et qu'elle pourrait découvrir quelque chose de bon dans sa nouvelle vie. Peut-être y aurait-il un professeur qui rendrait sa matière intéressante, ou une fille qui lui témoignerait de l'amitié...

Elle se mit à travailler dur. Elle apprit à descendre l'escalier avec des billots de bois sur la tête pour obtenir un dos droit comme un *i* et à réciter l'arbre généalogique des familles nobles d'Europe qui figuraient dans le *Gotha*. Elle apprit également des poèmes à la gloire de la guerre, ainsi que des règles de savoir-vivre – par exemple, qui devait avoir la préséance à table sur un maréchal. Il y avait quand même quelques cours indispensables, mais peu, car les professeurs étaient aussi intimidés et malheureux que les élèves, et le son de la canne de la directrice dans le corridor leur faisait oublier toute idée de grammaire ou d'arithmétique.

L'après-midi, s'il ne pleuvait pas, on emmenait les élèves en promenade, en rang par deux, mais elles n'avaient pas le droit de choisir leur compagne de route, de crainte que ne se nouent des amitiés particulières. La promenade durait exactement quarante minutes, depuis le départ dans l'allée et la marche le long de la grille du parc en direction du village jusqu'au retour par le petit chemin derrière le palais. En dehors de ces quarante minutes, il était interdit de sortir.

La mère d'Annika lui avait expliqué qu'il était difficile d'entrer dans cette école, pourtant elle avait l'impression que toutes les filles n'étaient là que parce que leur famille n'en voulait pas. La mère d'Olga était morte, et sa belle-mère ne l'aimait pas. Ilse avait un pied bot et ses sœurs se moquaient d'elle. Hedwig avait été élevée par ses grands-parents, qui trouvaient qu'elle était une charge trop lourde pour eux.

– Tiens-le toi pour dit, conseilla-t-elle à Annika. Nous sommes ici pour être mises à l'écart et parce que nous n'avons pas d'argent. La patrie pourrait très bien se passer de nous.

La nourriture était pire qu'Annika aurait pu l'imaginer, et les punitions étaient illimitées : rester enfermée dans un placard obscur, rester agenouillée sur des petits pois secs... On servit à Minna son petit déjeuner quatre fois de suite, après quoi on l'enferma dans la salle d'isolement pendant une semaine.

Annika perdit du poids. Elle avait des nuits agitées. Un jour elle demanda à Olga ce qui était arrivé à l'élève numéro 126.

– Hedwig est le numéro 125 et je suis le 127, mais qui est le 126 ?

Olga baissa les yeux.

– Nous ne sommes pas autorisées à parler d'elle.

Annika crut deviner :

– Elle est morte, n'est-ce pas ? Elle est morte à l'école ?

– Ne me demande plus rien, dit Olga. J'aurais des ennuis.

Mais Annika ne renonçait pas aussi facilement.

– Comment était-elle ? Comment était-elle ?

– Elle avait de beaux cheveux, se contenta de répondre Olga – Puis elle s'échappa.

Malgré tout, il y avait en Annika une part d'elle-même qui n'était pas totalement désespérée. Elle se forçait à se rappeler certains détails de sa vie à l'époque où elle était heureuse, active et épanouie. Ainsi, couchée dans son lit, la nuit, Annika, quand elle se sentait complètement envahie par la souffrance, se retraçait les moments qu'elle passait dans la cuisine d'Ellie et se souvenait de la préparation de la carpe de Noël. Elle n'omettait rien : au début elle passait le poisson quatre fois sous l'eau froide, puis elle préparait la marinade : oignons hachés, herbes, citron et vin blanc ; pas n'importe quel vin blanc mais le meilleur, du chablis, que Sigrid était allé chercher pour elle à la cave.

Couchée dans son lit glacial et étroit, Annika passait en revue toutes les étapes de la préparation, et quand elle arrivait au moment où Ellie, après avoir descendu le livre noir de l'étagère, lui disait d'écrire à la suite de la recette : « Une pincée de noix de muscade enrichira le goût de la sauce », elle s'endormait.

Mais vint la nuit où elle repensa aux ingrédients de la farce : truffes et céleri haché, rayon de miel râpé, zestes de citron et purée de châtaignes... Seulement il y avait une autre chose. Une chose vraiment importante. Pas des prunes hachées. La marchande de journaux lui avait suggéré des prunes hachées, mais Annika n'avait pas suivi son conseil. Pourtant c'était quelque chose comme des prunes... Mais qu'est-ce que c'était donc ? Si elle oubliait cela, si elle oubliait comment cuisiner, tout était perdu.

Elle s'assit dans son lit au milieu du dortoir où les filles ronflaient, reniflaient et gémissaient dans leur sommeil, mais elle ne put s'en souvenir.

Alors elle se sentit vaincue, et elle sombra dans un espace obscur où personne ne pouvait l'atteindre.

30

La Suisse

– Je pense que Herr Zwingli a raison, déclara Edeltraut en sirotant son café. Nous vendrons la broche-papillon ensuite. Elle rapportera assez d'argent pour terminer les réparations de Spittal et nous permettre de vivre dans le confort pendant deux ou trois ans.

– Et Felsenheim, intervint Oswald. Les réparations de Felsenheim ne sont pas finies, et Mathilda veut une nouvelle voiture.

Edeltraut reposa bruyamment sa tasse.

– Oswald, combien de fois dois-je te dire qu'Annika est ma fille, pas celle de Mathilda. Quand Annika a renoncé par écrit à ses biens, elle l'a fait en ma faveur, pas en la tienne ni en celle de ta femme.

– Oui, oui, bien sûr. Mais Mathilda pense...

– Ce que pense Mathilda ne m'intéresse pas. Je ferai exactement ce que suggère Zwingli et vendrai les pièces l'une après l'autre pour ne pas attirer l'attention. Après la broche-papillon, je vendrai les émeraudes, et puis des boucles d'oreilles. Et je pense que pour l'étoile de Kazan, le bijoutier a raison : il faudra la vendre en dernier. C'est une pièce trop remarquable. On pourrait nous poser des questions.

Ils étaient assis à une table de l'un des plus luxueux cafés donnant sur le fleuve. Près d'eux, un châtaignier en fleur ; des bacs de fleurs égayaient le trottoir ; tout étincelait de propreté : les rues, les édifices, les gens.

Se procurer la malle avait été ridiculement facile. Dès qu'elle avait reçu le billet du chef de gare lui annonçant qu'une malle qui lui était adressée l'attendait à Bad Haxenfeld, Edeltraut s'y était rendue avec Oswald.

Ils l'avaient chargée dans la voiture, avaient roulé jusqu'à un hangar situé dans un lieu reculé du domaine de Spittal et avaient caché les bijoux dans la gibecière en cuir d'Oswald qui fermait à clé. Ils avaient attendu que la nuit tombe, avaient jeté la malle dans le lac et étaient retournés chez eux.

Mais bien sûr, la bataille n'était qu'à moitié gagnée. Il fallait qu'ils s'assurent que l'histoire que le baron avait racontée à Bad Haxenfeld était vraie et que les bijoux étaient authentiques, et à cette fin ils étaient allés à Zurich.

Zurich est la plus grande ville de Suisse, et c'est aussi une belle cité édifiée sur les deux rives d'un fleuve aux eaux vertes et impétueuses, qui se perdent dans un grand lac entouré de montagnes. Les rues de Zurich sont coquettes, les boutiques somptueuses et les hôtels aussi confortables que des palaces.

Mais ce qui rend Zurich important aux yeux du monde, ce sont ses banques. Nombre des plus célèbres banques du monde ont leur siège dans cette ville. En plus d'être célèbres, elles sont discrètes et sûres. Dans leurs coffres-forts secrets, les gens peuvent déposer leur argent, leurs lingots d'or ou leurs bijoux qu'ils enferment dans des boîtes numérotées, et personne ne leur pose aucune question sur ce qu'ils ont déposé et pour combien de temps.

Outre les banques, la ville possède les meilleurs bijoutiers, avocats et comptables d'Europe.

C'était à la société Zwingli und Hammermann, le bijoutier le plus connu de Zurich, qu'Edeltraut, avec Oswald et Mathilda, avait présenté les bijoux, et tandis qu'ils les déballaient et les posaient sur le feutre vert de la table de la chambre forte de Herr Zwingli, leurs cœurs battaient la chamade.

– Je ne peux pas vous donner mon avis sur ces bijoux tout de suite, dit le bijoutier. Je dois les montrer à mes experts.

Il leur donna un reçu après avoir examiné les documents qui délivraient tous droits à Frau Edeltraut sur ces bijoux. Ils attendirent deux jours dans leur hôtel le verdict des experts. Ce furent les deux plus longs jours de leur vie. Mais quand ils retournèrent à la bijouterie, ils comprirent, à la vue du sourire rayonnant de Herr Zwingli, que leurs ennuis étaient terminés.

– Toutes les pièces sont authentiques, et je dois avouer qu'il y a longtemps que je n'ai vu une collection aussi précieuse.

Il suggéra qu'il serait sage de vendre les pièces l'une après l'autre, avec un intervalle entre chaque vente, et de conserver le reste dans un coffre de la chambre forte de la banque centrale.

– Vous devriez avoir assez pour vivre le restant de votre vie dans le confort, avait-il dit.

Aussi Edeltraut avait-elle pris des dispositions pour la vente des rubis birmans. C'était l'argent de ces bijoux qu'ils avaient dépensé pour les réparations et les changements de Spittal, ainsi que pour les frais de scolarité de Hermann.

Aujourd'hui cependant, ils avaient besoin de plus d'argent, et ils étaient retournés à Zurich pour organiser la vente de la broche-papillon. Herr Zwingli avait envoyé une description de celle-ci à un client en Amérique, lequel était prêt à payer une fortune pour la posséder.

Quand ils eurent réglé l'affaire, ils descendirent la rue principale en s'arrêtant devant toutes les vitrines, dont les objets étaient aussi nettement disposés que dans un musée.

– Mathilda m'a demandé de lui trouver un manteau de vison, se risqua Oswald.

– Oh, vraiment ? dit Edeltraut. Pourrais-je te faire remarquer que la dernière fois que j'ai amené Mathilda ici, je lui ai permis de dépenser une fortune en vêtements pour elle et pour Gudrun, mais ça suffit comme ça.

Oswald haussa les épaules. Il était complètement sous la coupe d'Edeltraut. Ce qui ne l'empêcha pas de rester les yeux fixés sur un pistolet à crosse de nacre dans la vitrine d'un armurier, et cela si longtemps qu'en fin de compte Edeltraut le lui acheta. Elle n'avait pas besoin de sa sœur, mais de lui, oui.

Plus tard, comme ils dînaient dans un restaurant prestigieux qui dominait la ville, Oswald souleva la question d'Annika.

– Crois-tu que Grossenfluss soit vraiment un bon endroit pour elle ?

– Bien sûr que je le crois, sinon je ne l'y aurais pas envoyée. Tu sais bien qu'il fallait l'éloigner le plus vite possible après la découverte de la photo par ce misérable chien. Tous les jours elle ne cessait de m'interroger sur Zed, elle se demandait si c'était vraiment lui qui avait volé la malle. Nous ne pouvons prendre ce genre de risque.

– Non, bien sûr, elle devait partir, mais on dit que la discipline y est...

– Oswald, s'il te plaît, ne te mêle pas de mes relations avec ma fille. Elle y recevra une excellente éducation. Et comme je te l'ai dit, l'école est gratuite. Je pensais que tu en aurais été content, vu la facilité avec laquelle ta femme dépense mon argent.

– Bien, bien, je suis sûr que tu le sais mieux que moi, dit Oswald. (En dépit de sa balafre et de sa passion pour la chasse, c'était un homme faible.) Je crois que je vais prendre un autre verre de cet excellent vin.

31
L'élève numéro 126

À deux kilomètres du palais de Grossenfluss, qui abritait l'Institution des filles de la noblesse, se trouvait une auberge, *Le Renard et les Plumes*.

C'était le genre d'auberge qu'on trouvait dans toute la campagne du nord de l'Allemagne, aux volets sculptés, aux lourdes tables de bois, et où l'on servait de gros bocks de bière et de généreuses portions de porc rôti avec de la choucroute.

En plus de servir les repas et de loger les chevaux à l'écurie, *Le Renard et les Plumes* louait quatre chambres pour les voyageurs. Ce fut dans l'une d'elles que le professeur Julius se réveilla ce matin après la visite à Spittal.

Il n'était pas de bonne humeur. Il avait été réveillé par un groupe de pensionnaires ivres qui chantaient des chansons tristes à propos de leur jeunesse perdue, et un coq l'avait dérangé à l'aurore. Sa première pensée à son réveil fut qu'Emil et lui avaient été complètement fous de se laisser entraîner ici par leur cuisinière, et la seconde fut que plus rapidement ils verraient Annika et retourneraient à Vienne, mieux cela vaudrait.

Il sortit du lit, puis alla retrouver son frère dans la chambre voisine.

Emil était mal en point lui aussi ; il avait pris au dîner une seconde ration d'oignons frits au saindoux, et son estomac ne l'avait pas bien supporté.

– Je pense que tu ferais mieux de chercher tout seul à savoir quand nous pouvons voir Annika. Je sens qu'il ne serait pas sage pour moi de sortir tout de suite, dit-il.

Le professeur Julius fit sa toilette, puis descendit. Il n'y avait pas trace d'Ellie dans la salle à manger, mais il put la voir par la fenêtre en train de parler à la servante avec qui elle avait sympathisé la veille au soir. Elle l'aidait à étendre le linge. Il but sa tasse de café, mit son chapeau, prit sa canne, et chemina dans la longue allée qui conduisait à l'école.

Plus il progressait, plus il était certain qu'ils avaient été ridicules de venir. Le bâtiment devenait de plus en plus grand et de plus en plus imposant au fur et à mesure qu'il en approchait. Le palais de l'empereur François-Joseph à Vienne ne possédait pas la moitié des statues, des frontons, des fioritures et des tours qui ornaient celui-ci.

Le professeur Julius n'était pas le moins du monde intimidé, mais il sentait qu'il perdait son temps. Grossenfluss était le genre d'édifice où toute jeune fille doit rêver de vivre.

Il gravit la volée de marches qui menait à la porte d'entrée, s'arrêta un moment pour examiner une plaque de feldspath sur le talon de la statue, et sonna la cloche.

– Que se passe-t-il ? demanda Emil, qui était encore en pyjama. (La servante lui avait apporté une bouillotte qu'il avait posée sur son estomac, et Ellie avait demandé la permission à la fille de cuisine de lui préparer une soupe de gruau.) Tu as l'air contrarié.

– Je ne suis pas si contrarié, dit Julius en posant sa canne, qu'en colère. Très, très en colère. Je leur ai dit qui j'étais, je leur ai montré ma carte, et on m'a congédié.

– Congédié. Que veux-tu dire ?

– Exactement ce que je dis, répondit Julius. On ne m'a pas laissé entrer. Je leur ai expliqué que j'étais venu de Vienne avec des amis pour convenir d'un moment où nous pourrions rendre visite à Annika, et l'on m'a rétorqué qu'aucune élève n'était autorisée à recevoir de la visite le premier mois et, par la suite, seulement avec une permission écrite de la main de la mère de la fille. Là-dessus on m'a laissé... continua le professeur Julius, qui se remit à lancer des regards furieux à ce souvenir, on m'a laissé planté derrière la porte. Je n'ai même pas été introduit dans le bureau. Aussi loin que je me souvienne, je n'ai jamais été traité avec un tel manque de correction. Mais pour qui ces gens se prennent-ils ?

– Bien, il semble donc qu'on ne puisse rien faire pour le moment. Nous ferions mieux de préparer nos valises et de rentrer à la maison, conclut Emil.

Mais un bruit provenant de la porte fit se retourner les professeurs. Ellie apparut dans l'embrasure avec le bol de soupe de gruau, et rien qu'à l'expression de son visage, ils comprirent qu'il allait y avoir des problèmes.

– Je vais voir Annika, déclara Ellie. Je la verrai, même si je dois rester debout toute la journée et toute la nuit. La servante m'a dit qu'on emmenait tous les jours les filles en promenade ; elles sortent par la porte de service, descendent l'allée et reviennent. J'attendrai, et je la verrai. Et quand je l'aurai vue, je saurai.

C'est ainsi qu'elle partit et s'achemina sur la route poussiéreuse du village, avec ses grosses chaussures et son chapeau de feutre enfoncé sur le front.

Quand elle arriva au croisement de la route et de l'allée, elle s'arrêta et elle attendit.

Elle ne s'assit pas : il n'y avait nulle part où s'asseoir. Elle resta debout et attendit toute la matinée. À l'heure du déjeuner, la servante de l'auberge lui apporta un petit pain, mais elle le refusa. Si Annika venait à passer, elle ne voulait pas être en train de manger. Elle voulait voir.

Au début de l'après-midi, il se mit à pleuvoir. Ellie n'avait pas de parapluie, mais elle n'y fit pas attention. Sa seule pensée était : la promenade des filles se fera-elle malgré le mauvais temps ?

Elle resta là jusqu'à la tombée du soir, mais Annika ne vint pas. Quand il n'y eut plus d'espoir, elle rentra à l'auberge et permit à la servante de lui apporter de la soupe chaude. Elle s'attendait à ce que les professeurs fussent retournés à Vienne, mais ils étaient encore là.

Le lendemain matin, elle reprit sa veille. Personne ne vint le matin, personne en début d'après-midi. Mais Ellie continua à monter la garde.

Puis à trois heures, ce deuxième jour, la porte latérale du palais s'ouvrit et une file de filles en cape noire et en bonnet noir descendit lentement l'allée...

Depuis qu'elle avait abandonné tout espoir, Annika n'avait qu'un but : ne pas se faire remarquer. Aussi traversait-elle tristement la journée, depuis le moment où la cloche retentissait à six heures du matin et que les filles se mettaient en rang devant les toilettes et attendaient leur tour pour prendre leur cruche d'eau froide et leur pain de savon gluant, jusqu'au même son de cloche qui leur enjoignait de se coucher pour la nuit.

Mais malgré cela, on la remarquait.

– Le numéro 127 ne s'est pas encore acclimaté, déclara l'infirmière en chef au professeur principal d'Annika.

– Donnez-lui de l'huile de foie de morue et du malt, dit le professeur. Et faites-les lui avaler de force si elle ne veut pas les prendre. Elle est sans doute anémique.

Il ne fut pas besoin de forcer Annika à avaler son huile de foie de morue : elle ne voulait pas finir comme Minna, à qui on servait encore parfois son dîner de la veille au petit déjeuner et ensuite au déjeuner. Elle but d'un trait l'infect breuvage, mais cela n'eut aucun effet. De jour en jour elle devenait de plus en plus calme et apathique.

Mais ce fut l'après-midi où elle partit en promenade avec l'école qu'elle eut vraiment peur.

Elle marchait à côté d'une fille appelée Flosshilde qui ne parlait presque jamais. Les bras d'Annika étaient croisés, comme l'étaient ceux de toutes les filles ; elle marchait le dos droit.

En tête de la file se trouvait Fräulein Heller, qui avait les pieds plats ; derrière suivait Fräulein Zeebrugge, ahanante.

C'était un jour de brume. La pluie de la veille avait cessé, mais l'air était chargé d'humidité.

Elles atteignaient le bout de l'allée et se préparaient à tourner sur leur gauche. Il y avait un arbre près de la grille, au pied duquel quelqu'un se tenait. Debout, tout à fait immobile, ne faisant que regarder...

Annika s'arrêta net. Derrière elle, Fräulein Zeebrugge cria :

– Mais que faites-vous ? Marchez donc, vous désorganisez le rang !

Annika continua donc à marcher, et passa devant la femme qui se tenait au pied de l'arbre. Et ce fut là qu'elle crut qu'elle était devenue folle.

Parce qu'elle avait vu Ellie. Elle en était absolument sûre. Or Ellie était à un millier de kilomètres de là, dans une ville qu'elle ne reverrait probablement jamais.

Ellie était à Vienne.

– Elle ne peut rester là, dit Ellie. Elle ne peut rester un jour de plus dans cet endroit.

Le professeur Julius et le professeur Emil se regardèrent, consternés.

Ils avaient fait leur valise et avaient demandé la note à l'aubergiste. Le trimestre d'été à l'université commençait la semaine suivante.

Et maintenant, Ellie n'était pas seulement difficile : elle devenait impossible.

– Elle est malade, dit Ellie. Elle est malade dans sa tête.

– Ellie, vous ne l'avez vue que quelques instants, enveloppée dans une cape par un jour de brouillard. Vous l'avez dit vous-même. Comment pouvez-vous affirmer qu'elle est malade ?

– Je l'affirme, dit Ellie. Si sa mère ne veut pas la sortir de là, alors c'est nous qui devrons le faire.

– Je pense que nous pourrions informer sa mère et...

– On n'en a pas le temps, coupa Ellie, qui jamais avant ce jour n'avait osé interrompre son employeur. De toute façon sa mère pense que c'est un endroit fabuleux. Gudrun l'a dit.

– Écoutez, nous devons retourner à Vienne, dit le professeur Julius. Nous ne pouvons rester plus longtemps.

– Je ne partirai pas d'ici sans Annika, répéta Ellie.

Les professeurs la regardèrent, confondus. Quand votre cuisinière se transforme en une sorte de tigresse, il n'est pas facile de savoir comment agir pour le mieux.

– Je la sauverai toute seule s'il le faut, assura Ellie. Avec une échelle.

Les professeurs secouèrent la tête et allèrent dans le petit salon discuter de ce qu'il fallait faire.

– Cela ne va pas être facile de la laisser ici, dit Julius. (La pensée d'Ellie grimpant au sommet d'une échelle et passant par une fenêtre de Grossenfluss n'était pas une pensée rassurante.) Mais je ne vois pas ce que nous pouvons faire d'autre.

341

– J'imagine qu'elle entendra bientôt raison, dit Emil. De toute façon je pense que nous devrions absolument écrire à Frau von Tannenberg pour lui demander de vérifier si Annika est heureuse. C'est une affaire complètement différente de celle des bijoux, dont la police peut s'occuper.

La domestique avec laquelle Ellie s'était liée d'amitié entra pour essuyer les tables et remettre les chaises en ordre.

– Voulez-vous que je vous aide à porter vos bagages, messieurs ? proposa-t-elle aux professeurs.

– Non merci. Nous n'avons que nos affaires pour une nuit. Pouvez-vous en revanche vous assurer que le taxi a bien été commandé pour nous emmener à la gare ?

– Oui, monsieur. Mais Frau Ellie reste ici, pour sa part...

– Oui. Elle est inquiète au sujet d'une enfant de l'école.

– Eh bien, ce n'est pas très surprenant après ce qui s'est passé l'hiver dernier, dit la servante en redressant une autre chaise.

Les deux professeurs levèrent brusquement les yeux.

– Qu'est-il arrivé ?

– Vous ne savez pas ? (Le bon visage de la servante se troubla.) L'une des élèves s'est suicidée. « Numéro 126 », l'appelait-on. Elle a grimpé sur la balustrade et s'est jetée du haut de l'escalier. On a essayé de faire passer cela pour un accident, mais tout le monde savait que ce n'en était pas un.

Le professeur Julius posa sa pipe.

– Pourquoi ? Est-ce qu'on a découvert pourquoi elle avait fait cela ?

La servante haussa les épaules.

– Elle était simplement malheureuse. Elle s'ennuyait de ses parents, a-t-on dit. C'était une gentille petite fille... Elle avait de si beaux cheveux.

32

Ragnar Hairybreeks

Les professeurs et Ellie étaient partis depuis trois jours. Le seul téléphone de la place se trouvait chez les Egghart, et les Egghart étaient encore en vacances. Sigrid et Gertrude se disaient qu'il n'y avait pas de quoi se faire du souci, bien qu'elles fussent de plus en plus inquiètes. Qu'avait-il bien pu se passer à Spittal ? Qu'est-ce qui pouvait les retenir si longtemps ?

Zed avait ses propres angoisses, qu'il essayait de garder pour lui. Il savait qu'il ne pourrait pas rester encore longtemps à Vienne malgré l'envie qu'il en avait, cependant il ne pouvait partir avant de savoir ce qui était arrivé à Annika.

Quelles que soient les inquiétudes des humains, Rocco ne les partageait pas. La vie à Vienne lui convenait parfaitement, et il se faisait de plus en plus d'amis. Une vieille jument, entre les brancards d'un des nombreux fiacres de la rue Keller, semblait penser qu'il était son fils perdu depuis longtemps ; l'homme qui vendait les journaux sur la place derrière l'opéra lui donnait des

344

morceaux de sucre. La circulation ne le troublait pas ; il dépassait tranquillement, d'un trot léger, les voitures cornantes et les tramways bringuebalants. Des enfants peu à peu le reconnaissaient :

– Regarde, c'est Rocco. Rocco et Zed.

Même les chevaux lipizzans, en sortant fièrement de leur écurie princière, retournaient maintenant volontiers les saluts de Rocco, comme s'ils savaient qu'il commençait à faire partie de leur monde.

Puis quelque chose se passa, qui fit comprendre à Zed qu'il devait quitter cette ville, et rapidement. C'était sa faute, se dit-il. Il était imprudent de sortir Rocco dans la journée au lieu d'attendre la nuit, qui les protégeait des regards. Mais comme il avait aidé le grand-père de Pauline à déballer des livres toute la matinée, il avait eu hâte d'être dehors.

C'est ainsi qu'après s'être débarrassé d'une flopée de petits Bodek il sella Rocco et partit pour le Prater.

Le Prater comprenait le parc d'attraction, mais aussi le parc royal, avec ses vieux arbres et ses prairies, qui avait jadis appartenu à l'empereur. Aujourd'hui les gens de la ville avaient le droit de s'y promener.

En ce bel après-midi de printemps, il était fort peuplé. Des soldats en permission flânaient bras dessus bras dessous avec leur petite amie ; des personnes âgées filaient à toute allure dans des fauteuils roulants poussés par un membre de leur famille ; des groupes de jolies petites filles coiffées de leur nouveau chapeau de Pâques s'amusaient dans l'herbe, et partout il y avait des enfants. Des enfants en landaus, des enfants traînant des jouets sur roulettes, des enfants poussant des cerceaux devant eux...

Deux hommes en uniforme sévère, de couleur brun foncé, se distinguaient de la foule. L'un était grand et mince et portait sa casquette en arrière sur la tête ; l'autre était petit, avec une moustache rousse.

À un certain endroit, la piste cavalière cendrée jouxtait le sentier gazonné où déambulaient les promeneurs. Il était permis de galoper dans le Prater, mais comme il y avait foule, Zed se contenta de mettre Rocco au petit galop.

Sur le chemin proche de la piste, une femme à l'air exténué poussait son bébé dans un landau en osier. De sa main libre, elle tirait par le bras un petit bambin potelé en costume marin.

– Tiens bon, Fritzi, disait-elle. Accroche-toi au landau.

Mais Fritzi s'ennuyait. Il lâcha la poignée et se mit à courir. Un autre enfant arrivait en face de lui, donnant des coups de pied dans un gros ballon rouge. Ils se retrouvèrent nez à nez.

– Mon ballon, dit Fritzi, essayant de s'en saisir. Le mien.

– Non, c'est le mien ! dit l'autre enfant, et il donna un grand coup de pied en direction de la piste cavalière.

– Arrête, Fritzi ! hurla sa mère. Arrête-toi, stop, STOP ! Mais Fritzi ne s'arrêta pas.

– Ballon, criait-il passionnément en continuant à trotter sur ses petites jambes dodues.

Il traversa la piste cendrée où galopait Rocco, et tomba.

Zed n'eut pas le temps de réfléchir. Rocco, poussant un puissant hennissement de peur, se leva, ployé sur ses jarrets et ramenant ses antérieurs sous le poitrail.

La mère de l'enfant poussa un cri, les passants de même, et un soldat, lâchant la fille qu'il avait au bras, s'avança.

Les sabots de Rocco étaient en suspens au-dessus du corps du petit garçon étendu par terre. Mais ils ne redescendirent pas. Rocco tenait encore sa levade, Zed ne lui donnait aucun ordre, se limitant à ajuster le poids de son corps pour aider le cheval à rester dans sa position.

Une levade ne peut être tenue que quelques secondes, même par les chevaux les plus puissants et les plus expérimentés, mais celles-là furent de longues secondes. Quand Rocco retomba délicatement sur ses membres, le soldat s'élança pour enlever le petit garçon dans ses bras.

Aussitôt tout le monde s'agita. Il y eut des applaudissements. « Vous avez vu ? » s'écrièrent les gens, et la mère de Fritzi, soulagée, fondit en larmes.

Quant à Zed, il ne voyait que deux hommes : le grand dans son uniforme marron foncé et, à côté de lui, le petit à la moustache rousse. Ils observaient le cheval d'une façon intense, l'air grave, sans la fébrilité qui animait le regard des badauds. Le grand homme avait pris le bras de l'autre. « Nous allons devoir étudier cela », l'entendit dire Zed, et son compagnon opina.

Ce dernier prit un carnet et un crayon.

– Un cheval bai. Tout concorde.

– Je l'ai déjà vu, ajouta l'autre homme.

Zed n'en écouta pas plus. Il pressa Rocco au petit galop. En regagnant la place, il se rendit compte que le temps passait très vite. Les deux officiers avaient l'air de policiers. Non pas des officiers ordinaires – ils étaient trop élégants pour cela –, mais des officiers des unités spéciales assignés à déloger les gens qui se trouvaient clandestinement en ville : des espions pour le compte d'un pays des Balkans décidé à détruire l'empire, des anarchistes qui voulaient faire sauter les membres du Parlement, et aussi des voleurs, des voleurs de chevaux en particulier... Frau Edeltraut avait dû publier une description de Rocco : il était assez caractéristique avec son étoile blanche sur le front.

Quand il eut rentré Rocco à l'écurie et l'eut bouchonné, Zed se rendit à la cuisine.

– Sigrid, je dois partir bientôt. Demain... Je suis sûr d'avoir vu deux hommes dans le parc qui ont deviné que Rocco ne m'appartenait pas. Ils avaient l'air de policiers spéciaux.

Mais Sigrid était trop préoccupée pour s'inquiéter de Rocco.

– Le professeur Gertrude a reçu un télégramme de ses frères, dit-elle à Zed. Elle est dans un état épouvantable. Stefan est là, il essaie de la calmer ; vas-y, toi aussi, pendant que je prépare du café.

Gertrude était assise dans un fauteuil, le télégramme dans la main. C'était un long télégramme et à n'en pas douter il était très contrariant.

– Ils veulent que je vienne à Grossenfluss pour y donner un récital de harpe. Avec ma harpe de concert, la nouvelle. Ils disent que je dois venir très vite ; c'est urgent. Il y a un problème concernant une enfant que nous connaissons tous.

– Annika, dit Zed sans hésiter – et Stefan approuva.

348

– Oui, mais pourquoi dois-je y aller avec ma nouvelle harpe ? Elle n'est pas encore prête. Et pourquoi dois-je jouer de la musique militaire ? Je ne joue jamais de musique militaire : ça ne fait pas partie de mon répertoire, dit la pauvre Gertrude. (Elle regarda de nouveau le télégramme.) Et il y a quelque chose sur un certain Ragnar Hairybreeks. Cela semble être un code.

Mais Pauline résolut ce problème en allant chercher dans la librairie le *Dictionnaire des mythes et légendes*.

– Je l'ai trouvé. C'est dans l'histoire des Nibelungen[1]. Ragnar Hairybreeks était un guerrier viking dont la femme se cacha dans une harpe. Ils en disent beaucoup plus, mais c'est apparemment le passage qui nous concerne.

Les enfants se regardèrent. Ils commençaient à comprendre.

Le professeur Gertrude continuait à désespérer :

– Je ne peux pas faire tout ce trajet avec l'instrument. Je ne peux pas le transporter toute seule.

– Je viens avec vous, proposa Stefan d'une voix sûre.

Sigrid entra avec un plateau de café et un second télégramme qui venait d'arriver. Gertrude, impatiente, le déchira pour l'ouvrir. Peut-être ses frères avaient-ils entendu raison et n'aurait-elle pas besoin de partir.

Mais le message était simple :

« Apporte les remèdes pour l'estomac d'Emil. »

---

1. La *Chanson des Nibelungen*, œuvre phare du Moyen Âge allemand, qui inspira notamment Richard Wagner.

33

Le sauvetage

Ce fut Olga qui découvrit qu'un récital de harpe devait se donner à l'école ce dimanche soir.

Annika leva la tête du mouchoir qu'elle était en train d'ourler.

– Un récital de harpe ? Tu en es sûre ?

Un instant, le nuage dans lequel elle vivait s'éloigna, et une porte s'ouvrit sur le passé. Le professeur Gertrude descendait sa harpe de sa chambre, vêtue d'une jupe noire de laquelle Sigrid enlevait toujours de petites miettes, répandant une irrespirable odeur de lavande.

– Elle est française. Son nom est madame La Cruise. Une amie de la princesse nous l'envoie pour nous montrer que l'on peut jouer des airs patriotiques à la harpe.

La tête d'Annika s'abaissa de nouveau sur son ouvrage. C'était étrange comme l'espoir pouvait mourir avant même de naître. Tante Gertrude quittait rarement Vienne, et il était impossible de l'imaginer en train de jouer des chants patriotiques à la harpe.

350

Assise dans le petit salon de l'auberge, Gertrude examinait le plan de sauvetage d'Annika. C'étaient surtout les chants patriotiques qui la préoccupaient.

Elle avait transposé un chant intitulé *Occire et châtier si Dieu l'exige* et un autre qui parlait de la mort d'un soldat sur le champ de bataille, dont le refrain évoquait le sang du guerrier qui arrosait et revivifiait la terre.

– Je ne peux pas faire mieux, dit-elle d'un ton malheureux à ses frères. Ils sont trop mauvais.

– Cela n'a pas d'importance. Les élèves ne sauront même pas ce que tu joues, la rassura le professeur Julius. Les concerts à l'école ne signifient pas « musique » pour les élèves, mais « récréation ». L'important, c'est que pendant qu'ils ont lieu, ils ne font pas leurs devoirs.

Stefan, lui, pensa que les chants que Gertrude allait jouer seraient le moindre de leurs soucis. En effet le plan qui lui avait été expliqué à son arrivée lui paraissait plein de lacunes.

Lui et Gertrude devaient décharger la harpe de la voiture et la transporter dans l'école. Dans le hall, ils sortiraient l'instrument de son étui, laisseraient ce dernier au vestiaire et demanderaient qu'on les aide à monter la harpe dans l'escalier.

Pendant l'entracte, Annika dirait qu'elle se sentait malade et se rendrait aux toilettes du vestiaire. Stefan, qui devait monter la garde devant l'étui de la harpe, l'aiderait à y entrer, et quand le concert reprendrait et que tout le monde serait revenu dans la salle, il la transporterait hors du château dans une voiture fermée où Ellie attendait avec des vêtements de rechange. Annika

351

serait conduite à la gare, Stefan remettrait l'étui dans les toilettes, et à la fin du concert le professeur Gertrude et lui reviendraient à la maison avec la harpe comme si de rien n'était.

– Il faut que j'aie une raison d'emporter l'étui pendant l'entracte, intervint Stefan. (Il n'était pas du genre à s'inquiéter facilement, mais là, il se faisait du souci.) Au cas où quelqu'un me verrait... Je dirai que je dois remplacer une roue.

– Nous improviserons, dit le professeur Julius, grand seigneur. Après tout, il fera sombre à cette heure là.

Puisque sa mission consistait à les attendre à la gare, il pouvait se permettre d'être décontracté.

Les deux professeurs étaient déterminés à retourner à Vienne et à laisser Ellie derrière eux. Même si Annika n'aimait pas son école, elle y avait été mise par sa mère, et ils n'étaient pas du tout le genre de personnes à planifier des sauvetages clandestins et à empiéter sur l'autorité.

Mais ce qu'ils avaient appris de la bouche de la servante de l'auberge sur l'élève 126 ne leur sortait pas de l'esprit.

« Elle avait de si beaux cheveux », avait dit celle-ci.

Or Annika elle aussi avait de beaux cheveux. Dès lors les professeurs furent obsédés par l'image d'Annika gisant dans une mare de sang sur les dalles de pierre.

Une fois leur décision prise de rester, ils ne manquèrent pas de dynamisme. Emil trouva une vieille encyclopédie dans le fumoir de l'auberge. Il chercha la page où il était question de Ragnar Hairybreeks, et put constater que sa mémoire n'avait pas failli : la fille d'un roi, qui était une belle jeune fille, avait été cachée et transportée en lieu sûr dans une harpe afin d'échapper à une guerre sanglante.

Comme le professeur Julius s'était déjà montré à l'école quand il était venu demander si l'on pouvait rendre visite à Annika, ce fut Emil qui se présenta en fin d'après-midi pour demander à rencontrer la directrice, Fräulein von Donner.

Il portait un béret noir enfoncé jusqu'aux sourcils et une paire de lunettes à grosses montures. Il se fit passer pour un imprésario envoyé par le maître de musique de la duchesse de Cerise, du nom d'Henri de Mallarmé.

– La duchesse, comme vous le savez, est une amie proche de votre bienfaitrice, la princesse Mettenburg.

Fräulein von Donner fut impressionnée. Elle ne recevait habituellement pas de visiteurs qui sonnaient à sa porte, mais un messager venant de la part d'une duchesse, et en outre amie de la princesse, devait être entendu.

– Le maître de concert de Son Altesse a engagé une harpiste qu'il apprécie particulièrement ; c'est une Française. Elle a transposé des chants patriotiques pour la harpe. L'un, intitulé *Tremblez, nos ennemis !*, est déjà célèbre dans les cercles aristocratiques. C'est un morceau en *mi* bémol mineur, précisa le professeur Emil.

– Et en quoi cela nous concerne-t-il à Grossenfluss ? demanda Fräulein von Donner en se penchant en avant, de sorte que les trois clés qu'elle portait sur la poitrine

353

s'entrechoquèrent, celle de la porte d'entrée, celle de la chambre d'isolement et celle du cagibi qui abritait le téléphone.

– Son Altesse a eu l'excellente idée que ladite harpiste donne un récital dans certaines écoles triées sur le volet. Gracieusement, bien sûr ; le concert est gratuit. Il me semble important que les élèves se rendent compte qu'un instrument joué la plupart du temps par des femmes puisse également être utilisé pour encourager les hommes à entreprendre des actes héroïques, voire guerriers.

– Assurément. Tous les moyens sont bons pour préparer nos filles à servir la patrie, et à cela nous restons toujours très attentives. Et bien sûr, la musique a été souvent utilisée comme exhortation à la guerre – bien que jamais, souligna-t-elle, au moyen de la harpe.

– Non, effectivement, et c'est justement ce qui intéresse la duchesse. C'est pourquoi elle envoie madame La Cruise offrir des récitals devant les jeunes gens et les jeunes filles de notre pays. Et comme madame se rend à Schloss Bernstein pour y donner un concert, elle pourra s'arrêter ici en chemin. Je suppose que vous disposez d'une salle appropriée ?

– Oui, bien sûr. Notre salle ronde au premier étage est traditionnellement utilisée pour les concerts.

– Et toutes vos élèves y assistent ?

– Bien sûr. À moins qu'elles soient punies.

– Alors puis-je vous proposer de recevoir madame La Cruise ce dimanche à dix-huit heures ?

– Si vite ?

– C'est le seul jour où elle est disponible, je suis désolé. Je vous ferai apporter tous les arrangements musicaux. Maintenant pourrais-je voir la salle de concert ? Madame La Cruise est très exigeante quant à l'acoustique et redoute les courants d'air. Les courants d'air sont très mauvais pour les harpes, comme vous le savez.

– Notre acoustique est excellente, répliqua Fräulein von Donner, et nous ne permettrions pas le moindre courant d'air.

Sur ces mots elle fit signe à son anguiforme adjointe, mademoiselle Vincent, d'emmener Emil dans la salle ronde du premier étage, à laquelle on avait accès par le grand escalier de pierre qui partait de l'entrée principale.

Il n'aperçut pas l'ombre d'une élève dans l'édifice silencieux. « Je suppose qu'on les enferme dans les soussols », conclut Ellie quand il lui rapporta ce détail.

Toujours est-il que le problème du message à faire passer à Annika n'était pas vraiment réglé.

– Il faut qu'elle sache exactement ce qu'elle doit faire, exposa le professeur Emil.

Il y eut un long silence. Grossenfluss semblait aussi impénétrable qu'un château habité par des ogres.

Mais même les ogres ont besoin de quelqu'un pour leur faire la cuisine, le ménage et les courses, et la servante devenue l'amie d'Ellie avait une sœur attachée au service de l'école.

– Je la vois cet après-midi, c'est son jour de congé. Je lui demanderai si elle peut vous aider, mais je ne peux rien vous promettre. Il vaut mieux ne pas lui donner de billet, car tous les domestiques sont terrifiés par Fräulein von Donner. Vous me direz le message qu'elle devra transmettre à Annika. Je suis sûre qu'elle fera tout son possible pour vous aider, mais comme je vous l'ai dit, je ne peux rien vous promettre.

La femme de chambre réussit à parler à Annika. Le message qu'elle lui passa dans un murmure précipité en faisant les lits n'était pas très clair, mais Annika le comprit. Elle sentit alors qu'elle n'aurait pas besoin de mentir puisqu'elle était déjà malade. D'excitation, de peur, et de quelque chose qu'elle n'avait pas ressenti depuis son arrivée à Grossenfluss : l'espoir.

Ils avaient réussi à décharger l'étui qui contenait la harpe et à le transporter devant la porte de l'école. Le professeur Gertrude tremblait d'énervement, mais Stefan était calme et déterminé. Le plan du professeur Emil ne lui inspirait pas confiance ; quoi qu'il en soit, il se jurait de libérer Annika.

Il tira le cordon de la cloche. Le gardien qui leur ouvrit la porte leur dit qu'ils étaient attendus. Stefan jeta un coup d'œil circulaire sur le hall d'entrée glacial et faiblement éclairé. Le grand escalier qui conduisait à la salle de concert se dressait devant lui. Il distingua un bruissement de voix enfantines à travers la porte ouverte. Les vestiaires et les toilettes étaient sur la droite, et à gauche un sombre corridor menait au fond du bâtiment.

C'est de ce corridor que venait maintenant le bruit d'une canne avec laquelle quelqu'un frappait le sol en marchant : Fräulein von Donner apparut devant eux, surgissant de l'obscurité. Les clés étincelantes, la canne à bout d'acier et l'insigne de l'ordre du Poing fermé sur le col de la directrice, tout cela inspira à Stefan une immédiate répugnance. C'était un endroit maléfique dirigé par une femme dangereuse, et il sut que rien ne l'empêcherait de sauver Annika.

Fräulein von Donner salua le professeur Gertrude et ignora Stefan.

– Les filles sont prêtes, dit-elle.

Mais avant qu'ils eussent le temps de déballer la harpe, l'adjointe de la directrice apparut derrière celle-ci et pria le professeur Gertrude d'avoir l'obligeance de la suivre dans la salle des professeurs pour enlever son manteau et faire un brin de toilette.

Mademoiselle Vincent ne parlait pas seulement français : elle était française, et puisqu'on lui avait dit que la harpiste était une compatriote, ce fut dans sa propre langue qu'elle s'adressa au pauvre professeur Gertrude.

Le professeur avait appris le français à l'école, mais il y avait longtemps de cela. Comme il n'y avait pas d'autre issue à la situation, elle accepta de suivre mademoiselle Vincent, laissant Stefan surveiller la harpe dans son étui.

Là-haut, dans la salle de concert, les filles attendaient.

Annika était assise près des doubles portes ouvertes pour permettre l'entrée de la harpe, à côté de Fräulein Heller. Normalement Annika aurait fait n'importe quoi pour ne pas être assise à côté d'un professeur, mais puisqu'elle devait se sentir malade à l'entracte et demander à être excusée, il serait plus facile pour elle d'obtenir la permission de celui-ci.

La servante qui avait communiqué le message à Annika lui avait dit qu'une personne connue de la fillette venait au concert, mais elle avait également mentionné un nom auquel Annika s'accrochait comme une naufragée à une bouée de sauvetage.

Stefan. La servante avait mentionné le nom de Stefan.

Annika ferma les yeux, rassemblant ses souvenirs de son ami d'enfance. Stefan portant ses frères sur les épaules ; Stefan tendant la main pour l'aider quand elle était tombée ; Stefan grimpant à un arbre pour prendre dans ses bras un enfant hurlant, mort de peur... Stefan était fort, et sincère. S'il fallait faire confiance à quelqu'un, c'était à lui.

En bas, dans le hall, le professeur Gertrude revenait avec mademoiselle Vincent, l'air très choquée. Emil avait certes eu des idées stupides dans sa vie, mais pourquoi leur avait-il dit qu'elle était française ? Pourquoi pas portugaise, finnoise ou sud-africaine ? Mademoiselle Vincent lui avait parlé sans arrêt et à toute allure, dans un style de français pas vraiment scolaire, et Gertrude ne pensait pas avoir donné une interprétation convaincante de madame La Cruise.

– Est-ce que je vais poser l'étui dans le vestiaire maintenant ? demanda Stefan.

Le professeur Gertrude hocha la tête et le suivit dans un renfoncement carrelé qui contenait cinq portes discrètement fermées. Comme toutes les pièces de Grossenfluss, le vestiaire et les toilettes auraient pu héberger une tribu de géants.

Stefan ouvrit l'étui de la harpe, et Gertrude sortit l'instrument, enlevant avec tendresse le châle de soie qui le recouvrait.

– Nous aurons besoin d'aide, dit-elle à Fräulein von Donner. Deux filles solides et fortes, sur qui l'on peut compter.

– Allez chercher les jumelles Messerschmidt, Brunnhilde et Waaltraut, ordonna la directrice.

Mais mademoiselle Vincent, d'habitude si humble et si obéissante, n'exécuta pas tout de suite son ordre. Elle tournait depuis un moment autour de la directrice, et maintenant elle se penchait expressément vers elle et lui murmurait quelque chose à l'oreille.

Fräulein von Donner fronça les sourcils.

– Eh bien, ce devrait être facile à vérifier, dit-elle.

Elle détacha la plus petite des clés de la chaîne qui pendait autour de son cou et s'en alla d'un air mécontent dans le couloir, tandis que mademoiselle Vincent montait à l'étage et revenait avec les jumelles Messerchmidt : de grandes et robustes filles qui firent la révérence et demandèrent ce qu'elles devaient faire.

Gertrude tendit le châle et une liasse de partitions à Brunnhilde et dit à Waaltraut de passer devant avec elle pour l'aider à soulever la colonne de la harpe. Stefan, derrière, saisissait la partie la plus lourde de l'instrument.

Lentement, ils traversèrent le hall et commencèrent à monter les marches de l'escalier.

Dans la salle de concert, Annika inspira profondément plusieurs fois. Elle ne pouvait y croire : l'odeur était pourtant réelle, elle pénétrait dans ses narines. L'eau de lavande ! Le professeur Gertrude était là ! Elle se retint de se lever pour se précipiter hors de la salle. Au même moment elle sentit que si quelque chose se passait mal maintenant et qu'elle devait rester à Grossenfluss, alors tout simplement elle en mourrait.

Dans l'escalier, les porteurs de la harpe montaient sans faire de pause.

– Attention, attention ! disait le professeur à chaque nouvelle marche. Vous ne pouvez imaginer à quel point cette harpe est précieuse. Doucement. Lentement.

Pour la lenteur, ils n'avaient pas le choix. La harpe n'était pas seulement lourde, mais encombrante et massive du haut. La maintenir seulement en équilibre demandait toute son adresse à Stefan, qui attirait l'attention sur tout ce qui pouvait faire obstacle à leur chemin, mettait en garde contre tout ce qui pourrait endommager l'instrument.

Mais quand le danger arriva, ce fut d'en bas.

– Arrêtez, arrêtez ! cria Fräulein von Donner, se précipitant au pied de l'escalier. Arrêtez immédiatement ! Ces gens sont des imposteurs. J'ai téléphoné à la princesse, elle ne sait rien d'eux ni de la duchesse de Cerise !

– Ce sont des anarchistes, aboya mademoiselle Vincent, surgissant derrière la directrice. Assassins ! Criminels ! Arrêtez-les, ARRÊTEZ-LES !

La harpe était maintenant à deux marches du palier menant à la salle de concert. Les cris provenant d'en bas causèrent une totale confusion.

– Allez-y, continuez, dit Stefan.

– Non, non, nous devons nous arrêter, dirent les jumelles.

Brunnhilde laissa tomber la pile de partitions qu'elle portait et le pied de Gertrude glissa sur *Occire et châtier si Dieu l'exige*.

– Continuez, continuez ! insista le professeur Gertrude.

– Arrêtez-les ! hurla encore Fräulein von Donner.

Son pied était posé sur la première marche. L'autre se soulevait pour se poser sur la deuxième.

Dans la salle de concert, le cœur d'Annika s'arrêta de battre : ça n'allait pas marcher, ils allaient être refoulés.

Les jumelles, terrifiées par les cris de Fräulein von Donner, avaient lâché prise, et Stefan et le professeur Gertrude étaient seuls maintenant à porter la harpe. Mais il n'y avait plus qu'une seule marche à monter, et au moins, quoi qu'il arrive, la harpe serait en sécurité sur le palier.

Ils avaient atteint le haut des marches. Stefan posa délicatement l'instrument sur son socle. Il se dressait en haut de l'escalier, tel un grand cygne doré au cou incurvé.

– Laissez-moi faire, dit Stefan, faisant le tour de la harpe pour se mettre à côté du professeur Gertrude.

Il prit la colonne de l'instrument, qu'elle lui céda avec reconnaissance, débarrassée de son poids.

– Il faut les arrêter ! aboya de nouveau la directrice au bas de l'escalier.

Stefan et la harpe bloquaient maintenant le haut de l'escalier.

La directrice monta une autre marche.

Personne ne comprit exactement ce qui arriva ensuite. Il sembla que Stefan voulut essayer d'avancer un peu la harpe sur le palier pour la mettre à l'abri de tout incident.

Mais la harpe ne lui obéit pas. Au contraire elle bougea dans l'autre sens et glissa vers le bord de l'escalier.

Stefan bondit pour la rattraper, mais la harpe lui échappa. Pendant un instant terrifiant, l'instrument parut hésiter, comme une créature vivante effrayée par la perspective de la descente.

Puis elle bascula... et tomba.

Elle tomba doucement au début, puis de plus en plus vite. Et tout en tombant elle criait... un tragique glissando, passant d'un son à un autre... Suivit une série d'explosions quand le pied de la colonne frappa le dessus de la marche en marbre et que la table d'harmonie commença à se briser. Le cadre en bois craqua, les cordes se distendirent et lâchèrent, hurlant au sacrilège, et la harpe continua à dévaler les marches dans un bruit de tonnerre...

Fräulein von Donner était debout au bas de l'escalier, statufiée, le regard fixé sur cette masse écrasante qui descendait vers elle. Son pince-nez étincelait à la lumière du lustre. Elle leva sa canne, comme le prophète Moïse ordonnant aux vagues de la mer Rouge de s'écarter.

Mais Fräulein von Donner n'était pas Moïse. Soudain il fut trop tard. La harpe s'écrasa sur les dernières marches et, dans son agonie, laissa échapper un long et dernier cri de douleur.

La directrice essaya de faire un pas en arrière, et trébucha.

La seconde suivante, elle tombait assommée et inconsciente sous le poids de l'instrument qui se brisait en éclats.

Dans la salle de concert, en entendant le fracas, les filles se levèrent d'un seul mouvement. Un cri terrible retentit, venant de mademoiselle Vincent dans le hall :

– Elle est morte. *Mon Dieu*[1], elle est morte !

– Revenez, revenez immédiatement, ordonnèrent les professeurs aux filles qui sortaient en masse de la salle de concert.

Mais en vain. Les filles surexcitées déferlèrent sur le palier et dans l'escalier.

À la confusion générale s'ajoutaient maintenant les sanglots hystériques du professeur Gertrude :

– Ma harpe ! Ma harpe ! Je ne peux pas y croire !

Les professeurs avaient cessé de s'occuper des filles et rejoint la foule, qui regardait avec horreur la directrice ensevelie sous l'instrument en mille morceaux. La harpe l'avait repoussée au bas de l'escalier qu'elle avait commencé à gravir, et elle était étendue de tout son long sur les dalles de pierre du hall. L'un de ses pieds dépassait, coincé entre les cordes. Il était tout à fait immobile.

– Un médecin, un médecin ! hurla mademoiselle Vincent. Vite, vite, un médecin...

– Oui, oui, un médecin, ahana Fräulein Zeebrugge.

Elle se pencha sur la directrice, vit du sang sur son front, et s'évanouit.

---

1. En français dans le texte.

Sur ce, le gardien arriva.

– Si je dois appeler le docteur, il faut que je prenne la clé qui est autour de son cou, dit-il.

– Je m'en occupe, dit Fräulein Heller.

Elle se mit à écarter des morceaux de la harpe brisée.

– Non, non, ne la touchez pas ! cria quelqu'un. Il ne faut pas la bouger.

– Est-ce qu'elle est vraiment morte ? se demandaient mutuellement les filles, le visage empreint d'espoir.

– Je vais aller chercher le docteur en voiture, décida le gardien en se dirigeant vers la porte d'entrée.

Annika était sortie en trombe de la salle de concert avec les autres filles. Elle croisa le professeur Gertrude qui sanglotait dans l'escalier, mais celle-ci ne la vit pas. Elle continua à descendre.

Il fallait qu'elle trouvât Stefan. Si elle le trouvait, il y avait encore de l'espoir. Mais il n'y avait pas trace de lui dans la foule grouillante.

– Des sels ! Il nous faut des sels !

– Non, les cendres de plumes sont plus efficaces.

– De la teinture d'iode ! cria une grande fille. Il y en a à l'infirmerie.

Les servantes arrivèrent en courant de l'arrière de la maison.

– Dieu soit loué, la harpe l'a engloutie ! s'exclama l'une des filles de cuisine.

– Oh, tout ce sang, gémit mademoiselle Vincent. Que de sang !

Le pied de la directrice dépassait toujours entre les cordes de la table d'harmonie. Il n'avait pas bougé.

– Nous devons aller prier à la chapelle pour son âme, dit l'une des filles, et elle courut dans le couloir, suivie par deux de ses camarades.

Au milieu de tout ce bruit, de ce tohu-bohu, il y avait deux personnes qui se cherchaient mutuellement, et ne cherchaient qu'elles : Annika et Stefan.

Aucun signe de Stefan dans le hall, mais la porte d'entrée était ouverte. Les filles couraient dans la nuit, et aucun des professeurs ne tentait de les faire revenir. Ils restaient debout, comme hypnotisés devant les restes de leur directrice. La colonne dorée de la harpe était tombée sur sa poitrine. Respirait-elle encore ?

– Mais où est le médecin ? cria mademoiselle Vincent.

Fräulein Zeebrugge gémit : elle reprenait connaissance. On la traîna par les jambes pour la mettre à l'écart.

Annika se désespérait. Si Stefan était parti... Si on ne l'avait pas laissé entrer... Puis elle se souvint qu'elle était censée dire qu'elle se sentait malade. Elle se dirigea vers les toilettes, et y trouva des filles qui buvaient de l'eau fraîche aux robinets et parlaient entre elles tout excitées.

Aussitôt une silhouette sortit de derrière un pilier.

– Oh, Stefan ! fit Annika dans un sanglot.

– Tout va bien, Annika, tout va bien, dit Stefan en l'entourant de ses bras.

L'étui de la harpe était là où il l'avait laissé, mais Stefan ne s'en occupa pas. Le sort de Ragnar Hairybreeks était réglé. Car ce qui arrivait à Grossenfluss était impensable : une révolution. En effet les filles sortaient en courant dans la nuit, criaient, dansaient, se perdaient dans le bois, de plus en plus nombreuses, sans que personne ne se mît à leur poursuite. Aussi sûrement que les murs de Jéricho s'étaient écroulés au son des trompettes de Josué, les grilles de Grossenfluss semblaient également s'être affaissées sous les cris d'agonie de la harpe du professeur Gertrude.

– Viens, dit Stefan, et, prenant la main d'Annika, il courut avec elle vers la voiture où attendait Ellie.

34

Stefan avoue

– Elle est revenue ! annonça la marchande de journaux en tendant un numéro du *Quotidien de Vienne* au
chauffeur de taxi qui avait quitté la station pour aller
chercher son journal du matin.

– Annika est revenue ! dit Joseph en apportant un bol
de café au père Anselme, qui prenait toujours son petit
déjeuner dehors.

– Vous avez entendu ? Annika est revenue, s'émerveilla la vieille fleuriste en liant ses bouquets de muguet.

Le facteur était au courant, de même que le laitier.
Les vendeurs du marché avaient fait livrer un panier de
fruits frais. Les petits Bodek couraient ici et là porter des
messages. Les Egghart étaient encore en voyage, mais
leur bonne Mitzi passait tous les jours pour avoir des nouvelles.

Annika, quant à elle, dormait. Couchée sous sa
couette blanche dans son grenier, elle dormait aussi profondément que si elle était sous l'effet d'un enchante-
ment dans une maison entourée d'une haie d'aubépines.

Le vieux médecin de famille, appelé au chevet d'Annika après qu'on eut transporté celle-ci dans son lit, prononça une phrase qui fut une bénédiction pour tous les anges gardiens de la fillette.

– C'est un épuisement nerveux, annonça-t-il. Elle doit rester dans le calme le plus complet. Ne lui dites rien. Laissez-la simplement se reposer.

Les mots « épuisement nerveux » firent le tour de la place. Personne ne savait ce que c'était, mais cela avait l'air de quelque chose de sérieux, qui alarma tout le monde.

Cela faisait trois jours qu'Annika avait été sauvée de Grossenfluss. La première fois qu'elle se réveilla, elle se dressa sur son séant, terrifiée, pensant qu'elle était revenue à l'école. Mais elle sentit la chaleur de sa couette et reconnut les traits de lumière qui filtraient à travers ses volets. Elle était sauvée ; elle était à la maison. Elle laissa retomber sa tête sur l'oreiller.

Quand elle se réveilla de nouveau, elle sut tout de suite où elle était et se souvint de tout. Elle s'était enfuie et avait défié sa mère. Bientôt elle devrait en affronter les conséquences.

Mais alors qu'elle commençait à s'angoisser, Ellie entra avec un plateau : un croissant chaud sorti du four, du jus de framboise frais, un œuf poché.

– Il faut que tu restes calme. Tu ne dois pas encore te lever.

Ce jour-là et le jour suivant, chaque fois qu'Annika commençait à s'inquiéter, Ellie apparaissait comme par magie avec une soupe de poulet, une pêche mûre ou un petit pain au lait tartiné de beurre.

– Dors, lui disait-elle lorsqu'Annika cherchait à poser des questions, et Annika dormait.

On ne lui avait pas encore dit que Zed était à Vienne ; elle ne savait rien des soupçons qui pesaient sur sa mère ni du fait que les bijoux de la malle de Fräulein Egghart étaient authentiques.

Et tandis qu'elle dormait, ses amis attendaient.

Pour Zed, cette attente était difficile. Il dormait toujours dans la librairie et travaillait le jour dans la maison des professeurs, mais il était pressé de partir. L'image des deux hommes dans leur uniforme brun le hantait. Il ne sortait plus Rocco que la nuit, et il avait fait son sac, prêt à partir sur-le-champ. Cependant il ne pouvait s'en aller sans dire au revoir à Annika.

Pauline, elle aussi, trouvait l'attente difficile. Elle avait cherché « épuisement nerveux » dans le dictionnaire médical et n'en avait pas compris grand-chose.

– Je ne veux pas d'une amie à qui l'on doit apporter de la soupe, dit-elle à Ellie quand elle la rencontra montant l'escalier avec un nouveau plateau. La soupe, c'est pour les vieilles dames.

Tout en attendant lui aussi le réveil d'Annika, Stefan se tenait à distance de la maison des professeurs. Le voyage de retour de Grossenfluss avec le professeur Gertrude et les restes de la harpe brisés, tachés de sang, n'avait pas été joyeux, et depuis son retour celle-ci restait dans sa chambre à broyer du noir.

La harpe n'était pas assurée, et les artisans qui la lui avaient fabriquée lui annoncèrent qu'elle ne pouvait pas être réparée. De toute façon, qui voudrait jouer d'un instrument dans lequel s'étaient coincés la peau et les cheveux grisâtres de la directrice ? À cause de la maladresse de Stefan, le professeur Gertrude, qui avait possédé la harpe la plus exotique et la plus précieuse de Vienne, retournait à la vieille harpe à pédales qu'elle avait depuis quinze ans.

Il est vrai que le timbre de cette dernière était très beau, car après tout ce temps la table d'harmonie s'était doucement incurvée, acquérant ainsi la résonance particulière des vieux instruments. Et il fallait avouer, également, que sa vieille harpe était plus facile à transporter dans les concerts et à déplacer dans sa chambre. Malgré tout, elle ne pouvait se décider à parler à Stefan, qui était banni de la maison.

Puis le troisième jour de son retour de Grossenfluss, elle monta au grenier et ouvrit la porte. Comme elle s'approchait du lit sur la pointe des pieds, Annika se réveilla et se dressa sur son séant.

– C'était de la confiture de prunes noires, dit-elle d'une voix joyeuse. C'était cela dont je n'arrivais pas à me souvenir, pour la farce !

Puis sa tête retomba et, séance tenante, elle se rendormit.

Cet après-midi-là, le professeur Gertrude envoya chercher Stefan.

– Je me demandais si tu avais quelque chose à me dire au sujet de... l'accident, dit-elle au garçon qui se tenait debout devant elle.

Stefan s'éclaircit la gorge.

– Oui, avoua-t–il en rassemblant tout son courage. Ce n'était pas un accident. Je l'ai fait exprès.

Le professeur hocha la tête.

– Je le savais.

– Vous le saviez ? Comment ? Quand ? (Stefan ne pouvait en croire ses oreilles.) Quand avez-vous su ?

– Pas au début, j'étais trop bouleversée. Mais peu de temps après. Je te connais depuis que tu as quelques semaines et tu n'as jamais été maladroit. (Elle s'arrêta un moment, le regardant des pieds à la tête.) Il y a des enfants qui ne font pas la différence entre « tirer » et « pousser », mais ce n'est pas ton cas. Je sais que tu te sens mal à l'aise, c'est pourquoi je voulais te dire que tu avais bien fait.

– C'était pour Annika... bégaya-t-il. J'ai pensé que dès lors qu'on savait que nous n'avions rien à faire dans l'école, on allait nous en chasser et que nous allions ainsi perdre toute chance d'arriver jusqu'à elle. La seule solution semblait être de faire diversion et d'espérer... Vous comprenez, j'aurais fait n'importe quoi pour faire sortir Annika de cet endroit.

– Je comprends, dit le professeur. Tu as bien fait. C'était l'instrument le plus précieux que j'aie jamais possédé et on ne peut pas le réparer. Tu as quand même bien fait de le faire tomber dans l'escalier.

Finalement ce fut Rocco qui sortit Annika du lit.

– Je continue d'entendre Rocco hennir, disait-elle à Ellie. Même dans mon sommeil je l'entends. On dit que

371

tous les chevaux hennissent de la même façon, mais ce n'est pas vrai.

Ellie se décida alors :

– C'est Rocco, avoua-t-elle.

Et elle raconta à Annika le voyage de Zed, lui fit part de la certitude qu'ils avaient tous que le garçon n'avait pas volé sa malle, mais elle ne parla pas de Frau von Tannenberg.

– Alors si ce n'est pas lui, ça m'est égal de savoir qui l'a volée, dit Annika. À quoi bon s'en faire pour une malle pleine de vieilles nippes ?

Dix minutes plus tard elle était habillée et entrait dans l'écurie.

– Il se souvient de toi, constata Zed, tandis que Rocco frottait sa tête contre le bras d'Annika.

– Et moi, bien sûr que je ne l'ai pas oublié, lui dit-elle. Je n'arrive pas à croire que tu es ici avec Rocco. C'est fantastique de te retrouver à Vienne.

Elle avait oublié ses peurs, sa fatigue. Voir Zed alors qu'elle pensait qu'il était parti pour toujours effaçait toutes ses épreuves.

– Tu vas rester ici, n'est-ce pas, Zed ? Tu vas rester à Vienne ? Ellie dit que tu pourras trouver de nombreux petits travaux de toutes sortes et que les professeurs ne voient aucun inconvénient à héberger Rocco.

– Annika, je ne peux pas.

Zed avait détourné son visage pour qu'elle ne voie pas à quel point il était troublé à la pensée de repartir.

– Je dois partir et retrouver mon peuple. Nous pourrions avoir des problèmes ici, Rocco et moi, si je restais.

– Mais pourquoi donc ? Quelle sorte de problèmes ?

– J'ai vu deux hommes, des policiers en civil je crois, ou des indicateurs. Ils m'ont vu quand je montais Rocco au Prater, ils m'ont regardé avec insistance et ont écrit quelque chose dans leur carnet. J'ai revu l'un d'eux encore une fois, quand j'entraînais Rocco au trot enlevé dans ce petit morceau de terrain vague derrière le musée, et j'étais sûr qu'il allait m'aborder, mais quelqu'un est venu lui parler, alors je suis parti. (Il s'arrêta et caressa le cou de Rocco.) N'oublie pas, Annika, que j'ai volé Rocco. Le maître l'a acheté pour Hermann, pas pour moi. Ils ont dû demander à la police de me rechercher. Si Rocco est ramené à Spittal, il sera vendu au premier venu qui voudra bien l'acheter, et je dois veiller à ce que cela n'arrive pas. J'ai choisi Rocco quand il n'était encore qu'un poulain, et je crois que je l'ai choisi une nouvelle fois en l'emmenant avec moi. Peut-être voler est-il un choix. (Il haussa les épaules.) De toute façon je ne veux pas aller en prison.

– Oui, je comprends. Mais ne pourrais-tu pas seulement rester un peu plus longtemps ? Je veux que tu me racontes ton voyage. Et je veux te montrer Vienne. Et puis tu dois faire un tour sur la grande roue du Prater et te promener sur le Danube dans un bateau à aubes. Et encore plein de choses.

Et, comme Zed restait silencieux :

– S'il te plaît, Zed ?

– Je voulais savoir si tu allais bien et je vois que tu vas bien. Mais maintenant je dois partir.

– Seulement quelques jours, supplia-t-elle. Personne ne trouvera Rocco dans notre arrière-cour.

– Ce n'est pas que je veuille partir, Annika. Tout le monde a été si gentil, tout le monde. Je n'ai pas connu de foyer depuis la mort du maître... Bon, au diable tout cela : je resterai jusqu'à la fin de la semaine, mais pas plus. Et d'accord, nous irons tous sur la grande roue. Je suppose que personne n'a le droit de quitter Vienne sans y faire un tour !

35

L'école se vide

La chambre de la directrice au premier étage de Grossenfluss avait été transformée en hôpital. Les pieds du bas
du lit à baldaquin reposaient sur deux chaudrons renver-
sés pour que le sang de la principale, quand il atteignait
ses pieds, retourne bien vers sa tête. De grandes bouteilles
d'oxygène en bronze étaient accrochées aux murs, et des
tubes en caoutchouc, des cuvettes et des seringues étaient
entassés sur la table de chevet. La jambe de Fräulein von
Donner, entièrement plâtrée, était suspendue à une pou-
lie accrochée au plafond ; une attelle était fixée sur son
nez fracturé, et l'un de ses bras était bandé.

L'ordre du Poing fermé épinglé au col de sa chemise
de nuit de flanelle, elle mangeait une côtelette de porc.

La côtelette était légèrement brûlée : elle avait été
cuisinée par la fidèle secrétaire de la principale, l'anguiforme mademoiselle Vincent, et la raison en était
simple : il y avait eu vingt bonnes dans les cuisines et les
offices de Grossenfluss, et maintenant elles n'étaient
plus que deux.

Il était également inutile d'ordonner aux filles de ne pas faire de bruit devant la porte de la chambre de la malade, parce que le couloir était presque vide, il n'y avait presque plus d'élèves. Toutes les heures environ, une voiture s'arrêtait, d'où descendait un ou une aristocrate qui venait chercher son enfant pour la ramener au foyer.

Stefan, en laissant tomber la harpe sur la directrice, avait entraîné des événements qui n'en étaient qu'à leur commencement. Tout seul, il avait provoqué la chute de l'école. Elle avait débuté doucement, comme la chute de la harpe, mais maintenant, une semaine plus tard, elle était consommée.

Annika n'était pas la seule fillette qui s'était échappée cette nuit-là. Dans le tumulte et le tohu-bohu, trois autres filles s'étaient enfuies. Minna, qui détestait les champignons, et Flosshilde la silencieuse avaient couru jusque chez elles et n'étaient pas revenues. Une grosse et brave fille du nom de Marta fut cachée par un fermier, tomba amoureuse de son fils et décida de rester vivre à la ferme.

Cependant même les filles qui ne s'étaient pas échappées étaient brusquement devenues folles. La vue de la directrice empêtrée dans les cordes et le cadre en mille morceaux de la harpe enterra des années de peur. Une poignée d'entre elles, qui s'étaient rassemblées dans la chapelle afin de prier pour le rétablissement de la principale, se levèrent brusquement et se mirent à chanter un hymne à Dieu pour qu'il la punisse. Olga fit du toboggan sur la rampe de l'escalier en poussant des cris de joie, très vite suivie par ses amies. Aucun des professeurs ne leur ordonna de s'arrêter.

Le jour qui suivit l'accident, deux d'entre elles partirent brusquement, et le jour d'après, trois autres.

Mais ce furent probablement les servantes qui mirent un véritable point final à la tyrannie de Grossenfluss. Elles sortirent des cuisines et distribuèrent de la nourriture aux filles affamées. Elles lancèrent des petits pains dans les dortoirs et vidèrent dans leurs mains tendues des sacs entiers de fruits secs.

La directrice et son adjointe firent bien appeler la police pour rétablir l'ordre, mais mal leur en prit. La police avait un dossier sur le cas de l'élève numéro 126. Ils n'avaient jamais été autorisés à enquêter en bonne et due forme sur la mort de la fillette. On leur avait dit que c'était un accident, et on les avait renvoyés. Mais ils n'en avaient rien cru. Cette fois, Fräulein von Donner n'étant plus en état de les chasser, ils prirent les déclarations des servantes et des rares élèves qui restaient. Dès le lendemain, la vieille princesse reçut la visite d'un ministre du gouvernement. À la fin de la semaine, tout le monde était au courant que l'école devrait fermer ses portes.

Pendant tout ce temps, Fräulein von Donner gisait désespérément dans son lit, fulminante. Les côtelettes de porc apportées par la pauvre mademoiselle Vincent étaient de plus en plus petites et de plus en plus brûlées ; les couloirs se vidaient de jour en jour davantage. Seuls le bruit des voitures des parents qui venaient chercher leurs filles et le crissement des pneus sur les gravillons venaient briser le silence.

Les jours passaient et les nuages de la tempête s'amoncelaient.

– Je ne peux voir personne, déclara Fräulein von Donner, ne laissez entrer personne... Je suis souffrante.

Mais il y eut un parent qui ne prêta pas attention aux jérémiades de la principale ni aux gestes de rejet de mademoiselle Vincent. Frau Edeltraut von Tannenberg frappa brièvement à la porte et entra dans la pièce comme un bateau de guerre prêt à l'attaque ; derrière elle venait Oswald, sa balafre palpitant d'inquiétude.

La lettre annonçant qu'Annika était partie de Grossenfluss attendait Edeltraut à son retour de Suisse avec Oswald. La nouvelle leur causa un grand désarroi.

– Nous devons la faire revenir immédiatement, Oswald. L'affaire devient sérieuse. Si ceux de Vienne la récupèrent, nous pourrons avoir des problèmes. Je ne pense pas qu'Annika croie encore longtemps que Zed a volé la malle, surtout si elle se met à poser des questions, ou si ces minables professeurs... Ce quartier est plein d'hommes de loi... sans compter ces horribles Egghart.

– Je me demande comment elle a pu faire, observa Oswald, l'air songeur. Je veux dire, comment elle a pu sortir de là. Grossenfluss est censé être une vraie forteresse.

– Qu'importe comment elle a fait, répliqua hargneusement Edeltraut. Il faut absolument la ramener, et nous devrons la surveiller sans arrêt. Tu te souviens comment ce bijoutier nous a regardés en Suisse ? Pas Zwingli, l'autre ; celui qui a dit qu'il n'était pas banal qu'une enfant renonce de cette façon-là à son héritage.

Après avoir pris d'assaut la chambre de la principale, Edeltraut passa tout de suite à l'attaque.

– Dois-je comprendre que ma fille, *ma* fille, que j'ai confiée à vos soins, s'est enfuie ?

– Nous ne sommes pas sûres qu'elle se soit enfuie, répondit la directrice. Elle semblait très heureuse ici et s'adaptait très bien.

– Alors que pensez-vous qu'il lui soit arrivé ? demanda Frau von Tannenberg d'un ton impérieux.

La principale se hissa sur son oreiller.

– Nous pensons qu'elle a dû être kidnappée. Peut-être par quelqu'un qui était au courant de la fortune dont jouit votre famille depuis peu.

– Quelle fortune ? riposta Edeltraut. J'espère que personne n'a bavardé au sujet des affaires de Spittal. Si elle avait été kidnappée, comme vous dites, nous aurions reçu une demande de rançon. Or nous n'avons entendu parler de rien. De rien du tout. Nous avons eu votre lettre à notre retour de Suisse, et c'est ainsi que nous avons appris qu'Annika n'était plus chez vous.

Elle sortit son mouchoir et se tamponna les yeux.

– Qu'est-il arrivé exactement ? demanda Oswald.

– Nous aimerions savoir précisément quand elle a disparu, et comment, ajouta Edeltraut. Tous les détails de cette journée tragique.

– Eh bien, c'était le jour de mon accident. J'étais gravement blessée, et inutile de dire que les professeurs et les filles étaient très affectées. Elles ont couru dans tous les sens pendant des heures, qui pour trouver un médecin, qui pour me transporter dans ma chambre... C'était la seule chose qui les préoccupait. J'ai bien failli mourir.

Elle attendait de la compassion, mais ce qui sortit d'Edeltraut fut une sorte de grommellement :

– De quelle façon avez-vous été blessée ?

– Une harpe m'est tombée dessus du haut de l'escalier. Une très grande harpe, un instrument très dangereux.

– Une harpe ! Comment se fait-il...

– Une femme est arrivée avec une harpe, disant qu'elle était envoyée par la duchesse de Cerise pour donner un concert devant les élèves. Mais je me suis méfiée : je suis toujours très attentive à la sécurité des filles et je me doutais que c'était une mystificatrice. Aussi me suis-je précipitée pour l'arrêter...

Elle décrivit en détail les catastrophiques événements de ce jour. Quand elle eut fini, elle retomba sur ses oreillers, terrassée par ces souvenirs, mais ses deux visiteurs n'en furent guère impressionnés.

– À quoi ressemblait la harpiste ?

– Une femme d'âge mûr avec un chignon. L'air tout à fait respectable, de même que le garçon qui était avec elle, un petit paysan, mais qui s'exprimait bien. Je n'ai rien suspecté jusqu'à ce que...

– Attendez, l'interrompit Edeltraut. Ce petit paysan, comment était-il ?

– Il avait des cheveux blonds et des yeux bleus. C'était un simple domestique qui l'aidait à transporter l'instrument. Je vous prie de m'excuser, pouvez-vous aller chercher ma secrétaire, je vais me sentir mal.

Mais Frau von Tannenberg filait déjà vers la sortie.

– Le professeur Gertrude était harpiste, dit-elle à Oswald. Et le garçon correspond à la description du fils de la lavandière avec lequel Annika était amie. Pourraient-ils avoir un lien avec cette affaire ? Et si Annika avait écrit une lettre à Vienne et raconté qu'elle n'était pas heureuse ?

– Comment aurait-elle pu envoyer la lettre ? Tout le courrier est lu.

– Elle aurait pu demander à l'une des bonnes de la poster pour elle. Tu sais comment elle se cramponne toujours aux basques des servantes. À moins que Gudrun leur ait dit où était Annika, bien qu'elle jure ne pas l'avoir fait.

– Gudrun est ma fille. Elle ne mentirait pas.

Edeltraut ignora sa réflexion.

– Il ne peut y avoir d'autre explication. Elle est soit à Vienne, soit en train d'errer dans la campagne, et je me demande ce qui est pire.

Quand ils retournèrent à Spittal, Edeltraut trouva une lettre du professeur Julius expliquant qu'ils avaient retiré Annika de Grossenfluss et qu'elle était en sécurité auprès d'eux.

– Comment ose-t-il ? fulmina Edeltraut. Annika est ma fille, et je suis sa tutrice légale. Ces professeurs vont le regretter. Je te le dis, ils vont le regretter !

36

Va-t-elle venir ?

C'était comme si la ville savait que Zed allait la quitter et qu'elle devait se présenter sous ses plus beaux atours. Le soleil brillait, les lilas et les cytises étaient en fleur, et les tables de café étaient installées sur les trottoirs...

C'était comme si Annika avait organisé tout cela pour le bien-être de son ami. Elle voulait tout montrer à Zed et l'emmener partout. Les professeurs lui avaient donné de l'argent de poche et Zed avait fait quelques économies, aussi s'offrirent-ils mutuellement des cadeaux dans la boutique de pâtes d'amande de la rue Karntner : une coccinelle orangée à points noirs pour Annika, un renard à queue touffue pour Zed.

– Il faut les manger tout de suite, lui conseilla Annika, sinon après, nous n'en aurons pas le courage.

Ils se rendirent à la halle ; les marchands connaissaient tous Annika et firent des remarques sur son bel ami. Elle l'emmena à la cathédrale, lui montra les tableaux et les crânes empilés dans la crypte, qui dataient du temps de la grande peste. Elle le conduisit dans les coulisses du musée principal, où les amis d'oncle Emil rénovaient un tableau représentant la tête de Jean-Baptiste, et devant la statue de saint Boniface sous laquelle le grand-oncle de Sigrid, celui qui avait mangé vingt-sept beignets de pommes de terre, s'était caché pendant sa nuit de noces.

Tout en marchant, ils parlaient. Annika ne savait encore rien de ce que sa mère avait fait, et elle ne mentionna jamais Spittal. Ces quelques jours à Vienne devaient exister en dehors de tout futur et de tout passé.

Ils se promenèrent sur le pont National et contemplèrent le Danube, large et profond, qui charriait ses eaux grises et opaques vers Budapest en Hongrie, et plus loin à travers les plaines de l'Europe de l'Est.

– Tu pourras mettre un message dans une bouteille si tu as besoin de moi, et la lancer dans le fleuve, suggéra Zed. Alors je le trouverai en me promenant à cheval sur la rive, et je viendrai. Les messages dans les bouteilles sont toujours importants, je le lirai avec attention.

– Oui, je pourrai faire cela... si je vis ici. (Ce fut la seule chose qu'Annika put dire à propos du sentiment d'incertitude qu'elle avait quant à son avenir.) Mais peut-être à ce moment-là seras-tu marié à Rosina.

– Rosina ?

Zed la regarda, perplexe. Elle fut ravie qu'il eût oublié le nom de la fille qui avait voulu lui donner un chaton.

– Non, bien sûr que non, déclara-t-il fermement quand elle lui eut expliqué et il la regarda d'une façon qui la fit se sentir ridiculement heureuse.

– Quand même, nous pourrions ne jamais plus nous revoir, dit-elle.

– Si, nous nous reverrons.

Il mit sa main sur celles d'Annika, posées sur le garde-fou.

Ils prirent le tram pour revenir dans le centre-ville, puis passèrent à pied devant les écuries à arcades où vivaient les lipizzans, en direction du palais impérial. Quand ils arrivèrent devant la porte Saint-Michel, Annika s'arrêta brusquement et saisit le bras de Zed.

– Regarde, c'est lui !

C'était vraiment l'empereur François-Joseph, dans un carrosse aux roues d'or, qui inspectait les gardes Razumovsky, levant une main gantée de blanc pour saluer la petite écolière qu'elle était et son ami.

Zed suivit le carrosse des yeux.

– Je suis content de l'avoir vu. C'est comme avoir vu passer une tranche d'histoire.

– Tu resterais si tu pouvais, n'est-ce pas, Zed ? Tu resterais à Vienne ?

Elle l'avait contrarié. Il s'arrêta net et la regarda dans les yeux.

– Qu'est-ce que tu crois ? s'emporta-t-il. Il y a ici tout ce que j'ai toujours voulu : des livres à lire, la possibilité d'apprendre plein de choses, et puis Ellie et Sigrid, qui me traitent comme si j'étais leur fils... et aussi des amis. Je n'ai jamais eu d'amis. J'ai toujours été seul. Tu penses que la vie avec les Tziganes est romantique parce que tu les as vus un soir autour d'un feu de camp, mais ce n'est pas le cas. C'est une vie dure et sauvage, qui peut être aussi cruelle. (Il s'interrompit.) Oh, de toute façon tu ne comprendrais pas.

– Peut-être que si, dit-elle calmement. Peut-être que je comprends mieux que tu ne le penses. J'ai dû partir d'ici une fois, et peut-être...

– Non, la coupa-t-il.

Puis il se souvint qu'elle ne savait rien des soupçons qui pesaient sur sa mère ni du plan qu'avaient arrêté les professeurs.

L'après-midi, quand Pauline et Stefan revinrent de l'école, tous les quatre emmenèrent Rocco dans le jardin abandonné et l'y laissèrent paître.

Stefan s'était maintenant résigné à suivre le chemin de son père et à s'occuper de l'entretien du jardin du Prater.

– À quoi bon se rendre malheureux ? dit-il. Mes parents n'ont pas les moyens de me payer des études d'ingénieur, un point, c'est tout. Au moins tu auras quelqu'un qui t'emmènera faire le tour du parc et qui pourra t'obtenir des billets à moitié prix.

Il se tourna vers Zed.

– Tu verras, demain, quand tu seras sur la grande roue. C'est vraiment quelque chose. C'est la plus haute de toute l'Europe.

Le lendemain était l'avant-dernier jour de Zed, et ils allaient le passer au Prater. Mais la journée s'annonça très différente, car lorsqu'ils eurent fini leur petit déjeuner, les professeurs envoyèrent chercher Annika.

– Nous avons quelque chose à te dire, lui annoncèrent-ils.

Ce « quelque chose » ne lui disait rien qui vaille, Annika s'en rendit compte tout de suite. Les trois professeurs avaient un air grave. En fait ils venaient juste de terminer une discussion entre eux sur le bien-fondé de ce qu'ils allaient faire. Le professeur Gertrude était contre : « Inutile de le lui dire, cela ne fera que la rendre malheureuse. »

Mais Julius et Emil décrétèrent qu'il fallait qu'elle sache. « La vérité est importante, précisèrent-ils, même pour les enfants – surtout pour les enfants. »

Néanmoins il ne leur fut pas facile de commencer.

– C'est au sujet de ta mère.

Le cœur d'Annika commença à battre la chamade.

– Est-ce qu'elle vient ?

– Oui, elle vient. Elle est descendue à l'hôtel *Riverside* et elle sera ici demain après-midi pour venir te chercher. Nous lui avons écrit pour lui dire que tu es en sécurité avec nous, que nous t'avions emmenée de Grossenfluss parce que tu y étais malheureuse, et que nous pensions que tu ne devrais pas y retourner. Le docteur Flass t'a fait un certificat médical qui précise que ce serait mauvais pour ta santé.

– Merci.

– Mais il y a autre chose... Peut-être devrions-nous t'expliquer pourquoi Zed est venu à Vienne. Il a découvert que les bijoux que la grand-tante des Egghart t'avait montrés étaient vrais.

Annika le regarda d'un air étonné.

– Ce n'est pas possible. Elle m'a tout raconté à ce sujet... Comment le bijoutier parisien les avait copiés.

– Néanmoins ils sont authentiques.

Le professeur lui raconta l'histoire de la supercherie de Fabrice.

– Il était très amoureux de cette femme, c'est la raison pour laquelle il lui a fait cette farce.

– Une très gentille farce, observa Annika. J'aurais aimé qu'elle le sache. Ou peut-être était-ce mieux ainsi.

– Il paraît, continua le professeur, que les bijoux valent une fortune. Elle t'a laissé la malle et tout ce qu'elle contenait. Les notaires l'ont confirmé.

Annika était troublée.

– Mais où est-elle, alors ? Ma mère pensait que c'était Zed qui l'avait prise... Mais je suis sûre que ce n'est pas vrai. J'en suis absolument sûre.

– Nous en sommes également sûrs.

– Mais alors qui l'a fait ?

Annika était complètement perdue.

– Quand Fräulein Egghart t'a montré les bijoux, reprit le professeur, as-tu vu une broche en forme de papillon ?

– Oui, en effet. Avec des saphirs bleus pour les ailes, des rubis pour les yeux, et des fils d'or pour les antennes. J'aurais dû me douter que les pierres étaient vraies, elles étaient si belles.

– C'est une description exacte, dit le professeur Julius en prenant une lettre sur son bureau. Nous avons demandé à un ami en Suisse de faire une enquête, et sa lettre est arrivée ce matin. Ta broche-papillon vient d'être vendue par Zwingli und Hammermann pour deux millions de francs suisses.

– Je ne comprends pas. Comment la broche est-elle...

Le professeur Julius posa une main sur son épaule.

– Nous pensons que ta mère peut l'avoir prise. Que ta mère et Oncle Oswald ont dérobé la malle. La description de la femme qui a apporté la broche au bijoutier correspond exactement à celle de ta mère.

– Non ! cria Annika en s'écartant de lui. Ce n'est pas vrai. Je ne le crois pas. Ma mère ne me volerait pas. Pourquoi le ferait-elle ? Tout ce qui m'appartient, je le lui ai donné. Elle le sait.

– Cela devra être prouvé, et puisque c'est toi qui as été volée, c'est toi qui devras lui reprocher ces faits. Si elle était déclarée coupable et envoyée en prison, nous demanderions à la cour si tu peux revenir avec nous, tout au moins pendant la durée de la peine. Cela voudrait dire que tu pourrais rester à Vienne et...

Mais Annika ne pouvait plus prononcer un seul mot.

– Non ! cria-t-elle enfin. Ce n'est pas vrai. Vous mentez !

Sur ce, elle se retourna et s'enfuit hors de la pièce.

37

L'hôtel Riverside

Frau Edeltraut, assise devant la coiffeuse de sa chambre de l'hôtel *Riverside*, se brossait les cheveux. Des flacons de parfum, des huiles, des peignes en argent et des houppettes étaient posés devant elle ; la lumière du soleil entrait par sa véranda privée équipée de transats et décorée de pots d'œillets suspendus. Oswald, dans la chambre voisine, regardait passer sur le fleuve, à travers son binocle, un bateau à aubes et plusieurs navires de plaisance aux couleurs ensoleillées.

Mathilda n'avait pas été facile avant leur départ pour Vienne.

– Je ne vois pas pourquoi tu devrais tout le temps te servir d'Oswald comme de ton larbin, avait-elle dit en regardant sa sœur. Oswald est mon mari, il ne t'appartient pas.

– Je n'ai jamais dit qu'il m'appartenait. Si cela peut t'intéresser, je trouve Oswald extrêmement ennuyeux. Il n'a pas d'envergure et aucune acuité d'esprit. Mais j'ai besoin de lui pour mon dernier voyage à Vienne. Une fois que nous aurons ramené Annika à Spittal, je trouverai quelqu'un qui ne la lâchera pas d'une semelle et qui veillera à ce que tout se passe bien. Et si nécessaire... (Mais elle ne finit pas sa phrase, car Mathilda, pour être faible et timorée, n'en aimait pas moins Annika.) Je te signale quand même que tu étais très contente de venir à Zurich pour dépenser mon argent.

– L'argent de ta fille, tu veux dire.

Edeltraut passa outre.

– Si la vérité finit par se savoir, tu seras aussi impliquée qu'Oswald et moi-même.

– Non, c'est faux. Je n'ai pas volé la malle. Et Gudrun ne sait rien de cette histoire, rien du tout.

– Bien sûr que non, pas plus qu'Hermann, d'ailleurs. On tient généralement les enfants à l'écart des choses qui nécessitent le secret. Mais je te le dis, si nous ne ramenons pas Annika de Vienne, et vite, et si nous ne faisons pas en sorte qu'elle ne s'échappe plus, tout ce à quoi nous avons travaillé pourrait s'écrouler.

– Eh bien, d'accord, fit Mathilda d'un ton boudeur. Mais c'est la dernière fois, et j'espère que tu rapporteras un cadeau à Gudrun. Je suppose que tu ne retourneras pas à l'hôtel *Bristol*.

– Tu sais parfaitement que je ne peux pas retourner au *Bristol*, dit Edeltraut, qui était partie sans payer sa note.

– Eh bien, dans ce cas, pourquoi ne t'installes-tu pas sur la rive du fleuve ? Il y a un bon hôtel au bord du Danube, qui s'appelle le *Riverside*. Oswald pense que nous avons besoin d'un nouveau bateau pour le lac, et il y a justement par là un chantier naval.

– Ah bon, Oswald veut que je lui achète un bateau, maintenant ?

Elle loua néanmoins deux chambres à l'hôtel *Riverside* à la lisière de la ville, et quand elle et Oswald arrivèrent à Vienne, elle fut satisfaite, parce qu'il faisait beau et chaud, et que l'hôtel, avec ses vérandas donnant sur le fleuve, sa promenade le long de ses rives et sa vue sur le débarcadère où le vapeur déchargeait sa cargaison de voyageurs, était un lieu fort plaisant.

– Je dois m'occuper de certaines affaires demain matin comme je te l'ai dit, annonça Edeltraut à son beau-frère quand ils arrivèrent. Je n'aurai pas besoin de toi pour cela. Mais dans l'après-midi, je veux que tu viennes avec moi chercher Annika. J'ai les pleins droits en qualité de mère, mais je n'ai pas confiance en ces professeurs.

– Tu ne penses pas qu'ils se doutent de quelque chose ?

– Ne sois pas stupide, comment le pourraient-ils ? Zed a rejoint ses romanichels en Hongrie, et personne d'autre ne sait quoi que ce soit.

C'est ainsi que, à ce moment-là, elle était occupée à se faire belle pour la journée. Par-dessus sa robe en soie corail, elle avait revêtu un peignoir en mousseline ; ses boucles d'oreilles en corail et son collier assorti attendaient sur le présentoir à bijoux. Elle avait poudré son visage et noirci ses cils. Ses longs cheveux, qui pendaient librement dans son dos, avaient été lavés la veille par le coiffeur de l'hôtel. Elle les brossait. Pas trop longtemps, ni trop fort.

Elle fut interrompue par un coup frappé à la porte. Un groom annonça qu'une jeune dame voulait la voir.

– A-t-elle donné son nom ?

– Non, madame. Elle est très jeune, presqu'une enfant. Dois-je la faire monter ?

– Oui, faites.

Annika était restée éveillée toute la nuit. Elle tournait et retournait dans sa tête les accusations des professeurs ; elle avait beau les chasser, elles revenaient.

Les professeurs mentaient ; ils mentaient forcément. Bon, sans doute n'avaient-ils pas eu l'intention de mentir, mais ils se trompaient. Il n'était pas possible que sa mère soit une voleuse. Si elle était coupable, elle n'avait pas seulement volé la malle, mais aussi accusé Zed du vol, et cela était impossible.

Annika se souvint de la joie qu'elle avait éprouvée lors de ce premier repas à l'hôtel *Bristol*, de l'excitation et de la fierté qu'elle avait ressenties en découvrant qu'elle était l'enfant d'une si belle femme. Elle se rappela combien son cœur était rempli d'espoir quand elle avait voyagé en train avec sa mère, en direction de Spittal...

Peut-être était-ce Oncle Oswald qui l'avait fait ? Il faisait toujours plein de choses pour sa mère ; oui, ce devait être cela. Et sa mère ne l'avait appris que quand il était trop tard.

Il fallait qu'elle croie que sa mère était bonne. Car comment peut-on vivre si l'on pense que sa mère est malhonnête ?

Dès le lever du jour, Annika s'habilla et sortit discrètement de la maison. Il fallait qu'elle la voie tout de suite. Elle devait la voir seule, et découvrir la vérité. Rien ne comptait en dehors de cela.

Le voyage jusqu'à l'hôtel *Riverside* fut long et fastidieux : le tramway jusqu'au terminus, puis le petit train longeant le Danube dans un nuage de vapeur, enfin une marche sur une route poussiéreuse, de la gare à l'hôtel.

Mais tandis qu'elle arrivait devant l'hôtel avec ses arbres en fleur, ses auvents et ses vérandas, son humeur changea. C'était un lieu pour la chaleur et le bonheur, non pour les mensonges et les intrigues. Dans dix minutes, dans cinq minutes, le cauchemar serait terminé.

Sa mère l'enlacerait dans ses bras et lui dirait la vérité. Et elle serait enfin soulagée !

– Entrez ! cria Edeltraut.

Elle s'aspergea de nouveau de parfum et secoua ses cheveux afin qu'ils se répandent sur ses épaules. Puis, sa brosse encore dans la main, elle se leva et alla ouvrir la porte.

– Annika, ma très chère enfant ! Ma chérie ! Que se passe-t-il ? Pourquoi es-tu si pâle ?

Annika n'avait pas avancé d'un seul pas. Elle resta debout, très droite, le dos dans l'embrasure de la porte.

– Qu'est-ce qui te bouleverse ainsi, mon enfant ? Que t'a-t-on raconté pour que tu sois dans cet état ?

– On m'a dit que c'était vous qui aviez volé la malle de *La Rondine*, lui dit Annika sans détourner les yeux. Vous et Oncle Oswald. Parce que les bijoux sont vrais.

Sa mère porta la main à sa gorge.

393

– Comment osent-ils ? Comment osent-ils te dire de tels mensonges ? Ce n'est pas étonnant que tu aies l'air si bouleversée !

– Zed est venu. Il est à Vienne. Il a entendu l'histoire racontée par le baron von Keppel et...

– Zed ! Zed est à Vienne ?

– Oui.

Un silence absolu s'installa pendant un instant. Annika n'avait pas bougé de la porte ni quitté des yeux le visage de sa mère. Quand elle reprit la parole, sa voix était très basse, mais chaque mot qu'elle prononça était parfaitement clair :

– Pourriez-vous s'il vous plaît me dire la vérité, demanda Annika. Juste la vérité, maman. Rien d'autre.

Edeltraut avait laissé glisser son peignoir ; dans sa robe de soie corail, ses magnifiques cheveux répandus sur ses épaules, elle était éblouissante. Son parfum était différent : il n'était plus étrange et exotique, mais léger et estival. Les gens beaux apparaissent toujours sous un nouveau jour. Mais Annika tint bon :

– S'il vous plaît, maman.

Alors quelque chose d'extraordinaire se passa. La grande et orgueilleuse dame dans sa robe de soie sembla soudain se décomposer. Elle fit quelques pas hésitants, puis tomba à genoux devant Annika.

– Tu auras la vérité, dit-elle d'une voix brisée. Oui, c'est moi qui l'ai fait. J'ai demandé à Oswald d'aller chercher la malle, elle m'était adressée, tu te souviens ? J'ai pris les bijoux et je les ai emportés en Suisse. Mais avant que tu n'appelles la police, pourrais-tu essayer de comprendre ? Non pas me pardonner, ce serait trop te demander, mais me comprendre.

– Je n'appellerai pas la police, dit Annika. Jamais. Tu es ma mère. Mais j'aimerais bien comprendre, en effet.

– Bien sûr, bien sûr...

Edeltraut se releva et s'installa sur une chaise basse. Elle tendit les mains vers sa fille, essayant de dissimuler le soulagement qu'elle ressentait. Annika les prit, mais ses yeux étaient encore fixés sur le visage de sa mère.

– Si tu pouvais t'imaginer... dit Edeltraut. Je n'avais que vingt ans quand je me suis mariée, et j'étais bien trop jeune pour juger d'un caractère. Quand je me suis rendu compte que mon mari était un joueur compulsif, j'ai pris peur. Je n'avais personne vers qui me tourner, personne pour m'aider. Semaine après semaine, mois après mois, j'ai vu la maison se vider de tous ses trésors : les tableaux, les livres, mes bijoux, ceux de ma sœur. Tu sais tout cela, mais n'oublie pas, ma chérie, j'étais une von Tannenberg. Nous sommes une famille fière. La honte de devenir des mendiants... Les gens détournaient le regard quand ils me rencontraient, des gens que j'avais connus toute ma vie... Oh, c'était affreux ! Puis mon mari s'est enfui en Amérique, et je me suis retrouvée complètement seule à Spittal, avec un petit garçon dont je devais m'occuper. Je ne savais plus quoi faire ; je voyais Spittal se transformer en ruine... Spittal, le fief des von Tannenberg. Quand mon père mourut, j'eus une idée qui me redonna courage, que dis-je du courage ? plus que cela, elle me rendit merveilleusement heureuse. Tu devines de quoi il s'agissait ?

Annika hocha la tête.

– Je retrouverais ma petite fille, celle que j'avais été forcée d'abandonner quand elle n'avait que quelques jours. Soudain la vie reprit un sens, elle avait un but.

Edeltraut avait trempé un mouchoir. Elle le roula en boule et en prit un autre.

Annika ne parlait toujours pas.

– Cela n'a pas été facile. Je suis allée à Pettelsdorf et là, j'ai appris que tu avais été adoptée et emmenée à Vienne. Alors j'ai couru dans les rues, à ta recherche. Je suis allée voir un notaire, un homme célèbre, Herr Pumpelmann-Schlissinger, qui m'a aidée... et enfin je t'ai retrouvée. Oh, Annika, quand je t'ai vue là devant moi, dans l'encadrement de la porte du salon des professeurs, avec les yeux et les cheveux de ton père, et ce regard confiant que tu avais... Je crois que ce fut le plus beau jour de ma vie depuis de nombreuses années.

– Oui, moi aussi, j'étais heureuse, dit simplement Annika.

– Mais, bien sûr, j'étais inquiète à l'idée de t'emmener à Spittal. Nous vivions... eh bien, comme des paysans, sans un sou.

Non, aurait voulu dire Annika. Les paysans ne vivent pas comme cela. Ils font la cuisine, le ménage et coupent du bois, ils se débrouillent. Mais elle ne parla pas.

Edeltraut se leva et s'approcha de la fenêtre.

– Mais tu vois, Annika, le notaire a découvert quelque chose d'autre à ton sujet. Une vieille dame qui vivait sur la place t'avait laissé une malle pleine de souvenirs ; le testament était en cours d'authentification, et tu n'en savais rien. Puis, quand j'ai préparé ton arrivée, mon oncle m'a raconté l'histoire des bijoux de La Rondine qui étaient authentiques, ce que personne ne savait. Bien sûr, j'aurais dû te le dire, mais je n'étais pas sûre que l'histoire soit vraie ; les bijoux auraient pu être faux, comme tout le monde le pensait. Et puis j'avais ce rêve, Annika, le rêve de rendre Spittal à sa magnificence, le rêve que toi et Hermann viviez dans le confort. J'avais préparé un testament, tu le sais, qui te laisse une part de Spittal. Oh, Annika comme j'ai été stupide.

– Je vous aurais donné les bijoux pour sauver Spittal. Je vous aurais donné tout ce que j'avais, dit calmement Annika.

– Je sais, oh, je le sais maintenant, ma chérie. Mais souviens-toi, je te connaissais à peine. Je voyais que tu étais douce et jolie, mais une soudaine richesse peut faire tourner la tête d'une petite fille. J'aurais dû avoir confiance en ma propre fille, ma chair, mon sang, mais on m'avait déjà fait tant de mal !

Annika était très fatiguée. Quelque chose semblait ne pas tenir debout, mais elle était trop lasse pour demander des explications.

Les yeux d'Edeltraut s'étaient encore emplis de larmes. Elle posa une main sur l'épaule d'Annika.

– Nous pourrions commencer une nouvelle vie toutes les deux. Nous pourrions agir ensemble afin que mon rêve pour Spittal devienne réalité. Il reste encore beaucoup d'argent, et tu décideras comment il doit être dépensé.

Sans Hermann, je me sens très seule. Dis que ce n'est pas trop tard. Dis que tu viens, ma chérie. J'ai tant besoin de toi.

– Je ne retournerai pas à Grossenfluss. Plus jamais.

Le ton d'Annika était ferme malgré son épuisement.

– Non, non, bien sûr que non. Ce fut un tort de ma part de penser que tu pouvais y être heureuse. Je croyais que tu avais besoin de camarades de ton âge, mais l'école a complètement changé ces dernières années. J'aurais dû t'y emmener et voir par moi-même, au lieu de te laisser y aller avec Mathilda ; j'ai été coupable là aussi, terriblement coupable. Tu n'y retourneras plus jamais, je te le jure. (Elle avait trouvé un nouveau mouchoir et tentait de sourire à travers ses larmes.) Ma pauvre, pauvre chérie toute pâle, ne reste pas debout ici. Laisse les rayons du soleil réchauffer ton visage, viens donc sur le balcon.

Annika se laissa conduire vers la porte-fenêtre. Devant elle s'étendait le fleuve éblouissant avec ses bateaux aux couleurs vives. Des tulipiers en fleur bordaient la rive ; des enfants pataugeaient dans les eaux peu profondes. Le monde était encore là, et il était très beau.

– Regarde, le vapeur est en train de partir pour Regensburg.

– C'est Le *Princesse Stéphanie,* acquiesça Annika.

Sa mère avait passé un bras autour d'elle et les effluves de son parfum enivrèrent la fillette.

– Il y a tant de choses à voir dans la vie, tant de choses à faire. Ne pourrions-nous pas les faire ensemble ?

Annika resta encore silencieuse. Elle ne s'était jamais sentie aussi fatiguée.

– J'ai une très bonne idée ! s'écria Edeltraut avec enthousiasme. Nous pourrions rentrer à la maison avec le vapeur. Revenir par le fleuve. Le bateau traverse une partie de l'Allemagne, ainsi nous passerions plusieurs jours sur l'eau avant de changer pour prendre le train. Tu aimerais cela, n'est-ce pas ? Tu aimes voyager en bateau.

– Oui.

– Tu viendras, alors, ma chérie ? Tu me pardonneras ? (Elle tendit les mains d'un geste implorant en regardant Annika au fond des yeux.) Parce que si je n'ai pas ton pardon, je ne sais pas... comment je vivrai.

38

La lettre

Personne ne pouvait le croire.

– Tu ne vas rien faire pour les bijoux ? Tu la laisses te les prendre et tu ne vas rien dire ?

Tout le monde était étonné et peiné, mais Pauline, elle, était furieuse.

– Tu es complètement folle, lui dit-elle.

Ils s'étaient tous réunis dans la cour, se demandant où était Annika, et elle était enfin arrivée.

– Tu donnerais ta mère à la police ? interrogea Annika. Tu le ferais ?

Et, se tournant vers les professeurs :

– Vous le feriez ?

Pendant un moment, ils furent réduits au silence. Ellie se souvint que sa mère avait autrefois pris une petite branche de persil fané qui pendait au bord d'un étal du marché, parce que la marchande était occupée à servir une file de clients et qu'elle était pressée. Le lendemain, elle avait envoyé Ellie faire cinq kilomètres dans la chaleur et la poussière d'une route pour trouver la femme et la payer.

– Vous voyez, dit Annika, vous ne le feriez pas. Pas pour votre propre mère.

Mais ce qui les affligeait, et qui était presque impossible à comprendre, c'était qu'Annika allait retourner de sa propre volonté à Spittal. Elle n'allait même pas essayer de rester à Vienne.

– Elle m'a demandé de lui pardonner ; elle s'est agenouillée devant moi.

Pauline grommela ; les professeurs lui lancèrent un regard sévère, mais, à vrai dire, eux aussi étaient très troublés. Ils avaient trouvé une solution pour Annika, mais elle n'en avait que faire.

– Ce n'est que du snobisme, dit Pauline. En fait tu aimes être une « *von* » et avoir les gens à tes pieds, qui te font des courbettes et te mendient de l'argent. Tu dois aimer cela, sinon tu ne serais pas si faible.

– Non. (La détresse d'Annika était au-delà des larmes.) Je n'aime pas cela.

L'ennui de la vie à Spittal lui revint. Les longues journées vides, l'interdiction d'être d'une quelconque aide... et puis Zed ne serait plus là, et elle n'entendrait plus le hennissement de bienvenue de Rocco quand elle descendait à la ferme. Et la ferme non plus n'existerait plus...

Elle serra les dents. Elle avait donné sa parole, car elle ne voyait pas d'autre solution. Peut-être les gens qui avaient toujours eu des mères ressentaient les choses différemment, mais pour elle, l'arrivée de sa mère après avoir rêvé des années de son apparition dans sa vie avait été un miracle. Elle ne pouvait tourner le dos à la personne qui lui avait donné la vie. Pas même maintenant.

– C'est dans la Bible, dit Annika d'un ton las. Quand Ruth dit à sa mère : « Où tu iras j'irai, où tu demeureras je demeurerai : ton peuple sera mon peuple et ton Dieu sera mon Dieu, où tu mourras je mourrai et j'y serai enterrée. »

Mais il était risqué de citer ce genre de choses à Pauline qui lisait plus que tout le monde.

– Ce n'est pas à sa mère que Ruth dit cela, c'est à sa belle-mère, et c'est complètement différent.

Mais Annika avait lutté sur le chemin du retour du *Riverside* ; personne ne pouvait ébranler sa décision. Si les gens ne pardonnaient pas à leurs proches, comment le monde pourrait-il survivre ?

– C'est aussi sur les tableaux, partout, ajouta-t-elle.

Et, se tournant vers son oncle Emil :

– Le musée est plein de madones tenant leurs enfants dans leurs bras.

Emil cependant ne trouva aucun lien entre Frau von Tannenberg et la Vierge Marie, et il le dit.

La personne qui parlait le moins, et peut-être comprenait le plus, c'était Ellie. Mais sa blessure était profonde. Elle savait qu'Annika n'était pas snob et que les riches ne l'impressionnaient pas. Annika était quelqu'un qui aimait faire les choses, non les posséder. Seul un amour absolu pour sa mère pouvait la faire se comporter de cette façon.

Jusque-là Ellie avait espéré que sa fille adoptive se souvînt de son ancienne vie avec affection. Maintenant elle était face à la vérité, et elle ne savait pas comment elle allait supporter une seconde séparation.

– Je crois que je vais retourner dans ma famille, dit-elle à Sigrid. Ils seront heureux d'avoir de l'aide en plus. Ils te prendront aussi.

Les cousins d'Ellie dirigeaient un petit hôtel dans les Hautes-Alpes.

– Je suis sûre que ce sera mieux là-bas, insista-t-elle. L'air de la montagne est si léger qu'il vous fait voir les choses différemment.

Mais l'air devrait être très léger en effet, pensa Sigrid, pour faire oublier à l'une et à l'autre la fille qu'elles avaient élevée.

Annika avait demandé à rester encore deux jours à Vienne. Elle tenait à dire au revoir à Zed, et, pour la dernière fois, à cuisiner un plat.

– Je n'essaierai pas de mettre la main à la pâte à Spittal, dit-elle à Ellie. Il y a des servantes et il n'y aurait aucune raison pour que je le fasse. Mais ce soir, j'aimerais faire un plat pour tout le monde. Si les professeurs n'y voient pas d'inconvénient, nous pourrions tous dîner dans la salle à manger. Et j'aimerais demander à Frau Bodek de venir.

Elle commença aussitôt les préparatifs pour le dîner d'adieu. Elle écrivit le menu et rassembla les ingrédients dont elle avait besoin.

– Veux-tu que je t'aide ou préfères-tu travailler seule ? lui demanda Ellie.

– J'aimerais que tu m'aides, Ellie, s'il te plaît. Et Sigrid aussi. Ce n'est pas un plat difficile, mais j'aurai besoin de beaucoup de glace... et de toute façon je dois trouver de la mélasse.

– De la mélasse ?

– Tu verras. Je veux faire le gâteau qui s'appelle le *Nussel* du Norrland, du moins si tu as gardé la recette que je t'ai envoyée.

– Bien sûr que je l'ai gardée. Elle est écrite sur le dos de l'enveloppe. Je l'ai rangée dans le livre noir.

– Tu ne l'as pas encore essayée ?

– Non. Je n'étais pas sûre de trouver de la tanaisie, mais Sigrid dit qu'elle en a vu au marché.

– Formidable. (Annika avait fini d'écrire le menu.) Je vais commencer avec un bouillon de bœuf et des petites boulettes de pâtes ; elles seront très légères pour l'estomac d'Oncle Emil. Ensuite, de la selle de chevreuil rôtie avec des petits pois, du céleri-rave et des feuilletés de pommes de terre... Ensuite une bombe glacée à la fraise. Et avec le café, le *Nussel* du Norrland. Qu'en penses-tu ?

– Tout cela m'a l'air parfaitement délicieux, dit Ellie. Maintenant, dis-nous seulement ce que tu veux que nous fassions.

Elles cuisinèrent ensemble tout l'après-midi. Faire la cuisine est un travail fatigant, et tandis qu'elles étaient occupées à battre, à tourner, à découper et à tamiser, elles pouvaient refouler le chagrin du départ imminent, et le supporter.

– Maintenant, les *Nussel*, dit Annika. J'espère que je vais les réussir. Je ne vois pas comment ils font pour les rendre si légers avec de la mélasse et des marrons... En tout cas celui que j'ai mangé à Bad Haxenfeld était vraiment délicieux. Et la femme qui m'a donné la recette était si gentille.

Ellie attrapa le livre noir et regarda l'enveloppe qui était placée entre ses pages. L'écriture d'Annika s'étalait sur le dos.

– C'est le blanc d'œuf qui les rendra légers, dit-elle. « Douze œufs », est-il écrit ici. Nous allons devoir les battre.

– Tu pourrais acheter des fouets mécaniques, suggéra Annika. J'en ai vu un dans une boutique.

– Plutôt mourir ! rétorqua Ellie. Dans ma cuisine, aucun œuf ne sera jamais battu par ces espèces de machines modernes.

Annika regardait attentivement l'enveloppe.

– Quelle idiote je suis ! J'ai écrit la recette sur le dos de la lettre que j'ai trouvée dans le bureau de Spittal. Je crois que je ferais mieux de l'emporter avec moi quand j'y retournerai.

Et soudain la sérénité dans laquelle toutes trois avaient travaillé ensemble comme si souvent auparavant disparut.

Le dîner d'adieu avait été débarrassé. La nourriture avait été un succès, mais personne ne s'était senti très joyeux et Pauline était partie avec fracas à l'arrivée de la bombe glacée à la fraise, bien que ce fût son dessert favori. Car à ce moment-là, Frau Bodek avait demandé à Annika si elle était vraiment obligée de revenir à Spittal, ce à quoi elle avait répondu : « C'est ma mère », sur un ton tel que Pauline s'était sentie mal et avait déclaré ne pas pouvoir manger sa glace.

– As-tu aimé le *Nussel* du Norrland ? demanda Annika à Ellie. Qu'en as-tu pensé ?

– Il était bon, répondit Ellie, qui ne se sentait pas de dire que tout le repas avait eu pour elle un goût de sciure de bois. Et, regardant le visage anxieux d'Annika :

– Je pense que tu devrais copier la recette dans le livre.

– Vraiment ? (Annika était ravie.) Alors tu pourras le faire quand je serai partie.

Ellie hocha la tête, tout en pensant qu'il était peu probable qu'elle avale encore un *Nussel* dans sa vie.

– Je vais la recopier dans ma chambre, dit Annika.

Elle prit le livre noir et l'enveloppe, puis embrassa Ellie et Sigrid plutôt rapidement : ce n'était pas le moment de s'attarder sur une note sentimentale.

La maison était très calme. Zed était sorti faire ses adieux à l'oncle de Stefan. Il avait déjà fait ses bagages dans la librairie et avait monté son lit de camp dans la buanderie de Sigrid, prêt à partir tôt le lendemain matin.

L'horloge de la cathédrale sonna onze heures. Cette fois, c'était sûr, après-demain elle serait loin. Non, c'était stupide, elle ne voulait pas penser ainsi : il pourrait y avoir un tremblement de terre. Elle pourrait aussi mourir dans son sommeil.

Annika saisit le livre noir, son stylo, son encrier.

« Douze blancs d'œufs, deux cents grammes de purée de marrons, six cuillerées à soupe de mélasse », écrivit-elle.

La lettre était encore là, à l'intérieur de l'enveloppe ; ce n'était certainement qu'une vieille facture, auquel cas il n'y avait pas lieu de la rapporter à Spittal.

Elle finit de recopier la recette et ouvrit l'enveloppe.

Annika lut la lettre une fois. C'était une écriture ancienne, avec des pleins et des déliés. Elle la relut.

Ce n'était en rien une facture.

39

Rocco

Zed n'avait pas oublié les officiers de police qui l'avaient regardé si attentivement au Prater, mais comme le moment de partir se rapprochait, il était sûr qu'il réussirait à leur échapper.

Quand la cloche de la maison sonna, tôt le matin, alors qu'il fermait ses sacoches, il ne pensa pas que cela pouvait avoir un quelconque rapport avec lui. Mais Sigrid vint lui dire qu'il y avait deux hommes en uniforme à la porte qui demandaient le garçon au cheval bai.

Le premier instinct de Zed fut de s'enfuir avec Rocco par l'arrière-cour de la maison. Mais il était déjà trop tard. La porte d'entrée était ouverte, et le grand homme avec des sourcils broussailleux se tenait dans le vestibule. Il n'avait pas l'air de quelqu'un avec lequel on pouvait jouer longtemps au chat et à la souris.

– Je vais les introduire au salon, dit Sigrid.

Zed redressa les épaules. C'était donc arrivé. La prison pour avoir volé un cheval. Et Rocco, qu'allait-il devenir ?

Les deux hommes se tenaient à côté du poêle en porcelaine : le grand, et le petit grassouillet à la moustache rousse.

Au moins, ils étaient polis. Ils lui dirent bonjour, lui serrèrent la main, lui demandèrent son nom.

Alors vinrent les mots que Zed avait si souvent entendus dans sa tête :

– Voudriez-vous bien nous accompagner, vous et le cheval ? Menez-le par le licol, vous n'avez pas besoin de le seller.

Ainsi n'allaient-ils pas seulement l'accuser de vol. Ils allaient confisquer le cheval.

– Allons, dépêchez-vous, jeune homme. Nous avons beaucoup à faire.

Il n'y avait d'autre solution que de leur obéir. Zed les conduisit dans l'arrière-cour.

Rocco n'était pas un animal vicieux, mais il pouvait montrer les dents d'une façon aussi menaçante que n'importe quel cheval quand il le voulait. Or il déçut sérieusement Zed quand il frotta sa tête contre la manche de l'uniforme du grand homme, comme s'il rencontrait son plus vieil ami.

Zed enfila le licol. Ses gestes étaient maladroits, il était accablé par le chagrin. C'était fini, tout était fini.

Qu'arrivait-il aux chevaux qui étaient emmenés par la police ? Étaient-ils vendus, ou passaient-ils leurs jours dans quelque misérable enclos ou dépotoir pour chevaux abandonnés ?

Ou bien étaient-ils simplement achevés ?

Il sortit le cheval de la cour et prit le chemin vers la place. Rocco avançait comme s'il allait à une fête, piaffant la tête haute, l'encolure soutenue, comme si impressionner les policiers qui marchaient à côté de lui était la chose plus importante du monde. « Au temps pour l'instinct des animaux... », pensa amèrement Zed.

Ils traversèrent la place, se dirigèrent vers les marronniers et la rue Keller.

Combien de temps reste-t-on en prison pour avoir volé un cheval ?

Deux ans, trois... non, plus probablement. Beaucoup, beaucoup plus. Allaient-ils le jeter dans un cachot, ou l'enfermer dans une cellule en compagnie des meurtriers et des ivrognes ?

– Arrête, arrête-toi, Zed. Attends !

Il se retourna. Les deux hommes qui l'emmenaient en firent autant.

– Ciel ! fit le grand homme.

Une fille aux cheveux ondoyants couleur des blés courait vers eux. Elle était encore en robe de chambre, pieds nus, mais même sans chaussures, elle courait comme le vent.

– Arrête, arrête ! cria-t-elle encore, et Rocco tourna aussi la tête.

Voyant que c'était quelqu'un qu'il connaissait, il s'arrêta net.

Annika arriva haletante vers eux.

– J'ai trouvé cette lettre. Lis-la, Zed, vite !

Et, aux deux hommes :

– S'il vous plaît, laissez-le lire ceci, je vous en prie.

Zed prit la feuille de papier qu'elle lui tendait.

– Allez-y, dit le grand homme en prenant le licol des mains de Zed. Mais vous savez que nous sommes des gens très occupés.

Zed ouvrit la lettre. Il reconnut tout de suite l'écriture, et son cœur battit plus vite. C'était une lettre du baron von Tannenberg au directeur du haras de Zverno, lui demandant de trouver un autre cheval approprié pour son petit-fils, Hermann. « Un animal très fiable et très tranquille, écrivait-il, car le garçon n'est pas un cavalier-né. Je fais cadeau de Rocco à Zed ; je pense qu'ensemble ils iront loin. »

Le reste de la lettre traitait du prix qu'il voulait payer pour le cheval de Hermann et des détails de son transport.

La lettre était datée du 16 mars 1906 et n'avait jamais été postée, parce que le jour suivant le vieil homme avait eu son attaque et n'avait plus jamais écrit ni parlé.

Pendant un instant, Zed ne put parler. C'était comme si l'homme qu'il avait tant aimé se trouvait là, à côté de lui. Puis il ressentit une incroyable sensation de soulagement et joie. Il n'était pas un voleur. Rocco était à lui.

– C'est mon cheval, dit-il d'une voix hébétée en regardant les deux hommes. Je ne l'ai pas volé. Il m'appartient.

– Bien sûr qu'il vous appartient, dit le grand homme. C'est évident pour tout le monde. Maintenant, s'il vous plaît, ne nous faites pas attendre plus longtemps.

– Pourquoi ? (Zed était soudain très en colère.) Pourquoi devrais-je venir ? Je n'ai rien fait. Je suppose que c'est parce que ma mère était une gitane ? Vous allez trouver quelque chose que vous pouvez utiliser contre moi et m'arrêter, mon peuple a toujours été persécuté !

– Qu'est-ce qui vous prend, mon garçon ? Nous ne sommes pas de la police.

– Ah, et qui êtes-vous donc ?

Le grand homme n'était pas content. Il pensait que tout le monde à Vienne savait qui il était ; du moins tous ceux qui possédaient un cheval.

– Voici ma carte, dit-il.

Zed la regarda et lut : « Capitaine Muller, directeur adjoint de l'école espagnole d'équitation ».

Aux portes de la Stallburg, un palefrenier arriva et conduisit Rocco dans les écuries devant lesquelles il avait passé tant de fois. Il y alla à contrecœur, regardant Zed à plusieurs reprises, mais le palefrenier qui le dirigeait le rassura et le fit avancer.

Zed suivit le capitaine Muller dans son bureau, qui se trouvait de l'autre côté de la rue. C'était une grande pièce décorée de tableaux, de statuettes de chevaux et de coupes en argent. Les murs étaient ornés d'une panoplie de trophées et de cocardes, de citations de l'empereur et de portraits signés.

Le capitaine s'assit derrière son bureau, et l'homme à la moustache rousse sortit son stylo, s'apprêtant à prendre des notes.

– J'aimerais vous poser quelques questions sur votre étalon. Quel est son nom ?

« Mon étalon, pensa Zed stupéfait. Le mien ! »

– Rocco. Son nom complet est Roccoco Florian Devanya.

Le capitaine échangea des regards avec son adjoint.

– Savez-vous quelque chose sur son pedigree ? Où est-il né ?

– Il vient d'un haras de Zverno, en Hongrie. Mon père était directeur du haras, jusqu'à ce qu'il... soit tué.

– Quel était le nom de votre père ?

– Tibor Malakov.

Les deux hommes échangèrent encore des regards.

– Tout commence à devenir clair, dit le capitaine. J'ai rencontré votre père une ou deux fois. C'était un homme qui connaissait bien son métier. Il est mort en essayant de s'interposer dans un combat, je crois ?

– Oui.

– Et Rocco est né là. Connaissez-vous sa mère ?

– C'était une jument que nous avons achetée à un homme appelé le comte Halvan. Il achetait des chevaux au haras de Lipizza et les croisait avec des juments arabes qu'il achetait à un éleveur de Cadix. Les papiers doivent être à Zverno.

– On pourrait donc être certain qu'il a du sang lipizzan. Un quart.

Le capitaine parla à voix basse à son assistant.

– Cela pourrait être suffisant pour le faire passer devant la commission.

Il se tourna vers Zed.

– À présent dites-nous comment vous l'avez trouvé ? Dites-nous tout ce que vous savez sur votre cheval.

C'est ainsi que Zed leur relata comment le baron avait visité le haras et découvert le poulain. Maintenant qu'il n'avait plus peur d'être traité de voleur, il leur raconta

413

tout : ses efforts pour dégoûter Hermann de le monter, la mort du baron.

– Mais vous-même l'avez monté ? et entraîné ?

– Je devais le faire, mais jusqu'à un certain point. Je l'ai monté jusqu'à Vienne. Mais il est très jeune, il n'a que quatre ans, et je refuse de lui imposer des figures qui ne sont pas nécessaires. Celles qu'il faisait, pour la plupart, il en avait envie. Il aime apprendre.

Le capitaine Muller hocha la tête.

– Et la levade qu'il a exécutée au Prater ? Celle qui a sauvé la vie de ce petit garçon ? Vous la lui avez apprise ?

Zed rougit.

– Pas vraiment. Il aime se cabrer et... je crois que j'ai ajusté un peu mon poids et que je l'ai incité à rester dans la position... Mais je sais que les chevaux doivent être maniés très soigneusement et que c'est un mouvement qui nécessite que les muscles soient mûrs. Pour le petit garçon au Prater, je crois que c'est surtout son instinct qui a joué.

– Il est vrai que les chevaux ne piétinent pas les gens quand ils peuvent l'éviter, mais je pense que là, il y avait autre chose qu'un instinct à l'œuvre.

On frappa à la porte, et un garçon en uniforme brun aux boutons de cuivre se présenta.

– Voici le rapport d'enquête de l'écurie, monsieur.

Le capitaine le prit et le lut en silence.

– Ce n'est que le résultat du premier examen, précisa-t-il. Mais il confirme ce que vous avez dit : le cheval n'a que quatre ans, il est en bonne forme physique, et ils ont trouvé la marque de Zverno sur son garrot.

Le capitaine s'appuya sur le dossier de son fauteuil :

– Je me demande, dit-il, si vous connaissez l'histoire du « Cheval de l'empereur » ?

– Non, monsieur.

– Je ne sais pas si c'est une histoire vraie. Rien n'a été écrit à ce sujet, mais elle fait partie de l'héritage de l'école espagnole d'équitation. Comme vous le savez, seuls les étalons blancs sont dressés pour devenir des artistes et apprendre les « airs relevés ». Et même alors, parmi tous les étalons élevés à Lipizza, seuls quelques-uns sont appropriés au dressage. C'est un travail incroyablement difficile, à la fois pour le cheval et pour le cavalier, qui demande des années de patience. Un cheval qui n'aime pas travailler ne nous convient pas. Ces chevaux sont renvoyés à Lipizza ou dans notre ferme près de Piber, ou bien vendus comme chevaux de selle, ou encore gardés au haras... Ainsi vous allez voir que les chevaux que nous avons ici sont tous gris... Les « chevaux blancs de Vienne » sont pour ainsi dire notre image de marque. Mais à chaque représentation maintenant, il y a un cheval qui n'est pas blanc qui exécute les figures avec les autres : c'est un cheval bai. On l'appelle le « Cheval de l'empereur », parce que l'avoir dans la troupe est supposé porter chance à la maison impériale de Habsbourg ainsi qu'à la ville. Il y a très longtemps une épidémie sévit à Lipizza, et un grand nombre de chevaux moururent. Comme le haras ne put envoyer tous les gris dont ils avaient besoin à Vienne, le directeur fit venir un cheval bai qui fut appelé Siglovy Rondina. C'était un parfait lipizzan, mais il ne devint pas blanc. Comme vous le savez, les lipizzans commencent leur vie avec une robe foncée qui devient graduellement claire – mais pas tous. Certains restent foncés et parfois, parmi eux, vous avez un bai. Ce cheval bai devint une merveilleuse monture à entraîner, et un jour on le fit participer à une représentation, en présentant nos excuses au public. C'est lui, là. (Il indiqua une photo sur le mur derrière lui.) Le spectacle connut un grand succès, et cette année-là aucun des chevaux de Lipizza ne mourut ; l'épidémie était terminée. Les palefreniers dirent que le cheval bai avait porté chance à l'école espagnole d'équitation, et on l'appela désormais le Cheval de l'empereur. Une année, ils ne purent trouver de cheval bai, tous ceux qu'ils avaient étaient blancs, or ce fut l'année où l'impératrice fut assassinée... Une autre année encore, ils n'utilisèrent pas de cheval bai, et le prince héritier mourut. Depuis lors, nous avons toujours essayé de trouver un bai pour travailler avec les autres. Et ce cheval, quel que soit son vrai nom, est appelé le Cheval de l'empereur. C'est ainsi qu'est née l'histoire. Nous ne faisons pas de publicité pour cela, parce que tout le monde sait que les lipizzans sont blancs, mais pour les gens qui travaillent avec les chevaux, c'est une chose importante. Maintenant comprenez-vous ce que j'essaie de vous dire ?

Zed hocha la tête.

– Eh bien, jeune homme, nous avons un cheval bai, mais il est vieux désormais, et le cheval bai que nous avons acquis pour le remplacer ne s'est pas révélé conforme. Nous pensons... c'est possible... seulement possible, pas même probable, encore moins certain... que votre cheval... que Rocco pourrait être dressé pour faire partie de notre équipe. Qu'il pourrait devenir le Cheval de l'empereur, bien que de nombreuses difficultés se présentent. Il y a un premier obstacle, car nous n'utilisons que des chevaux qui ont du sang lipizzan, généralement pur ; et il se trouve toujours des gens qui sont à cheval sur la loi... D'autre part, il pourrait toujours s'avérer qu'il ne soit pas du tout apte au bout d'un certain temps de dressage. Mais la question que je vous pose ici afin que vous m'y répondiez est la suivante : seriez-vous prêt à donner Rocco à l'école espagnole d'équitation ? Vous savez comment nous travaillons : il faudrait plusieurs années d'entraînement, et il n'aurait qu'un seul cavalier jusqu'à la fin, aussi est-ce une décision pour la vie.

Zed resta silencieux. Il imagina Rocco disparaissant pour toujours par les grandes portes de la Stallburg. Il l'imagina tournant la tête comme pour lui reprocher de le laisser partir avec des étrangers, il entendit son hennissement de réprobation. Des larmes lui montèrent aux yeux, et il courba la tête. Mais il savait ce qu'il avait à dire. Il possédait vraiment Rocco depuis quelques heures, et maintenant il devait le laisser partir. « Rocco est une personne qui se trouve être un cheval », avait-il dit à Pauline. Comment pouvait-il le priver de cette chance ? Il avait la gorge serrée. Il avala sa salive.

– Pourrais-je le voir de temps en temps, parler à son cavalier, ou bien n'est-ce pas autorisé ?

Le capitaine le regarda impatiemment.

– Ne soyez pas stupide, jeune homme. Le cavalier, bien sûr, ce serait vous.

40
L'album de Pauline

Après son accès de colère au dîner d'adieu d'Annika, Pauline alla s'enfermer dans la librairie.

Son grand-père était allé à une vente de livres ; Zed avait démonté son lit de camp et emporté ses affaires dans la maison des professeurs pour faire ses bagages.

« Je suis seule, se dit Pauline tristement. Je serai toujours seule. Mon amie retourne auprès de sa mère mangeuse d'hommes, parce qu'elle est snob et qu'elle ne m'aime pas assez pour rester à Vienne. Très bien. Je me débrouillerai toute seule. J'ai mes livres. Et mes rêves. »

Tout cela lui apparaissait si tragique qu'il lui fallut se ressaisir un peu et prit son album. Depuis qu'Annika avait été ramenée de Grossenfluss, Pauline n'avait pas eu le temps de coller ses coupures de journaux. Elle prit donc le pot de colle et se mit au travail.

L'histoire du garçon qui avait la coqueluche et qui avait traversé les égouts de la ville pour retrouver sa tortue d'eau douce, elle la colla tout de suite. Suivit celle de la femme qui avait recouvert de son corps ses petites jumelles lors d'une soudaine tempête de sable pour les protéger, malgré la crise de furonculose dont elle souffrait.

La troisième coupure était plus longue. C'était un article sur un homme de cent deux ans qui avait subi douze opérations. Il était sur son lit de mort quand il entendit le miaulement d'un petit chat coincé sur le rebord extérieur de la fenêtre de sa maison. Toute sa famille se tenait autour du lit. Il leur demanda à chacun, l'un après l'autre, d'une voix mourante, de sauver le petit animal. Aucun d'eux ne désirant le faire, le vieil homme se leva de son lit de mort, se hissa dans sa chemise de nuit sur le rebord de la fenêtre, attrapa le chaton et le reposa par terre. Aussitôt après, il mourut.

Pauline lut et relut l'histoire ; puis elle retourna la coupure, prit le flacon de colle à base de farine et le pinceau. Mais le pinceau resta en l'air, tandis qu'elle regardait la photo un peu floue d'un homme fringant en habit de soirée et en chapeau haut de forme.

La légende de la photo disait : « Éminent avocat viennois menacé de prison. Pumpelmann-Schlissinger est accusé de fraude et de pratiques illégales. »

Pauline lut l'article une fois, puis une seconde fois.

Il y a des choses qu'on peut oublier, et d'autres jamais. Même si elle ne savait pas grand-chose sur Herr Pumpelmann-Schlissinger, elle n'avait pas oublié son nom.

C'était l'avocat qui avait attesté le document qu'Amelia Plotz, la sage-femme de Pettelsdorf, avait signé. Le document par lequel elle avait juré que le 6 juin 1897 elle avait assisté à l'accouchement de Frau Edeltraut von Tannenberg et mis au monde une petite fille.

Pauline avait vu ce document dans le salon des professeurs, ainsi que la signature d'Amelia Plotz étalée sur toute la page, contresignée par celle, nette et pointue, du sémillant avocat, le tout fermé par un cachet de cire rouge portant le sceau de l'aigle à deux têtes de la maison d'Autriche.

Fraude et pratiques illégales. Qu'est-ce que cela voulait dire exactement ? Avec toutes les connaissances dont Pauline disposait, cela signifiait que Pumpelmann-Schlissinger était un tricheur. Ce qui voulait dire... Mais lorsque Pauline comprit ce que cela pouvait signifier, elle sentit la peur naître à l'intérieur d'elle-même. Son estomac se noua, son cœur se mit à battre à toute vitesse, et elle ferma les yeux parce que la pièce avait commencé à tourner.

Cela voulait dire qu'elle, Pauline, devrait quitter le magasin et se mettre seule en route puisque ses amis n'étaient pas là pour l'aider.

Cela voulait dire monter seule dans un tram, et quand le tram aurait atteint la gare de chemin de fer, cela voulait dire acheter un billet pour Pettelsdorf, et quand elle arriverait à Pettelsdorf, cela voulait dire demander à voir Amelia Plotz la sage-femme. Pauline connaissait les sages-femmes : après tout, sa mère était infirmière. Les sages-femmes devaient souvent mettre les bébés au monde sans l'aide d'un médecin ou de n'importe qui d'autre, et au milieu de la nuit. Elles avaient des bras énormes et puissants pour attraper les bébés, elles faisaient bouillir de l'eau et déchiraient des draps...

– Je ne peux pas, dit Pauline tout haut. C'est impossible, je ne peux pas.

Elle reposa la coupure de journal et alla au lit. Mais le lendemain matin elle était debout à l'aube en train d'écrire un mot à son grand-père.

« J'ai volé dans la caisse, écrivait-elle, parce qu'il me faut de l'argent pour traiter une affaire importante. Je te rembourserai sur mon salaire quand tu m'en donneras un. »

Puis elle ferma la boutique, mit la clé sous le paillasson, traversa la place et longea l'avenue des marronniers pour prendre le tramway.

Ce qui mettait Pauline dans un tel état porte un nom. Cela s'appelle l'agoraphobie : c'est la peur des espaces publics et des étrangers. Les gens qui souffrent de cette maladie se sentent parfaitement bien chez eux, ou quand ils sortent avec des personnes de leur connaissance et à qui ils font confiance. Mais quand ils sont seuls dans des lieux qui ne leur sont pas familiers, ils souffrent d'accès de panique et de terreur. Ils se disent qu'ils sont stupides, mais cela ne les aide pas plus que les gens terrifiés par les serpents ou les araignées qui se disent la même chose. Une phobie est une stupidité qu'on ne peut contrôler, effrayante pour les gens qui en sont atteints.

L'estomac de Pauline se retourna donc, son cœur battit la chamade quand elle s'assit dans le tram, et continua à s'affoler quand elle traversa la gare de chemin de fer à voûtes et acheta un billet pour l'arrêt au bord du lac qui desservait Pettelsdorf.

À l'intérieur du compartiment elle se sentit mieux ; les compartiments étaient fermés et aussi confortables que des pièces, mais la pensée de ce qu'elle se préparait à faire était terrifiante. Elle se représenta Amelia Plotz

421

avec ses énormes bras et son visage couvert de sueur, l'eau en train de bouillir derrière elle, et imagina ce qu'elle pourrait faire à une fille qui venait de nulle part et lui posait des questions impertinentes.

Le train ne roulait pas plus vite que lors du voyage de Sigrid et d'Ellie vers les montagnes il y avait presque douze ans. Pauline l'avait souvent pris depuis, le jour anniversaire de la découverte d'Annika, mais jamais seule. Malgré tout, une fois descendue du train, elle s'engagea sur la petite route familière qui conduisait au village et retrouva tout : les vaches avec des fleurs qui pendaient de leur bouche, les cloches des chèvres là-haut dans les pâturages, et la brise qui embaumait le pin.

Au village, elle s'arrêta à la poste pour demander l'adresse de la sage-femme.

– J'ai un message de la part d'une personne à Vienne qui voudrait la remercier d'avoir mis son enfant au monde, expliqua-t-elle.

La postière était une femme serviable.

– C'est la petite maison au bout de la rue sur la droite. Il y a un âne sculpté sur la porte, et un pêcher dans le jardin.

La maison était jolie ; un petit garçon jouait dans l'herbe, il lui rappelait les petits Bodek. La sage-femme préparait le déjeuner pour sa famille, mais elle fit néanmoins entrer Pauline dans la cuisine et lui offrit un verre de lait.

Mais très vite, il apparut que ce n'était pas la bonne piste. La femme ne se souvenait pas qu'elle avait mis un bébé au monde il y avait presque douze ans, pour la bonne raison qu'elle ne travaillait à Pettelsdorf que depuis quatre ans.

– Et l'infirmière qui travaillait ici avant moi est partie au Canada, dit-elle.

Pauline essaya de masquer sa déception. La piste se brouillait.

– Ce serait donc Amelia Plotz alors ? C'est Amelia Plotz que je cherche.

La sage-femme posa sa cuiller.

– Amelia Plotz ? Vous êtes sûre ?

– Oui.

– Bien, bien... En fait elle vit non loin du village. Elle habite à environ une demi-heure à pied sur la colline. Mais je ne sais pas si...

– Vous pensez qu'elle acceptera de me voir ? demanda Pauline.

– Oui et non... Je ne peux pas vraiment dire...

Elle lui décrivit le chemin, lui donna un beignet, et Pauline se dirigea vers la colline. La route vide qui semblait mener vers nulle part provoqua chez la fillette une autre attaque de panique : elle avait l'impression d'avoir été arrachée pour toujours à la sécurité de sa maison. Elle s'assit sur une pierre en bordure de la route et respira profondément, afin de pouvoir continuer son chemin.

La maison d'Amelia Plotz était une petite maison plutôt triste. Elle s'élevait sur la rive du fleuve, qui avait tracé un profond sillon dans la colline. Les fenêtres étaient sales, et le chat qui fila devant Pauline lorsqu'elle frappa à la porte était maigre et sauvage.

Mais ce n'était rien comparé à ce qu'elle découvrit quand la porte s'ouvrit : une vieille femme à la moustache grise et fournie et aux yeux chassieux apparut, lui demandant ce qu'elle voulait.

– Je souhaiterais voir Amelia Plotz. Est-ce vous ?

– Non, ce n'est pas moi, Dieu merci, répondit la vieille femme en ricanant. Que lui voulez-vous ?

– J'ai un message de la part de quelqu'un à Vienne.

La femme à la moustache lui jeta un coup d'œil acéré.

– Vous pouvez lui parler si vous voulez. Elle ne reçoit pas beaucoup de visites.

Pauline la suivit dans un étroit escalier. Une odeur de chat flottait, ainsi que d'autres senteurs auxquelles Pauline préféra ne pas donner de nom.

– Une visite pour toi, Amelia ! cria la vieille femme.

Le spectacle était à couper le souffle. Amelia était vautrée sur des coussins sales dans un vaste fauteuil qui contenait à grand-peine son corps massif. Ses cheveux blancs tombaient sur ses épaules, et ses yeux regardaient dans le vide. Elle ne fit absolument pas attention à Pauline ni à la femme qui venait de lui parler.

– Elle a un message pour toi, cria la dame moustachue.

Les yeux vides d'Amelia Plotz continuèrent de fixer le vide. Une goutte de salive s'écoula de sa bouche.

– Que lui est-il arrivé ? demanda Pauline.

Si elle mettait des bébés au monde à l'époque de la naissance d'Annika, il a dû advenir depuis un terrible accident...

– Elle est comme ça depuis vingt ans, dit la femme moustachue. Elle a eu une attaque et ne s'en est jamais

424

remise. Elle ne peut ni parler ni entendre. S'occuper d'elle est un cauchemar. Mais que voulez-vous ? c'est ma sœur.

Pauline regarda la silhouette tassée dans le fauteuil. Ainsi il y a douze ans, quand Annika était née, elle était déjà comme cela.

– Elle peut écrire ? demanda Pauline. Pourrait-elle écrire son nom ?

La vieille femme la regarda d'un air étonné.

– C'est drôle que vous demandiez cela. Des gens sont venus il y a quelques mois, ont dit qu'ils avaient en leur possession quelques bricoles qu'une patiente avait laissées pour elle il y a plusieurs années, et qu'elle devait signer un papier. Ils l'ont aidée à écrire son nom. En fait ils lui ont tenu la plume et ont écrit pour elle. La pauvre vieille n'avait aucune idée de ce qu'elle écrivait. Toujours est-il que nous attendons toujours les objets.

– Était-ce une femme grande, très imposante, avec un accent germanique ?

– Exactement. Elle était accompagnée d'un homme très élégamment habillé. Il avait une figure de crapaud, mais on voyait que c'était un monsieur. Un notaire, il a dit qu'il était. Il n'a pas voulu me laisser entrer dans la pièce pour que je voie le papier, il a dit que c'était une affaire privée. Autant faire signer un papier à un chien, n'est-ce pas, mais moi, je n'ai pas osé le lui dire.

41

Le steamer du Danube

Les bateaux qui transportaient des passagers sur le Danube portaient les noms des membres de la famille royale d'Autriche. Le bateau avec lequel Annika devait voyager s'appelait l'*Impératrice Élisabeth* ; c'était le plus récent et le plus élégant de toute la flottille du fleuve. Le steamer était orné de drapeaux, sa cheminée portait les couleurs noir, rouge et blanc de la maison d'Autriche. Les cabines étaient spacieuses ; il y avait un solarium et un restaurant sur le pont avant.

Sur le quai, l'orchestre des pompiers de la vallée du Danube jouait une musique exaltante pour souhaiter bonne route aux passagers.

C'était une belle journée. Le fleuve étincelait ; une petite brise rafraîchissait les voyageurs qui admiraient, accoudés au bastingage, l'hôtel *Riverside* et ses tulipiers en fleur. Annika, sa mère et son oncle avaient embarqué dans les premiers, et pendant que les adultes descendaient trouver leurs cabines, Annika resta sur le pont, penchée sur le garde-corps, essayant de fixer son esprit sur ce qu'elle voyait : une mère montant la passerelle et tenant par la main deux petits jumeaux identiques, en culottes de cuir et en chapeau de loden... un homme avec un sac à dos... une femme en robe rayée portant un parasol...

Si elle regardait attentivement les gens qui montaient à bord, elle pourrait effacer ses pensées. Ou même libérer son esprit de toute pensée...

Des pensées d'adieu, pensées qu'elle ne reverrait plus jamais Vienne, pensées de son avenir à Spittal... Souvenir du visage d'Ellie, debout devant la porte de la maison des professeurs, souvenir de Stefan expliquant à ses petits frères qu'Annika allait repartir, souvenir de Pauline, avec laquelle elle s'était disputée. Son amie n'était pas là pour lui dire au revoir.

Mais qu'importait tout cela : c'était du passé. Elle ne devait pas non plus être jalouse de Zed, qui restait à Vienne pour faire le travail qu'il aimait, restait donc dans la ville dont elle était bannie.

Pourquoi était-il si difficile de faire ce qu'il est juste de faire ? Elle pensa à toutes les saintes dont on lui avait parlé à l'école, qui étaient restées fidèles à leur croyance : il y avait sainte Marguerite, qui avait été écrasée sous une porte jusqu'à ce que mort s'en suive, sainte Cécile, étouffée dans son bain, et sainte Catherine, brisée sur la roue.

Mais elle, si elle rentrait, c'était juste pour vivre avec sa mère. À quoi bon ressentir ce noir, ce total désespoir ?

– Et voilà, ma chérie. J'ai mis tes affaires dans notre cabine. Je t'ai réservé la couchette du haut, je suis sûre que c'est celle que tu préfères.

– Oui. Merci.

Sa mère lui sourit.

– Oh, Annika, je suis si heureuse de rentrer à la maison avec toi. Ma propre fille à mes côtés pour toujours.

La chaudière de l'*Impératrice Élisabeth* était allumée. Elle laissa échapper une rafale de vapeur. L'orchestre des pompiers entama une vieille chanson populaire.

Dois-je vraiment,
Dois-je vraiment
Quitter la ville que j'aime...
La ville que j'aime...
Alors que vous mes amis
Restez ici...

Annika se mordit les lèvres. La musique pouvait être impitoyable.

– Tu es heureuse, n'est-ce pas, ma chérie ? disait la voix de sa mère.

– Bien sûr.

Pauline arriva à Vienne après la tombée de la nuit. Elle était complètement épuisée, mais elle éprouvait un sentiment de triomphe. Elle avait la preuve dont elle avait besoin, et elle se disait qu'elle avait eu raison de penser comme elle l'avait fait depuis le début.

À la librairie, elle trouva son grand-père qui l'attendait. Il n'était pas content.

– Comment oses-tu partir comme cela ? Quelque chose a dû t'arriver.

– Mais non, répondit Pauline. (Et elle lui raconta ce qu'elle avait découvert à Pettelsdorf.) Je vais tout de suite aller le leur dire.

– Non, Pauline. Tout le monde dort. Tu pourras y aller demain matin.

– Mais je dois parler à Annika, tu ne peux pas t'imaginer à quel point c'est important.

– Tu lui parleras demain matin. Elle ne part pas avant midi.

Pauline se laissa donc persuader d'aller se coucher et tomba aussitôt dans un profond sommeil.

Mais à six heures et demie le lendemain matin, elle frappait à la porte de la maison des professeurs.

Sigrid arriva au bout d'un moment, encore en robe de chambre.

– Que se passe-t-il ?

– J'ai découvert quelque chose de terriblement important. Je dois voir Annika et les professeurs et...

– Tu ne peux pas voir Annika : elle est partie.

Pauline la regarda, effarée.

– Mais elle ne devait pas partir avant midi.

Sigrid haussa les épaules. Son visage était gris ; elle semblait avoir à peine dormi.

– Ils ont envoyé un fiacre la chercher hier soir. Ils devaient prendre le premier bateau.

– Quel bateau ? Quand ?

– L'*Impératrice Élisabeth*. Il part du quai du *Riverside* à neuf heures.

– Sigrid, écoute ce que j'ai découvert, et ensuite je t'en prie, va réveiller tout le monde. Nous devons empêcher

Annika de partir sur ce bateau. Il le faut. Elle est en danger, en grand danger.

Zed arrivait de l'arrière-cour en enfilant son tricot. Il courut tout de suite chercher Stefan. Ensuite apparurent les professeurs quelque peu désemparés. Ils voulurent savoir ce qui se passait.

– Qu'est-ce que c'est ? De quoi s'agit-il ?

– Écoutez, dit Pauline, je vous en supplie, écoutez-moi.

Et elle raconta son histoire une nouvelle fois.

Elle n'eut pas besoin de les persuader ni d'argumenter. C'était comme si, dans leur for intérieur, ils s'attendaient tous à quelque chose comme cela.

– Nous devons l'empêcher de partir.

Mais comment ? Le bateau partait dans moins de deux heures, et non du quai du Danube, mais du débarcadère de l'hôtel *Riverside*, à plusieurs kilomètres de la ville.

Tout le monde avait son idée pour y arriver.

– Si nous prenons le tram 19 depuis le Praterstern, traversons le pont et changeons pour le 23...

– Le 23 passe tous les quarts d'heure. Nous ferions mieux de prendre un fiacre. Si nous choisissons...

– Ces canassons ne vont pas assez vite. Le train pour Kasselberg serait plus rapide, et ensuite nous prendrons un fiacre qui longera le fleuve.

Alors même qu'ils discutaient, enfilant leurs vêtements de toutes sortes d'étranges façons, ils comprirent qu'ils n'arriveraient jamais à temps.

– Et la police ? suggéra Gertrude.

La police possédait les chevaux les plus rapides, mais les persuader d'agir instantanément était quasi impossible.

Ce fut alors qu'ils entendirent un bruit familier auquel ils ne s'attendaient pas : le « tut-tut » strident de la grosse voiture jaune de Herr Egghart. Ensuite vinrent le rugissement de son moteur quand elle déboucha sur la place dans un nuage de fumée et le crissement de ses freins quand elle s'arrêta devant la maison.

Herr Egghart sortit et s'étira. Il portait de grosses lunettes de motocycliste et des gants de conduite en cuir, une casquette et un manteau léger long jusqu'au sol. Sa femme, le visage entortillé dans une mousseline de voyage, suivait, accompagnée de Loremarie.

Jusque-là, au seul bruit de la corne de la voiture des Egghart, chacun rentrait chez soi et fermait sa porte et ses fenêtres. On n'avait jamais vu personne courir vers Herr Egghart et son engin. Or à présent, sans même se consulter, c'est exactement ce que firent les enfants : ils se jetèrent sur lui, qui emboîtait le pas à sa femme et sa fille dans la maison.

– S'il vous plaît, s'il vous plaît, aidez-nous ! cria Pauline. C'est désespérément important.

– Nous devons sauver Annika ; c'est une question de vie ou de mort, insista Zed. Il faut que vous nous conduisiez au quai du *Riverside*.

Herr Egghart les regarda comme s'ils étaient devenus fous.

– Vous conduire au quai du *Riverside* après le voyage que je viens de faire ? Vous devez avoir perdu l'esprit. Maintenant s'il vous plaît, laissez-moi passer.

Le professeur Julius avait rattrapé les enfants.

431

– C'est vraiment important, Herr Eghart. Nous avons des raisons de penser qu'Annika est...

– Je suis désolé, mais cela ne m'intéresse pas, rétorqua Herr Egghart.

Il avait déjà un pied dans sa maison.

Ce fut Stefan qui trouva les mots magiques :

– C'est au sujet de la malle de votre grand-tante, monsieur. Nous pensons savoir qui l'a volée et...

Herr Egghart se retourna.

– La malle ? Pourquoi donc ne l'avez-vous pas dit plus tôt ?

– Plus vite, plus vite, suppliait Pauline.

Elle était assise à l'arrière de la voiture avec Stefan et Zed, et le professeur Julius était à côté du conducteur.

Mais Herr Egghart roulait déjà très vite. La voiture descendit la rue Karntner en vrombissant, contourna à toute allure le Praterstern, envoya une charrette à âne se ranger à fond de train sur le trottoir. Il appuyait sans discontinuer sur sa corne, et soulevait des nuages de poussière qui s'étalaient sur les visages des enfants.

Une file de charrettes attendait de traverser le pont qui enjambait le canal. Egghart n'y prit pas garde, et, d'un coup de corne, les envoya toutes s'abriter sur le bas-côté, continuant sa route de plus belle.

Une vieille dame qui marchait dans la rue Schwartzer courut se mettre à l'abri. Un marchand des quatre saisons resta bouche bée.

Le voyant du tableau de bord indiqua trente-deux kilo-

432

mètres à l'heure, puis quarante : un record, même pour une Piccard-Pictet fabriquée sur commande.

À présent ils longeaient le Danube, mais il restait encore plusieurs kilomètres à parcourir. Ils passèrent devant des entrepôts, un chantier de construction naval, un parc municipal, puis arrivèrent enfin devant le quai du *Riverside*.

– Oh non, ce n'est pas vrai !

Il était trop tard ; la passerelle avait été retirée ; de la vapeur s'échappait de la cheminée de l'*Impératrice Élisabeth*. Sur le bateau et sur la rive s'agitaient des myriades de mouchoirs.

Herr Egghart freina dans un crissement. Les enfants se ruèrent hors de la voiture. Ils virent Annika, la tete recouverte de son petit fichu rouge, debout près du bastingage, mais elle ne les vit pas.

Dans le kiosque à musique, le chef d'orchestre levait sa baguette pour donner une sérénade en l'honneur du départ du bateau. Zed courut vers lui aussi vite que l'éclair et lui abaissa le bras.

Le bateau larguait les amarres. L'*Impératrice Élisabeth* était libre.

Pauline se précipita au bord du quai, mit ses mains en porte-voix et cria les mots qui devaient sauver Annika.

Annika la voyait maintenant, mais elle ne pouvait pas l'entendre.

Pauline cria encore, puis Stefan. Sa voix était plus forte, il cria lui aussi les mêmes mots, mais il ne fut pas capable non plus de faire porter sa voix jusqu'au bateau.

Herr Egghart sortit de la voiture et se dirigea à son tour vers le bord du quai. Il repoussa Pauline et Stefan et enleva ses gants. Il mit lui aussi ses mains en cornet autour de sa bouche et hurla après eux les mêmes mots capitaux.

C'était le Egghart dont la voix, quand il hurlait contre sa femme et sa fille, faisait s'envoler les pigeons des toits. L'homme dont le cri pouvait faire s'agenouiller les chevaux.

Annika l'entendit.

Elle entendit les mots. Et en même temps qu'elle les entendait, elle fut délivrée d'un grand poids. Elle comprit.

D'un coup d'épaule elle se libéra de sa cape et la laissa tomber sur le pont. Puis sans hésiter, elle grimpa sur le bastingage, rétablit son équilibre, et sauta.

42

Le jour anniversaire de la Découverte

Annika se réveilla dans son grenier, s'étira, puis alla ouvrir les volets.

Sur la place, tout était comme d'habitude. Les pigeons s'envolaient de la tête du général Brenner, les cloches de la cathédrale sonnaient pour la messe du matin, et Stefan sortait de la maison des Bodek avec son pot à lait, la saluant de la main.

Mais au bout du compte, tout n'était pas exactement comme avant, puisqu'il avait été décidé que dorénavant il fallait être gentil avec Herr Egghart.

– Cela ne devrait même pas nous déranger, qu'on lui érige une statue, dit Pauline.

– Tant qu'elle n'est pas sous notre nez, précisa Stefan.

En effet, c'était grâce à cet homme désagréable et suffisant, avec sa voix de stentor et sa ridicule voiture à moteur, qu'Annika avait retrouvé la sécurité de sa maison. Les mots que Pauline et Stefan n'étaient pas arrivés à lui faire entendre étaient parvenus sans mal à ses oreilles quand Herr Egghart les avait hurlés :

– Ce n'est pas ta mère !

Dès qu'elle entendit ces mots, Annika comprit.

« J'ai toujours dû m'en douter, se dit-elle. J'ai fait de gros efforts pour refouler cette pensée. »

À son retour à la maison, tout le monde guetta chez elle des signes de choc, de chagrin ou d'incrédulité, or il n'y en eut aucun. Les eaux du Danube, tandis qu'elle nageait vers la rive, l'avaient délivrée de son envoûtement. Pardonner à une mère qui l'avait volée aurait été une tâche difficile, mais qu'en serait-il d'une femme si avide de richesse qu'elle prétendait avoir une fille, l'arrachait à ceux qui l'aimaient et la nourrissait de mensonges ?

Une pareille femme pourrait être bannie de son esprit pour toujours. Cela prendrait du temps, car l'amour d'Annika avait été réel et profond, mais elle savait qu'à la fin elle y parviendrait.

– Tu n'es pas née noble, alors, l'avait raillée Loremarie le lendemain de son retour. Tu n'es pas une « *von* », après tout.

Mais elle avait reculé devant le visage d'Annika illuminé de bonheur.

– Non, lui avait répondu Annika. Je ne suis pas noble. Je suis complètement ordinaire. Je suis moi !

Annika se lava, s'habilla et descendit l'escalier. Dans la cuisine, l'eau bouillait pour le café, les petits pains chauffaient dans le four, mais Ellie n'était pas là.

La porte donnant sur l'arrière-cour était ouverte. Ellie était assise sur le banc, et, malgré toute la place qui restait à côté d'elle, le chien à trois pattes était étalé sur ses genoux.

– Tu devras faire le café, dit Ellie.

Annika se détourna pour cacher son sourire.

– Pourrais-tu seulement lui dire de descendre ?

Ellie la regarda d'un air de reproche.

– Il est fatigué.

Une grosse discussion avait eu lieu quand la lettre de Bertha était arrivée, expliquant qu'elle devait aller à l'hôpital pour se faire opérer et demandant s'ils pouvaient prendre Hector.

– Prenons-le ! avait supplié Annika. J'ai toujours voulu un chien.

– Plutôt mourir que voir un chien s'approcher de ma cuisine, avait été la réponse d'Ellie.

– Ce n'est pas un chien. Si Hector n'avait pas trouvé la photo, je serais encore à Spittal.

– N'empêche, ça reste un chien, avait répondu Ellie. Les microbes, les poils partout, la saleté.

Mais déjà Hector était en route vers leur maison.

Zed entra juste au moment où elles débarrassaient le petit déjeuner. Il dormait encore dans la librairie et travaillait le jour chez les professeurs, mais en septembre, quand les lipizzans reviendraient de la montagne, lui et Rocco rejoindraient l'école d'équitation. Les apprentis cavaliers vivaient dans les locaux ; ils apprenaient à tout faire, non seulement pour leur cheval, mais aussi pour les autres. Une fois tous les quinze jours, ils avaient la permission de revenir chez eux un dimanche entier, et la maison de Zed était maintenant la maison des professeurs.

– Es-tu prête ?

Annika hocha la tête.

– Je l'ai fini hier soir. Le professeur Julius m'a laissée me servir de sa machine à écrire, mais je continue à écrire de travers « agoraphobie ».

Elle prit une grande feuille de papier et la tendit à Zed pour qu'il la lise.

– C'est bien, dit-il. Ils nous attendent à la cabane.

Pauline et Stefan étaient là devant eux. Ils avaient mis de l'ordre et disposé un bouquet de pâquerettes sur la table, des chopes et une bouteille de limonade. Il y avait même des serviettes en papier, parce que ce n'était pas une rencontre ordinaire : c'était une cérémonie.

– Nous avons quelque chose pour toi, déclara Stefan à Pauline : une coupure de journal qui mérite une bonne place dans ton album.

Zed sortit le papier plié de son enveloppe et le tendit à Pauline, qui lut :

« Étonnant courage de la part d'une employée de librairie. Une très jeune fille atteinte de la rare et grave maladie de l'agoraphobie a entrepris un terrifiant voyage depuis le centre de la ville vers la forteresse montagneuse de Pettelsdorf dans les Hautes-Alpes. Non seulement elle a enduré seule la longue marche dans les rues et le voyage en train, mais elle a aussi affronté une vieille femme hostile, sourde et muette. Il ne fait aucun doute que sa conduite a sauvé la vie de son amie, qui était en

438

grand danger. En particulier, la vitesse avec laquelle elle a réagi à sa découverte... »

Et l'article continuait ; il était long et, tout en le lisant, Pauline rougit jusqu'à la racine des cheveux.

– Je ne peux pas mettre ça dans mon album, dit-elle.

– Oh, mais si, tu peux, affirma Annika. Tu as été bien aussi courageuse que l'homme aux abeilles et que la vieille dame qui a poursuivi la montgolfière.

– Et que le garçon qui a tiré la vache de sous la glace, s'il existe, ajouta Stefan.

– Bien sûr qu'il a existé, dit Pauline.

Mais pour une fois elle n'était pas d'humeur à contredire ses amis. Ils levèrent leur chope et burent à sa santé.

La découverte de Pauline à Pettelsdorf avait été la clé qui avait permis aux professeurs d'éclaircir toute l'histoire.

Frau Edeltraut avait entendu parler des bijoux de la malle bien avant quiconque, avant même de savoir qui était Annika, et l'histoire ne lui était pas sortie de la tête. L'idée d'une fortune dont personne ne voulait, alors qu'elle ne savait plus à quel saint se vouer, était plus qu'elle n'en pouvait supporter. Aussi s'était-elle rendue chez les notaires de la vieille dame à Vienne, voilée, l'air affligé, sous un faux nom, prétendant être une amie de *La Rondine*, et implorant qu'on veuille bien lui donner un souvenir d'elle.

Seul le jeune clerc de notaire était de service. Il était navré, mais cela était hors de question : la malle avait été léguée en héritage à une petite orpheline. Elle était sous

439

clé, dans la cave du notaire ; et il y avait encore des actes à régler.

– Si vous étiez un parent de l'enfant, on pourrait peut-être s'arranger, dit le clerc, qui était désolé pour la femme qui pleurait sous son voile. Un parent proche. Mais même alors, il vous faudrait une autorisation. La fillette ne sait encore rien de son héritage.

Frau Edeltraut obtint de lui le nom d'Annika avant de s'en aller. Elle réfléchit. Un parent ? Un parent proche. Pourquoi pas un très proche parent ? Pourquoi pas sa mère ? Elle était suffisamment désespérée pour tenter n'importe quoi.

Ce fut alors qu'elle consulta Pumpelmann-Schlissinger, connu pour s'occuper d'affaires « peu communes ». Elle lui promit un partage de la fortune s'il l'aidait à retrouver les détails de la naissance et de l'adoption d'Annika, et s'il lui fournissait les papiers nécessaires.

Quand elle arriva chez les professeurs, deux semaines plus tard, elle ressemblait à une femme qui, contre toute attente, avait retrouvé sa fille perdue.

Il avait été difficile d'intéresser Annika à ce qu'elle allait faire de l'argent des bijoux que Frau von Tannenberg n'avait pas encore vendus.

Elle avait commencé par dire qu'elle ne voulait pas de cet argent.

– Je n'ai besoin de rien, avait-elle dit, et je ne veux pas la punir. Il est possible qu'elle ne soit pas ma mère, mais j'ai cru qu'elle l'était.

Pauline lui déclara qu'elle était stupide.

– Pour commencer, tu en as besoin pour financer la formation de Stefan au métier d'ingénieur.

Ils étaient tous rassemblés dans la cuisine, comme très souvent ces derniers temps.

– Je n'accepterais pas qu'Annika me donne son argent, protesta Stefan.

– Si, tu l'accepterais. Si c'était un emprunt. Ensuite, Annika, tu as besoin de cet argent pour rembourser les économies d'Ellie, continua Pauline.

– Et aussi, il y a la harpe du professeur Gertrude, ajouta Stefan.

– N'y a-t-il pas quelque chose que tu voudrais pour toi ? interrogea Zed.

Annika sourit et regarda Ellie de biais.

– Peut-être un batteur à œufs mécanique ? suggéra-t-elle – et elle attendit que les sourcils d'Ellie commencent à se froncer pour signifier : « Plutôt mourir ! »

Tout de même, il semblait bien qu'Annika prendrait finalement un peu d'argent, qu'elle le veuille ou non, parce que les Egghart étaient sur le sentier de la guerre. Quand la vérité éclata au sujet des activités de Frau von Tannenberg, ils tinrent une fois de plus à préciser que la fameuse malle avait appartenu à leur grand-tante.

– C'était *notre* grand-tante, donc c'est *notre* malle, firent-ils remarquer au cas où quelqu'un ne l'aurait pas encore entendu.

Ils menacèrent aussi de contester le testament en arguant que la vieille dame n'avait pas toute sa raison avant d'être emportée par la mort.

441

– Une des bonnes nous a dit qu'elle parlait d'un jardin de roses dans le ciel, observa Frau Egghart, ce qui prouve qu'elle délirait.

– Non, elle ne délirait pas, rétorqua Pauline. Il y a un jardin de roses dans le ciel au-dessus de Merano. C'est un très haut glacier qui se revêt le soir de teintes roses, c'est pour cela qu'on l'appelle ainsi. C'est écrit dans le guide.

Mais il n'était pas facile de se débarrasser des Egghart.

– Si Annika ne veut pas aller plus loin, nous prendrons nous-mêmes des mesures. Il serait scandaleux que cette femme s'en sorte, après le crime qu'elle a commis, dirent-ils aux professeurs.

Les professeurs avaient le même sentiment, aussi fut-il conclu que Frau von Tannenberg garderait ce qu'elle avait déjà pris (« à cause de Spittal, dit Annika. Ce serait affreux que tout retombe en ruine »), que le reste des bijoux serait vendu, et l'argent divisé entre Annika et les Egghart.

Pauline évidemment pensa que c'était monstrueux. Mais en fin de compte, c'étaient les Egghart qui allaient consulter les avocats pour leur confier leur cause et prendre toutes les mesures nécessaires pour tenir la police à l'écart de l'enquête. Tout le monde savait que si on laissait l'affaire entre les mains d'Annika, celle-ci ne ferait rien. Elle allait toucher une petite rente chaque mois et une somme globale pour l'emprunt de Stefan, quant au reste, il serait investi pour elle jusqu'à sa majorité.

– En fait, dit Annika, s'il reste assez d'argent, nous pourrions peut-être acheter la grande maison de Merano avec la girouette en forme de coq, et Ellie et Sigrid pourraient y passer leurs vieux jours. Nous pourrions tous aller y vivre, d'ailleurs. Ce serait bien d'avoir un jardin de roses dans le ciel.

Le jour anniversaire de la Découverte était de nouveau arrivé, et avec lui le cadeau-surprise.

Annika savait exactement ce qu'elle désirait. Elle voulait emmener tout le monde sur la grande roue du Prater pour un déjeuner de fête au-dessus de la ville.

Il y avait aussi quelque chose qu'elle souhaitait faire quand elle serait là-haut, mais elle ne le dit à personne au cas où cela ne marcherait pas, ou bien au cas où l'on penserait que c'était une idée stupide, ou les deux à la fois.

Tous ceux qui avaient été voir le spectacle des lipizzans l'année précédente viendraient, sans oublier Zed bien sûr. La surprise demandait beaucoup de préparation, car il fallait louer une nacelle spéciale destinée aux mariages, qui était de couleur rouge vif et dont l'extérieur était décoré d'une couronne. À la différence des autres nacelles, qui n'avaient que des bancs en bois et des fenêtres scellées, la nacelle de mariage était meublée d'une longue table vissée au sol, de bancs tapissés de velours, et était percée d'une fenêtre haute encadrée de rideaux de velours, que l'on pouvait ouvrir.

En payant un supplément (un gros supplément), la nacelle pouvait s'arrêter au point le plus élevé, parfois pendant quelques minutes, parfois beaucoup plus longtemps. Si l'on payait au prix fort, elle restait suspendue au point le plus haut pendant toute une heure, et les autres voyageurs devaient attendre en dessous. Le père de Stefan avait tout organisé.

Annika, Ellie et Sigrid se levèrent à l'aube ce jour-là pour emballer le déjeuner : aspic de faisan froid, strudels au jambon et salades de concombre et de radis. Elles mirent de la mousse au chocolat et des feuilletés à la vanille dans des boîtes, firent de la citronnade, et calèrent la bouteille de champagne des professeurs dans un seau en argent plein de glace.

Annika acheta deux gros bouquets de fleurs à la vieille fleuriste de la place, parce qu'il ne pouvait pas y avoir de vraie cérémonie sans fleurs sur la table, et trouva deux vases lourds qui ne se renverseraient pas quand la roue monterait dans le ciel.

Ils s'entassèrent dans trois beaux fiacres et se dirigèrent vers le Prater. Stefan et Zed déchargèrent les paniers à pique-nique, puis Annika, Ellie et Sigrid recouvrirent la longue table d'une nappe blanche damassée et disposèrent les fleurs dans les vases. Enfin doucement, très doucement, par secousses régulières, la fameuse roue s'éleva, de plus en plus haut.

Les mets disposés sur la table ne se renversaient pas ; les professeurs allaient d'un côté et de l'autre pour montrer les lieux importants à leurs yeux. Annika se rappelait la dernière fois qu'elle avait été sur la roue, toute seule, et pensa à la chance qu'elle avait d'y remonter.

Au point le plus élevé, la voiture s'arrêta avec un petit bruit sec, et ils restèrent suspendus dans l'espace.

Mais Ellie ne permit pas que s'éternise la séance de tourisme.

– Le déjeuner est prêt, annonça-t-elle fermement, et à ces mots de première importance, les professeurs quittèrent la fenêtre.

Tout le monde s'assit autour de la table pour se sustenter, et quand la dernière cuillerée de mousse au chocolat fut avalée, quand la dernière lampée de vin eut disparu dans la gorge des professeurs, Annika se leva.

– Il y a une chose que je voulais faire, la dernière fois que j'étais ici. Mais je ne pouvais pas. C'est pourquoi je vais le faire maintenant. Pourriez-vous s'il vous plaît me passer les deux vases ?

Le professeur Gertrude poussa vers Annika le vase qui était en face d'elle, Zed le vase qui était à côté de lui, et tout le monde l'observa prendre les fleurs dans chacun des vases et en sécher les tiges avec sa serviette.

Ensuite elle rassembla les bouquets, s'approcha du côté de la nacelle où se trouvait la petite fenêtre haute et demanda à Stefan de l'ouvrir.

– Je crois que je peux l'atteindre, dit-elle. Oui. Tout juste. Pourriez-vous me donner les fleurs une par une, s'il vous plaît ? Je ne voudrais pas faire de mal à quelqu'un.

Ils lui passèrent les fleurs qu'elle avait apportées, et Annika, debout sur la pointe des pieds, les lança : iris bleus, tulipes roses, soucis, pieds d'alouette et autres fleurs parfumées. Elle les éparpilla sur la cité d'or qui était redevenue la sienne.

Le vent ne soufflait plus. Les fleurs tombaient doucement. Certaines tourbillonnaient, prises dans des courants d'air, et étaient entraînées à la lisière de la ville, mais la plupart tombaient sur les toits et les baraques de la fête foraine. Ceux qui les virent regardèrent en l'air un moment, puis retournèrent à leur travail comme si de rien n'était, comme si de toute évidence ils méritaient cette pluie de fleurs. L'une d'elles, une grosse tulipe rouge, tomba sur le chemin gazonné du Prater où Rocco s'était cabré pour sauver la vie d'un petit garçon grassouillet en costume marin.

Or il se trouvait que Fritzi, dans le même costume marin, se promenait avec sa mère et sa petite sœur dans son landau, comme tous les après-midi, sur le chemin où il s'était promené ce jour-là, lorsqu'une grande tulipe rouge descendit du ciel et tomba à ses pieds.

Fritzi avait appris à ne pas lâcher la main de sa mère, aussi ramassa-t-il la tulipe de sa main libre. Il la regarda.

– Elle est à moi, dit-il, de la même façon qu'il l'avait dit pour la balle rouge.

Mais cette fois aucun petit voleur ne vint courir à sa rencontre pour le priver de son butin.

Fritzi était content. On peut faire beaucoup de choses avec une tulipe, remplir son calice avec du sable, la tenir en l'air par la tige comme une épée, la porter sur son épaule comme un fusil...

– Elle est à moi, dit-il encore.

Et sa mère opina, car que le ciel se fût ouvert et eût laissé tomber une fleur aux pieds de son magnifique petit garçon ne semblait pas la surprendre.

Après tout, c'était cela, Vienne.

43

Hermann change d'avis

Edeltraut, debout devant la fenêtre de son salon, contemplait son domaine. Bien que l'on fût en été, le lac était encore gris ; un vent frais en ridait la surface.

Elle était seule. Oncle Conrad quittait Bad Haxenfeld pour suivre les dentistes vers une nouvelle station à la mode dans le sud du pays. Les dentistes l'avaient convaincu que les eaux y étaient plus chaudes, y avaient une odeur plus forte, et que le traitement était plus moderne.

Du moins ce fut ce que le baron lui dit, mais elle savait qu'il était furieux contre elle parce qu'elle avait prétendu qu'Annika était sa fille, et qu'elle avait trompé la famille sur la naissance de l'enfant.

Mathilda, elle aussi, était en colère. Elle aimait bien Annika, à sa façon. Certes elle ne pouvait reprocher à sa sœur d'« emprunter » ce qui appartenait à sa vraie fille, mais prétendre avoir une fille et l'arracher à ceux qui l'aimaient, ça, c'était une autre histoire.

Comme c'était bête, pensait Edeltraut. Elle était presque arrivée au bout de son projet. Si seulement elle avait fait abattre ce misérable chien quand Hermann lui avait attaché un pétard à la queue... Si elle avait mené son plan à terme, tout le monde aurait rampé à ses pieds.

Mais il n'était pas bon de penser au passé. Seul l'avenir comptait maintenant, et l'avenir, c'était Hermann et Spittal, le patrimoine des von Tannenberg. Il y avait toujours eu des von Tannenberg à Spittal, toujours. Depuis que le premier chevalier von Tannenberg avait conquis cette contrée marécageuse du Norrland, construit son manoir fortifié, creusé ses douves et clouté ses portes, il y avait eu des von Tannenberg, avec leur superbe drapeau flottant dans le vent.

Et il y aurait toujours des von Tannenberg. Tout ce qu'elle avait fait, elle l'avait fait pour Hermann. Dans cinq ans, celui-ci devenu officier de haut grade, entrerait à cheval par cette porte, et elle lui tendrait les clés de son royaume. Le lieutenant Hermann von Tannenberg, son fils, le maître de Spittal et de ses villages, de ses forêts et de ses champs...

Et après Hermann viendraient ses fils, et les fils de ses fils. Alors elle pourrait mourir satisfaite.

Elle mit un châle sur ses épaules et sortit sur la terrasse. Un brochet lâchait des bulles à la surface du lac, les cigognes pataugeaient dans les fossés pour prendre les dernières grenouilles dans leur bec. Au moins elle avait consolidé le toit et réparé la maçonnerie. Spittal était préservé pour de nombreuses années.

Elle était encore là, perdue dans son rêve, quand elle entendit une voiture arriver dans la cour. Elle alla voir qui pouvait lui rendre visite à cette heure du jour.

Le cabriolet ne lui était pas familier, mais l'inscription sur sa portière lui fit battre le cœur. « Académie Saint-Xavier des Fils de la Noblesse. »

La voiture s'arrêta et deux hommes en uniforme en sortirent : un capitaine au visage hâlé, le ruban de la croix de Fer sur la poitrine, et un jeune lieutenant qui se retourna pour parler à quelqu'un sur le siège du fond.

La silhouette recroquevillée se redressa et avança sur les pavés.

C'était Hermann.

Pas dans son uniforme de Saint-Xavier avec sa casquette, sa badine et ses bottes bien cirées... Non : Hermann en pantalon et en veston, avec sa casquette de laine inclinée sur son front. Il avait l'air pâle et maladif, et quand sa mère s'approcha de lui, il se détourna.

– Hermann ! cria-t-elle. Qu'est-ce qui s'est passé ? Pourquoi es-tu ici ?

Le garçon ne répondit pas. Elle vit qu'il tremblait.

– Pouvons-nous vous dire quelques mots en privé ? dit le capitaine.

Frau Edeltraut les conduisit dans le salon.

– Qu'y a-t-il ? cria-t-elle au bord des larmes. Est-il malade ?

Le capitaine baissa la tête.

– Oui, on pourrait le dire. Ce serait la façon la plus douce de l'exprimer. Nous avons dû le renvoyer, Frau von Tannenberg. Il n'est pas apte à suivre la formation de Saint-Xavier.

– Pas apte ! Que dites-vous là ? De toute sa vie il n'a jamais pensé à autre chose qu'à l'armée !

– Néanmoins il n'est pas du tout fait pour la vie militaire. Je suis désolé, mais ce garçon est un lâche et une mauviette. Le directeur et le médecin de l'école établiront un rapport que nous vous enverrons. Mais sachez qu'en aucun cas nous ne lui permettrons de retourner à Saint-Xavier.

Elle continua de les questionner anxieusement, mais ils ne voulurent rien dire de plus et repartirent sans prendre congé de Hermann.

– Je connaissais le baron, dit le capitaine en remontant dans le cabriolet. Cela aurait été un bien triste jour pour lui.

Edeltraut trouva Hermann sur la terrasse. Il fixait le lac d'un regard vide.

– Hermann, je ne peux pas le croire. Tu ne voulais rien d'autre que devenir soldat.

Hermann tourna la tête vers sa mère. Il y avait des cernes noirs sous les yeux, et il était très maigre.

– J'ai changé d'avis, dit-il.

– Mais... est-ce que cela veut dire que tu veux rester à la maison et t'occuper du domaine ? Parce que si c'est le cas...

– Non, je ne veux pas m'occuper du domaine, dit Hermann. Je veux être peintre.

Edeltraut était complètement abasourdie.

– Tu veux peindre des maisons ?

Hermann soupira :

– Non, mère. Je veux peindre des tableaux. Je veux aller à Paris et étudier pour devenir un grand artiste.

Karl-Gottlieb va y vivre. Tu te souviens de Karl-Gottlieb ? Il m'a écrit quel genre de verre à dents je devais emporter à Saint-Xavier. C'est le seul qui a essayé de m'aider.

Hermann hésita, puis continua à voix basse.

– Le premier jour de mon arrivée, dans le dortoir, les autres garçons m'ont poussé sur le rebord de la fenêtre, qu'ils ont refermée, et m'ont laissé dehors. Le rebord était très étroit et très haut : trois étages. Il fallait rester là debout toute la nuit et ne pas faire de bruit. C'était un test, une initiation. Mais au bout de quelques heures, j'ai eu le vertige, j'étais sûr que j'allais tomber. J'ai crié, j'ai hurlé, alors un professeur est venu et m'a fait rentrer. Seulement après cela, aucun des garçons n'a plus voulu plus me parler, excepté Karl-Gottlieb. Ensuite, il s'est enfui. Pourtant, son père est maréchal supérieur. Quand il est parti, ils se sont amusés à me suspendre régulièrement aux porte-manteaux accrochés aux murs des vestiaires et à faire semblant de me charger avec une baïonnette.

La voix d'Hermann tremblait.

Edeltraut avait du mal à y croire. Elle avait pensé à tout, sauf au fait que son fils deviendrait un lâche.

– Tu es tout à fait ridicule, Hermann. Aucun von Tannenberg n'a jamais été peintre.

– Alors je serai le premier. Karl-Gottlieb a une sœur qui possède un atelier à Paris – c'est une jeune fille très moderne –, et elle nous aidera. Nous pensons pouvoir trouver des gens qui nous rejoindront, nous formerons ainsi un grand groupe d'artistes.

– Hermann, tu es fou. Il y a toujours eu des von Tannenberg à Spittal. Toujours.

– Oui, je sais. Mais si vous vendez Spittal, vous aurez assez d'argent pour payer nos cours de peinture, et vous pourrez prendre un appartement près de chez nous. Nous vous laisserons vous occuper de nos expositions et de nos affaires.

Edeltraut essaya de se ressaisir :

– Mon pauvre garçon, tu as vraiment perdu la raison. Les von Tanneberg vivent à Spittal depuis...

Hermann posa sa main sur son bras.

– Je sais, mère, dit-il patiemment, et elle vit que son visage avait repris quelque couleur. Je sais que les von Tannenberg ont toujours vécu à Spittal. Mais cela ne veut pas dire que les von Tannenberg devront toujours vivre à Spittal. Vous devez comprendre cela. Karl-Gottlieb dit que cela fait trop longtemps qu'il y a des von Tannenberg à Spittal, et je suis entièrement de son avis.

Trois semaines plus tard, Annika descendit l'escalier pour trouver une lettre de Gudrun qui voulait qu'elle lui envoie de nouveaux foulards, comme celui qu'elle lui avait donné à Felsenheim, et une résille pour ses cheveux.

« Il y a eu une terrible dispute ici. Hermann est revenu à la maison : il a été expulsé de son école. Il va donc aller à Paris avec Tante Edeltraut. Elle a essayé de faire venir mon père avec eux, mais il a dit qu'il n'y avait rien à tirer de Paris, à part les gens. Il reste donc avec nous. Maman ne veut plus jamais parler à Tante Edeltraut : elle dit que c'est parce qu'elle essaie de lui prendre son mari, et aussi parce qu'elle croyait que tu étais vraiment sa nièce et qu'elle t'aimait beaucoup. Je ne vois pas, pourtant, comment Tante Edeltraut aurait pu savoir qu'on ne lui avait pas donné le bon certificat de naissance.

Spittal a été vendu à un homme qui fabrique des casseroles. Il a acheté également à Tante Edeltraut les armoiries de la famille, avec la devise qui dit « Écarte-toi de notre chemin, vermine qui oses t'affronter à nous ! », parce qu'il y a des gens qui prétendent fabriquer de plus belles casseroles que lui, et que ces gens sont des vermines, selon lui.

Il est très riche et a un fils un peu plus âgé que moi. Bien sûr, je ne pourrai jamais épouser quelqu'un qui soit de basse extraction, du moins je ne crois pas que ce soit possible, en tout cas il est très joli garçon. Serait-il possible que tu m'envoies un col en dentelle comme celui que tu portais sur ta robe de velours marron ? Il semble que nous n'ayons pas d'argent, car je ne reçois pas de nouveaux vêtements, mais Papa dit que nous ne serons pas obligés de creuser une fosse à ours, du moins pas encore.

Ton amie,

Gudrun. »

44

Le Cheval de l'empereur

L'ancien palais princier à arcades, devenu les écuries royales, était éclairé par des lanternes accrochées aux murs. De la chapelle, plus loin sur la route, on entendait les jeunes choristes de Vienne chanter les vêpres. Une odeur de paille, mêlée à celle du savon glycériné qui servait à nettoyer le cuir des selles, s'élevait...

Un cheval de couleur foncée avançait sur le chemin de terre battue qui menait à la grande double porte, qui s'ouvrait maintenant de l'intérieur. Le garçon qui conduisait le cheval marchait d'un pas ferme, mais juste avant d'atteindre la porte, il se retourna et fit un signe d'au revoir de la main.

Les personnes rassemblées sur le trottoir lui firent signe à leur tour. Ils agitaient la main à en avoir mal. Il y avait une rangée de petits garçons, silencieux pour une fois, parce que l'occasion était très importante ; une fille aux cheveux mousseux qui fronçait les sourcils parce que Rocco prenait un air solennel, et après tout, un cheval n'était qu'un cheval ; une dame en jupe longue et noire, sur laquelle étaient accrochées des miettes de petit pain beurré.

On avait poussé Annika à la place d'honneur, le plus près de la grille. Elle suivait des yeux chaque pas que faisait Zed, mais quelque part dans son esprit elle revoyait ce premier matin à Spittal où un garçon inconnu était passé à cheval devant sa fenêtre ; elle avait immédiatement su que tous deux, le garçon et son cheval, allaient faire partie de sa vie.

De l'intérieur des écuries, un cheval poussa un hennissement de bienvenue, et Rocco lui répondit. Zed lui fit franchir le seuil, et la grande porte se referma sur eux.

L'espace d'un instant, il n'y eut pas un bruit, si ce n'est le chant des jeunes garçons dans la petite église. Puis le silence fut rompu :

– J'ai faim, dit Hansi.

Ellie hocha la tête, et ils rentrèrent tous à la maison.

www.wiz.fr

Logo Wiz : Cédric Gatillon

Composition Nord Compo
Impression Bussière en octobre 2004
Editions Albin Michel
22, rue Huyghens, 75014 Paris
www.albin-michel.fr

ISBN 2-226-15484-1
N° d'édition : 13086. N° d'impression : 044109/4.
Dépôt légal : octobre 2004.
Imprimé en France.

Loi n° 49-956 du 16 juillet 1949
sur les publications destinées à la jeunesse